死者のカーテンコール

イヴ&ローク57

J・D・ロブ

青木悦子 訳

ENCORE IN DEATH
by J.D. Robb
Translation by Etsuko Aoki

ENCORE IN DEATH

by J.D. Robb

Japanese translation rights arranged with Writers House LLC
through Japan UNI Agency, Inc., Tokyo

Published by K.K. HarperCollins Japan, 2024

この世はすべて舞台、
そしてすべての男女はただの役者。
それぞれの出と入りがある。
——ウィリアム・シェイクスピア

ショウほど素敵な商売はない。
——アーヴィング・バーリン

死者のカーテンコール　イヴ&ローク57

おもな登場人物

イヴ・ダラス――――ニューヨーク市警察治安本部（NYPSD）殺人課警部補
ローク――――実業家。イヴの夫
ディリア・ピーボディ――――イヴのパートナー捜査官
シャーロット・マイラ――――NYPSD精神分析医
イアン・マクナブ――――電子探査課（EDD）捜査官。ピーボディの恋人
ライアン・フィーニー――――EDD警部
ナディーン・ファースト――――〈チャンネル75〉キャスター
ブラント・フィッツヒュー――――俳優、映画プロデューサー
イライザ・レーン――――女優。ブラントの妻
シルヴィー・ボウエン――――女優。イライザの友人
ヴェラ・ハロウ――――女優。ブラントの元恋人
ミナーヴァ（ミンクス）・ノヴァク――――振付け師
イーサン・クロンメル――――イライザのストーカー
リーア・ローズ――――18歳で亡くなった女優
デブラ・バーンスタイン――――リーアの母親

1

思いがけない悲劇の死がチャンスの扉を開いてくれた。十八というまだ若い年で、イライザ・レーンはその扉を通り、舞台左手へ出た。そして大喝采をあびた。

亡き友であり劇場での家族を悼む涙は——と、のちに彼女は自伝に書いた——後まわしにしなければならなかった。ショーは続けなければならず、実際に続いたし、彼女は『アップステージ』の初日の夜公演での演技を、そしてそれに続くすべてを、リーア・ローズに捧げた。

リーア・ローズも十八という若さだった。薬とウォッカの破滅的な組み合わせにより、ブロードウェイで自分が出るはずだった初日の数時間前に死んだのだった。

そういうわけでイライザ——アンジー役で、何かあれば代役、つまりミズ・ローズの代わりをする俳優——は、二〇三六年九月二十二日、カボットとロウによる『アップステージ』で、マーシー・ブライト役としてスポットライトの中へ踏みだした。八時開演。

彼女はそのスポットライトを二十五年あびつづけた。才能、訓練、必死の努力、いっしんに仕事に打ちこむこと、適切なときに適切な役を選ぶ鋭い直感によって。

いいときと同じように悪いときもあった。稽古中に足首を折って、あるミュージカル映画のすばらしい役を失ったこともあった——彼女の代役はゴールデン・グローブ賞をとった。二十代での実らなかった恋愛と、それをあざ笑ったメディア。自動車事故での両親の死。三十代での離婚は高くついた——感情的にも、金銭的にも。

しかしイライザは苦境にあってもそれをしっかり見つめ、上をめざして努力することの価値を信じていた。自分の芸へのプライドと愛が、舞台にあがったりカメラの前に出たりするときには常に毎回、全力であたらせた。

一緒に仕事をする人間にも同じことを要求するせいで、いくつかの界隈(かいわい)ではビッチと評判を立てられることになった。イライザはそれを受け止め、誇りにすらしていた。

知り合いはたくさんいたが、本当の友と思っているのはほんの数人だった。ライバルは数多く、そのうちの何人かは敵と呼べるレベルだとみなしていた。

つまるところ、それがショービジネスというものだ。

それでも、知り合いの——もしくは知り合いのつもりの——人間が、自分を殺そうとしているなどとは信じなかっただろう。

スター誕生となった演技をしてから二十五年後、イライザは広く壮麗なニューヨークの自宅に、共演者やスタッフ、友人や友人兼敵、選ばれたメディアや批評家を迎えた。彼女と、連れ添って九年になる夫は、じきに始まる『アップステージ』の再演がワークショップを終えて稽古に入るあいまにパーティーを開いた。

再演に際して、イライザは主役で、マーシーの母親――であり、容赦ないステージママ――のリリー・ブライトを演じることになっていた。マーシー役は彼女のキャリアにしっかりした根を張らせてくれたかもしれないが、イライザはリリー役がそのキャリアに大きく豪華な花を咲かせてくれるとみていた。

おおげさに演じては観客を笑わせ、『リリーの嘆き』ではその声と強い悲しみで泣かせよう。足に血がにじむまで踊り、これまで誰もなしえなかったほどリリー・ブライト役になりきろうと努力しよう。

そして、ああ、五回めのトニー賞を勝ち取るのだ。

そういうわけで今夜はお祝いであり、イライザはそのために、彼女のダンサーとしての脚が映えるレオナルドの真っ赤なカクテルドレスを着た。ドレスは彼女のスリムで鍛えられた体に完璧にフィットし、さまざまなカーブを恋人のようにたどったあとにスカートが炎をあげ、強い背中と引きしまった腕を細いストラップで際立たせた。

ドレスに合わせてつけたのは、ダイヤモンドのきらめくチェーンにさがった十カラットのスクエアカットのビルマサファイア。夫からの四十歳の誕生日プレゼントで、そのおかげでそれからの十年のすべり出しはかなり楽になった。

髪は深いハニーブロンドにして顎までのパッツンとしたボブに仕上げ、長い先細りの前髪が北極のようなブルーの目にかかっていた。

夫は寝室に入ってくると、彼女を見て、頭を振った。

「心臓が止まったかと思ったよ。イライザ、きみって人はどうやって日ごとにますます美しくなるんだい?」

イライザは背中と尻をチェックしようと鏡を振り返り、それから夫へ肩ごしにあだっぽい視線を送った。「あなたに追いつかなきゃならないでしょ」

それにこの人ってセクシー。夫がこちらへ歩いてきていつものように彼女の顎を持ち上げ、キスをしているあいだに、イライザはそう思った。舞台とスクリーンの黄金の神、それがブラント・フィッツヒューだった。そして彼のシーグリーンの目はいまでもイライザの心にため息をつかせる。十年近くもたっているのに。

ブラントは体格も、彼女からみれば、神のごときものであり、肉体を酷使する役を求めることで有名だった。この剣を振りまわす反逆児は、馬も女も同じくらいたくみに乗りこなし、素のこぶしで殴り、正当な理由があればいつでも闘う用意がある。さまざまな山に登り、海を泳ぎ、世界を救い、それと同じ情熱でレディたちを誘惑する男。

「パーティーの服を着ていないのね」

「まだ一時間以上あるからね、僕は長くかからないし」ブラントは妻にうわのそらでキスをしてから歩きだし、クローゼットへ入っていった。「それに僕のお嬢さんのことはわかっているんだ。きみは下へ行ってすべて完璧であることをたしかめるんだろう。完璧でないはずがないんだから、そうなっているにきまっているのに。イライザ・レーンのパーティーなんだからね」

「レーンとフィッツヒューのパーティーよ」イライザは彼のところへやってきて、後ろからハグした。「だから完璧なものになる。ケータリング業者がこのパーティーに新しい人間を二人入れたの、だから――」

「その新しい人たちがうまくやれないなら、業者が入れるはずないよ。彼らにとってきみは大事な人なんだ、イライザ」

「わかっている、わかっているわ。それでも」イライザは笑い、もっと強くハグした。

「自分でもやめられないの」

「僕が知らないとでも？　それにきみがパーティーの前には落ち着かなくなることも知っているよ――どうしてかはまったく理解できなかったけど、知ってはいる。だから最初のお客が到着する前に、僕たちに幸運を祈って乾杯できる時間に下へ降りていくよ」

「そのお客って――」

「マージョリーとパイラー」二人は同時に言い、それでまたイライザは笑った。

彼女はブラントの肩に顔をうずめた。「ああ、これから六か月もあなたなしでどうしたらいいの！」

「六か月じゃないよ。二、三週間おきに飛行機で戻ってくるから」

「そうしようとしてくれるのはわかっているけど」

「しようとするだけじゃないよ、それに何があろうと、オープニングナイトには出席するつもりだ」

「そうしたほうが身のためよ」

「あれを見逃す気はないし、見逃すわけにはいかなかった。あれは一生に一度の役なんだよ、イライザ。脚本を読んですぐにわかった」

「あれはあなたのために書かれたのかもしれない、だけど……どうして地球の反対側でロケをしなきゃならないの――でも答えはわかってるわ」イライザは宙に手を振って、後ろへさがった。「あなたにはあの風景と、天気と、リアリズムが必要なのよね」

「登場人物と同じくらい重要なんだよ、それもまた別の登場人物なんだから」ブラントはもう一度彼女にキスをした。「制作会社にとって、初の世界規模での大成功になるのが目に見えるんだ」

　イライザはもう一度笑みを浮かべた。「わたしも一緒に行けたらねえ。タイミングが最悪、そういうこと。わたしはここにいなきゃならなくて、あなたはあっちにいなきゃならない――何千キロもの彼方に。わたしたちってどうしてこの業界にいるのかしらね、ブラント?」

「どちらもとんでもなく才能のあるナルシシストだからかな?」

イライザは首をかしげ、うなずいた。「そうかもね。いずれにしてもわたしはあなたを愛してる――そっちの主演女優が誘いをかけてきたらそれを思い出してね。彼女があの役にぴったりなのはわかっているけど――」

「ナタリーはまぶしい光だが、僕の妻とは比べものにならないよ」

「彼女はあなたの妻より十も若いのよ」イライザはぐるりと目をまわしてみせた。「オーケイ、十四ね。それにあなたがあの役に彼女を推した理由はわかってるの。彼女、すごくいいもの。それにあなたの言うとおり、わたしったら自分から神経質になってるわね。もう下へ行くわ、みんなをわたしと同じくらいおかしくさせて、ドービーにわたしの服装をいいと言ってもらうの」

「それは僕がもうやったんじゃなかったか?」

「やってくれたわ、でもあなたはバイアスがかかっているもの。じきに降りてきてね、愛する人(ラヴァー)、そうしたらさっき言っていた、幸運を祈っての乾杯をしましょう」

むろん完璧だった。すべて入念に選ばれた料理、飲み物、音楽、花。イライザはテラスのドアをあけはなっておいた、そうすれば客たちが好きに出入りできるし、ニューヨークがきらめく背景幕の役目をしてくれる。

　リビングエリアは白いベビーグランドピアノが置かれ、キャンドルをたくさん置いた暖炉が広がっており、おしゃべりする人々や、曲に合わせて歌う人々、踊る人々を引き寄せた。簡素な黒服の給仕人たちは、バーやビュッフェへ行くためにその場を離れたくない人々に、料理や飲み物を運んだ。

　さまざまな声――歌、笑い声、噂話――が風にのり、メインフロアの部屋を通り抜け、カーブした階段をのぼっていく。

「またやってくれたわね」長年の、そして本当の友であるシルヴィー・ボウエンがイライザに祝杯をあげた。「お宅のパーティーはいつでも保証つきだわ」

「まさにそれがやりたかったのよ。稽古が始まってしまえば、パーティーに割く時間もエネルギーもなくなるでしょうし。それにすてきなパーティーは大好きなの。おまけに、ブラントは遠くへ行ってしまうし……」

「彼がいなくて寂しくなるのはわかるわ。でもあなたたち二人とも忙しくなるのは神様もご存じでしょ。それに誰かそばにいてほしくなったら、シングルになった友達を呼べばいいじゃない」

「あなたとミハイルのことは残念だと思ってるわ」

「あなたはずっと彼が気に入らなかったものね」

「わたしが気に入らなかったのは、彼があなたにふさわしいほどいい人じゃないってことよ、本人がそれを証明したわね」

「まさにそのとおり。裏切り者のロシア野郎。そしてわたしは四十七歳のシングル女性で、三度の離婚経験者ってわけ。すばらしい子どもが二人いて、それは何ものにもまさるわ。それにねえ、イライザ、わたしはおばあちゃんなのよ。お・ば・あ・ちゃん。そして孫のすべてに夢中。だけどどうしてブラントみたいな人を見つけられないの？」

「わたしが先にあの人をつかまえたから」イライザは滝のような栗色(くりいろ)の髪ときらめく緑の目をした、彫刻のように美しい友人を見た。「あなたは美しいシングル女性で、才能ある女優で、最高の母親で——友達よ。だからあなたが誰かにそばにいてほしいなら、このパーティーにもとってもすてきなシングル男性の見本が何人もいるわ」

　シルヴィーはきっぱりと否定して首を振った。「しばらくはやめておくわ、次があるとしても。だいたい、そのたくさんのすてきなシングル男性の見本たちが見ているのは、同じくすてきなシングル男性の見本でしょう。でなければ年が若すぎるか」

「若すぎるなんてことはないわ」ブラントがシャンパンの入ったフルートグラスを持ってこちらにやってきたので、イライザはほほえんだ。彼が四つ年下だということは折々に心にひっかかっているかもしれないが、それをシルヴィーに言うつもりはなかった。

「手があいているじゃないか、僕のお気に入りのレディ」彼はフルートグラスをイライザに渡した。「おかわりがいるかい、僕の二番めにお気に入りのレディ?」

「大丈夫よ、ありがとう。アイコーヴではあなたのクローンを作れなかったのかしら?」

シルヴィーが首をかしげた。

「あのマッド・サイエンティストたちね」イライザはグラスを動かして強調した。「制作準備のときに追跡報道を耳にしたわ。原作本の作者を招待すべきだったわね——ええと、ナディーン・ファーストよ。それにロークも。わたしたち、彼とは何度か会ったわよね、彼があの女性警官と結婚する前に」

「ほらほら、すてきな見本の話が出た、でも残念」ため息をつき、シルヴィーはシャンパンを飲んだ。「もう人のものよ」

「あなたも知ってるでしょ、多くの人にとって、〝人のもの〟って部分は必ずしも望みがないわけじゃない」イライザはそう言うなりはっとして、友人のほうを向いて体を寄せ、耳元にささやいた。「ごめんなさい。本当にごめんなさい」

「いいのよ。全然気にしてないから。わたし、ほかの人のところにも行ってきたほうがいいわね。あなたは一曲歌ってちょうだいよ」

「そうね。それじゃ、ブラント、これを持って、シルヴィーとほかの人のところをまわってきて。わたしは舞台上の娘をつかまえて、脅してデュエットをさせるから。それこそこのみんなが望んでいるものよ——それにあしたになったらメディアは必ず報道してくれる」

　イライザはグラスをブラントに渡し、シルヴィーの手をぎゅっと握った。

　ブラントはシルヴィーと一緒に、ほかの客たちと話をしてまわったが、イライザが若きサマンサ・キーンをピアノのところに連れてくるや、室内の会話がとだえた。

　サマンサの頰は赤くなっていて――不安と喜び――そしてイライザが本当にやさしく彼女の面倒をみてやるのを見て、ブラントは心があたたかくなった。仮設のバーで、彼はグラスを上げて乾杯した。

　声が――ブロードウェイの張りのある声たちがとけあうと、自信が、歌詞の皮肉さが胸にしみてきた。彼は酒を飲みながら、イライザがまたしてもモンスター級のヒットを手につかむだろうと思った。そしてあの娘のほうは？　オープニングナイトが終われば、彼女の人生はこれまでとまったく違ったものになるだろう。

　ブラントは腹と喉をぐっとつかまれたような感覚をおぼえ、それを感傷のせいだと思った。しかしそれは一種の痛みに変わった。彼は一歩あとずさった、それからもう一歩。

　あのひとつになった声たちが室内を舞い上がり、空中に飛び出し、カーブした階段をのぼっていくなか、グラスが床にぶつかった。

　そして彼もまた。

彼女はすてきな晩を過ごしていた。自宅でのすてきで静かな晩、さしせまった仕事も、勤務もない。天気も、ステーキの夕食のあとに、夫とおいしいワインのボトルを持って池のほとりに座るという、のんびりした幕間にうってつけだった。

しかしいま、イヴ・ダラスはアッパー・ウェスト・サイドの豪華なペントハウスで、遺体を見おろしていた。彼女は遺体も、現場も、高級なカクテルウェアを身にまとった客たち、医療員たち、それから故人の妻によって徹底的に荒らされてしまったと判断した――その妻はどうやら有名な女優で、最初の制服警官たちが現場に到着する前に、死んだ夫から力ずくで引き離され、弱い鎮静剤を与えられなければならなかったらしい。

現時点で、客たち――警官が現場を保全する前に逃げ出せなかった者たち――は、ケータリングスタッフ、この家の雇い人たち、それから何だかわからない人々と一緒に、広大なアパートメントの別のエリアに入れられていた。

イヴは捜査キットを開いて両手とブーツにコート剤をつけながら、一緒にいた制服を振り返った。

「最初から最後まで話して、リッキー巡査」

「はい。二二四三時に九一一に通報がありました。パートナーとわたしはそれに応え、二二五一時に現場に到着しました。その前に医療員が呼ばれており、われわれが着いたときにはもう現場にいました。被害者のブラント・フィッツヒューはこの住所の住人で、現場で死亡していました。われわれの到着前に、ドクター・ジェームズ・シリルという人が、お客ですが、被害者の配偶者イライザ・レーンへの鎮静剤を医療員に要請し、彼と別の客、ミズ・シルヴィー・ボウエンがレーンに付き添って上の階の本人の寝室へ連れていきました。わたしのパートナーがいまその入口についています、そして目撃者の人数を考えて、残りの客とスタッフを留め置くために追加で二人の制服を呼びました」

リッキーはひと息おいて咳払い(せきばら)をした。「人数を見積もったところ、二百人ほどいます、警部補。現場にいたドクターと医療員たちも毒物を疑っています。指令部に警告を送りました」

イヴはうなずきながら死体を見おろしていた。広がった瞳孔、顔の赤い斑点、爪の青み。昔ながらのやつだけど、とイヴは思った。それには理由があるのだ。

「床にガラスのかけらがあるようね」

「はい。被害者はシャンパンのグラスを持っていて、彼が倒れたときに割れたんです。ミズ・レーンの個人アシスタント、ドービー・ケスラーの話では、誰かが怪我(けが)をしてはいけないと、割れたガラスを片づけてしまったそうです。彼はそのとき、こうも言っていました、みんなはフィッツヒューが心臓発作を起こしたか、急な病気になったと思ったと」

「まったく。そのグラスが必要よ、巡査」

「はい。ほかの警官たちが到着したとき、わたしがメインキッチンのリサイクル機(リサイクラー)から回収して、袋に入れました。彼が床を拭くのに使った布も袋に入れておきました」

「よし。どこか場所を見つけて、客たちから名前、連絡先、初期供述を聞き取って。ケータリングスタッフと、家の雇い人、アシスタントたちは別にして」

「警部補？　客の中に何人かレポーターがいますよ」

「ああそうか、くそったれ。彼らも別にしといて、いまさら無駄だろうけど。わたしのパートナーがこっちへ向かってるわ、リッキー。彼女が中へ通れるようにしておいて。遺体はわたしが引き受ける」

遺体のほうを向く前に、まわりを見まわした。あざやかなブルーとソフトグリーンの流線形の家具、ガラスのテーブル、ペイントされたキャビネット、大きな白いピアノ。そこらじゅうに花があり、頭上にはダイヤモンドのようにまばゆい三つ揃いのシャンデリア。

暖炉は白大理石製で、二十本ほどの白いキャンドルがまだ燃えていた。暖炉の上にある肖像画は、おそらく被害者の妻のものだろう。曲線をえがく青い服のほっそりしたブロンドが、両腕を上げ、その顔は輝いている。

壁の一面がガラスになっており、その真ん中にあるドアが、イヴの最初のアパートメントのゆうに二倍は広いテラスへ向かって開かれていた。ここにも花、テーブル、椅子、豪華な移動式バーがあり、そのすべての後ろにニューヨークがきらめいている。

リビングエリアはダイニングエリアにつながっており、さっきと同じあざやかなブルーの長いテーブルにおいしそうな料理がのっていた。二つめのバー、椅子、小さなソファ。

イヴはホワイエを通って入ってきたが――鏡張りの壁、ヤシの鉢植え、大きなクローゼット、専用エレベーター――そのホワイエはパーティーのためにふさがれていた。

二階への階段が優雅にカーブしている。

遺体はピアノから二メートル弱ほど下がって倒れており、衿のところが開いた淡いブルーのシャツに、細身の黒いスーツを着ていた。高級な腕時計、たぶんプラチナ製のものが左手首を飾っている。

髪は――ブロンドで、妻のブロンドより何段階か明るい――カジュアルな、くしゃくしゃした感じにみえた。顔は――かなりハンサムで――少しひげを伸ばしている。

イヴもいまでは彼が誰だかわかった、そして頭の中のファイルをめくっていき、少なくとも一本は彼が主役の映画を見ていることを思い出した。ロークは〝剣と魔術〟ものと言っていた。被害者は――ええと……故郷をなくし、剣の達人で、パワーを飛ばすことのできる魔法使いだった。

超絶いかした戦闘シーンだった、と思い返した。

さて、捜査キットを置き、イヴはしゃがみこんだ。長身で長い脚、短く不揃いな茶色の髪に、ゴールデンブラウンの警官の目を持つ女。

公式なものにするため、身元照合パッドを出して被害者の親指を押しあてた。

「被害者はこの住所に住むブラント・ロバート・フィッツヒューと確認された。ほかの住居はカリフォルニア州マリブ、イースト・ハンプトン、およびアルバ島。年齢三十九、白人男性。二〇四八年にカーマンディ・プルーストと結婚、子どもはなし。二〇四九年に離婚。早かったわね」イヴはつぶやいた。「二〇五二年にイライザ・レーンと結婚、子どもなし」

あとで調べるつもりではあったが、彼の個人データの残りは飛ばして、計測器を出した。死亡時刻、二二四〇時。医療員たちが彼を診る前に、九一一が警察にかかる前に死んでいたわけだ。

「被害者の爪に青みが見られる。顔に赤い斑点が出ている。瞳孔は開いており、はっきりアーモンドのにおいがする。すべてがシアン化物中毒と一致。医療員に確認すること。目視できる暴力の痕跡なし。左の額および頬骨の打ち身と裂傷は、おそらく倒れたとき床にぶつけたためと思われる。医療員に確認すること」

イヴはかかとに体重を移した。「盛大で、豪華なパーティーのまっさいちゅうに。シャンパンはどこから持ってきたの、ブラント？　それに、あなたに死んでもらいたがったのは誰？」

彼のポケットを調べ、ポケットリンクを出した。そこでピーボディの聞きなれたどすんどすんという足音が聞こえてきた。マクナブ――ピーボディの同棲相手で電子機器の専門家――の楽しげな足音が一緒に聞こえてきても、意外ではなかった。

「パスコードがかかってる」目も上げずに、イヴはリンクを持ち上げた。「コートして、それを何とかして」

「わかりました」マクナブが意気揚々と言った。

「ちょっと、やだ、うわー！」ピーボディは赤いメッシュの入った黒い髪のカールをはずませて、イヴの横にしゃがんだ。「ブラント・フィッツヒューじゃないですか。マクナブ、ブラント・フィッツヒューよ」

「ああ、ほんとだ。サイアクだな」

「わたしたち、彼の映画が大好きなんです。ああ、ほんとにハンサム。死んでても。くそっ、アーモンドのにおいがします。シアン化物だ。ブラント・フィッツヒューにシアン化物を与えたい人なんていますか？」

「ねえ、わたしもちょうど同じことを考えていたところ。奇妙なことに、それを突き止めるのがわたしたちの仕事なのよねえ。盛大なパーティーだった」イヴはそう続けながら、パートナーを見た――そして彼女のひだ飾りのついた、細いショルダーストラップの衿ぐりの深いワンピースを。「あなたもパーティーだったみたいね」

「デート・ナイトだったんです、サルサを踊って。だんだんあれが面白くなってきてます」

「ありふれた五つの数字のパスコードですよ、ダグラス」ぴかぴか光る赤いスキンパンツに、衿のない水玉柄のシャツを着たマクナブがリンクをさしだした。

「ざっと見てみて、せっかくここに来たんだしね、それから袋に入れて。盛大なパーティーだった」イヴは繰り返した、「だから二百人ものお客がいる、それにスタッフも――ケータリングと個人のと――離れたところに入れてある。被害者の妻は、友達と医者に付き添われて、上にある自分の寝室にいる」

「その妻ってイライザ・レーンでしょう。知ってますよね？　イライザ・レーンですよ」ピーボディも繰り返した。「彼女は、ほら、伝説みたいなものですから」

「もし彼女が夫のシャンパンにシアン化物を入れたのなら、たしかに伝説になるわね」

「それはないと思いますよ。配偶者が容疑者リストのトップになるのはわかってますが」ピーボディは続けた、「でもあの二人のロマンス、結婚、あれやこれやですよ？　それも伝説みたいなものですし」眉根を寄せ、ピーボディが遺体をじっくり見るいっぽうで、イヴはもう片方のポケットもからにして中身を証拠品袋に入れた。「どちらの側も浮気はしてません――それにゴシップメディアが常にそれをかぎまわっているのは警部補もご存じでしょう。二人はどちらも金持ちだった、だから動機は金じゃないでしょうね。彼は大作映画を撮りはじめるところだったんですよ――それにエグゼクティヴ・プロデューサーのひとりでもあって――ええと、たしか、ニュージーランドでです、それで彼女のほうは

『アップステージ』の再演でブロードウェイに戻ってくることになってます。何十年も前に娘の役を演じて、それでスターになったんです。今度は母親役をやるんです、その母親もスターっていう役なんですよ」

イヴはただぽかんとした。「どうしてそういうことを全部知ってるの？」

ピーボディは肩をすくめただけだった。「そういうのが好きなんです」

「オーケイ」イヴは立ち上がった。「マクナブ、あなたはお客たちから始めて――制服たちにもその仕事をやらせて。さしあたってはひとりを遺体のそばにつけておくこと。お客の何人かはメディアの人間よ」

「くっそー」

「まったくね。ピーボディ、遺留物採取班とモルグの連中を中に入れて。死んだ男と配偶者を考えると、今回の事件は世間の目を惹くことになるでしょう、だから必ずモリスに担当してもらいたい。次にケータリング業者にあたって。そのあとでここに住んでいる人間とアシスタントたちにあたりましょう、でもそのうち何人かは解放しなきゃならないでしょうね。わたしは配偶者を引き受ける」

イヴは階段の長いカーブをのぼりはじめた。いくつもの閉じたドアのむこうで声が聞こえ、目撃者たちだろうと思い、そのまま進んでいった。

進んでいく途中で、ほかのドアをあけてみた。おしゃれな男性らしいホームオフィスで、被害者のポスターが何枚もあった。革を着ているもの、髪をなびかせているもの、剣を手にしているもの、平らなつばの帽子とガンベルトをつけて馬に乗っているもの。マティーニグラスを持ったタキシード姿のものもある。

大きな黒とシルバーのデスクにあるデータ通信センターは、あとでマクナブにやってもらおう。

やはりたくさんの声が聞こえてきた別の部屋は飛ばしていくと、客室——さらに豪華だ——と、パウダールームと、また別のオフィスがあった。装飾——女性らしいエレガンス、イライザ・レーンひとりだけや、ほかの有名人たちと一緒の写真、たくさんのトロフィーの並んだ壁——からみて、イライザのオフィスだろう。

イヴはホールの端にある両開きのドアに近づき、短いノックをして、ドアをあけた。

赤いドレスの女がベッドに横たわり、目を腕でおおっていた。そのわきには、滝のような赤みがかったブラウンの髪の女が、あいているほうの手を握っている。男がひとり——銀髪、ダークスーツ、たくましい体格——テラスのドアの前を歩きまわっていた。

「あなたなのね！」座っていた女が、まわりが赤くなった緑の目をイヴに向けた。「ああ、よかったわ！　あなたはダラスでしょう」

「そのとおりです」

「イライザ、スウィーティ、頼れる人が来てくれたわよ。あなたと——ブラントに、頼れる人がついてくれたわよ。ついさっき、一緒にこの人のことを話していたでしょう、おぼえている？　彼女は最高中の最高よ。そう思うわ。きっとそう。ああ、イライザ」

「できないわ、シルヴィー。だめよ。だめ。ブラント。わたしのブラント」

「お巡りさん――」

「警部補です」イヴは言い、こちらへやってきた男のほうを向いた。

「そうでした、すみません。警部補、わたしはジェームズ・シリルです。ドクター・シリル。医療員たちにミズ・レーンに鎮静剤を与えてくれと頼みました。弱い、気持ちを落ち着ける程度のものを」

「あなたはミズ・レーンのかかりつけ医ですか？」

「おぉ、違います、違います。わたしはローランドの同伴として来たんです。ローランド・アダーソンですよ。ローランドは彼女の友人で、彼はわたしがミズ・レーンの大ファンだと知っていたんです。ローランドは彼女の『アップステージ』の新しい制作の演出助手なんです、それで――どうでもいいことですね」

「ちょっと外へ出ましょうか」

イヴはホールへ出た。「あなたがミズ・レーンに会ったのは今回がはじめてなんですね？」

「ええ、それにミスター・フィッツヒューにもです。本当にすてきな、胸がおどる夜だったのに……」

「あなたが見たこと、したことをすべて話してください」

「わかりました」シリルは閉じたドアのほうを見た。「彼女はただもううちひしがれていますよ。わたしはテラスにいました。人生最高のときを味わっていて、劇場や映画の中の人たちと会って、それもこんなところで。そうしたらイライザが——ミズ・レーンが——歌いはじめるのが聞こえました」

シリルは心臓のところを手で押さえた。「『これはあなたの人生、それともわたしの？』（イズ・イット・ユア・ライフ・オア・マイン）からのオープニングでした。わたしは中へ入っていって、彼女と、娘役をすることになっているあの若い女優さんからすぐのところに立っていました。興奮するなんてものじゃありませんでしたよ。それからガラスの割れる音が聞こえました。最初は何とも思わなかったんです、でも誰かが叫んで、誰かが悲鳴をあげて、みんながまわりに集まりました。ミズ・レーンが走っていき、夫の名前を叫ぶのが聞こえました。そこでわたしもそっちへ行ったんです、そうしたら彼が床に倒れていて、ぜいぜい息をしているのが見えました。

手を貸そうとそばに行って、誰かに医療員を呼んでくれと呼びかけ、みんなに後ろへさがって、彼に空気と場所をあげてくれと指示しましたが、彼は痙攣（けいれん）しはじめました。イライザは彼を腕に抱こうとして、彼の名前を呼びつづけていました。わたしは彼女に医者だと言い、彼を助けさせてくれと言いました」

シリルは首を振った。「彼女は夫を放そうとしませんでしたが、彼を助けてくれとわたしに懇願しました。残念ながら、すでに手遅れでした。医療員は本当に早く来てくれましたが、できることは何もありませんでした。アーモンドのにおいがしましたよ。そのことは誰にも言ってません、ミズ・レーンはただでさえ慰めようもありませんでしたし、責任ある立場の人に話すべきだと思ったんです。だからこうしてお話ししています。ミスター・フィッツヒューはシアン化物を摂取したんだと思います」

「そのあとはどうなりましたか？」

「何か落ち着くものを彼女にあげてくれと頼みました、弱いのをです、警察があとで来るのはわかっていましたから。医療員たちはわたしと同じように、毒物の徴候に気づいたでしょう。それからミズ・ボウエンとわたしでミズ・レーンに手を貸して、上の階へ連れていきました」

「あなたはテラスにいらしたんですよね。ミスター・フィッツヒューがシャンパンを手にとったところは見ましたか？」

「いいえ、残念ですが。あれがシャンパンとは知りませんでした。割れたガラスがあって、こぼれたあともありましたね」シリルは自分の手のひらの付け根に目をやった。

「切ったんですか？」

「ちょっとだけです。ミズ・レーンが出ていったあとに、続き部屋を使って洗いましたし。

ひっかいただけですよ。ミスター・フィッツヒューがグラスをどこでとってきたかは見ませんでした。それにわたしが入っていったときには、正直言って、イライザばかり見ていたので、ことが起きるまでほかの人は目に入りませんでした」

　そこが問題かもしれない、とイヴは思った。誰もが同じ方向を見ているのを利用して、被害者に毒入りシャンパンを渡す。

「ご助力とご協力をありがとうございました、ドクター・シリル。追加でお尋ねしたいことが出た場合にそなえて、連絡先をおききしたいのですが」

「いいですとも。なんて悲劇でしょうね。本当に恐ろしいことだ。あの夫妻が家に招きいれた誰かが、こんな恐ろしいことをしたなんて」

　人間は毎日恐ろしいことをしている、と思いながらイヴは彼の連絡先を受け取った。そういう人間が罪を逃れないようにするのが彼女の仕事だった。

　もう一度短いノックをしてドアをあけた。

　ここではじめてじっくりイライザ・レーンを見た。彼女はもうベッドに起き上がって、友人の腕に抱かれていた。

　ポートレートでは明るく澄んでいた目が、鎮静剤のためにぼんやりしており、泣いたせいで腫れていた。それでもその目はまっすぐイヴを見た。

「わたしは大丈夫よ、シルヴィー。大丈夫になるから」イライザは体を引いた。「あなたはアイコーヴの映画に出ていた女性警官ね」

「いいえ、あれは俳優です。わたしはニューヨーク市警察治安本部(NYPSD)のダラス警部補です」

「NYPSDのダラス警部補、わたしの夫を、パートナーを、わたしの最愛の人をこんな目にあわせた人間を突き止めてちょうだい。そして報いを受けさせて。それでも足りないけれど」イライザは両手で口をおおい、すすり泣きを抑えたが、目は激しさを増していった。「絶対に足りない」

「イライザ――」

「いいえ、いいえ、またさっきのようなことはしないわ。しないから。お願いよ、シルヴィー、水を持ってきてもらえない？　ドレッシングルームの冷蔵庫の。あの鎮静剤をもらうんじゃなかった」イライザはベッドから立ち上がった。「ぼんやりしてるの、でもぼんやりしているのはいや。頭をはっきりさせておきたい」

イライザはテラスのドアのところへ行き、それをあけようとした。

「風にあたりたいの」

イヴはそこへ行って、ドアをあけてやった。

「ちょっと気持ちが悪いけど、吐いたりしないから。少し風にあたって、水を飲んで。一分で頭をはっきりさせるわ」

「ミズ・レーン、どうして誰かがお連れ合いを死に至らしめたと思うのですか？」

「彼を見たからよ、わたしのブラントを見たから。彼は……わたしの腕の中で死んでいって、爪が青くなっていった。アーモンドのにおいがしたわ。あなたもあのにおいをかいだでしょう」彼女は水の入ったグラスを小さなトレーにのせてあらわれたシルヴィーに言った。

「まあ、イライザ、ええ。そうよ、においがしたわ。でも――」

「シアン化物よ。『ボディ・オヴ・ザ・クライム』であったのとそっくり」

「どんな犯罪(クライム)の死体(ボディ)です?」

「映画よ」シルヴィーがまた涙をにじませて説明した。「イライザとわたしはその映画を作るときに出会ったの」

「シルヴィーとは姉妹を演じたのよ、もう十五年前だわね。シルヴィーの役が、ブランディにシアン化物を入れて、財産目当てでわたしに言い寄っていた男を殺すというものだったの。彼女はその男を愛していたんだけれど、そいつは金のために彼女を裏切って、わたしを殺そうと計画していた」

イライザは腰をおろし、水を受け取って、ゆっくり飲んだ。

「でもあれは現実とは全然違ったわ。ああ、シルヴィー、こんなことが本当に現実なの? これからどうなるの? 彼を運んでいってしまうの? ブラントを連れていってしまうの? どうして彼を傷つけようなんて人がいるの? あの人は誰も傷つけたことなんてないのに。どうしてこんなことをする人がいるの？」

「お連れ合いをなくされてお気の毒です、ミズ・レーン。いくつかお尋ねしたいことがあるのですが」

「わたしははずしましょうか？」

「あら、だめよ、だめ」イライザはシルヴィーの手をつかんだ。「お願い、彼女もいていい？　お願い」

「いいでしょう。お座りになりませんか、ミズ・ボウエン？　できるだけ早くすませましょう」

2

イヴはイライザと向かい合わせに座った。

「お連れ合いに危害を加えることを望みそうな人物に心当たりはありますか?」

「まさか、ないわ!　ブラントは誰とでもうまくやっていたもの」

「彼が何か脅迫を受けたことはないですか?」

「ええ。あれば話してくれたはずよ。おたがいになんでも話していたから」

「彼が最近言い争いをした人とか」イヴはなおも押した。「彼や、あなたにとってはささいに思えたことであっても」

「わたしは本当に……」イライザはぼんやりとシルヴィーを見た。「何も思いつかないわ。ブラントは争いが好きじゃなかったの、だからそれを避ける方法を見つけていた」

「そのとおりよ」シルヴィーも言った。「ブラントは自分の生活を、仕事を愛していたの。〈ホーム・フロント〉でもとても積極的で――ホームレスに安全で手ごろな値段の住宅を提供するために活動している組織よ」

「本当に物惜しみをしない人だった」イライザはつぶやいた。「自分のお金だけじゃなく、時間も。仕事で組んだ人はみんな、そう言うはずよね、シルヴィー？　俳優としても物惜しみをしなかったわ」

「結婚生活で何か問題はありましたか？」

イライザは殴られたようにびくっとした。「よくもそんな――」

「しなければならない質問なんです、ミズ・レーン」

「わたしたちはおたがいを深く愛していたわ。彼にとってわたしがどんなに大切か、表現してくれない日はなかった。わたしたちはひとつだったの、警部補。恋人で、パートナーで、ソウルメイトで」

またもや泣きながら、イライザはよろよろと立ち上がり、テラスの壁へ歩いていった。シルヴィーはそばへ行き、イライザの背中を上下にさすった。「不愉快なのはわかるわ、わたしにもわかる。でもあの人は知らなければならないのよ、スウィーティ。ブラントのためよ。わたしにはきかなかったわね、警部補、でもイライザとは十五年来の友人、親友なの。彼女とブラントに問題があったのなら、イライザはわたしに話してくれたはずよ」

「ごめんなさい。ごめんなさい」振り返り、イライザは顔を手でぬぐった。「もちろんきかなければならないわよね。それに、わたしたちのどちらかが浮気をしていたかどうかもきくんでしょう。どちらもしていないわ。わたしは裏切られたことがあるの、ダラス警部補。だからそれがどんな気持ちになるものか、どんなふうにみえるか、ああ、どんなにおいがするかも知っている。ブラントは……あの人は正直で高潔な人だった。彼にその機会があったか？　わたしには？　もちろんあったわ。でもわたしたちは愛し合っていたの、それに同じくらい大事なことだけれど、おたがいを尊敬していた」

「なるほど」イヴはこの件はあとでまたきいて、別の角度からやってみることにし、いまは先へ進んだ。「ミスター・フィッツヒューが倒れたとき、あなたはピアノのそばで歌っていたんでしたね」

「ええ」今度はイライザは両手で水のグラスをつかんだ。「パーティーは再演のお祝いだったの、だから出演者もスタッフも、後援者も、メディアもみんな来ていた。サマンサが――サマンサ・キーンのことよ――わたしの娘を演じるの。彼女はすばらしいわ、でもまだ少し人と接するのが苦手で。だから一緒にデュエットをしようと思ったのよ、その劇の曲を」

「それでその前は？　お連れ合いがどこにいたか知っていますか？」

「わたしと一緒だったわ。シルヴィーとわたしはおしゃべりしていたの、ホワイエのそばの奥で、パーティーをながめて、休憩していたのよ、いうなれば。ブラントがわたしにシャンパンカクテルを持ってきてくれた。それからまた一分くらいしゃべったんじゃないかしら、それから思ったの――いいえ、ブラントが言ったんだったかしら……わたしたちもいろいろな人と話さなきゃいけないって?」

イライザが額をさすっていると、シルヴィーが座りなおした。「わたしがそう勧めたの。思い出した。わたしはあちこちまわってこなきゃならないわ、あなたはそろそろ歌ってちょうだい、って言ったのよ」

「そうだった。そのとおりよ。それでわたしはサマンサを思い浮かべて、それから持っていたグラスをブラントに渡して、彼女をつかまえに行ったの。期待どおり、みんながまわりに集まってくれた。そうしたら誰かが悲鳴をあげて、それからブラントが――ブラントが床に倒れていて、喉を詰まらせてあえいでいた。

現実だと思えない」イライザの目にまたしてもパニックが浮かび、彼女は友人の手をつかんだ。「こんなことが現実のはずある?」

「ご自分の持っていたシャンパングラスを彼に渡したんですね?」イヴは先をうながした。

「ええ、両手をあけておきたかったから。あの曲、あのデュエットは、身ぶりや動作がたくさんあるの、だから――」

「彼はほかにもグラスを持っていましたか、それともあなたのだけ?」

イライザは今度は顔をしかめ、眉根がぎゅっと寄せられた。「わたし――わからないわ。いえ、それは……シルヴィー?」

「持っていなかったわ。わたしにおかわりを持ってこようかと言ってくれたけれど、もうよかったから」

「あなたはそれを飲みましたか?」イヴはさらにきいた。「そのシャンパンを?」

「いいえ。わたしたち、ずっとしゃべっていたの。パーティーや公衆の面前では飲みすぎないように気をつけなければならないでしょ。わたしたちはおしゃべりして、それからわたしはグラスを渡して、それから……」

イライザが友人の手を探りながら、イヴを見つめているとき、その目に気づきが忍びこんできた。「まさか。そんな。わたしがあのシャンパンを彼に渡した。わたしが毒を飲ませてしまったのね。わたしがあの人を殺したんだわ!」

「あなたにそれを持ってきたのは彼でしょう。彼はどこから持ってきたんでしょうか?」

「わからない。わからない。シルヴィー、わたしはあれをただ彼に押しつけたのよ。〝ほら、わたしが歌って踊って、みんなが見ているあいだ、これを持っていて〟って。そのせいで彼は死んでしまった」

「やめなさい」シルヴィーがぴしゃりと言った。「それから考えるのよ、イライザ。やめて考えるの。あのシャンパンのことと、あの中に入っていたものがあなたを狙っていたことを」

「ブラントは絶対に――」

「もちろん彼は絶対にしないわ。彼は知らなかったのよ。あなたも知らなかった。なんてこと、ブラントだって知っていたら飲まなかったでしょうに。彼が飲んでしまったのは、シャンパンがそこにあったからよ、自分の手に。ああ神様、もしわたしが歌ってちょうだいと言わなかったら、あなたが飲んでいたわ。毒はあなたを狙っていたのよ」

「現時点では何も推測しないでおきましょう」イヴは話に割って入った。「メイン階にはバーカウンターがいくつも設置されていますね」

「ええ。三つ広げていたわ、サーバーが二つついていてワインとシャンパンを出すの。ブラントは――ブラントはたいていシングルモルトウィスキーか、上等のビールが好みなの、こういうパーティーでは強いお酒は飲まないんだけれど。わたしたちは用心深いのよ、それに彼はロケに発つ前に、あした早朝の打ち合わせがあったの。わたしはシャンパンカクテルが好きで、だからあの人が持ってきてくれたのよ。わたしが渡したから飲んだんだわ。あれでわたしに乾杯してくれて。ああ、わたしたちがデュエットしていたとき、いっぱいの人の中でわたしに乾杯している彼が目に浮かぶ」

「彼がそのグラスを自分ではなく、あなたのために持っていくことを知っていたのは誰ですか？」

「誰でも知っていたんじゃないかしら。わからないわ。あの人はパーティーでよくそうしてくれたから。わたしにシャンパンカクテルを持ってきてくれるの、レモンをひと搾りして。それがわたしのお気に入りなのよ。あの人は数えきれないくらい、小さなことでわたしの世話を焼いてくれた」

　これで状況が変わった、とイヴは思った。少なくとも可能性のうえでは。それにその可能性は、彼女の見かたを変えさせるだけの強さがあった。

「あなたは何か脅迫を受けたことはありますか？　あるいは、あなたに危害を加えたいと思っているかもしれない人物を知っていますか？」

「いいえ。つまりね――、ああ、頭がくらくらするわ。ちょっと待って。少し時間をもらえる？」イライザはもう一度立ち上がり、広いテラスを歩きまわった。

「わたしはブラントのように人や状況に対処するのがうまくないの。二人でジョークを言ったものよ、彼には彼なりの忍耐力と戦術がある、少なくともわたしの半分は、って。自分のことはやさしくてまっとうな人間だと思いたいけれど、誰もが賛成してくれるわけじゃないでしょうね。わたしが〝誰も目もくれない町（フー・ギブズ・ア・ファック）〟の南にあるヴィラに引退したら、喜ぶ人がおおぜいいるのはたしかだけど、わたしを殺そうとする人は思いつかないわ。まさか、シルヴィー、ヴェラだってそれほどまではわたしを憎んでないわよね」

「ヴェラとは？」

「ヴェラ・ハロウ。同業者よ。競争相手、かしら、少なくとも彼女の頭の中では。十年前、一緒にある映画に出たの。ブラントは男性の主役で――そこでわたしたちは出会った。そのとき彼とヴェラは男女の関係だったのよ。結婚はしていなかった」イライザは付け加えた。「おたがいに相手ひとすじではなかったけど、関係はあった。いずれにしても、ヴェラとわたしは反発しあったの。おたがいのやり方、世界観、そういうもので。それでも、どちらもプロだったし、スクリーンにあらわれないようにするくらいの腕はあったわ。二人ともゴールデン・グローブの候補になった。わたしが受賞して、彼女はだめだった。でももっと大事なのは、ブラントとわたしが恋に落ちたことよ。彼はヴェラとの関係を断ち切り、わたしたちはそのあとまもなく結婚したの」

「メディアや、ファンや、業界関係者が相手なら、彼女は喜んでイライザの悪口（ポイズン）を言うでしょうね」シルヴィーは水のグラスを動かして強調した。「でもイライザのお酒に毒（ポイズン）を入れることまではやらないでしょう、ブラントのにも」

「彼女は今夜ここへ来ていましたか？」

「ええ。ヴェラはいまニューヨークに拠点を置いているの。あるシリーズをやっていて、その二年めが数か月前に大成功で終わってたわね」シルヴィーはそう説明した。「彼女ももうゴールデン・グローブはとってるし――それどころか、三度か四度もよ、それにエミー賞も二度、それからイケメンの若い恋人もいる――今夜同伴していたわ。幼児がテディベアを持っているみたいに、恨みは持っているかもしれないけど、ブラントのことでイライザに、もしくはイライザのことでブラントに仕返しするために、すべてを賭けたりしないんじゃないかしら」

「ほかに恨みを持っている人は？」

「いるでしょうね」また戻ってきて座り、イライザは両手に顔をうずめた。「わたしは押しが強いし、厳しいし、そのどちらも欠点とは思っていない。舞台でも、スクリーンでも、わたしはわたしの全力を出そうとつとめているわ、毎回、どんなときも。それに舞台やスクリーンで一緒にやる人にも、裏方の人にも、同じようにすることを期待するの」

「雇い人は？　そうした厳しさに不満のある人物、あなたがこれまで首にした人物は？」

「ひとりじゃないけれど、最近はいないわ。セラが——彼女が仕事上のことはさばいてくれるの——メディアとか、打ち合わせとか。彼女がその立場になって四年——いえ、もう五年になる。それからドービー、わたしの個人アシスタントがすべてを仕切っているんだけど、彼はわたしのところに来てまだ三年、だけどもしわたしにブラントがいなくて、ドービーがゲイでなかったら、二人で愛の巣を築いていたでしょうね。彼はもうひとりのソウルメイトよ」

「家事手伝いのほうは？」

「ウェインとキャラのローワン夫妻——彼はうちのコックで、彼女は家事を切り盛りしているわ。もう七年になるわね、二人は家族みたいなものよ。それからリンがいるわ、ブラントの右腕——個人アシスタントよりずっと大きな存在。リンはブラントについて少なくとも十五年——もっとじゃないかしら——それに旅にも同行するの。マータもいるわね、リンのアシスタントで――はっきりしないけど――もう四、五年になるわ、たしか」

「その人たちは全員、今夜ここに?」

「ドービーとセラ、ウェインとキャラ、リン、その人たちは全員いたわ、たしかに。マータもたぶん――いることにはなっていたのよ、でも彼女を見たかどうかわからない。いまは何もかもぼんやりしてしまって。いえ、待って! そうだわ!」イライザは両手で顔をおおい、そのすきまから息をしてから、手をおろした。「マータはもうニュージーランドにいるわ。きのうかおととい出発したの」

「今夜はケータリング業者を使ったんでしょう、でしたらそのスタッフも」

「ええ、わたしは〈オール・エレガンス〉を使っているの、ええと、もう十年以上になっているはず。ジョージアと――オーナーよ――わたしで細かいところまで全部決めた。お料理、飲み物、スタッフの配置、食べ物を出すお皿、等々、それから花は〈イン・ブルーム〉のフローリストたちと」

「ゲストリストはありますか?」

「ええ、ええ、もちろん。ドービーがさしあげるわ。警部補、ブラントは連れていかれた。連れていかれたのはわかっているの、でもあの人に会いたい。どうしても――さよならを言いたいの」

「それはあした手配できます、そうしたらご連絡します。あなたの死で利益を得るのは誰ですか、ミズ・レーン？」

「ブラントよ。もちろんブラント」イライザは手で口を押さえ、短く目を閉じた。「受益者はほかにもいるわ。わたしの資産管理人の連絡先をお知らせするよう、セラに頼んでもらえるかしら。そういうのは全部あの人たちが知っているから」

「それではミスター・フィッツヒューのほうは？　利益を得るのは誰ですか？」

「金銭的には、わたしでしょうね。それも同じ。あなたの必要な情報はリンが持っているでしょう。ブラントが〈ホーム・フロント〉に大きな遺贈をするつもりだったことは知っているの、二人で話し合ったから。同じ考えで、わたしも〈ホーム・フロント〉を受益者にしているのよ。警部補、ブラントもわたしもとても長く、成功したキャリアがあるの。お金は問題じゃなかったわ」

　金は、とイヴは思った。いつだって問題だ。

　しかし彼女は立ち上がった。「ありがとうございました。おつらいことだったのは承知しています。あなた方のアパートメントを調べおえるまで、どこか滞在できるところはありますか？」

「わたしは出ていかなければならないの？」

「それがいちばんいいわ、スウィーティ。必要なものを一緒に荷造りしましょう、しばらくうちにいればいい。わたしのアパートメントはほんの二階下なの」シルヴィーはイヴに説明した。

「それは助かりますね。何か思い出したら、いつでも連絡してください、どんな細かいことでも役に立つかもしれませんから。あらためて申し上げますが、お連れ合いのことは本当にお気の毒でした」

「彼にいつ会えるか、あとで知らせてもらえる？　ブラントにいつ会えるかを。お願いだから」

「お知らせします。あした。それまでは、ドクター・モリスが彼をお世話します」

「ありがとう。そうしてくれてありがとう。犯人はわたしから彼を奪ったのよ、警部補。この世界からも奪ったのはわかっている、でもいまそのことはどうでもいい。犯人がわたしを殺そうとしたのかもどうでもいい、その人は彼を奪っていったんだから。犯人を見つけてちょうだい、わたしがそいつの目を見つめて、地獄へ落ちろと願えるように、犯人を見つけて」

イヴは階下へ降りようとして、のぼってくるピーボディと出くわした。

「あ、彼女はもう終わったんですね？」うらやましげな目がイヴの肩のむこうを見た。

「会ってみたかったんですけど」

「事件が終わるまでにはあなたにもそのチャンスがあるわよ。スタッフから供述はとれた？」

「ケータリング業者から始めました」二人が下へ降りていくと、白い防護服を着た遺留物採取班員たちがリビングエリア、外のテラスに散らばっていた。「オーナーはいつもレーンのパーティーを担当していて、ケータリング用キッチンにいたそうです――ここにはそのためだけに第二のキッチンがあるんですよ――フィッツヒューが倒れたときには。五人の目撃者がそこに一緒にいて、全員がパーティーが始まってからずっと彼女がキッチンを離れなかったと確認しました。ほかのケータリングスタッフをざっと調べていって、あのカクテルを作った人物にもあたりました――でもフィッツヒューのカクテルではない、と彼女は言っています。フィッツヒューは、はっきりと、レーンのカクテルだと言ったそうです。シャンパンカクテルで、レモンをひと搾りと」

「その証言は合致してる。フィッツヒューはそれをレーンに持っていき、そうしたらレーンと一緒にいた友人が、彼女に歌ってくれと言い、それでレーンはカクテルをフィッツヒューに返した」

「フィッツヒューが知っていたのなら飲んだはずありませんね」

「パーティーで自殺したかったんじゃなければ」イヴは肩をすくめた。「これで彼女を殺すことはできない、ちくしょう、だったら俺が死んでやる。ありそうにないわ、でも……そのカクテル係を調べてみた?」

「ええ、モニカ・カジンスキー、年齢二十六。記録に瑕(きず)はなし。いまのケータリング会社に入ってまだ半年です。ダブルワーキングをしていて、〈デュ・ヴァアン〉でバーテンダーをやっています。その店はご存じですよね」

「くそっ。ロークのでしょ」

「カジンスキーはそこのバーに勤めて二年になります。彼女はそのカクテルを作ったことを自分から言いましたよ。その点で嘘はありません。彼女の話では、フィッツヒューはミズ・レーンの好みを正確に言ったそうで、彼女のタトゥーをほめて――左手の親指に小さなヒマワリを入れてるんです――リンと呼んでいた誰かとおしゃべりしていたとか」

「個人アシスタントよ」

「フィッツヒューは彼女に礼を言い、そのリンと一緒に離れていったそうです」

「彼女の持ち場はどこだったの？」

「テラスです。彼らが一緒に中に入っていくのも見たと言っていました、でもそれだけです。忙しかったんですよ、少なくともレーンが歌いはじめるまでは。ほとんど全員が中へ、あるいは少なくとも戸口へ移動していった。それから最初の悲鳴が聞こえたそうです」

「そこまでにして。まだ彼女を引き留めてあるわね？」

「ええ。配膳室を使っています。この家にはそういうものもあるんですよ。一度にひとりずつ入れられるように、そこに椅子を二つ運び入れました。カジンスキーはいまそこにいますよ。レーンがターゲットだったようにみえることを、警部補が知りたいだろうと思ったので」

「案内して」

「オーケイ。このうちは広大ですよ」ピーボディは言った。「実際に二つの部屋を買って、それをくっつけたんです。ひとつでもそうとうのスペースだったでしょうね。フォーマル・ダイニングルーム」ピーボディは指をさしてみせ、イヴは少なくとも三十人は座れると判断した。「それからほかにもひとつあるんです、たぶんもっと内輪のディナーパーティー用ですね。コックとハウスキーパー――夫婦です――はそっちに自分たちの住まいがあります、それからメインキッチンがあってですね、夢のキッチンを手に入れようとしているわたしですら、うらやましいキッチンですよ。装飾がじゃなくて――ちょっと研究室っぽくておしゃれすぎるんで――でも広さが」

イヴはしばらく立ち止まり、あたりを見まわした。「ここならロデオだってできるんじゃない」

「それは思いつきませんでしたけど、できますね。そこを通るとケータリングキッチンです――それでそこに残りのスタッフを入れてあります。ここが配膳室ですよ」

ピーボディは白い引き戸を開いた。

長く白いカウンターのあいだにあるローバックのスチールチェアから女が飛び上がった。

短い黒髪は前髪の先を細くして、その下のアーモンド形の目と、停止信号のような赤い色をつけた唇が、クリームのようなブラウンの肌に映えていた。

「モニカ、ダラス警部補です」

「知ってます、知ってます。なんてこと。わたしはお酒を作っただけです。神に誓って。ラ・フルールのシャンパン、ビターズを六滴、白い角砂糖ひとつ――本物の砂糖です、フエイクじゃなくて。レモンをひと搾り」

「わかったわ。あなたも〈デュ・ヴァン〉で働いているのよね？」

「そんな、そんな、あのゴシップレポーターが殺されたときには（イヴ＆ローク46『邪悪な死者の誤算』参照）、あそこにいもしませんでした。でも自分は運が悪いんじゃないかと思えてきました」

「落ち着いて。座って」

「座ることはできます、でもこんりんざい落ち着けるかどうかわかりません。あのカクテルは作りました。でもただのカクテルです」

「それじゃどうしてあれでミスター・フィッツヒューが死んだとわかるの？」

「みんながまわりで噂（うわさ）していたからです、毒のことを話していて、それにお巡りさんたちも来て。それに、ああ、中へ入ったとき、あの人が床に倒れているのが見えて、割れたグラスも見えました。わたしは逮捕されたんですか？」

「いいえ。毒のことを話していたのは誰？」

「知りません。待って、ええと、ジェドです――給仕の。わたしの隣に立っていて、言ってたんです、こんなふうに。驚いたなあ、きっと誰かがあの人の酒に毒を入れたんだよ、って。あの人の顔がどうだったとかも。彼はわたしと一緒に中に入ったんです、ジェドがって意味です。彼はテラスで給仕をしていたんです」

「あなたはピーボディ捜査官に、あなたがカクテルを作っているあいだ、ミスター・フィッツヒューは誰かと話していたと言ったそうね」

「あの人はリンと呼んでいました。とても親しげで、笑っていて。ええと、何かが夏から始まって冬まで続くって」

「それから二人は一緒にリビングルームへ戻っていった」

「そのとおりです」

「誰かが二人を追っていった？」

「気がつきませんでした。すごく忙しかったんです。ミスター・フィッツヒューが立ち止まって、カップルに話しかけたのは見えました。その女の人は、セクシーなドレス（キラー・ドレス）を着ていました。人殺し（キラー）って意味じゃありませんよ！」

「その女性はどんな様子だった？」

「大物だろうと思います——大物っぽくみえました。背が高くて、胸が大きくて、ブロンドで。わたしはほとんどドレスしか見てませんでしたけど。ゴールドで光っていて、おへそのところまで切れこんでいて、実際にですよ、それに背中もお尻まで割れていて、きらきらした十字の交差がドレスを支えていました。とにかく、わたしはミスター・フィッツヒューがしばらく彼女と話をするのを見て、それからああいうキス・キスっていうのをするのが見えました、あの女性が彼におっぱいを押しつけるのも。それからわたしは忙しくなって、彼がそのあとどこへ行ったのかは気がつきませんでした」

「オーケイ、モニカ、助かったわ。ほかにも何か思い出したら、わたしたちに連絡してちょうだい」

「それだけですか？　もう家に帰っていいの？　わたしを逮捕しないんですか？」

「カクテルを作って、警察に協力したから？　しないわね」

モニカは震えながら息を吐き、目を押さえた。「オーケイ。オーケイ。ありがとう」彼女は立ち上がった。「言っておきたいんですが、彼は本当に感じのいい人でした。ミスター・フィッツヒューは。あの人は相手を見てくれるんです。色目を使うって意味じゃなくて。こっちがカクテルを作ったり、給仕をしているときに、たいていの人はこっちを見ません。でもあの人は見てくれました。こんなことになって本当に残念です」

モニカが出ていくと、イヴはピーボディのほうを向いた。「いまの話のキラー・ドレスがまだここにいるか見てきて、ピーボディ、それからリンって人を連れてきて」

「わかりました」

フィッツヒューはテラスでカクテルを受け取った、とイヴは思い、頭の中でその光景をえがきながら、そのエリアを歩き、そこにあったものをあけてみると、リカー・キャビネットだった――きっちりアルファベット順になっている。

フィッツヒューはあのバーテンダーに、カクテルは妻が飲むものであることと、それから彼女の好みを伝えた。誰でも立ち聞きすることはできた、とイヴは思った。そしてキャビネットはグラス類でいっぱいだった――きらきら輝いていて、サイズと用途別に並べられている。

あるいは、妻の話では、それが彼女の飲み物だったことはたくさんの人間が知っていた。フィッツヒューはアシスタントと一緒にいた。だからチャンスはあった。立ち止まってキラー・ドレスと話す、そこにもチャンス。人ごみの中を通っていき、おそらくあっちこっちで足を止めて人としゃべる。そこにもチャンス。

イヴは給仕用の皿や、バーの道具を見つけながら、それを想像した。

フィッツヒューの腕に手がかかる。〝ヘイ、ブラント、盛大なパーティーね〟キス・キス、握手、男同士のハグ。イライザ・レーンのもとへ向かうグラスにちょっと毒を入れるくらい、じゅうぶん簡単だ。

でもレーンはそれを飲まなかった。仲のいい友人が彼女に歌うよう勧めた。偶然――そんなものはたわごとだ。というか、単なる運命のいたずら、悪いタイミング、その両方が起きることはありうる。

けれどもあまりにも都合がいい。

とはいえ。

レーンがグラスを返してピアノのところへ行く。フィッツヒューは人々の中へ入っていく。酒に薬を混ぜるチャンスはさらに、おおいに増える。彼がふだん飲むものではなかったが、彼はただ持っているのはやめ、妻のために祝杯をあげ、飲むことで祝杯をしめくくる。

殺人者はそうなると予測していたのか、していなかったのか？

被害者になるはずだったのはどちらだったのか？

長く白いカウンターのひとつに寄りかかると、ピーボディが男をひとり連れて入ってきた。身長百七十センチくらい、がっしりした男性的な体格が、つぶしたラズベリー色のスーツをぱんぱんにふくらませている。目はライオンのような黄褐色で、泣いた跡があった。顎の線にそって定規のようにまっすぐな、細いひげがあり、ブラウンの髪はふさふさしたたてがみのようだった。

「警部補、ミスター・リンウッド・ジャコビです、ミスター・フィッツヒューの個人アシスタントの」

「それに友達でした」ジャコビは涙でくぐもった声で言った。「ブラントは僕の友達でした」

「このたびはお気の毒でした、ミスター・ジャコビ」

「五年前に兄を依存症でなくしたんです。あんなに深い喪失感を味わうことはもうないだろうと思っていました。間違いでしたよ。いったい何があったんですか？」

「われわれはそれを突き止めにここに来たんです。どうぞ、お座りください」

「何かすることがほしいんです。なんでもいいから」

「いずれすることになりますよ。ミスター・フィッツヒューと知り合いになってからどれくらいですか？」

「ええと、十七年です、たぶん。彼の体を鍛えるために雇われたんです。僕はパーソナルトレーナーをしていて、スタジオはブラントにもっと筋肉をつけて、マーシャルアーツの技術を磨いてもらいたがっていました。僕はほかの俳優とも仕事をしたことがあって、そこでいい評判をとっていたので、会社が『ウォリアー・キング』の撮影を始める前に、ブラントと十週間仕事をしました。僕たちはうまが合ったんです、それで彼が制作中ずっと一緒にやってほしいと頼んできました」

「それで彼のアシスタントになったと」

「トレーナーで、アシスタントで、友人です。彼がイライザと結婚したときには、彼の付添人もやりました。うちの兄が死んだとき、ブラントは葬儀のあいだ一緒にいてくれましたよ」

「彼が倒れる少し前にも一緒にいたんでしたね」

「僕たちはテラスに出ていました、バーのところに。彼はイライザにお酒を持っていこうとしていました。一緒に何分かおしゃべりし、それから彼と中へ入りました。僕は離れてほかの人のところへ行き、ヴェラが彼をつかまえました」

「それはヴェラ・ハロウのことですか？」

「ええ、隅に追いこんだわけじゃありませんよ」ジャコビは両手で顔をこすった。「ヴェラと僕はあまり親しくないんです」

「でも彼女とフィッツヒューは親しかった？」

「あの二人はわけありなんです——この場合は本当にわけありという意味ですよ。何か月か付き合っていたことがあるんです、でももう十年前ですけどね。それからブラントはイライザに出会い、それで、まあ、星が爆発して、天使たちが歌ったわけです」ジャコビは少し笑った。

「ヴェラとブラントはうまくやっています。ブラントはうまくやっていくやり方を心得ているんですよ。でも僕は？　彼女からみて僕は金で雇われた人間で、僕がそれをわきまえるようにしてきます。だから彼女と同じスペースにいるときには、かかわらないようにしています」

「ミスター・フィッツヒューが倒れたときには、どこにいました？」

「メインダイニングルームにいて、ドービーと話していました——イライザのアシスタントです。実のところ、僕は引き上げようとしていたんですよ。すばらしいパーティーでしたが、あしたロケに出発する前にやらなければならないことがいっぱいありましたから。そうしたらイライザとサマンサがデュエットを始めて。僕はちょっと迷って、二人が歌いおわるまで待とうと思いました、それから出ていこうと。そうしたら……」

ジャコビは目を閉じた。「オーケイ、そうしたら誰かが悲鳴をあげて、みんなおたがいに後ろへ下がったり、前へ走りだしたりしました。はじめはブラントが見えませんでした、でも何が起きたのか、自分が助けになれるかどうか、見にいこうとしました。みんなが叫んだり、あわてて駆けまわったりしていて、誰かが医療チームを呼んでくれと声をあげました。そこで彼が見えたんです、床の上に」

ジャコビは言葉を切り、またしても涙が湧いてきたので目をそらした。「イライザがかがみこんで彼についていました、あとで医者だと聞いた男性も。そしてブラントの顔は赤くなっていて、彼は震えていて——動けなくなっていました。僕は強引に通っていきました。何もかもあっという間のことで、あまりに異常でした。

僕は彼が死ぬのを見ていました、床のあの場所で。目の光が消えていくのを見ました。息をしようとあらがうのをやめたのを見ていました。彼はただ逝ってしまいました、そしてイライザが彼を抱きしめ、揺すったり、声をあげて泣いたりしていました」

ジャコビは握ったこぶしで涙をぬぐった。

「医療員が到着して、彼女をブラントから引き離さなければなりませんでした。イライザは抵抗しましたが、医療員たちに診てもらわなければならなかったんです。もし可能性があれば——ないことはわかっていましたが、もし僕が間違っていたら……僕はイライザを押さえつづけて、ドービーが手を貸してくれて、彼女を落ち着かせようとしましたが、イライザはものすごく泣いていて。それで医療員が彼女に鎮静剤を与えました。シルヴィーが——シルヴィー・ボウエンとさっきの医者が……すみません、名前は聞いていません——イライザを上へ連れていきました。僕たちは警察が来るまでみんなを落ち着かせておこうとしました。誰かが警察を呼んでくれたんです。

みんなが心臓発作だとか、脳出血だとか言っていましたが、僕は違う、そうじゃないと思っていました。彼の体調は完璧でしたから。つい先週に徹底的な健康チェックを受けていたんですす——スタジオの方針ですよ——数日後にニュージーランドで撮影を始めることになっていたので。それから誰かが毒だ、シアン化物だと言うのが聞こえました。馬鹿馬鹿しい、ドラマじゃあるまいしと思いましたが、警察が到着すると、本当にそうなのかもしれないと思いはじめました、だからリンクで調べてみたんです。ブラントは本当に毒を盛られたんですか？」

「死因は検死官が判断します。ミスター・フィッツヒューのアシスタントとして、長年の友人として、あなたなら誰かが彼に恨みを持っていたか、彼が脅迫を受けたことがあるか、知っているのでは」

「はっきり言えるのは、ブラントがこの業界ではいちばん好かれている人物のひとりである——ひとりだったということです。いばりちらしたことは一度もありません、そうすることもできたのに。自分の仕事に真剣に取り組んでいて、常に、いつも準備をしていました。でも同時にそこに楽しみを見出していて、真面目に考えすぎることはありませんでした。そりゃあ、ときには、手紙を受け取ることもありましたし——〝○○の映画でおまえは最悪だった〟とか——それに、なかにはひどいのもありました、でもこれといった脅迫は何も。たしかに業界の中には彼をうらやんでいた人もいるでしょう、でもブラントは恨みをとりのぞいて、人々を魅了する方法を身につけていました。対立や論争は避けていたんです」

「以前雇っていた人間や、関係のあった人物は」

「彼はキャリアを通じてずっと同じエージェントと同じマネージャーでした。僕の前のアシスタントですか？　ブラントは自分のある映画で彼女が、小さいけれど面白い役を得るのを手伝ってやって——それが彼女の望みだったんです、だから手伝ってあげたんですよ。彼女はそれ以来、地味だけれどしっかりしたキャリアを築いています。元の奥さんはどうか？　二人はこのうえなく円満に別れてますし、最終的にはブラントが彼女をいまの夫に紹介したんです。あの夫婦にはちょうど二人めの子どもが生まれましたよ」

　ジャコビは肩をすくめた。「それがブラントという人です。僕にも何かやることをください、警部補。何かしないではいられないんです、何か役に立てることを」

「ミスター・フィッツヒューはホームオフィスを持っていましたね？」

「ええ、二階に」

「家の外にもオフィスがありましたか？」

「いいえ、僕たちはここで仕事をしていました。ドービー、セラ、マータ、僕は三階にオフィススペースがあります」

「そのスペースと電子機器をくまなく調べる必要があります。ピーボディ捜査官があなたをマクナブ捜査官のところに連れていきますから――彼は電子探査課（EDD）の人間です。彼にパスコードをすべて教えて、ミスター・フィッツヒューが死んだ時点で身につけていた以外の個人用デバイスもすべて渡してくれますか」

「ええ、ええ、それならやれます。それができるならうれしいです。イライザは――僕が彼女にしてあげられることはありますか？」

「彼女は何日か、お友達のミズ・ボウエンのところにいるようですよ」

「ああ。それはよかった。でも……僕が彼女を連れて、一緒に行くことはできますか……彼女はブラントに会いたいでしょう。そうする必要があるはずです」

「こちらからご連絡します。ピーボディ、ミスター・ジャコビをマクナブのところへ連れていって、それからドービー・ケスラーを連れてきて」

「一緒に来ていただけますか、ミスター・ジャコビ」

　彼は立ち上がった。

「全然関係ないことはわかってるんですが、『アイコーヴの行動計画（ジ・アイコーヴ・アジェンダ）』を見ましたよ。二度。ブラントは以前マーロと共演したことがあって――彼女の初期の映画で――それにジュリアンとも共演しているんです。ジュリアンが殺されそうになったことがわかって、彼の個人的な問題がおおやけになったあと、ブラントは彼に連絡しました」

「そうだったんですか?」

「助力を申し出たんですよ。ジュリアンが自分なりのやり方であの問題を乗りきるあいだ、話をする相手として。それからブラントはプロデューサーと監督を連れて彼のところへ飛んでいき、一緒に続編の『赤い馬』の企画を進めたんです。ジュリアンがこのままクリーンで頭をはっきりさせておければ、その続編でまたロークを演じるでしょう。彼とブラントには付き合いがありませんでした、全然。でもブラントは手をさしのべて彼の味方になったんです。それがブラントなんです。ただあなた方に知っておいてほしくて」

　ジャコビがピーボディと一緒に出ていくと、イヴは上品な、格間（ごうま）のついた天井を見上げた。

ブラント・フィッツヒューは頼もしい、信用できる人物だったのかもしれない、と彼女は思った。それでも彼は死んでしまった。

3

ドービーなら、いつも派手派手なマクナブも一目散に逃げ出させたかもしれない。緋色(ひいろ)のスキンパンツに、サンバースト柄の衿(えり)なしシャツ、銀のバックルがついた黒いベストに、やはり緋色の紐(ひも)をつけた黒いハイトップスニーカーという格好だったのだから。

マクナブと同じく、彼も小さな輪っかを片耳にいっぱいつけており、赤いバンドの高級な腕時計(リスト・ユニット)もつけていた。髪は細く黒いカールになって肩まで垂れているいっぽう、一本のあざやかな赤い編み髪が額から編みこんであり、それが頭頂部をまわって、後ろへ垂れていた。

肌は磨いた樫(オーク)のようで、そのせいで青いガラスのごとく澄んだ目が、レーザーのように鋭い角度で顔から飛び出してきそうにみえた。

ワインのグラスを持ってきたが、その手は震えていた。

「一杯飲んでもいいって言われたから」彼の声は――バリトンで、かすかに中西部の訛(なま)りがある――手と同じように震えていた。「誰もイライザに会わせてくれないんだ。彼女には僕が必要だろうに」

「ミズ・ボウエンがついていますよ」

　ドービーは深く息を吸った。「オーケイ、オーケイ、それでもイライザには僕が必要だよ。僕はしっかりしなきゃな」彼は腰をおろし、ワインを長々と深く飲んだ。「彼女のために気持ちを落ち着けて、しっかりしなきゃ。これは事故とか脳出血とかじゃなかった。みんな話しているよ、それに事故じゃなかったと言っている。だけどそんなのおかしいだろう。僕だって、どうしてブラントが死んだのか理解できない」

「あなたはミズ・レーンと仕事をしているんですね」

「そうだよ、そう、そう」

　ドービーは青ガラスの目を閉じ、喉の奥でハミングするような音を小さくたてながら、落ち着いて三回、呼吸をした。

「しっかり」と彼は言い、もう一度目をあけた。「僕はワードローブ・アシスタントだったんだ――下っ端だよ――彼女がブロードウェイで『オールズ・フェア』をやったときに。そうしたら彼女の個人アシスタントが全然うまくやれなくて、ついてこられなくなった。でもイライザは他人についてくるよう要求するんだ、ね？　それで彼女が言ってきた、〝わたしのところで働くのはどう、ドービー〟って。それで僕はそうしている、ほら、〝もちろんさ〟って」

彼の唇が小さくカーブをえがき、ドービーはその短い笑みを引っこめようとするように、指先で口を押さえた。「実際にそう言ったんだ、そうしたら彼女はただ笑った。僕はついていけるし、彼女に意見をきかれると、はっきり言うんだ。〝その色じゃ命を吸いとられるよ〟とか、〝マイナとランチをとるときにはジーノのことは言っちゃだめだよ、あの二人は終わったんだから〟って。それに彼女がマッサージしてほしいとか、しばらく静かにしていたいときにはわかるんだ。僕は彼女の稽古を手伝い、彼女のいちばん好きな花を飾るようにして、彼女とブラントが家でロマンティックなディナーをとれるように出ていってとみんなに言うタイミングを心得ている」

ドービーはいったん話をやめ、またワインを飲んだ。「ブラント。きっと事故か、体の中で何かがおかしくなっただけだよ。この世でいちばんやさしい人なんだから」

「彼とミズ・レーン――二人には何か問題がありましたか?」

「結婚生活みたいなこと?」ドービーが首を振るとカールが揺れた。「あの二人はおとぎ話みたいだった、本当に。いつもおたがいのために小さなことをしあって。大きなことはすばらしいよ、でも大事なのはそういう小さなことでしょ。彼女がこれをどうやって乗りこえるのかわからない」

ドービーの目がまたうるんだ。「二人はすごく愛し合っていた! 彼女はブラントの女王さまみたいだったよ。イライザはよく言っていた、彼はいつも彼女が世界の中心みたいな気持ちにさせてくれるし、ブラントは輝く甲冑（かっちゅう）をつけた彼女の騎士だ、って。僕には父親のようだった」

　彼は涙をぬぐった。「おかしな言い方に聞こえるのはわかってる。だってイライザは母親っぽくないし、彼女は僕の親友だから。でもブラントは父親のようなものなんだ。彼はこんな感じなんだよ、〝いまもフランコと付き合っているのかい？　彼はきみをきちんと扱ってくれているの？〟。それでもし僕が〝もう別れた〟って言うと、ブラントはただ、フランコは僕にふさわしい相手じゃなかった、きっと彼がイライザを見つけたみたいに、僕もふさわしい相手を見つけられるよ、って言うんだ」

「前のアシスタントのことですが、ミズ・レーンは彼女を首にしたんですね」

「そうだよ、うん」

「その人物がいまどこにいるかご存じですか？」

「えっと……」ドービーは眉根を寄せながら、また湧いてきた涙をふいた。「カンザスか、そのあたりに帰ったんじゃないかな。彼女はニューヨークにむいてなかったから」

「彼女の名前はわかりますか？」

「うん、うん、思い出すからちょっと待って」彼は目を閉じ、んーとつぶやいた。「思い出した。スザンナ・クラークソン。それにカンザスじゃない。カンザス・シティだけど、ミズーリのほう」

「記憶力がいいんですね」

「全部ファイルしてあるんだ」ドービーは頭の横で手を振ってみせた。

「今夜のことを最初から話してくれます?」

ドービーは話した、しかも詳しく、みんなが着ていたもの、会話の切れ端、誰が誰と来たか、バーやビュッフェに少々行きすぎていると思った人物のことまで。彼は同伴者を招待していなかったが、それは仕事上のパーティーだと考えていたからで、それに加えて、さっき名前の出たフランコと破局したばかりだったからだった。

「リンと僕がダイニングルームにいると、イライザとサマンサがデュエットを始めた。僕は中へ行きたかったんだ、だってイライザが人を驚嘆させるのを見物するくらい楽しいことはないからね、でもほかの人たちが中へ行けるように後ろにさがっていた。それから心臓がちょっとどきどきしたよ、ブラントがグラスを持ち上げて、イライザに乾杯して、二人がおたがいを見る様子が目に入って。一瞬だったけどね、イライザはデュエットをするためにキャラクターになりきっていたから。あれは魔法だったよ、わかる? あの二人の声、それに本当にすてきに装った人たち、窓の外のニューヨーク。僕はうっとりしてしまった。そのすべてが決して見慣れるものじゃない、だからうっとりしていたんだ。ガラスの割れる音が聞こえたような気がした、だからこう思ったのをおぼえてるよ。まったく。ただ、まったく、って。そこで悲鳴がして、それから恐ろしいことになった、本当に恐ろしかった」

　ドービーは話をやめて酒を飲み、飲んで震えた。

「何が起きたのかわからなかった、ブラントだとわからなかった。ただイライザのところへ行きたかった、でもみんなの中を通っていけなかったんだ。彼女が泣いているのが聞こえた、でも行けなかった、最初は」

「行けたのはいつでした？」

「僕は動けなくなったんだ、たぶん。ただその場に立っていた、動けずに。これは現実じゃない、そんなはずがない、って思いつづけていた。気を失っているようなものだったけれど、でも立っていた。それからリンがイライザを引き離し、僕も手を貸そうとしたけれど、頭の中が何ひとつまともに動かなくて。みんなが彼は死ん（ゴーン）だと言うのが聞こえた、でも彼はそこにいたんだ、床の上に、だから意味がわからなかった（ｇｏｎｅには〝いなくなる〟の意味がある）」

　ドービーの声はいまやひくひくと震え、彼はまた口を手で押さえた。ただし今度はすすり泣きをこらえるために。

「医者だと名乗った人とシルヴィーがイライザを連れていった、それで僕は布をとってきてガラスを片づけたんだ。霧の中で動いているみたいだった。思ったんだよ、誰かが怪我（けが）をする前にガラスを片づけたほうがいい、って。そうしちゃいけなかったのに、まともに考えられなかったんだ。申し訳なかった」

「大丈夫ですよ。ガラスはこちらで採取しましたから」

「ウェインとキャラの部屋のドアをノックした。二人は必要のないときには、パーティーに長居しないんだ。僕はただ泣きだしてしまった。そうしたら警察が来た。シルヴィーのところへ行って、イライザに会ってもいいかな?」

「あしたにしたほうがいいでしょう。彼女はたぶんもう休んでいるでしょうし。あと二つだけ質問があります、そうしたら帰っていただいてけっこうです」

「母の家に行ってもいい? 自分のうちには帰りたくないんだ。かわりに母の家に行ってもいい?」

「いいですよ。あと二つだけ質問を」

彼が出ていくと、イヴは考えこんだ。「キラー・ドレスはどう、ピーボディ?」

「ヴェラ・ハロウですね。マクナブの話では、彼女、戦争捕虜みたいに閉じこめられていることに文句たらたらだったそうです」

「いいわね。ペースを変えましょうか。彼女にあたりましょう、それと、この家にコーヒーがあるかどうか見てきてくれる?」

「あることを証明してみせますよ、それも上等のが」

イヴがいくつかのことを手早く調べていると、ピーボディが目撃者とコーヒーの両方を連れてきた。ヴェラは毒が入っている可能性もかまわないらしく、シャンパンの入ったフルートグラスを持っていた。

　彼女は立ち止まり——効果を狙ったのは間違いない——片手を腰に置いた。「配膳室？本気なの？」

「われわれは捜査を非常に真剣に考えています。お座りください、ミズ・ハロウ」

「そこらへんの泥棒みたいに一時間もここに閉じこめられて、わたしが——これも真剣に——抗議した、って記録に残してほしいわね。もう二時間近いじゃないの」

「わかりました」

　このドレスは悩殺的（キラー）かもしれない、とイヴは思った。でもその内側の体はまさに犯罪的だった。豊満で官能的で、しかもそれを見せつけることを恐れていない。ヴェラはぐるりとまわって椅子のところへ来ると、腰をおろし、長くて形のいい脚を組んだ。

「あなたが誰か知ってるわ」と彼女は言った、白いサテンのような声で。「あなたの評判でわたしが怖じ気（おけ）づくなんて、一瞬でも思わないことね」

「オーケイ。あなたと故人はかつてお付き合いされていましたね」

「ブラントとはアツアツの、ありったけをそそぎこむ、あれ以上はないほどの性的関係を持ったわ」ヴェラは髪を後ろへ振りはらい、少し笑って、フルートグラスから酒を飲んだ。「弱い男よ、でもベッドでは精力的。そうしたらイライザが彼に爪をひっかけた。彼女は当時振られたばっかりだったから、わたしの持っていたものがほしくなったんでしょう」

「辛辣ですね」

「あなたは裏切られたことがある？」

「関係ありません」

「いいえ、あるわ。もし裏切られたことがあるなら、そしてプライドってものがあるなら、裏切られて捨てられ、おまけに浮気のことで嘘をつかれた苦々しさがわかるはずよ」ヴェラが宙に手を振ると、彼女のダイヤモンドが光を受けてきらめいた。「すぎてしまったことだとか、どうにもならないことだとか、そういうよく言われるたわごとは信じないの。イライザはわたしからあるものを盗んだ、それもとても計画的に」

「あるものとは？」

「わたしがとっても入れこんでいた恋人よ、そして結果としてメディアはわたしに残酷だった。あの二人は星みたいな目をしたカップルで、かたやわたしは捨てられた手札ってわけ」どこか得意げで野生動物のような目をして、ヴェラは片方の腕を椅子の背にかけた。「わたし、情事が終わったときには言うのよ、ほかの人たちがそのやり方を身につけたように。わたしはその苦さを楽しんでいるの、って」

「かつてあなたを捨てた男に毒を盛るくらい？」

ヴェラは目をまたたき、一瞬、その目にショックが浮かんだ。すぐさま計算が続く。

「そんなことを思いついていたら、何年も前にやっていたわよ。毒を盛るならイライザのほうにやったでしょうけど。でもそうしたら、とってもおいしい苦さを手放さなければならないでしょう。後ろにさがって、あの二人の〝わたしたちってほんとに完璧な夫婦〟が崩壊するのを待つほうがいいわ。いずれそうなっただろうし」

手ごわい、とイヴは思った。だいたいにおいて、手ごわい人間には感服する。しかしヴェラ・ハロウを例外とするのは簡単だった。

「あの二人は十年続いていましたが」

「いずれよ」ヴェラはまた手を振ってそう繰り返した。「なんであれ永遠には続かない。そうしたらわたしはブラントをもう一度誘惑して、利用して、できるかぎりおおっぴらに残酷に捨てるつもりだった。仕返しはすぐにやる必要はないもの」ヴェラは野生の猫のように笑い、それは彼女の目も同じだった。「ただ満足いくものであればいい」

「今夜ここへ来たのは、その崩壊を期待してですか？」

「どうかしら」ヴェラはなめらかな肩を片方上げ、フルートグラスから酒を飲んだ。「それに、イライザがすばらしいパーティーをすることはわたしでも認められる。ブラントが死んで残念よ。いまや仕返しするチャンスはなくなったわけだし、イライザは悲嘆に暮れる寡婦の役をつかんだし。メディアはそれをクリームみたいにペロペロなめるでしょうね。加えて殺人まである、そういうことだとしたらだけど。そうなればショック、ドラマ、刺激が積み重なるわ」

ヴェラはグラスを持ち上げた。「あのビッチがまたしても勝つのよ」

「腕の中で夫が亡くなるのは勝利と思えませんが」ピーボディが言った。

ヴェラは笑いだした。「勘弁してちょうだい」

「ミスター・フィッツヒューが亡くなる少し前に彼と話をしていますね」

「そうらしいわね。連れと遅刻してきたものだから、挨拶をする機会がなかったの。彼と話をしたわ、わたしは若くておいしいリコを見せびらかした、そしてブラントは使い走りみたいに、シャンパンカクテルをイライザのところへ持っていった。彼はいつも……」

ヴェラがぱっと体を起こした。「ちょっと待って。待って。彼女のカクテル。あれは彼女のカクテルだった。ブラントはイライザにお酒を持っていかなければならないって言っていたわ、それからパーティーを楽しんでくれって。イライザのよ。なんてことなの、ブラントったら彼女の代わりに死ぬなんて、間抜けにもほどがあるわ」

頭を後ろへ倒し、ヴェラは笑い声をあげた。「最初から狙いはイライザだったわけ。あなたたちはあんなにすごい評判なのにわからなかったのね。イライザがあの毒を飲むはずだったのよ」

「まあ、ありがとうございます。あなたがいなかったら、絶対に気づきませんでした」

ヴェラの目が細くなり、やがて彼女は肩をすくめた。「それじゃ気がついていたわけね。つまるところ、それがあなたたちの仕事だものね、たいしたことじゃないけど。わたししたちが着いたのはブラントと話をするほんの十分か十五分前よ、それに話をしたときには、彼がイライザのお酒を持っているなんて、前もって知りようがなかったわ」

「彼がそんなふうに使い走りだったなら、今夜のどこかでそうすることはあなたにも予想できたはずですよ。あるいは、あなたはミズ・レーンがお酒を手に持っているときに、一、二分、彼女と挨拶をかわす時間があったかもしれない」

イヴはコーヒーを飲み、獲物を観察した。「昔のライバルを殺し、そうして仕返しを完了する。嘆き悲しむ夫に慰めをさしだす。彼を誘惑する――あなたがそう言ったんですよ。それから彼を捨てる。彼は妻を失っただけでなく、おおっぴらに打ちのめされ、辱められる。なかなかの計画です」

ヴェラの唇がゆがんだ。しかめ面じゃない、とイヴは思った。無言で歯をむいているのだ。「イライザを殺して、殉教者にしてやるなんて、そんな満足を彼女に与えてやるわけないでしょう。話は終わった？」

「さしあたっては終わりにしてかまいません。あとでまたお話しすることになると思います」

「弁護士を通してちょうだい」ヴェラは立ち上がり、もう一度髪を後ろへはらった。

「けっこうです」

彼女は出ていこうとしたが、足を止め、肩ごしに振り返った。「それと、『ジ・アイコーヴ・アジェンダ』は評判倒れだったわね」

イヴはピーボディを見て、自分の胸をこぶしで叩いた。「ああ、痛」

「とんでもないビッチでしたね」

「金めっきがよりぶあついとは思うけど、まあそうね、ビッチだわ。それもいい意味じゃなく。ねじれたものであっても、ともあれはっきりした動機のあるひとりめの人物。そこをもっと掘っていきましょう、彼女には必ずそれだけの値打ちがある。

もうひとりのアシスタントを連れてきて――セラ・リカードを。それからレーンの電子機器のパスコードを本人からきいて、マクナブに知らせて。みんなを解放しなきゃならないし、供述をとって連絡先をきかなきゃならないけど、どのみち今夜じゅうに全員は無理よ」

セラからはいま以上のことはききだせなかったが、ほかのアシスタントたちとの対照が興味を惹いた。この冷静な目の、落ち着いた女から涙は流れなかったが、彼女が見たことについて効率的で詳細な報告がもたらされた。

「ミズ・レーンが歌いはじめたとき、わたしは二階にいました」セラは両手を膝の上できちんと組んだまま話をした。「わたしの雇用主はゲストがプライヴェートなエリアに近づかないことを望みますので、こういったイベントのときにはわたしがそうしたエリアを定期的に見てまわっています」

「誰か上に来ましたか？」

「まだ見まわりきっていないときに、メイン階から悲鳴が聞こえました。そのときは二階のいちばんむこう端にいたんです、いつも主寝室スイートから見まわりを始めるので。わたしは業務は先延ばしして下へ行き、何かできることがあるかみてみることにしました。もちろん、問題の重大さについては思いもよりませんでした、階段のカーブのところへ行くまでは」

　黒いワンピースを着た背中をまっすぐにして、セラはわずかに座りなおした。苦悩の徴候はこれだけだ、とイヴは見てとった。

「そのよく見える場所から、床に倒れているミスター・フィッツヒューと、彼の頭と上半身を抱いているミズ・レーンが見えました。ミスター・アダーソンとパーティーにいらしていたドクター・シリルが、手当をしようとしているようでした。ミスター・ジャコビ、ミスター・フィッツヒューのアシスタントですが、彼はミズ・レーンの横に膝をついていました。わたしはミスター・フィッツヒューが深刻な身体的苦痛におちいっていると判断して、九一一に通報して助けを求めました。お客様かスタッフの誰かがすでにそうしていたでしょうが、そのときは頭に浮かびませんでした」

　セラはこほんと咳払いをした。「水を一杯いただいてもいいですか？」カウンターの下にあるガラス扉の冷蔵庫をさした。

「どうぞ」

彼女は立ち上がり、缶入りの天然湧水（スプリングウォーター）を取り出し、カップボードからグラスをひとつ出した。「あなたもいかがですか、警部補？」

「わたしはけっこうです、ありがとう」

水をグラスにそそぎ、缶を丸め、リサイクル機（リサイクラー）に捨てたあと、セラはまた座った。そしてゆっくりと三度飲んだ。

「あのときは、数分でしたが、混乱きわまっていました」

「メイン階には降りましたか？」

「いえ、あのときは。離れているのがいちばんいいと思ったのです。ドービー、ミズ・レーンの個人アシスタントのドービー・ケスラーが、人のあいだをかきわけていきました。床に割れたガラスがありました。ドクター・シリルがかけらで手を切りましたね。浅かったようですが。ベルが鳴りました――玄関の。わたしはそのときになって降りていき、医療員を中へ入れました。ミスター・フィッツヒューが亡くなったことはすでにわかっていましたが。やはり階段のあのよく見える場所から」

セラは話をやめ、もう一度水を飲んだ。「ショックでした。あんなに若くて健康な方が、それも徹底的な健康診断を受けたばかりの方が、あっさり倒れて、数分足らずで亡くなってしまうなんて」

　イヴが何も言わずにいると、セラはまた座りなおした。「何人かの方が毒だという意見や見解を述べているのは耳にしました、わたしは芝居じゃあるまいしと相手にしませんでしたけれど。劇場関係の方々があれだけ多くいれば無理もないでしょう。でも、あなた方は殺人の専門家だとも聞きました」

　そういう言い方もあるか、とイヴは思った。「わたしは殺人課の者です。死因はいずれ検死官が特定するでしょう、それと、さしあたってこのアパートメントは犯罪現場として扱われます。通常の手続きです」

「もちろんそうでしょう」

「それはつまり、誰かがミスター・フィッツヒューもしくはミズ・レーンに危害を加えたいと思っているかもしれないと、あなたは気づいていたわけですか？」

「そうとは言えません。お二人の選んだ業界には激しい競争があります、当然のことながら。それにファンや評論家の中には、役の演じ方に厳しい評価をする人もいるでしょう。ほかにも、もちろん、私見ですが、役の中に自分が見た人物を愛しすぎて、とっぴな妄想を抱く人もいます。ミズ・レーンのストーカーのように」

「ストーカー？」くそっ！「どういうストーカーです？」

「若い男で、名前はイーサン・クロンメル。すみません、まる二年も前のことだと言うべきでした、それにその人は結局、逮捕されましたし」

セラはひと息おいて、咳払いをし、また水を飲んだ。

「当時、ミズ・レーンは『オールズ・フェア』に出ていて、彼は何度も公演に来ていました。それだけではなく、ほとんどすべての公演のあとに、何か言葉や、サインや、あるいはただひと目見ることを望んで、楽屋口の外にねばっていました。ときどき赤い薔薇(ばら)を一本持ってきて、ミズ・レーンに渡していましたよ」

「彼女はその男と話をしたんですか？」

「ミズ・レーンはファンの人たちにはとてもおうようなんです。でもそれが何週間か続いたあとは、接触を制限しました。そうしたら彼は手紙を書いてきました。それも最初は無害にみえたんです、偏執的ではありましたけれどね、でもエスカレートしていきました」

「どんなふうにエスカレートしたんです？」

「彼は花や、ちょっとしたプレゼントを贈ってきて、それから添えられた手紙に、自分たちは一緒になる運命なのだと書いてくるようになりました。自分たちは前世で一緒だったのだと。彼はミズ・レーンにつきまといはじめ、やがて近づいてくるようになりました。いずれにしても、三か月を超えた頃、彼の行動はより妄想に支配され、本人も執拗(しつよう)になっていきました」

「どんなふうに執拗でしたか？」

「一度は、ミスター・フィッツヒューに声をかけてきて、彼が――ミスター・フィッツヒユーが――ミズ・レーンを彼から――イーサン・クロンメルから――力ずくと脅しで引き離していると主張していましたね。あるときには、ミスター・フィッツヒューとミズ・レーンがディナーをとっていたレストランから、物理的に追い出すほかありませんでした。駆けつけた警察は彼がナイフを所持しているのを見つけて――彼は、ミズ・レーンを心ならずもミスター・フィッツヒューに結びつけている束縛を断ち切るのに使うんだ、と言いました。彼は逮捕されて告発され、いまはたしか、精神的疾患の人々のための施設にいると思います」

「その話は誰もしてくれませんでしたが」

「もう何年も前のことだからでしょう、それに彼が今夜ここにいなかったのは確実ですし。お客様もケータリングスタッフも、階下のセキュリティでチェックを受けて、ここの玄関でもう一度受けます。招待客のリストはわたしが持っています。別の警官の方にお渡ししました」

「ええ、助かります。それにご協力ありがとうございました。もしほかに何か役に立ちそうなことを思い出したら、わたしに連絡してください。もう行かれてけっこうですよ」

「わたしがミズ・レーンにしてさしあげられることはありますか?」

「これから何日かはきっとあなたの助けが必要になるでしょう、でも今夜は、お友達がついていますから」

「ミズ・ボウエンですね、本当にすばらしいお友達」セラは立ち上がった。「もし今度のことが殺人事件なら、警部補、見下げ果てた行為でしたよ」

「殺人はそういうものです」

「ええ、もちろん、でも……わたしがミズ・レーンのところで仕事をしてきた期間、彼女とご夫君は本当に親密でした。ミスター・フィッツヒューが何かのプロジェクトで留守にしていなければ、ほとんど毎日彼にお会いしました。わたしの知っているあの方は、とてもよい方、やさしい方、愛情深い方で、思いやりのある夫でした。おやすみなさい」

イヴはまだ残っている五人ほどの聴取をピーボディにまかせて、上の階のマクナブのところへ行った。

「ヘイ、ダラス。いまのところどの機器にも怪しいものはありませんよ——それにしても、ここんちには機器がクソほどありますね。一級品ですよ、どれも」マクナブはイライザのオフィスデスクにのっているデータ通信センターをさした。「被害者のは調べおわりました、それに奥さんのほうのもほとんど。二人のどちらも、浮気していたふしはないです。問題をにおわせるものもなし。その反対だと言わざるをえません。二人のあいだでかわされた手紙をいくつか見つけたんですが、どれもベタ甘でしたよ。奥さんはカレンダーのあしたの欄に泣き顔の絵文字をつけてます。まあ、いまはもう今日ですけどね、時間を考えると」マクナブはそう訂正した。「こうありました、ブラントがニュージーランドへ、泣き顔」
「彼はニュージーランドで新しい映画を撮りはじめるはずだったのよ」
「なーる。二人ともカレンダーはぎっしり書きこまれてますよ。打ち合わせ、ドレスやス
ーツのフィッティング、ランチ、ディナー、インタビュー。彼女のほうはパーティーの準
備の日付がたくさん。だんなさんのほうはそれほどないです。でも怪しいものはありませ
ん。
だんなさんのほうのリンク、タブレットもざっと調べてみたんですけど」マクナブはエ
アブーツをはいた足の片方でタップを踏みながら、話を続けた。「ひとつは台本用、もう
ひとつはモバイル通信用で、別のカレンダーにデスクの上のカレンダーがそっくり反映さ
れています。彼は今日――泣き顔の日ですよ――奥さんに花を届けることになっていまし
た、それにこのあとも毎週」
「あなたはその作業を続けて、そのうちピーボディが終わるから、そうしたら引き上げて。
あしたはここを徹底的に調べる。その前にまずちょっと寝室を見て、それから歩いてまわ
ってみるわ」
「上のオフィスはまだ手をつけてないんですが」
「ここは封鎖してあしたとりかかりましょう」
「今日ですよ。あしたはもう今日なんですから」

「そうね。必要なら電子機器を署に持っていきましょう、でもそのどれかにシアン化物の納品書が都合よく見つかるかは疑問よ。それってどれくらい古いもの？」

「このユニットですか」マクナブは愛するペットにするように機器を撫でた。「このモデルはほれぼれしますが、去年出たばかりです」

「なるほど、そんなところだろうと思った。いずれにしてもそれでイーサン・クロンメルをサーチしてみて。ここの人たちはファイルを移したかも。クロンメルから、もしくは彼への通信はすべてよ、彼に関するデータもすべて。そいつは三年ほど前にレーンをストーキングして楽しんでたの」

「やっておきますよ、それから被害者の機器でもやってみます」

「よし。何か見つけたら、わたしに送って」

イヴは主寝室へ移動した。距離をみて、セラが主寝室から歩いて階段へ行くのにまるまる一分――いそいでいなければもっと――必要だっただろうと見積もった。

供述と一致している、時間的には。

イライザのドレスが、ベッドの上に赤い線のように置かれ、靴はベッドのわきにあるのが見えた。本人かシルヴィーがテラスのドアを閉めて施錠したのだろう、しかし外のテーブルには水のグラス類が置かれたままだった。

ベッド横の引き出しをあけると、タブレットがあった。パスコードは不要だったので、開いてみると、台本とおぼしきものがあり、いくつかメモが書き入れられていた。イライザのものだろう。やはりメモ付きの歌詞、登場人物名や職名のリストもある。演出家、演出助手（AD）、舞台監督（SM）、劇場支配人（PM）、照明主任（LD）、などなど。

タブレットは横に置いて、ほかの中身を調べにかかった。メモを書き入れるためのスタイラスペン、ハンドクリームの容器、手鏡――ベッドに入ったあと自分を見る人間なんているの?――セックス玩具が二つ。

ベッドをまわってもうひとつの引き出しのところへ行った。こちらはタブレットなし、ということは被害者は自分のタブレットを、少なくともきのうは自分のオフィスに置いていたわけだ。それも荷物に入れるはずだったのだろう。かいでみてゾーナーとわかった煙草（たばこ）が一本、きちんと巻かれていたがまだ使われておらず、それからセックス玩具が二つあった。コンドームなし、ということは心配していなかったことになる。

ドレッシングエリアへ移り、自分のクローゼットも同じくらい大きいことに恥じ入らないようつとめた。しかしまた、このクローゼットはドレッシングエリアへ開かれており、そこにある鏡台には引き出しいっぱいに化粧品やら、ヘアケア製品やら、ボディクリームやらが入っていて、ライト付きの三面鏡もあった。

よく整理されている、とイヴは見てとった。服、バッグ、靴、下着、〝興奮させて〟的なランジェリーと同様に。香水のボトルがひとつだけ、鏡台に置かれていた。意匠を凝らしたボトルで、ガラス面をよぎってこう書かれていた。

〝Eliza〟(イライザ)

本人の名のついた香水だ、とイヴは思った。彼女のために作られた香水。イヴも以前、シャーロット・マイラにプレゼントで作ったことがある。興味が湧いて、ちょっと振りかけ、かいでみた。

フルーティというよりフローラル、と思った。でもそっちに振りきっているわけではない。それに……たぶん〝成熟した〟という言葉がぴったりだろう。花咲く牧場で踊る少女、みたいなものではなく、すべるように進んでいく女、という感じだ。

ハンドバッグをいくつか調べ、カップボードをあけてみて、面白いものはなかったが、あるだろうと予想していた金庫はあった。大きな金庫で、背の高いキャビネットの後ろに取りつけられていた。

イライザ・レーンのような女なら、キラキラするものをたくさん持っているだろう、とイヴは思った。金庫はあとでいい。

同じように被害者のクローゼットも調べた。ここに鏡台はなかったが、彼がグルーミングコーナーとみなしていたのだろうと思われるものと、運動やワークアウト用具の広いスペースがあった。スーツが山のようにあり、タキシードが三着、スポーツウェア、それからここにも大きな金庫。

イヴはバスルームへ歩いていった。マルチヘッドのジェットシャワーは、親しい友人たちが一ダース入れそうな広さで、きらめくガラスドアの内側には体をつからせるバスタブがあった。長く白いカウンターには両端に透明ガラスの置き型洗面台（ヴェッセルシンク）がついている。

そのあいだに花——三個ひと組の細い花瓶——があった。大量の引き出しにはまたしてもグルーミング用品、ヘアケア製品、肌用のベタベタ、衛生用品が入っており、すべて高級品だったが、意外なものはなかった。

ビタミン剤はある、でも市販のもの。

違法ドラッグの隠し場所はなし（さっきの一本きりの煙草は数に入れない）、セックス上の隠れた性癖、または複数パートナーとのお楽しみの徴候なし。二人の特権的な、成功した、あきらかに忙しい人間たちの共用スペースというだけだ。

イヴは出ていき、長く幅広いホールでマクナブと出くわした。

「クロンメルをつかみましたよ、彼はイカれてますね。彼に関することはすべて警部補のユニットに送りました——お宅とセントラルと。イライザ・レーンはファンからのメールをたくさんファイルにとってあります、それ専用のアドレスがあって、彼女のアシスタントに行くんですが、彼女用のファイルにもコピーをするんです。フィッツヒューも同じ文書を持ってました、つまり彼もクロンメル関係のものは保存していた。メディアの報道もです。クロンメルは三年入ってまして、強制による精神鑑定と治療を受けました」

「三年？」

「ええ、ファイルによれば彼は解放されてます。三階の電子機器をざっと見てみましょうか」

「いえ、朝になったら新しくとりかかりましょう。フィーニーに許可をもらってちょうだい、そうとうたくさんあるから」

二人ともピーボディのトレードマークのどすんどすんという足音を耳にし、マクナブが肩の後ろを見た。「俺のカノジョだ！」

「全部すみました。目新しいものは何も出ませんでしたよ、ダラス。給仕たちはレーンとキーンが歌いはじめたときに引っこんだんです。ここのパーティーでのいつもの方針、とケータリング業者は言っていました。パフォーマンスやお客の邪魔をしないこと。コックとハウスキーパーは自分たちの居住区画にいました。防音なので、彼らはドービーがドアをノックしてくるまで何も聞いていません」

「レーンには数年前にストーカーがいたの。マクナブから詳しいことを聞いて。わたしも調べてみて、そいつがまだ施設に入っているか確認する。朝にここでまた集合しましょう。この家の広さを考えて、バクスターとトゥルーハートも呼ぶわ、二人の手があいていればだけどね、それでここを調べるのを手伝ってもらう。〇九〇〇時——〇九〇〇時にしましょうか、そうすればわたしが家で事件ボードと記録ブックを立ち上げられるから。この現場はあとでわたしが施錠して保存しておくわ。まずは歩いてまわってみたい」

「〇九〇〇時ですね。バクスターにはわたしから連絡しておきますよ」ピーボディが申し出た。

「わかった、やっておいて」

イヴは二人の声——ピーボディがマクナブの言った何かに短く笑う声——に耳を傾けていたが、やがて静かになった。

セラが階下からの悲鳴を聞いたときにいたという寝室へもう一度行ってみた。なるほど、とイヴは思った。ドアがあいていれば、その悲鳴は階段をあがってきただろう。

たぶん立ち止まり、いったい何だろうと考える、それから騒ぐ声がたくさん聞こえてくる、それで下へ見にいった。階段へ行き、降りはじめるまでに一分。カーブで立ち止まる。

イヴも自分でやってみて、下を見た。俯瞰(ふかん)して見える、とわかった。人々が散らばっていても、セラには供述したとおりに床の被害者が見えただろう。

イヴは残りの階段を降りていき、レーンとボウエンがおしゃべりしたと言っていた場所に行った。

たくさんの人々が動きまわっている、ピアノを弾いている者、人のあいだをぬっていく給仕たち。たくさんの会話。

　テラスにいる被害者、カクテルを受け取り、ジャコビと話し、バーテンダーに感じよく接する。中へ入ろうとして、ヴェラ・ハロウに待ち伏せされる、ジャコビは離れる。キス、ハグ、チャンス。

　いまの時点でははっきりしない。フィッツヒューが大きな部屋を通って妻とその友人がおしゃべりをしているところへ行こうとしているあいだ、彼が話をしたか、もしくは接触した人々の何人にチャンスがあったのか。それにまた、レーンがおしゃべりをやめてキーンをつかまえ、歌いはじめたあとに、フィッツヒューが交流した人々がどれくらいいたのかもはっきりしない。

　そしてそれでも、彼が持っていたのはレーンのおきまりのカクテルで、本人の好みではなかった。

　確率でいくと、毒物は彼女を狙ったもので、フィッツヒューではなかった。彼は単に不運だっただけだ。

　とはいえ。

　イヴはもう一度遠くへ目をやり、テラスへ出て、それからまた戻ってきた。ドアを施錠し、捜査キットをとってきた。専用エレベーターのある一角をチェックする。封印する。

　外へ出て、玄関を施錠し、そこも封印した。

これまで聴取した人々全員のうち、夫妻のどちらかを悪く言ったのはひとりだけだった。しかもヴェラ・ハロウの場合は両方。

そしてときには、とイヴはメインエレベーターへ歩きながら思った。生と死はこんなふうに単純なものになる。

イヴは家へ帰る道でハロウのことを調べよう、と思った。何が掘り出せるか見てみよう。それからクロンメルのことも調べる。

そうしてから、朝にまた新たな気持ちでとりかかろう。

4

イヴがゲートを通り抜けたときには午前二時をたっぷりまわっていた。長く曲がったドライブウェイの先に、明かりがちらちら光っているのが見える。ロークの築いた城さながらの家にある大小の塔に、セキュリティのライトが反射しているのだ。しかし彼女が大切に思っている〝お帰りなさいの明かり〟を見せてくれているのは、窓に反射している光だった。

体は今日一日の長さと、時刻の遅さを感じていたものの、頭はスイッチを切ることを拒否し、現場でのことや、聴取や、家までの短いドライブで入手したデータをばらばらに拾い上げた。

心のどこかではこのまま仕事を続け、ベッドでなく仕事部屋へ行きたがっていた。事件ボード、記録ブックを立ち上げるのだ。しかしイヴは、その気持ちは静めて、事件にも自分にも休息をあげるのよ、そうすれば数時間後には新鮮な気持ちで向き合えるから、と胸の中でつぶやいた。

暑い夜の空気は、彼女の知らない花や、緑の夏草のにおい、それから、たしかに平穏のにおいがした。この街は何時であろうとエンジンをまわし、その音をとどろかせつづけているが、ここでは、彼女が車から玄関へ歩いていくあいだも小さな奇跡のように静けさが保たれていた。

ホワイエの明かりは輝いていたが、いまの空気のようにひっそりとしていた。

イヴは階段をのぼりながら、ほんの五ブロック離れたところでは、別の壮麗な特権階級の空間が、無人のまま、花と鑑識の粉のにおいをさせていることを思った。

ロークは寝室の明かりを弱くつけておいてくれていて、それでイヴは、ローク本人はいつも夜明け前に起きだしていつもの〝ビジネス界の神〟スーツを着るときも、彼自身のためには一度もそうしたことがない、と気づいた。

猫がいつもはイヴのいるところで手足を広げ、グレーのもふもふになっていた。しばらくのあいだ、イヴはただその光景をながめた。眠っている猫、眠っている男、彼はおかしなくらいセクシーで、その光景に心臓をぎゅっとつかまれてしまう。

しかもどちらもイヴのものなのだ。

イヴは音をたてなかったが、それでも彼の野性的な青い目が開いた。薄明かりの中でさえ、その目が一瞬で完全に覚醒したことがわかる。彼の横で、ギャラハッドの左右色違いの目が開き、けだるそうに彼女を見た。

そう、彼らはわたしのものだ。

「やっとお帰りだね」ロークがかすかにアイルランドを感じさせる声でつぶやいた。

「ごめんなさい。もう遅いのに」

「誰かが亡くなったんだろう」

「ええ、そのとおり。ブラント・フィッツヒューよ」イヴはそう言いながらリネンのジャケットを脱ぎ、シッティングエリアのソファにほうった。

「俳優の？」そう言うと、ロークは起き上がった。

「その人」イヴは武器ハーネス、バッジをはずし、ドレッサーに置いた。「シャンパンにシアン化物。あとでモリスが確認してくれるでしょうけど、それが彼の終わり方」

「なんてことだ。とても才能のある男で、尊敬されていたのに」

イヴはポケットをからにしながら彼を見て眉根を寄せた。「知り合いだったの？」

「何度か会ったことがある。何年か前に一度、彼が特別なチャリティプロジェクトのための大口の寄付を求めていたときに、一緒にランチをとった」

「むこうは寄付を得られたの？」

「得られたよ、ああ。手ごろな価格の住宅供給への彼のかかわりは本物だったし、心からのものだった、僕が判断するかぎりでは。容疑者は？」

「彼は妻と催した盛大かつ派手なパーティーでそのシャンパンを飲んだから、容疑者はおおぜいね。それにそのカクテルはもともと妻のために作られた」

「かの比類なきイライザ・レーンか」ロークはたてがみのような黒い髪を後ろへかきやった。「興味をそそられるね」

「フィッツヒューは妻にカクテルを持っていった――カクテルを作ったバーテンダーは無実よ。よかったわ、あなたのところの人間だし。〈デュ・ヴァァン〉で働いてるの」イヴは疲れた目をこすった。「それからフィッツヒューはパーティーのなかをおしゃべりしながら進んでいった、元恋人と出くわしたことも含めて――ヴェラ・ハロウよ」

「おおっと」

「彼女はわたしの容疑者リストに載ってる」イヴは服を脱ぎながら言った。「動機があるし、どんなにあの夫婦を嫌っているか嬉々として話しているようにみえた。いずれにしても、フィッツヒューはレーンにそのカクテルを持っていき、彼女は友達と一緒にいた。シルヴィー・ボウエン」

「スターまみれの夜だったね、警部補」

「そしてその誰かが殺人者かもしれない。レーンがそれを飲まなかったのは、歌うことにしたから。ブロードウェイの出し物で、自分の娘役を演じることになっている女優をつかまえにいくあいだ持っていてくれるよう、フィッツヒューにグラスを渡した」

「『アップステージ』の再演だね」

「それそれ。みんなが集まってきた、その中には被害者もいて、妻に乾杯することにして、シャンパンカクテルを飲んだの。そして世間でいうあれをやった――最後のカーテンコールを。どうしてコールって言うの？　誰も誰かを呼(コール)んだりしてないじゃない」

「どうしてかな。それじゃ現在の時点で、フィッツヒューとレーンのどちらが狙われていたのかははっきりしないんだね」

「ええ」イヴはナイトシャツを着た。「レーンがターゲットとしてはいちばん確率が高そう、少なくとも表面的には。カクテルは彼女のお気に入りの飲み物だし、フィッツヒューはそれを彼女に持っていくところだった。でも彼女が夫にグラスを返したあと、それに毒を入れるタイミングとチャンスはあった。

そこはわたしの場所よ」ギャラハッドにそう言うと、猫を横へ押しやって、ロークの隣に体を丸めた。

「でも彼は死んで、彼女は死んでない、ということは」

「彼女には自分からその結婚を終わらせる動機があったのかな？」

顔を近づけ、イヴは彼に笑いかけた。「ほらね、あなたのそういうところが好きなの。警官みたいに考える」

「侮辱するには夜が更けすぎているよ、ダーリン・イヴ」

「すべてが二人はしっかり結ばれた夫婦だったと示している。愛人なし、お金の問題もなし――常にトップの動機二つとも。でも配偶者に注目しなければだめ、とすると、彼女は夫にカクテルを渡している。ここで厄介なのは、その彼女のほうが被害者になるはずだったかもしれないこと。現時点では、いっぽうで彼らの両方を被害者として扱い、もういっぽうでは彼女を容疑者リストに載せておくつもり」

「マスコミは大騒ぎするだろうね」

「二人はその何人かをパーティーに招いていたからなおさらよ。それについては、あるいはわたしが到着したとき現場がさんざん荒らされていたという事実については、どうしようもない。あしたはここで仕事を始めるわ、それからピーボディと、それからフィーニーが許可してくれればマクナブと、それにバクスターとトゥルーハートと合流する。あの家を徹底的に調べないと。あの家ときたら、部屋だらけ」

「それじゃ少し眠らないといけないね。その頭のスイッチをしばらく切って」ロークはイヴの額に唇をつけた。

「ええ、自分にそう言い聞かせているところ。明かりをつけておいてくれてありがとう」

「いつでもそうするよ。それじゃいまはどうかな？　明かりを消せ(ライツ・アウト)」

暗闇の中、ロークはイヴを抱き寄せ、すると猫もイヴの腰のくびれに体を丸めた。

わが家。

イヴはかすかな夢の記憶とともに目をさました。豪華な衣装をつけた人々がそれぞれに舞台で歌い、踊りまわるのだ。ひとりまたひとりと死んで倒れていくまで。

それからイヴは人々の死体をかきわけ、誰が本当に死んでいるのか、誰が演技をしているのか、見極めなければならなくなった。

目をさましながら、どちらもたくさんいた、と思った。

ロークはすでにペールグレーのスーツ、ペールグレーのシャツを着て、グレーとバーガンディのストライプのネクタイをきちんと結んで座っていた。

金融ニュースが壁面スクリーンを流れていくかたわらで、猫を膝に寝そべらせながら、タブレットで作業をしている。

イヴはコーヒーのにおいをかぎ、あくびをした。

「金融ニュースまでブラント・フィッツヒューの死を見出しにしているよ」ロークはくだけた口調で言った。「ちょっと前にシンガポールと会議をしていたんだ、そうしたら話がめぐりめぐってその話題になってね。きみも見出しになっていたよ」

「わたしが?」それを考えるとうんざりしたので、イヴはオートシェフにコーヒーをいれさせようと立ち上がりながら顔をしかめた。「なんで?」

「〝アイコーヴ事件を解決し、オスカー受賞の映画『ジ・アイコーヴ・アジェンダ』ではその役をマーロ・ダーンが演じたイヴ・ダラス警部補が、ブラント・フィッツヒュー殺害事件の捜査主任となった〟」

「事件は解決するんじゃないわよ、終結させるの」

「そのレポーターと話し合ってごらん」ロークは彼女にほほえんだ。「フィッツヒューほどの大スターが妻の腕の中で死んだなら――そこもカメラにとらえられていたんだからね――メディアはここぞとばかりに食いつくさ。何週間もとはいかなくても、何日かは。それに加えて、きみと、二冊のベストセラー本の推進力になったきみの扱った有名な事件二つ――」

「ちくしょう、ナディーンのやつ」

「となると、警部補さん、そこには絞ればたっぷりおいしいものが出る船倉があるわけだ。悲嘆の声と賛辞が押し寄せてくるだろう。ハリウッドから、ブロードウェイから、世界じゅうから。彼は重要人物だったんだ、それにさっき言ったように、とても尊敬されていた」

「誰かが敬意を持っていなかったのよ、大物さん」

「もしくはイライザ・レーンに敬意を持っていなかったということだね、彼女もまた重要な俳優であり、とても尊敬されている。きみはシャワーを浴びて、朝食を食べなければだめだよ。あちこちから連絡が入ってくるだろうし、じきにきみの部長や、キョンからも」ロークは悪態をはね返すように手を上げた。「キョンは、きみがいつも言いたがるように、クソ野郎じゃない。それに彼はきみが記者会見をやらなければならないことをわかっているんだ」

「それで何を言うの？　こっちはまだ事件ボードも記録ブックも立ち上げてないのに。モリスにも話をきいてないのよ。メディアなんてくたばれ」

「ナディーンにそう言うのを忘れるんじゃないよ。彼女がきみに連絡してくるのは間違いないし、ホイットニーより早いかもしれないぞ」

「ああもう」イヴはコーヒーと滅入った気分を道連れにシャワー室へ入った。

「僕たちのイヴには重荷だろうね？」ロークはギャラハッドを長く撫でてやった。「こういうふうに言い換えられるんじゃないかな。ある者はスポットライトの中で生まれ、ある者はスポットライトを勝ち取り、またある者は、警部補のように、スポットライトを自分に向かせてしまう、と。

　彼女に完全なアイルランド式朝食を用意してあげようか。警部補さんには燃料が必要になる」

　イヴが短く白いローブで出てくると、ロークは座って、タブレットをスクロールしていた。彼をじっと見つめる。完璧な高級スーツをまとった彼女の男を。黒い絹の髪は、賢い天使たちにキスされた顔を豪華にかこんでいる。

　そしてイヴは、自分が途方もない苦痛と考えるものを、彼は楽しめることをよく知っていた。有名になるなんてサイアクなのに。

「ナディーン・ファーストは今回の騒ぎについての本なんか、絶対に書いたりしないわよ」

「ふむ。彼女はきみがつぶしたあの殺人カルトに光をあてた本に、すでに着手している、と僕は思うが。それに」ロークはイヴが口をはさむ前に言った。「きみもいずれ認めることになるよ、とくに彼女のすぐれた手にかかれば、あのとりわけ邪悪な者たちの存在を一般の人々に気づかせられるだろうと」

「ちくしょう」

「さあおいで、座って食べよう」ロークは横の席をぽんぽんと叩いた。「きみには必要になるよ」

「あなた、今度のこと全部を楽しんでいるんでしょ」

「いや、殺人は違うね。ブラント・フィッツヒューのことは高く評価していたんだ、俳優として、活動家として、ひとりの人物として。それでもきみが彼を殺したやつを追いつめていくのを見るのは楽しいし、きみがそいつをつかまえることはまったく疑っていない。そのほかのこともすべて、くだらないことじゃないよ、イヴ」

　イヴは腰をおろし、ぶつぶつと言った。「わたしにはすこぶるくだらないことにみえるけど」

「全然違う。彼はきみときみのチームに捜査してもらえるだけの価値がある――どの被害者でもそうだが、彼は賞賛されるべき人物だったんだ、少なくとも僕が彼について知っているることからすると。彼の死、それに亡くなり方に対して関心を持たれるのは自然なことだよ。そして現実問題として、きみはそれを横に払いのけることはできないだろう、だから準備をしておくに越したことはない」

ロークは皿の蓋を持ち上げ、それが猫の注意を引いた。ギャラハッドはぶらぶらとそこへ近づいてきていたが、ロークが長く冷ややかな視線を向けると立ち止まった。

「もし犯人が二週間待ってくれてたら、あなたとギリシャに行ってたのに」

ロークはさっと彼女の膝を撫でた。「行けるさ。食事のあいだにきみが事件をどうみているか話してくれないか？」

「どうみているかはっきりしてないの。あきらかなのは、誰かが殺しの計画を立ててやってきた、そしてレーンの好きなカクテルを知る程度には二人の習慣をよく知っていた――もしくは単にチャンスとしてその時間を利用した」

「犯人は彼女がそのカクテルを飲まないこと、そして彼が飲むことは知りようがなかったよ、だからきみはレーンがターゲットだったというほうに傾くんじゃないか」

「犯人がグラスに毒を入れたのが、フィッツヒューが妻の歌を見物するためにグラスを持ってあの部屋を歩いていったときでなければね。人がごったがえしていたし、そのとき、彼は自分の飲み物は持っていなかったのよ、妻のぶんだけ」

「なるほど。どっちが飲んでもよかったということはありうるかな？　片方を殺し、もう片方を絶望させる」

「そうかも」イヴはベーコンにかぶりついた。「その点はヴェラも調べなきゃならないわね、だからそうする、彼女は二人のどちらにも恨みを持っていたし。そんなふうに殺すのは愚かに思える、それに彼女は愚かにはみえなかった。でもああいうふうにおおぜいの前で復讐(ふくしゅう)するのは満足感があるんじゃない？　パーティータイム、それにレーンはそこでスポットライトをあびている。献身的な夫——彼女のために自分を捨てた男は、夢中になって見ている。彼は大きなプロジェクトのために出発することになっていて、妻も大きなプロジェクトで主演をつとめることになっている」

イヴは食べ、考えた。「彼女の長いキャリアの始まりになったのと同じ芝居よね？　そしてそのときも人が死んでいた。当時娘の役だった女優の薬物過剰摂取がどうとか。それも調べてみなきゃ」

「僕にはわからないな、その頃はダブリンの通りを走りまわっていて、ブロードウェイのミュージカルより生き延びることに関心があったから」

「それを調べる必要がある。つながりがあるかもしれない。長い長い恨みを抱いている人間が」イヴは考えこみながら卵をすくって口に入れた。「レーンがスポットライトをあびたのは誰かが死んだから。ある意味、自分に毒を盛って」そう言うあいだにロークがコーヒーをつぎたしてくれた。「そして彼女はここにいる、同じショーを利用して、あらゆるメディア、喝采、それに演劇でもらえる何とかってやつももう一度手にしようとしている。何かの彫像がついてるやつ」

「トニー賞」

「なんでもいいけど。レーンはずっと前にその娘の役でそれをもらった、そのことはわかってるの。今度は母親の役でもう一度賞をとろうとしているのよ」

「四半世紀だね」ロークは言った。「待つには長い時間だ」

「ひとつの円になっているわ。犯人は最初のショーに、あるいはそれだけじゃなく、最初のときの俳優に関係していた人物かも」イヴは肩をすくめた。「あてにならないけど、ちょっと掘ってみる価値はある。夫婦の片方もしくは両方が浮気上手な場合にそなえて、もっと深く掘ってみるのと同じように。あるいはもし、たとえばよ、レーンがわたしたちの知らない金銭的問題を抱えていたら。彼女は夫の遺産で濡れ手に粟。ほかの受益者も調べないと。彼女はわたしたちに夫の遺言状のコピーをくれる許可を出した」

イヴは卵をぱくっとやって眉根を寄せた。「ゆうべ聴取した人間はひとり残らず協力的だったわ。ヴェラは悪態をついてたけど、彼女も協力的だった」

「誰かがパーティーにもぐりこんだ可能性は?」

「それも考えてみた。セキュリティは厳しかったけど、そういうことは起こるものよね。

専用エレベーターは誰も使わなかった。でもいわゆる同伴者はたくさんいたし、だからそこも掘ってみる。二百人の人間がひとつところにいた、広いスペースではあるけれど、それでもひとつではある。酒に毒を入れるチャンスは山ほどあった。

とりかからなきゃ。ボードをセットアップすれば、もっとはっきり全体像が見えてくるでしょう」

イヴは立ち上がり、自分のクローゼットへ入った。

「僕は今朝、一時間くらい時間があるんだ。財務を調べてもいいよ、被害者と奥さんの」

イヴは頭を突き出した。「あなたはさらなるお楽しみを期待しているだけでしょ」

「いつだってね。僕はフィッツヒューが二年前に自分の制作会社を作ったことを知っているし、そこはすでにいくつかプロジェクトを完成させているんだ。ひとつは最優秀映画をめぐってアイコーヴの映画の対抗馬になった。それに、たしか、彼が主演として撮りはじめることになっていた映画は、彼がプロデューサーとしてもかかわったはじめての映画だ」

「それが誰かを怒らせたのかも」イヴはまわりをとりまく服の森を見て途方に暮れながら言った。「二人のどちらか、もしくは両方が、彼らのやろうとしていたその大きなプロジェクトで、誰かほかの俳優が役につくのを拒否したのかもしれない。俳優って変人でしょ？」

「そうかな?」ロークはあいたままのイヴのクローゼットの入口から言った。

「そうにきまってるわよ。ほかの人間のふりをして、そのいもしない人間が言ったりやったりすることを言ったりやったりして食い扶持を稼いでるんだから。そのうえ誰かがそれをうまくやれないって年じゅう泣き言を言ってる」

「それもひとつの見かただね。黒い服で行ったほうがいいよ。今日はまた奥方と話をするだろうから、たぶん。でも厳粛ではなく、だからパステルカラーのシャツで雰囲気をやわらげて。プロらしく、でも葬式っぽくはない。記者会見もあるだろうしね」

「そうね。すてき」イヴはでたらめに服をつかんだ。「記者会見のほうは何とか言い訳して逃げられるかも」

ロークは世間知らずの子どもに父親がするように、イヴの頬にキスをした。「その点は幸運を祈るよ」

イヴはズボンをはき、ペールブルーのTシャツを着て、武器ハーネスをとりに出てきた。

「持ってもいない餌はあげられないわ」

「ダーリン、たくさん持っているじゃないか。それに事実として、きみは自分で認めたがるよりもメディアの扱いがうまいよ」

「まあね、でも――」イヴのリンクが鳴った。ぱっとつかみ、眉根を寄せる。「ナディーンよ。出ないでおこうかな」

「だったらもう一度言うよ。その点は幸運を祈る、彼女はきみが出るまでかけつづけてくるだろうし。でなければブラウニー持参でセントラルにあらわれる」

「ブラウニーがあれば降参しやすくなるけどね」イヴはつぶやいたが、ロークの言うとおりだとわかっていたので、リンクに出た。「死んだ男がひとりと容疑者候補が二百人、って以外何もないわよ。追いまわさないで」

「何の毒だったの？　シアン化物って噂だけれど、確認がとれてない」

「確認されてないもの」

ナディーン・ファースト、すなわち犯罪レポーターにして、作家であり、友人は、鋭いグリーンの目で長々とイヴを見た。ブロンドの髪はいつもよりハイライトを入れ、なめらかなボブにしている。魅力的な顔を縁どる新しいスタイルだ。ナディーンはただこう言った。

「ダラス」

「モリスが担当してくれてるの、だからあとでモリスが確認するわ」

「シャンパンカクテルにシアン化物なんでしょ」

人だらけの犯罪現場め、とイヴは思った。

「まだ確認も否定もできない」

「彼らとは知り合いだったのよ。ブラント・フィッツヒューとイライザ・レーンとは」

イヴは肩をすくめてジャケットを着た。「だったらなぜあのパーティーにいなかったの？　メディアの人間たちもいたわよ」

「エンターテインメント・メディア方面の人たちでしょ」ナディーンが指摘した。「それで、彼らとは知り合いだったの。友人ではなかったし、本当の知人でもなかったけど。オスカーの打ち上げパーティーのひとつで会った。二人ともとても親切だったわ――とてもよ」彼女は繰り返した、「あの二人もノミネートされていた大きな賞のうち、三つをこっちが獲得したことを考えると。わたしはあの人たちが好きだった」ナディーンはそう付け加えた。「あのときのきらびやかさのせいだけじゃない」

　ナディーンの人を見る目がすぐれていることは知っていたので、イヴは寝室を出ながら情報を引き出すことにした。「あなたにはどんなカップルにみえた？　夫婦（マリッド・カップル）ってことだけど」

「幸せで、仲がよさそう。おしゃべりしていたあいだ、フィッツヒューが席をはずして、イライザにお酒を持って戻ってきたわ。シャンパンカクテルよ、レモンを搾った。この件の噂をきいたあとに時間があったから調べたんだけど、それは彼女の定番の飲み物なの。どうして彼が飲んだの？」

「なりゆき」そこでイヴはまあいいか、と思った。「彼は妻にそれを持っていった、でも彼女は歌をうたうことにした、それで彼が飲むことになったわけ」

「それじゃ狙われていたのは彼女だったのね——報道の中にはそれを強くにおわせているものがあるの」

「わたしがそう言ったわけじゃない。わたしならそこは慎重になるわ、ナディーン」ここでイヴはレポーターと友人の両方に警告をした。「まだ話を聞かなきゃならない目撃者もいるし、集めなきゃならないデータもあるの、それにモリスはまだ死因を確認していない」

「何かちょうだい、どんな小さなことでもいいから」

「カクテルを作ったバーテンダーはシロよ。被害者はバーに行って、妻の好みの作り方を伝えた。彼女がグラスに何か入れられたはずがない」

「オーケイ、小さいけどいいことを聞いたわ。彼女の名前は?」

「あなたみたいな敏腕レポーターなら調べられるでしょ。うわ、もう、また連絡が入ってきた。ホイットニーだわ。もう切るわよ」

「待って——」

イヴは待たず、ナディーンとの通信をさっさと切って、部長のほうに応答しながら、仕事部屋に入った。「部長」

「フィッツヒュー事件の捜査状況について、早急に完全な報告書がほしい」

「わかりました。いま自宅から仕事をしています。報告書は一時間以内に送ります」

「きみが持ってくるんだ。一時間後に、わたしのオフィスへ。キョンに記者会見を一〇〇〇時にさせるようにする」

「部長。〇九〇〇時に現場でチームを集合させることになっているんです、徹底的な捜索をおこなうために。その時間にはミズ・レーンに追加の聞き取りをする予定です。彼女は同じ建物内の友人のところにいます。玄関にひとりつけてあります。モリスにも意見をきいて、公式な死因を確認し、ほかにも彼が出せる情報がほしいんです」

「メディアはもうすでに大騒ぎだぞ、警部補」

「わかっています、部長、ですが何かしっかりした事実がなければ、それを静めにかかるのは無理です。それにそうした事実のどれをおおやけに発表できるのか、するべきなのか、判断しなければ」

ホイットニーはしばらく無言になり、彼の幅広い褐色の顔がスクリーンいっぱいに映っていた。「正午だ。正午までなら押さえておける。この事件はメディアのクソな見世物になるぞ、ダラス、だからその準備をしておけ。最新状況を定期的に報告すること、それがまったく同じことの繰り返しになってもだ」

「わかりました」

「報告を送ってくれ」

「一時間以内に」

ホイットニーが通信を切ると、イヴは両手で顔をこすった。「言わないで」

「さてさて、イヴ、僕が〝だから言っただろう？〟と言おうとしているって、いつわかったんだい？」

イヴはじろりと彼をにらんだ。「いまだとしたら？」

ロークは笑った。「じゃあ言葉ににじみでてしまったのかな？　財務を調べにかかるよ」

イヴはコーヒーのおかわりをプログラムし、ボードにとりかかった。データと写真をプリントアウトしながら、座って報告書を書いた。記録ブックを作成して、じっくり検討できるようボードをセットアップしたいところだが、ホイットニーが早急と言うときは、本気で〝早急〟なのだ。

報告書を書き上げ、記録ブックを立ち上げた頃、ロークが戻ってきた。

「まだそれほど深くは掘れるはずないわよね」イヴはボードのケータリング関係者たちの一角に新しい写真を追加したあと、手を止めた。

「一時間あげただろう、それにもう少し」ロークは言った。

「まだ――うわ、もうそんなにたってたの。ちくしょう。わたしがこっちを終わらせるあいだに、わかったことを教えてくれる？」

「いいよ、隠し口座やいかがわしい習慣を示唆するものは何もなかったからね。彼らにはすばらしいビジネスマネージャーたちがいて、同じくすばらしい財務アドバイザーたちを共有している。投資も、保守的だとしても、うまくやっているし、それぞれが自分の名義でかなり裕福だ。フィッツヒューが亡くなったときの資産は約八百六十万ドル。彼の制作会社は黒字だ——いまの時点ではかろうじてね、だがじゅうぶんしっかりしている。レーンはもう少し持っている、約九百二十万ドルだ。

二人はいい暮らしをしている」ロークは続けた。「彼らの財務状況、ライフスタイル、キャリアを考えれば、経費は予想どおりのものだろう。それに秘密の愛人への援助であろう出費を示すものもなし」

「秘密の愛人は理由があるから秘密なのよ」

「たしかに」ロークは同意した。「しかし秘密を保つには金がかかる。フィッツヒューはレーンより気前がいいね——とりわけ〈ホーム・フロント〉には——しかし彼女も出し惜しみはしていない。二人はスタッフにいい給料を払っているし、あちこちに住まいを維持している——現時点では、それが彼らの負債の大半だ。しかし二人の収入からすれば、常識はずれの負債とはいえない」

ロークはイヴのコマンドセンターから彼女のコーヒーをとり、少し飲んだ。「あとでもう少し掘ることはできるが、僕のカンでは、きみが動機と思えるものはなさそうだ。レーンからフィッツヒューに対してはないし、ほかの誰かに対してもない。彼の遺言状はまた別の話になるかもしれないが、レーンはこれまでの生活を続けるのに、彼の金が必要ないことはたしかだよ」

「オーケイ。それじゃ調査がうまくいって、動機としての金と浮気が消せたら、残るのは秘密、羨望、頭のおかしいやつがリストのトップね。ありがとう」

「いつでもどうぞ」

「彼女には少し前に、頭のおかしいやつがいたの」

「そうなのかい？」

「ストーカーよ。最後には精神疾患の人のための施設で刑期をつとめることになった。もう出てきたわ、二か月前に。家に帰る途中で彼を調べたの。クイーンズに住んでる。だから会いにいってみるわ、彼の裁判所指定セラピストにもあたってみる。彼がフィッツヒューたちの家のセキュリティを突破できたとは思えないけど、可能性はある」

イヴは写真をタップし、後ろへさがった。

イーサン・クロンメルはぼさぼさの茶色の髪に、いつぱくっと嚙みつくかわからない子犬の目をしていた。三十八歳で、ゾーナーで頭がぼうっとした大学生のような風貌だった。だらしなくて、やさしそうで、どこか愛嬌がある。

「これがいちばん最近のID写真、でもストーカーだった頃のものからたいして変わってないのがわかるでしょ。レーンなら彼に気づいたでしょうね、それにたぶん、フィッツヒューもそう。クロンメルが変装の名人になって、高級な服を手に入れたのでなければ。彼はクイーンズのマーケットで商品の補充係として働いているから、その収入じゃそこまでやれないと思うけど」

「一見したところでは無害そうにみえるね」ロークが言った。「でもやがて無害ではないし、全然そうじゃないふうにみえてくる」

「ええ、無害じゃない、だからクイーンズに行くの。もし彼がまだレーンに執着しているのなら、それは動機になる。チャンスはまた別の話。それに彼みたいな人間がどこでシアン化物を手に入れられる？」

「きみが突き止めるだろうね。僕はもう行かないと」

「ええ、わたしも、あと二分で」

「幸運を祈るよ、警部補さん」ロークは彼女を引き寄せてキスをした。「それと、僕のお巡りさんの面倒をよろしく」

「もしたっぷり幸運に恵まれたら、殺人者の面倒をみるわ」

彼が出ていくと、イヴはボードに目を戻した。ヴェラ・ハロウとイーサン・クロンメル。二人の最有力容疑者――いまのところはそう――は、これ以上ないくらい違っていた。

「でも……あなたたちのひとりが今日を楽しくしてくれるかもね」

さあ現場だ、とイヴは思った。レーン、モリス、それから何とかして弁護士を問いつめ、ホイットニーと会う前にフィッツヒューの遺言状の感触をつかんでおきたかった。

そしてそのあとはいまいましくてくだらない、腹の立つ記者会見。

「早く始めたほうがよさそうね」イヴはつぶやいたが、自分に五分与え、そこに座ってただじっくりボードを見た。

5

イヴは早い時間に現場に着き、ドアの封印をはずした。ホワイエに入ると、そこに立って、その場所をざっと見て、自分が遺体を調べた場所と、ピアノと、テラスのドアからの距離を見てみた。

遺留物採取班は移動式のバーを調べおえ、キッチンのケータリング用品、大小の皿と同じように検査ずみとしてあった。

どこかの時点で、ケータリング業者に全部持って帰っていいと知らせなければ。

そう考えながら、テラスのドアのところへ行き、鍵をはずしてドアをあけた。パーティーの残骸がまだ残っていた。からっぽのグラス、中身の残るグラス、皿、ナプキン、燃えつきたキャンドル。遺留物採取班はそこでの作業もやりおえていたが、イヴは時間をかけてすべて見ていき、クッションの下や、草花の鉢の中も調べた。

そこから、メインのリビングエリアに移り、同じことをした。クッション、引き出し、キャビネット、絵の後ろ、クローゼット。

誰かがマスターで入ってくる音が聞こえ、武器に手をかけた。それからまずピーボディが、つづいてマクナブが入ってきたので、手をおろした。

いつものようにしゃれたスーツを着たバクスター、誠実な目をしたトゥルーハートもそのあとから入ってきた。

「しゃれた家だなあ」バクスターがまわりを見まわし、感心してうなずいた。「最高級の家だ。フィッツヒューのことは残念だよ」そう付け加えた。「彼の仕事は好きだった」

「うちの母が大ファンなんです」トゥルーハートが言った。「母が今朝連絡してきて、彼が殺されたのは本当かってきいてきました」

「コート剤をつけて。この階のテラスはわたしがやっておいた、それからこのリビングスペースもほとんど。マクナブ、残りの電子機器を調べて。主寝室、二階のやつももう調べおわってる。ピーボディとわたしはこの階をやるわ、バクスターとトゥルーハートは二階を。そうだ、マクナブ、主寝室のクローゼットに金庫があるの、夫のと妻のと。あけてみましょう。それでもしほかにも金庫があったら、同じようにする」

前ポケットに親指をかけて、もう一度周囲を見まわした。「三階もあるわ――アシスタントたちのオフィスと、居間が二つ、バスルームが複数、小さなキッチン、寝室が二つ。今日やれるだけのものを片づけて、すべて記録して」

ふーっと息を吐いた。「わたしはもう一時間、最長で二時間やれる、モリスと話をする前に。正午までにはホイットニーのオフィスで、彼とキョンと打ち合わせをしないとならない」

「メディアはこの件に大騒ぎしてますよ、ダラス」マクナブが言った。「ソーシャルメディアをスクロールしてみたら、えらいことになってました。ゆうべの写真や動画がもう出まわってます」

「それを変えることはできないわ、だからこれから対処する。敬意ってもんがないんだから」イヴはぶつぶつ言った。「さあ始めましょう。ピーボディ、キッチンをやって、この階のを両方とも」

一行は散らばった。イヴが自分の分担に手をつけたかと思うと、リンクが鳴った。「レーンよ」イヴはピーボディに呼びかけ、それから応答した。

「ダラスです」

「警部補。お願い、ブラントの死について何かわかったことはある？」

レーン自身、まるで死んだようにみえた。青ざめ、目はうつろで、そのうつろな目のまわりに緊張の線が走っている。

「いま四人の捜査官とともにあなたのアパートメントにいます。今日じゅうに捜索を終えて現場を解放できるかはお約束できませんが――」

「捜索？　わたしたちの家を調べているの、わたしたちのものを？」

「ここは犯罪現場なんです、ミズ・レーン。これは手続きです。あなたの夫をこんな目にあわせた人間が誰にせよ、何かを残していっているかもしれません」

「そうね、そうね。どんどん状況が悪くなっているわ」

「ミズ・レーン、あなた方の寝室にある金庫の組み合わせ番号を教えていただけると助かるんですが」

「わたしの宝石用金庫？　なぜ――」

「そのエリアに何もないことをはっきりさせられるからです。捜索はすべて記録され、文書にされます。ほかの組み合わせ番号も教えていただけると時間の節約になりますし、こちらは仕事を完了して、あなたも早く自宅に戻れます」

「ブラントがいないのに自分の家だなんて思えない。わたし――わかったわ。わたしの宝石用金庫の番号はブラントの誕生日よ、それから彼の寝室の金庫のはわたしたちの結婚記念日」

イライザは番号を言った。「ほかにも金庫があるの――重要書類とかそういうもの用のが――リンのオフィスに。番号は思い出せる自信がないわ」

「それはこちらできいておきましょう」

「メディアは――レポーターや、わたしたちが直接知らない人はブロックしたの、でも……それにシルヴィーにスクリーンをつけちゃいけないって言われて。大半はブラントへの賛辞で、本当に悲しんでいるのだとわかっているのよ、でも……」

「その点はご友人の言うとおりにすることです。いまはレポーターと話をしないでください、捜査の妨げになるかもしれませんので。あなたのスタッフに声明を用意させたほうがいいでしょう、短いもので、プライヴァシーを尊重するよう頼むんです。発表する前にわたしにきいていただけたらと思います」

「ええ、ええ、それがいちばんね」イライザは何かを探しているかのように漠然とあたりに目をやった。「まともに考えられないの、自分でもそれはわかっている。やってみるわ。ブラントに会いたい。もしできるなら――」

「ここを出たら検死官に相談してみます。午前中に彼かわたしからあなたに連絡して、入れるように手配します」

イライザはぎゅっと目を閉じた。「ありがとう。わたし――葬儀の準備をしないと。ドービーを、せめてドービーを連れていってもいい？」

「もちろんです」

「どこから手をつければいいのかわからないわ。わかったら、できるようになったら、次にどうするかわかるわね。声明。すぐにやるわ。そこから始める。ありがとう。お願い、お願いだから、できるだけ早く連絡をちょうだいね」

「そうします。何かほかに思い出したことがあったら、どんな小さなことでも知らせてください」

「そうするわ」

イヴは自分の担当ぶんの捜索を続け、被害者とその妻の人物像をよりはっきりつかんだ。二人とも上等なもの、洗練された空間を楽しんでいた。そしてどちらもそれぞれの個人的なスペースらしいものを持っていたが、たしかに一緒の生活を送っていた。

ありとあらゆるところが贅沢にしつらえてあったが、それでごてごてしているわけではない。すっきりと秩序だてられており、そのせいでパーティーの残骸と、殺人のもたらした混乱が際立ってみえた。

イヴは一時間やったあと、終わりにすることにした。

「本格的なキッチンですよ」ピーボディはイヴが入っていくとそう言った。「これ以上ないほど最新型ですし、すごく備品が揃っていて整然としているんです。ここで料理をまかされている人は、自分の仕事をわかっていますよ。キッチンのタブレットにあるたくさんのレシピ、食養生の必須事項――レーンは貝のアレルギーなんです――定期的に更新されている買い物リスト、備蓄品の目録」

ピーボディは後ろへさがり、ステンレススチールと清潔な白いリネンときらめくグラスの広い空間を見まわした。

「あなたはこのままそこをやっていて。わたしはモルグに行ってくる。キッチンが終わったら、残りはバクスターとトゥルーハートにまかせて。少なくともあと一日はこの家を丸ごと封印しておくことになりそう。あなたが帰る前に下へ行って、レーンの様子を見て。彼女が今後の予定をどう考えているか、どうやって対処しているのか感触をつかんで。彼女がメディアに話すのを先延ばしできればできるほどいい」

「わかりました。警部補もここで殺人に結びつくものが見つかると、本気で思ってはいないんでしょう」

「全然。でも人には秘密があるものよ。誰でも。だから被害者、その妻、スタッフが隠した秘密をあばけるかどうかやってみるの」

イヴは部屋の中をぐるりとまわった。「巧妙だったわ、今度の事件のやり口は。さっとやって終わり――たちまち混乱と混沌（こんとん）になる、まして、メディアを含めたおおぜいの人間がいたんだから。誰かさんはものすごく頭がいい、そいつが狙ったとおりのターゲットを仕留めたのかどうかはわからないけど。

正午までにホイットニーのオフィスに来られたら来て」

引き上げる前に、三階へ駆け上がっていってみると、マクナブがテクノロジーに没頭していた。

「何かあった？」

「リン・ジャコビは競馬が好きですね」

イヴの目が細くなった。「本当？」

「ええ、でも俺がもっと金を稼いで楽しみたくなったらやるだろうな、って程度です。大金をつぎこんでるわけじゃないですよ？　それに負ける以上に勝ってますし。ちょっと痛いだろうなって負けは何度もしてますが、多すぎはしません。いまのところ雇い主の財布に手を突っこんでいる徴候はなし。それと、かなり真剣な付き合いをしていたんですが終わってます、ええと、八か月前に」

マクナブは背中を伸ばし、骨ばった肩をすくめた。「ジャコビは被害者のデータをすべてここに入れてました――カレンダー、経費、収入――でもクリーンでしたよ。個人的な通信は仕事用のとは別にしてあります、多少は重なってますが。それにそっちもクリーンでした、ダラス。ジャコビの財務もここに入ってますよ、それに彼はいい給料をもらって、手当もいろいろあります。投資をしていて、本当に手堅い収入の範囲内で生活しています。四年前に両親に家を買ってあげてますね」

「そのまま続けて。ここにも金庫があるそうよ」イヴは保管用クローゼットへ歩いていき、それを見つけた。「レーンは組み合わせ番号をはっきりおぼえてないの。ジャコビに連絡して、番号をきいて。彼がどんな反応をするか見ておいて。寝室の金庫の番号はもうきいてあるから」

「時間の節約になりますね」

イヴは番号を彼に伝え、仕事にかからせた。それから二階でしばらく立ち止まった。

「しゃれた家ってだけじゃなくて、でかいな」バクスターはまた別のクローゼットを捜索している手を止めた。

「俺たちは何を探すんだ、ダラス？」

「表面にドクロのマークと大きな赤い字で〝毒〟って書いてあるボトルがあったら最高なんだけど。そうでなければ、この場にそぐわないもの」イヴは彼が捜索しているゲストルームを見まわした。「すべてが本当にこの家にぴったり合っている。そういうのってふつうなの？」

「俺は自分の家にあるものは全部合ってると思いたいが。でかいパーティーだったんだよな？　だったら二人は全部ぴったりのものにしておきたかっただろう。メディアも呼んだんだからなおさら」

「そうね。それも合ってる」

イヴはそのことを考えながらダウンタウンへ走った。

広告飛行船が大挙して飛んでおり、サマーセールを宣伝していた。人々は歩道に群れをなしている——観光客はカラフルな半ズボンや、〝I♥NEW　YORK〟の野球帽、ぱんぱんになったショッピングバッグでそれとわかる。おそらくはそうしたセールに行ってきたのだろう。

車の流れは小刻みに進んでいったので、イヴは夏の風に窓をあけて運転した。本当にひどいグライドカートのコーヒーや、大豆ドッグを焼くにおい、ときおり外の露店や、市が植えたコンクリートの鉢からただよう花の香りが、中身があふれたり壊れたりしているリサイクル機と競争していた。

　信号で停まると、斧でも切り落とせそうにないブロンクス訛りの歩道の露店主が、客に〝買う気がねぇなら失せろってんだよォ、てンめえ〟と言うのが聞こえた。

　すると客はあわてて歩道を遠ざかっていった。

　まったく、ニューヨークって大好き。

　モルグに着き、白くて長いトンネルを進んでいった。ここでのにおいは、いつものように、人工的なレモンと漂白剤の陰に死をただよわせていた。

　モリスの闘技場のドアをあけると、ブロードウェイの音楽が流れていた。女の声が後ろの列までさっと響いてきたので、イヴでもブロードウェイとわかった。

　モリスはブラント・フィッツヒューを見おろし、Y字切開の縫合を慎重に終わらせるところだった。この検死官は防護ケープの下に青いリネンのスーツを着て、ぱりっとした白いシャツと深いブルーのネクタイを合わせていた。

　髪は編んで、首の後ろでコイル状に巻き、彼のシャープな骨格の顔を縁どりなしであらわにしている。

モリスはイヴを見上げると、音楽を小さくするよう指示した。

「彼は妻が歌っているのを聞いて楽しんでいたと思うよ、二人の関係はおとぎ話のようなロマンスだったそうだからね、どの報道やインタビューでも。強烈な才能が盛りの時期に断ち切られてしまった。それもすこぶる健康な状態にあったものが」

「ええ、彼は健康を保っていた。死因(COD)は？」

「きみが見分けたとおりだ。シアン化カリウムが、上等のシャンパン、砂糖、ビターズを媒介として摂取された。苦痛に満ちた死だが、すばやいものだっただろう。倒れたところの打撲以外、体に暴力の痕跡はない。薬物濫用の徴候もなし。それに彼の体型を考えれば、意外なことに、体に施術をした痕跡もないよ。顔はあちこちに少しあるし、本人の職業からして理解できる。でも度を超したものはなし」

縫合を完了し、モリスは歩いていって手から血とコート剤を洗いおとした。イヴが遺体のそばへ行くと、冷蔵庫から缶入りペプシを二つ出してくれた。

「ありがとう。彼は何か語ってくれた？」

「自分の健康と体型を真面目に考えていたこと。筋肉のつき方はすばらしいね。栄養もじゅうぶんだし、質のいい医療ケアを受けていたんだろう。若いときに一、二箇所骨折をしているが、うまく治っている。盛りの時期だったのに」モリスは自分の缶をあけてもう一度言った。「彼の仕事が好きだったよ、それにホームレスのためにしている活動も」

「ええ、そのことについてはたくさん耳に入ってくる。毒物が彼を狙ったのか、レーンを狙ったのかはわかってないの。あれは彼女のカクテルだった」とイヴは言い添えた。「でも結局は彼が飲んだ、彼女が……」イヴは指を立て、歌声が響いた。「歌っているあいだに」

「つまり謎の中の謎か」

「人でいっぱいのパーティー、フィッツヒューはグラスを手におしゃべりしたり、歩きまわったりしていた。毒がいつ入れられたのか知る方法はない。それで……残された奥さんが彼に会いたがっているの」

「彼女の都合のいいときに会えるようにしておくよ」

「オーケイ、あなたに連絡して日時を決めるよう、彼女に伝えるわ。制服に彼女を連れてこさせる。メディアが彼女の家のあるビルを見張っているだろうから、警察マークのついてない車をやるわ。ったく、腹が立つ」

「有名である代償だね」

「それだけの値打ちがあるとは思えないけど。すぐにやってくれてありがとう」

「一日の仕事の範囲だよ。それにきみにも同じことを願っている――犯人がすぐに見つかるように」

「ターゲットを確定できれば、その点はもっと運が向くと思うわ」

人にまかせたおかげで、殺人課へ入っていったときにはたっぷり三十分、時間があった。ジェンキンソンとライネケの両捜査官が、ジェンキンソンのデスクに集まっていた。ライネケがパートナーのネクタイ型核反応に自分から近づいていることに、イヴは驚いた。

そのネクタイは小便みたいな黄色の地に、頭がおかしくなったようなパープルとピンクの水玉が散っていた。大部屋(ブルペン)のボードに目をやると、カーマイケルとサンチャゴの両捜査官が新しい事件、水死体を担当したばかりなのがわかった。

ジェンキンソンとライネケは三日前からアルファベット・シティの刺殺事件を担当しているので、イヴは二人をそれにかからせておき、自分のオフィスへ入った。

コーヒーをいれてそれを飲みながら、ボードをセットアップし、記録ブックにかかり、モリスから聞いたことを追加した。

そこでようやく動きを止め、まだ数分時間があったので、腰をおろしてボードをじっくり見た。

美しい人間がたくさんいる、と思った。誰もが洗練されていて優雅。その洗練されて優雅な表面の下に何が息づいているのか、じっくり考える時間が必要だ。

激情による犯罪や衝動の殺人ではなく、計画され、タイミングをはかり、巧みに実行された殺し。人で混み合ったパーティーといえども、誰かが飲み物に何かを入れれば別の人間に気づかれるかもしれない。

すすんでリスクを冒したわけだ。

男より女のほうが毒物を好む、とイヴは考えた。けれども、どう考えても動かせない規則というわけではない。とはいえ暴力、もしくは力を使い、血を流す必要がないことを語ってはいる。

被害者は、人生の盛りにある男だった。しっかり筋肉をつけた、健康な男。力もある。毒物に肉体的な強さはいらない。

使われた手口は、手段は、一種のエレガンスを示しているとさえ言えるかもしれない。それに、それもまた、ボード上のたくさんの画像とぴったり合っている。

イヴは立ち上がり、リンクを出して、のぼりのグライドに乗りながら資産管理弁護士に連絡した。するとうれしいことに、イライザ・レーンがすでにそこへの道を開いてくれていたことがわかった。

ホイットニーの業務管理役はイヴが入っていくとちらりと目を向けてきた。うなずく。

「皆さんお待ちです」

たとえそうでも、イヴは一度短いノックをしてからドアをあけた。

ホイットニーが自分のデスクを前に座っていた。命令という重荷を両肩に担っている大柄な男。褐色の短く刈った髪は白髪がまじり、その威厳が彼にぴったり合っていた。

その後ろには、彼の守る街が広がっている。

　キョンは――イヴからみれば彼も洗練されて優雅だ――ガラスの壁のそばに立ち、長身で引きしまった体にいつもの優美なチャコール色のスーツをまとっていた。広報という船の舵をとるのを楽しむ人間がいると思うと、イヴはとまどうのだが、キョンがメディアの上にあるその仕事に敬意を持っているのは知っているので、〝クソ野郎ではない〟と分類されていた。

「警部補」ホイットニーはただ両手を広げた。

「サー。モリスがCODはシアン化物の中毒と確認しました。被害者に暴力の痕跡はなく、とても健康ですばらしい体調でした。資産管理弁護士に連絡しましたところ、彼の事務所がフィッツヒューの遺言状のコピーを送ってくれることになりました。レーンの遺言状のコピーもくれるそうです。イライザ・レーンの要請で、許可もされました。モリスが今日の午後早い時間に彼女が遺体と対面できるよう手配してくれます。彼女と連れがモルグへ往復できるよう、マークのない車を手配しました」

「そうか、それがいちばんだろう。メディアの大騒ぎは始まったばかりだ」

「現時点では」イヴは話を続けた、「バクスターとトゥルーハートの両捜査官が現場の捜索を続けており、マクナブ捜査官が電子機器を調べています。これまでのところ、動機や容疑者を示すものは見つかっていません。ですが、ヴェラ・ハロウは、本人の供述の中で、レーンとフィッツヒューの両方に恨みを抱いていることを認めました」

「あの女優の?」

「そうです」

　ホイットニーは鋼鉄の視線をキョンに向けた。「まさにわれわれが必要としているものだな。またしてもセレブが容疑者とは」

「パーティーの大半は俳優か、エンターテインメント業界にかかわる人々でした」イヴは言った。

「わかっている」ホイットニーは答えた。「わかりすぎるくらいにな」

「ピーボディ捜査官とわたしは、三年前にミズ・レーンをストーキングして、最近になって精神疾患者用の施設から仮釈放された人物に聴取をするつもりです」

　イヴは間を置いた。

「いまの情報の大半が今朝のわたしの報告に含まれているのはわかっています、ですが捜査はまだごく初期の段階にあり、しなければならないことが山のようにあります。殺人のあった時刻に現場にいた客たち全員に公式な聴取もしていません」

「わかった。現時点で、きみときみのパートナーが聴取を要請したいと思う人物のリストを作れ。残りはほかの者にまかせればいい、それから必要なら、そこをカバーする追加のマンパワーも要請していい」

「わかりました。リストを作る前に、少なくともその人たちに標準的な調査をしたいと思います。犯人は毒物を入手してあのパーティーに持ってきた。フィッツヒューとレーンの片方もしくは両方とのつながりが鍵でしょう。被害者の遺言状、それから狙われたのはレーンかもしれないので、彼女の遺言状で受益のある客とスタッフを相互参照すれば、何らかの方向は見えてくるでしょう」

「相互参照についてはさらに増員を許可してもいいが」イヴが何も言わずにいると、ホイットニーは椅子にもたれた。「問題があるのか、警部補?」

「部長、われわれはまだ捜査を始めたばかりです、けれど初期段階でかなりの進展をとげつつあります。すでにその過程で三人の捜査官を加え、制服たちにミズ・レーンの警護を担当させました。現時点で、通常の手続きを始めるのに追加の警察官は必要ないと思います」

ホイットニーはうなずき、指先をトントンと合わせた。「きみが言いたいのは、今回の殺人が起きてからわずか数時間なのに、NYPSDが多大なマンパワーと予算をたった一件の事件捜査に加えようとしてる、ということだな。なぜなら被害者が有名人だから」

ホイットニーが命令を下すいまの地位についたのは、慎重に言葉を選んで言ったことであっても、その意味を見抜くことができるからだ。だからイヴははっきりと意見を述べた。

「ウェイターの刺殺事件には捜査官を二人あたらせています。混合人種の男性、年齢三十、仕事から帰る途中で切りつけられました。今日はその捜査にかかって三日めです。記者会見や、マンパワーや予算の増加の要請もありません。彼には生後六か月になる息子がいました、でも有名人ではなかった」

「きみの意見には、警部補、倫理性の重さと平等性の重さが含まれている。だが政治やメディアの貪欲さを計算に入れていない――それにもそれなりの重さがあるんだ。きみの捜査官たちが刺殺事件の犯人を、きみがフィッツヒュー事件の犯人を追及するのと同じように全力で追うことは疑っていない」

「はい。疑問の余地はありません」

「だがフィッツヒュー事件の捜査は今日とあしたのすべてのメディアの見出しになる、しかもきみが彼を殺した人物を特定し逮捕するまで、ずっとそうである可能性が高い。そのあとも、まだ終わらないだろう――追跡記事、人物評。フィッツヒューは誰でもその名を知っている人物だった――いまもだ」ホイットニーは立ち上がりながら話を続けた。「合衆国大統領がすでに哀悼の辞を述べ、正義を求める声明を出した。ほかの国の元首たちも同じことをするだろう。きみはこの件で十字砲火をあびることになる、ダラス、だからわたしは手に入る道具はすべて与えるつもりだ」

「わかりました」

「そしてその目的のために……」ホイットニーはキョンのほうを向いた。

「市長が約三十分後にメディアに声明を出します」キョンは話を始めた。「そこであきらかにされるのは——わたしは草稿をすでに見ましたので——市長がNYPSDと、警部補および警部補のチームが今回の捜査を指揮することに全幅の信頼を置いている旨。事件が終結すること、フィッツヒューの命を奪った人物が逮捕されることにも。市長は五分間、質問を受けることになっています」

キョンは間を置き、イヴに静かな同情の目を向けた。「少なくとも十分には延びると思っていいでしょう、それ以上ではないとしても」

「わかった」

「これは政治の範囲を少々越えたものです、警部補、あなたがそれをどう思っているかはわかっていますが。市長もこの街に奉仕しているんですよ、それも全力で。被害者がウェイターであろうと映画スターであろうと。しかし今回の映画スター、そして彼の殺害された方法がドラマをもたらし、注目を呼び、人々を夢中にさせるんです。あなたは自分の仕事にとりかかりたいんでしょう、でもこれもその一部です。安心させてください」

「安心させるって誰を？　それにどうやって？　わたしはまだ何もつかんでないわよ」

「あなたの存在が安心を感じさせるんです。それに、あなた自身はいやでしょうが、ドラマと注目も」キョンはそこで彼女にほほえんだ。「何を言えとかどう言えとかわたしから指図する必要はありませんね。ご自分の仕事のそういう部分は嫌いでしょうが、それも仕事のうちとおわかりのはずです。それにわたしが指導しようとしたら、あなたを怒らせるだけでしょう」

「それもわかった」

　キョンはまたほほえんだ。「あなたも質問を受けるようお願いしますよ。殺到するでしょうし、大半は腹が立つものでしょうが、そういう部分はわたしができるかぎり早く終わらせますので。あなたが満足するほど早くはないでしょうが」

「死亡時刻とＣＯＤは連中に教えてかまわない」ホイットニーはイヴに言った。「あとのことの多くは、そうだな、芝居みたいなものだ。だが必要なんだ」

「レーンは、わたしの要請で、彼女自身の声明作りにかかっています。発表する前に見せてもらうことも要請しておきました。キョンに見せるほうがいいかもしれません」

「その件は対処します」キョンも同意した。「あなたと、できればピーボディ捜査官も、四十分後にメディアルームで合流してください」

「わたしも出席する。話はしないぞ」ホイットニーはふたたび腰をおろした。「わたしはウィンドーの飾り――それから安心とサポート担当だ、やはり出席するティブル本部長と同じようにな。芝居だ」ホイットニーはもう一度言った。「だからショーが終わったら、きみは仕事に戻れ」

　彼は少し間を置いた。「刺殺事件の捜査も進展があれば連絡してもらいたい」

　イヴが口を開く前に、ピーボディがノックして入ってきた。「すみません、遅れて。少しますミズ・レーンといて、彼女とアシスタントが声明文を作るのを手伝っていたんです」

「持ってる?」

「コピーを持ってきました」ピーボディはイヴに言った。「できるだけ早く許可を出すと約束しました」

「わたしにも送ってくれれば、捜査官、その件は対処しますよ」キョンが言った。

「レーンからはほかに何か引き出せた?」イヴは尋ねた。

「全然。彼女はかなりよく持ちこたえていますよ。アシスタントは、ドービーのことですが、二回泣きだしてしまって、レーンは夫の話に集中しているときはもっとよくやっていました。彼女はたくさんのことをききたがっているんですが、規則内で答えておきました。メディアが張りこんでいて、警備員が強引なタイプを何人か建物から追い出していましたよ」

ピーボディは息を吐いた。「引き上げる前に現場のチームに確認してきました。いまのところ電子機器には何も出なかったのと、住居内にはまだ調べなければならないものがたくさんあるけれど、事件に関係するものはまだないそうです」

「引き続き状況を連絡するように」ホイットニーは腕時計(リスト・ユニット)を叩(たた)いた。「四十分後だ、警部補」

「はい。ピーボディ、一緒に来て」イヴは部屋を出て、エレベーターには乗ろうともせず、グライドへ引き返した。「四十分後にメディアのバカ騒ぎ、そしてそれは市長が歌とダンスをしたあと。CODとTODは確認ずみ、フィッツヒューは健康で体調もいい状態で死んだ。あなたには客のリストを調べて、同伴者の調査も始めてほしいの。上層部はそういう作業に助っ人(すけっと)を出してわたしたちを感動させるつもりだけど、あなたはそっちをいそいで。わたしも招待客について同じことをやる」

「オーケイ」ピーボディは自分の手のひらサイズのPC(PPC)をポケットに戻した。「声明をキョンに――あれはいいアイディアだと思います。レーンは馬鹿じゃありません、それに声明は簡潔にしてあります、本人も求めても得られないとわかっているプライヴァシーを求める声もつけて」

「メディアサーカスのあと、わたしたちはクイーンズへ行って、彼女の元ストーカーを揺さぶってきましょう。その頃には両方の遺言状が入手できているはず、だから行く道中で読めるわ。パーティーに来ていた、もしくは来ていた誰かにつながりのある受益者には全員、フラグをつけて、より厳しく調べる。わたしたちで――あなた、わたし、必要ならうちの部署、EDDもよ――捜査を補助する警官たちが送りこまれてくる前に、できるだけいまのことを処理したい。必要なら、単純作業のいくらかはほかにまわしてもいい、でもこっちが立ち往生しないかぎりはやらなくていい」

めて」

「ううぅ、こっちは立ち往生する時間もありませんでしたが」

「そのとおり」イヴは言い、曲がって殺人課へ入った。「同伴者だけど――三十分でまとめて」

まっすぐ自分のオフィスへ行き、腰をおろし、客のリストをスクリーンに出すよう命じた。長いリストだ、と思った。でももっと長いものも見てきた。それに、ちくしょう、政治のことなんかどうでもいいし、世間の注目だの、芝居だの何だのは、もっと知らん顔をしてやればよかった。

自分が気にかけるのは殺人、被害者、それから犯人を追及することだ。

いまいましい記者会見もやってやる――どのみち選択の余地はない、でもやるのはキョンが間違っていないからだ。それも仕事のうち――不愉快な部分の小さな切れっ端だが、それでも仕事のうちではある。

とはいえ〝助け〟が来るのはできるだけ避けておきたかった。仕事をばらまく先が多すぎると、イヴの考えでは、何かが指のあいだからこぼれるリスクがある。

三十分たったところで作業をやめ、たっぷり一分間、頭の中で独創的な呪いを吐いた。

それからブルペンへ歩いていった。

ピーボディが捜査官エリアでひとりで作業をしていた。

「ジェンキンソンとライネケはドブソン事件の最有力容疑者を聴取室へ呼びましたよ。もう押さえたと見こんでいます」

「よし。こっちもくだらないことを片づけにいきましょう。わたしのほうには三つ、やんわりしたつながりがあったから、あとでそれを掘る」イヴはピーボディと歩きだして言った。

「わたしのほうはひとつです、でもほとんどグニョって感じのやんわり加減で」

「作業して消しつづけるのよ。ストーカー男がいまのところいちばん見こみがありそうね、彼がパーティーに来ていたと確定できるのなら――それもグニョってほうに行きそうだけど――もしくは仲間を見つけるとか。ケータリングスタッフか同伴者が、その点ではいちばんありそう」

「自分のかわりに殺してくれる誰かが必要ですね」

「ええ、理由はヘイ、きっと面白いぜ、とか、もしくは、そいつがいくらか現金を用意していたから金になるとか、ゆすりを通じてとか、ほかのプレッシャーとか。クイーンズまで行ってみる値打ちはあるわ、またひとり容疑者を消すだけだとしても」

イヴはエレベーターに耐えた、なぜなら、彼女にしてみれば、この会見全体が忍耐だったから。

「レーンがターゲットだとしたら」ピーボディが推理をめぐらせた。「競争ってことかもしれませんね。彼女は重要な役をたくさんやっています――舞台でもスクリーンでも。大作映画、番組のゲストコーナー、重要なインタビュー、いろいろなもののＣＭ。われわれが探すべきは、何か大きな役をつかみそうだったけれど、レーンにそれをさらわれてしまった人物かもしれません」

「夫にも同じことがいえるんじゃない？　でもそうね、そこも調べてみましょう。ロークがフィッツヒューのわりと新しい――たしか〝わりと〟だったと思う――制作会社はしっかりした経営をしていたと言っていたわ。もう一度彼をターゲットとして見てみると、自分のプロジェクトが採用されなかった誰か、もしくはもう一度言うけど、何かの役、あるいは仕事をつかめなかった誰か」

　イヴはいまの考えを頭の中で何度も何度もころがしてみて、それから結局、もっと人が乗ってきたので、エレベーターを降りた。耐えるのはもうたくさんだ。

「個人的（パーソナル）な感じがする。手口が直接的（パーソナル）って意味じゃないわよ、毒物は距離を生むから。でも、いつ、どこでの選択が。パーティー、お祝い、それにレーンが稽古に入る直前で、フィッツヒューが大作を撮りに出発する直前。わざとそこを選んだのよ」

　グライドの上で、ピーボディを振り返った。「二人のカレンダーとスケジュール表を見たの。忙しいったら。イベント、パーティー、ガラ、レッドカーペットなんちゃらが山のようにあって。チャンスはたくさんあった、たしかに、実際に起きたとおりのことをやるチャンスが。でも犯人は今回の時間、今回の場所を選んだ。彼らの自宅を。それは個人的なものよ」

　グライドから飛び降り、イヴはメディアルームへ歩いた。

　キョンが待っていて、合図をよこした。

「時間ぴったりですね。助かります。市長が終わるところですよ。ピーボディ捜査官、あなたは警部補の右に立ってもらえますか、それから何かあなたに質問がされた場合の準備をしておいてください。ティブル本部長とホイットニー部長は左側になります、お二人も必要があればスピーチをする準備をしておいてください。警部補、ミズ・レーンの声明が演壇のスクリーンに映されます。あなたに読み上げてほしいと頼んでいました。いい出来ですよ、捜査官。簡潔で、明確で、そして適度に感情も入っていますし。失礼」

　質問がまだ狂った蝶々のように飛んでいるなかへ、キョンは歩いていった。いつものそつのないやり方で、市長の横へ行き、主導権をとる。

「ありがとうございました。ダラス警部補とピーボディ捜査官が捜査方面の最新状況をお知らせします。ティブル本部長とホイットニー部長は残りますので、関連した質問があればお答えします。お時間と情報をありがとうございました、市長」

　そう言うと、キョンは手際よく政治から警察仕事へと焦点を移した。

「警部補。捜査官」

イヴが進み出て、ピーボディも自分の持ち場についた。イヴはカメラが回り、あちこちのスタジオでは語り手たちがぺらぺらしゃべっているとわかっていた。

ナディーンを見つけた。ぎっしり詰まった席の——さすがに抜け目ない——最前列だ。

「まずはじめに、ミスター・フィッツヒューの残されたお連れ合い、イライザ・レーンからの声明を、ご本人の要望により、読み上げます。

〝わたしの夫、パートナー、生涯の伴侶の突然の、不可解な死により、わたしの心は壊れてしまいました。ブラント・フィッツヒューは愛と才能とやさしさにあふれた人間で、彼の明るい輝きを失って、世界はより暗い場所になりました。当局がこの見下げ果てた行為をおこなった人物を特定し、逮捕することを心の底から願っています。そして世界はわたしとともに夫の死を悼んでくれるとわかっておりますから、わたしも彼の死を悼めるようにプライヴァシーを尊重していただけるよう、切にお願いいたします〟」

イヴは室内を見わたし、先刻ロークが言っていたことを思い出した。〝その点は幸運を祈るよ〟

メディアの猟犬たちは休むことなく追いかけ、吠(ほ)えるだろう。ホイットニーが言っていたとおりに。

「ニューヨーク市の主任検死官はブラント・フィッツヒューがシアン化物の中毒により死亡したことを確認しました。いいから黙ってなさい」イヴは五人ほどの記者が質問を叫びだしたので、そう付け加えた。「わたしが事件を捜査するかわりにここにいるのは、教えられることはあなた方に教えるためです。わたしのパートナー、ピーボディ捜査官とわたしがミスター・フィッツヒューの死を捜査することになりました。彼がミズ・レーンと住んでいる住居にわたしが着いたのは、ゆうべの二三〇〇時を少しすぎたときです。九一一に応えて出動した医療チームが、現場でブラント・フィッツヒューの死亡を宣告しました。九一一の通報に出動した制服警官たちは、わたしの到着前に現場を保存しました」

6

それはセクシーでも、ドラマティックでもなかったが、イヴはおおやけにできるおもな情報を発表していった。イヴにははっきり見えたが、猟犬たちは静まらなかった。彼らは立ち上がろうとし、叫ぼうとし、自分の顔をスクリーンに映そうとした。そして、全員ができないとわかっているのに、自分たちの視聴者にむけて引き出せるショッキングな細部を、不安定な情報を、手練手管で搾り出そうとした。

「本件の捜査はまだごく初期の段階にあり、われわれはミスター・フィッツヒューを殺害した犯人が特定されるまで、いつもどおりＮＹＰＳＤの全力をあげてその人物を追います。ミスター・フィッツヒューの死をもたらした人物を正義のもとへ引き出すため、すべての手がかりをたどり、すべての証拠を積み上げ、必要な仕事を続けます」

イヴはしばらく間を置き、それから片手を上げて、飛び出しはじめた質問をさえぎった。

「警察が容疑者をつかんでいるかどうか尋ねられても意味はありません。つかんでいても、あなた方には言いませんし、捜査に支障をきたす危険を冒すつもりもありません。何か手がかりはあるのかと尋ねられても意味はありません、先ほど言いましたように、すべての手がかりをたどっているからです。わたしか、ここにいるほかの誰かに、もっと捜査の情報をくれと頼んでも意味はありません、現時点で提供できる情報はすべて提供しましたから。そういうわけですので、わたしの時間を無駄にする人の相手はしませんよ」

いくつもの手が上がり、質問が飛んだ。イヴはわざとナディーンを指名しなかった――最初にはね。えこひいきとみられてしまうだろう――実際には、論理にかなっているのだが。ナディーンならイヴの時間を無駄遣いしない。

イヴはダークスーツを着た輝くブロンドの、いつでもカメラに撮られる準備のできている男を指さした。

「GNNのグレッグ・オーツです。警部補、ブラント・フィッツヒューの殺害、おおぜいの人間の前での殺害から十二時間以上たっていますが、いろいろな人の話ですと、二百人ほどの人間がいたそうですね。この十二時間のあいだに、そうしたその場にいた人々の中から何人かは、容疑者としては除外したんでしょうか?」

「誰か容疑者がいるのかと尋ねるにはずいぶんともってまわったきき方ですね。ですのでそこは答えません。十二時間?　指令部の呼び出しに応じ、現場を保存し、遺体を調べ、法医学的措置のために現場班を呼び入れ、二百人の目撃者から話をきいて吟味し、証拠を集め、処置したんですよ。

そしてそれだけいろいろやりましたが、その十二時間以上という時計をスタートさせたのは二二四三時、最初の九一一への通報です。午後十時四十三分ということです」

イヴはその事実をしばらく宙ぶらりんにしておいた。「われわれは事件に取り組んでいます、ＧＮＮのグレッグ・オーツ。あなた」イヴはまた別の人間を指さした。

「『エンターテインメント・デイリー』のアビー・コリックです。フィッツヒューとレーン夫妻が昨夜のイベントのために頼んだケータリング会社の名前を確認できますか？」

「いいえ」イヴはまた別の人間を指さした。

「『プロガスフィア』のローウェル・タッカーです。出席していたゲストの中にはインタビューに答えてくれた人もいます。ですが発言と記憶がいくらか食い違っていますので、フィッツヒューは何を飲んで死亡したのか教えていただけますか？」

「シアン化物です」

「すみません、その毒物が加えられていた飲み物、という意味だったのですが」

「シャンパンです」

イヴはさらに二つ質問を受け、どちらにも答えない対応をし、さらに二つ受けて、それにはすでに与えた情報で答え、それからナディーンをさした。

「〈チャンネル75〉のナディーン・ファーストです。わたしの情報によれば、招待客のリストには、友人、知人、同伴者、メディア業界人と同じく、イライザ・レーンがまもなくおこなう『アップステージ』再演の出演者とスタッフが含まれていたそうですね。それは本当ですか?」

「はい」

「追加の質問もお願いします。わたしの情報によれば、セキュリティは二段階あったそうです。二人のアパートメントに入る前に、建物内のロビーで名前をチェックされ、玄関でもう一度されたと。もしそれが本当だと確認していただけるなら、あなたのプロとしての見解では、リストに載っていない人物がセキュリティをすり抜けた可能性は低いということでしょうか?」

「いまのは二つの質問がひとつになっていますね。ですが、セキュリティは二段階ありました。わたしのプロとしての見解では、誰かが厳重なセキュリティをすり抜けるのは絶対に不可能ではありません、その人物にそれなりのやる気があれば」

「目的は何ですか!」誰かが叫んだ。

「殺人です」イヴはちらっとキョンを見ただけだったが、彼は演壇に出てきた。

「会見は以上です、皆さん」

それで質問の集中砲火がやんだわけではないが、イヴは演壇をあとにした。

ピーボディが無言でいたのも、誰にも聞かれないところへ行くまでだった。「誰かが忍びこんでフィッツヒューに毒を盛ったと、本気で思っているわけじゃないですよね」

「ええ、でもあの質問には正確に答えた、だからもうおしまい。同伴者というのはそれなりに可能性がある」イヴは続けた。「でも同伴者になるには、何とかして招待客にコネを作る、もしくはすでに持っているということになる。コネがひとつあって、しつこくせがめば豪華なパーティーも行けるわ」

「シアン化物を手に入れるのにもじゅうぶんな時間があって。招待状はパーティーの十日前に発送されていますよ」

「たしかに、でも噂はもっと早く流れたでしょう。計画を立てはじめたのはだいたい三週間前。そうなると準備期間は長くなる」

イヴは自分の駐車階でやれやれとエレベーターを降りた。

「男ひとりで来る人もいますよね」ピーボディが言った、「でも――」

「それってどういう意味？ 〝雄鹿〟って？ 鹿の一種よね、たしか、角があるやつだっけ？ どうしてそれがパーティーにひとりで来る人間のことになるの？」

「ええと……そうですね」ピーボディは助手席に乗った。「雄鹿は単独でいるからでしょうか？」

「そうなの？ 本当に？ どうやってほかの鹿を手に入れるの？ いつかはつがいにならなきゃだめなんでしょ」

「調べましょうか」イヴにじっと見られて、ピーボディは肩をすくめた。「やめますか」

あとでやろう、とピーボディは思った。「ひとりで来た人間もいる、カップルで招かれた人間もいる、でも多くの客には同伴者がいました。豪華なパーティーですからそれはわかります、伴侶や同棲相手を連れてきたり、デートの相手に自慢したり、仲間を連れてきてごちそうしたり。それにグループで来た人たちもいますよ」

「例のストーカーを消去しましょう――あるいは運が向いて、彼がどうにかしてこっそり入りこみ、セキュリティを通過して、誰にも気づかれず、ライバルの酒に毒物を入れるという難関を突破したと突き止めるか。もしくは毒物はレーンを狙ったのか。〝僕のものにならないなら、誰にもやるもんか〟って」

イヴは車の流れに入っていった。「遺言状が来たか見てみて、もし入ってきていたら、受益者を教えて」

ピーボディが自分のPPCを出すあいだに、イヴはダッシュボードのオートシェフで二人ぶんのコーヒーをプログラムした。

「オーケイ、法律上のちんぷんかんぷんはいろいろありますが、レーンがすべてを相続します――こまごましたものをのぞいて。二人の所有物は、ここ十年のものは、いずれにしても多くが共有されています、でもフィッツヒューは結婚前にカリフォルニアに地所を持っていて、それはレーンのものになります。フィッツヒューは両親にもかなりのものを残していて、弟にはそれよりは少ないものとクラシックカーのロードスターを一台」

「家族は誰もあのパーティーに来ていなかったわね、というか、あのときニューヨークにいなかった」

「はい。彼はリン・ジャコビに大枚百万ドルを残していますよ、個人的な品物もいくつか。腕時計(リスト・ユニット)、カフリンクス、等々。コックとハウスキーパーには五十万ドル。別のクラシックカー、リスト・ユニットを自分のエージェントに。二百万ドルをあのホームレス支援団体にと指示していました、それからほかの複数の慈善事業にもっと小さな遺贈があります」

「レーンのほうは?」

「切り替えさせてください。そして、なんとかかんとか、それゆえに、なんちゃらなんとか。オーケイ、ほぼ同じですね。フィッツヒューが大半を受け取ります、レーンが結婚前からイタリアのリヴィエラに持っていた地所を含めて。ドービー・ケスラーは百万ドル、ダイヤモンドのスタッズイヤリングひと組――カルティエのです――レーンの額入り風刺画が一枚――ジョージ・タルベットのオリジナルですよ。風刺画で有名なんです」とピーボディは言い添えた。「ですから何らかの価値はあるんでしょう。セラ・リカードは雇用年数かける五万ドルをもらいます。シルヴィー・ボウエンは――現金の遺贈はありませんが、宝石類がいくつか、香水びんのコレクション、そのほかのこまごましたもの。家の雇い人たちは五十万ドル、レーンのダンス教師は彼女のトゥシューズ、タップシューズ、彼女が『アップステージ』のオリジナル版の『スウィング・アラウンド』で着ていたコスチューム」

　ピーボディはまた肩をすくめ、イヴのほうを向いた。「小さなものがいくつかと、慈善事業がいくつかです」

「それじゃ、動機として――金銭上のよ――配偶者はおたがいにもっとも利益を受ける、個人アシスタントたちもおおいにもうける。ボウエンもいる――宝石類はかなりの値打ちがあるでしょう。それにリンは競馬が好き。百万ドルあればたっぷり賭けができる。家事雇い人にはどちらが死んでも五十万、ということはどちらが毒物を飲むかはたいした問題じゃない――でも供述によれば、彼らは事件の時間に自分たちの住居にいた」

　イヴは信号で停車し、ハンドルを指でトントン叩(たた)いた。「家事雇い人の夫婦。彼らはいい給料をもらっていて、役得もあり、特別な居住スペースを持っている。目先の利益のために雇い主の片方を殺すかしら？　すべてを失うリスクを冒して。ぴんとこないわ、とくにどちらもキユッキユッって音がするほどクリーンなんだから」

「リカードも同じですよ。働いた年数ごとに五万ドル増えるなら、その仕事を長く続けたいと思うものでしょう」

「その仕事、あるいはボスが大嫌いでなければね。またはフィッツヒューを狙う、なぜなら寡婦になればレーンはもっと自分を必要とすると計算したから。ちょっと話が飛びすぎか」イヴはそう認めた、「でもリカードは家事雇い人の上に置いておくわ」

「ケスラーにもそれは言えますよ。レーンはいまや以前より彼に気持ちの上で頼るようになるでしょう、少なくとも短期間は。動機は金じゃなくてそういう依存かも。あいつがいなくなれば、彼女は僕に頼り、僕を必要とするだろう。それにお金の方面はフィッツヒューがやっていたのかもしれません、というかその多くを。彼を殺せば、ばれることなく金の箱に手を突っこめるかも」

「フィッツヒューとレーンにはビジネスマネージャーも、財務担当者もいるわよ、でもそうね、もし金の箱を持っている人物があまり注意をはらっていなければ、手を突っこむのは簡単になる。あるいは誰かがもうやっていたのかもしれない」

もしやっていたならロークが気づいただろう、とイヴは思った。でも……

「彼らは全員、あの高級品ずくめの大きくて豪華な住まいに自由に出入りできた。彼らのひとりが、気づかれないだろうと思ったものを二つほど持ち出して、質入れしたのかも。でもフィッツヒューが気づいた。ミスター・ナイスガイはそいつに二度めのチャンスをやった、でもそいつはいずれ彼が気を変えるのではないかと心配だった。あるいはただ単に強欲だった」

イヴは車を走らせながらふーっと息を吐いた。「それも全部弱いわ。金が動機なら、もっとも利益を得るのは生き残ったほうの配偶者。でも二人ともそれぞれの資産を持っていた、だからそこはぴたりとあてはまらない。ホームレス支援団体。しっかりしたところだけど、そこで働いている誰かがビョーキなほど強欲で、おかしな衝動にかられたのかもしれない。それでも、フィッツヒューが生きていれば、その大義を大衆の良心に植えつけ、高額の寄付を集めてくれるんだから、八百万ドル以上の価値があったでしょうね」

「その点は賛成です。フィッツヒューは年じゅうソーシャルメディアでそこのことを宣伝していましたし。公共広告（PSA）をしたり、慈善のイベントに出たり、彼らをもてなしたり、毎年お金を寄付したり。でもわたしは狙われたのはレーンだったと思います」

「それでいま言ったことのどれかが変わる？」

「わたしの知っていることからすると――メディアや、供述や、聴取からのですよ――レーンは夫ほどくみしやすい人物じゃありません。もし彼女が、何かなくなっていることに気づいたら、罰を与えるでしょうね。それに制作会社もありますよ」

「フィッツヒューのね。でもいまはレーンのもの」イヴはうなずいた。「いまや彼女はそれについて意見を持つでしょう、もしくは、少なくとも彼女の弁護士たちはそこに目を向ける」

「そうしたらそこにはフィッツヒューが知らなかった、あるいはカモにされてやっていたインチキがあるかもしれない。莫大（ばくだい）なお金ですもんね？　何百万ドルものお金が、作品やシリーズの制作や、ただ毎日の経費をまかなうことにつぎこまれて」

「いい推理ね」それにまだ目を向けなければならないエリアがある、とイヴは考えた。

「それはフィッツヒューの大事（ベイビー）なもので、彼女のじゃなかった。もしそれが見た目ほどうまくいっていなくて、金がどこかに消えていたら、レーンには鼻を突っこんでもらいたくないでしょうね。それにフィッツヒューを殺したくはない――彼が看板だし、客寄せだし。レーンを殺し、退場してもらって、彼の気をそらせる。彼が気づく前に損失を取り戻すか、もしくはスカスカに搾り取って逃げる。辻褄（つじつま）は合うんじゃない」

　クイーンズに入ると、イヴは狭い通りで駐車場所を探し、公有地を無断で使っている二階建ての駐車場を選んだ。

「一時間二十ドルだって」うんざりして、イヴはリンクをゲートの記録機にむけて入車時間を記録し、必要最低限の一時間ぶんを払った。「合法じゃないわね」

　それだけの料金を払ったのに、ぐるりとまわって二階へ行き、残っていた三つの空きスペースのひとつに停（と）めなければならなかった。

「まずクロンメルの仕事先を調べましょう」イヴは屋根のない二階から下を指さした。

「彼はあの〈ミニ・スーパー〉で商品補充係をやってる。なんで〝小さい（ミニ）〟と〝巨大（スーパー）〟が一緒になってるのよ、どっちかでなきゃおかしいじゃない」

「スーパーなスーパーは郊外に行かないとほとんど無理ですからね。このへんは家賃が駐車料金と同じくらい高いですし」

　少しのあいだ、イヴはバンパーとバンパーのあいだを二センチ半しかあけずに細い通りを走っていく車の列をながめた。

「このあたりの人は公共交通機関ってものを聞いたことがないみたい」

　二人は階段を降りていき、ブーツが金属の段に音を響かせた。

　歩道では人々が車の列と同じようにだらだらと歩いていた。子どもがひとり、ヘアサロンから出てきて、のろのろ進む車のあいだをぬって、横断歩道でないところを渡っていった。

　そのヘアサロンのドアから、女が頭を出した。まず最初に髪が出てきたが、ピンクとブルーの渦巻きで、まるで冥王星の上にアイスクリームコーンをのせたようだった。「ジュリオ！　あたしにはアイスコーヒーとクルーラー買ってきて！」女は強いクイーンズ訛りの声で叫ぶと、またドアを閉めた。

　あちこちの車から音楽が大きく流れている。窓から声が響いてくる。だぼっとした半ズボンとぴったりした白いTシャツを身につけて、筋肉たっぷりの腕にびっしりタトゥーを入れている男が、よく太ったドブネズミサイズの犬をピンクのリードで引っぱっていた。

　最近あのアイスクリームコーンのヘアサロンに行ったかのような女二人組が、とある店の外に立って、ハンディファンをぐるぐる顔に向けながら、アーネスティーンという誰かの噂や、彼女が最近やせたことについて話していた。

「あれの形をととのえるために払ったのよ、絶対そう」

「知ってるわよ！　ダイエットしてエクササイズしたって話でしょ？　ありえないって！

彼女、あの新しいお尻のために大枚はたいたのよ」

「あの人たち、なんで気にするの？」イヴは横断歩道で待つあいだに言った。「アーネスティーンのお尻でしょ、それに彼女のお金じゃない」

「いまはあなたのお尻をチェックして、そのためにお金を払っただろうと思ってますよ」

「へえ？」イヴはサングラスを下げた——買ってからどうにかすぐにはなくさないでいるサングラスだ——そしてじっと冷ややかな視線を向けた。それで女たちはさりげなく目をそらした。ロークに見られたギャラハッドがやるのにそっくりだった。

イヴたちは通りを渡り、〈ミニ・スーパー〉へ歩いた。

店に入ると、中の空気が寒いくらいにひんやりした風を吹きつけてきた。商売は五台あるレジすべてで、ここの冷房の風のように勢いよくおこなわれていた。レジのうち一台が、レジを打って袋づめをするという人間的要素を提供していた。残りは自動のセルフレジだった。

イヴは人間のほうへ向かった。

「イーサン・クロンメルを探しているの」

「知らない。会ったこともない」女の指——爪がスカイブルーの色に塗られている——が宙を飛んで、代替卵ひとパック、人工コーヒーひと袋をレジに打ちこんだ。「マネージャーにきいて」

「マネージャーはどこにいるの？」

女は聞こえよがしにため息をつき、衿につけたマイクをタップした。「カーミン、一番レジに来て！」

彼女はアイスバーひと箱、豆乳の特大カートンひとつでレジ打ちを終えた。「今日は全部で九十八ドル五十六セントになります、ミズ・マシー」

「あら、まあ、まあ」ミズ・マシーが自分のリンクをスキャナーに走らせるあいだに、ブルーのネイルは袋づめにかかった。

太りすぎた消火栓のような体格をして、撫でつけた真っ黒な髪と、本当に端がくるんとカールした口ひげの男が、よたよたとやってきた。

「どうしました？」

イヴは姿勢を変え、バッジを手のひらで隠しながら見せた。「イーサン・クロンメルのことで話がしたいの」

「あいつがまたトラブルを起こしたのか？」カーミンはがっしりした腰に握った両手を置いた。「社会に奉仕しようとして、誰かに二度めのチャンスをやろうとして、その報いがこれか？」

「ただ彼と話したいだけよ」

「そうかい、あいつはここにいないよ。今朝病気だって連絡してきた――いや、メールだったな、真夜中に。あいつにチャンスをやったのは、保護観察官が俺のはとこの子だからだ。これまでは信用できたよ、言わせてもらえば。ちゃんと仕事をやって、あまりへまもしなかった」

「彼が病気だとリンクをかけてきたり、メールをよこしたりすることは多いの？」

「今度がはじめてだよ。おまけにここに警官が来るなんて。あいつが警察とトラブルになってるなら、もう戻ってきてもらいたくない」

「こっちは彼と話がしたいだけよ。きのうは仕事に来ていたの？」

「八時から三時までな」口ひげが生きていて怒っているかのように震えた。「具合が悪そうにはみえなかったが」

「あたしにはいい人にみえましたよ」ミズ・マシーが話に入ってきた。「一度、あの人が休憩中に、あたしの食料品を家まで運ぶのを手伝ってくれたんじゃないかしら？　でも斧(おの)を使う殺人者は、あなたの首を切り落とすまではいい人にみえるって言うものね。ほかの部分も切り刻んで小さくして、犬に食わせるのよ」

「われわれは彼と首切りの話をしたいんじゃありません」イヴは彼女に請け合った。「ただの手続きです」

ミズ・マシーは訳知り顔でうなずいた。「警察はいつもそう言うのよね、そのあと――」彼女は片手で首を切るまねをしてから、カートを押して離れていった。

「あなたが殺人課に来てから、斧を使った殺人事件っていくつあった、ピーボディ?」イヴはまた外の暑さの中へ出ると、そう尋ねた。

「ゼロだと思いますが」

「そのとおり。でも人はそれが毎日起こっているかのように話すのが好きなのよね。クロンメルはこのブロックのすぐ先に住んでる」

「首切りはありましたよ」ピーボディは思い出した。「でもあれは剣でしたから、斧の殺人には入りませんね。いずれにしても。彼がフィッツヒューの死んだ夜にはじめて病欠の連絡をしてきたのは妙です」

「ええ、たしかに妙ね。彼が殺人の日の昼間に連絡してきて、それで時間ができてアッパー・ウェストに行き、用意していた計画を実行してあのビルへ、いわんやあのパーティーに入りこみ、フィッツヒューに毒を盛り、また出ていったとしたら、もっと妙だけど。そうは言ってもやっぱり妙だわ」

イヴはその建物の外で足を止めた――落書きのある穴だらけの四角い四階建てで、唯一の目に見えるセキュリティとして、窓に格子がはまっていた。

ひとつきりのドアはブザーを押して入る必要もなく、イヴがマスターも使わずに入るとクローゼットなみの広さしかないロビーだった。拒否すべきエレベーターもなく、二人は階段をのぼった。

音楽、人の声、赤ん坊の泣き声がして、まるで斧殺人鬼がその赤ん坊を犬のために忙しく切り刻んでいるかのようだった。昔の小便、もっと最近のゾーナーの煙、少なくともおとといから腐っているテイクアウトのにおいがした。

三階に行くと、閉じたドアのひとつのむこうで猫が大きく鳴き、別のドアのむこうでスクリーンのコメディ番組の耳ざわりな笑い声が響いた。

クロンメルのドアのむこうからイライザ・レーンのしゃべる声がはっきり聞こえた。イヴの目が細くなったとたん、ピーボディが言った。

「あれは映画ですよ。彼はレーンの映画を見ているんです」

イヴはこぶしの横でドアを叩いた。

内側から、映画の音が消えた。足音が、それもいそいでいるのが聞こえ、それから別のドアが閉じるのが聞こえた。

何を隠しているの、イーサン？　イヴは思った。

二分ほどたってからやっと、覗き穴を影がよぎるのが見えた。

「何の用？」

「警察です、ミスター・クロンメル」イヴはバッジを上げてみせた。「あなたとお話ししたいんですが」

「僕は何もしてない！　具合が悪いんです。病欠をとってるんです。連絡や何かもした。仮釈放の規則には違反してない」

「ええ、そうです。そのことは聞いています。われわれはただあなたと話がしたいだけです」

　ロックがかちりと鳴り、別のロックがトンと音をたて、それから防犯チェーンががちゃがちゃ鳴るのが聞こえた。

　いや、クロンメルは具合が悪そうにはみえない。彼がドアをあけると、イヴはそう思った。それどころか警察の記録写真（マグショット）やＩＤ写真よりも元気そう、健康そうだった。

　彼ははだしで百九十センチ弱あった。青と白のチェック柄のコットンパジャマのズボンに、ザブザブ洗ったほうがよさそうなだぶっとした白いTシャツを着ている。ふさふさした褐色の巻き毛、ふっくらした形のいい唇、細い刃のような鼻をしている。顔の薄いひげは弱々しい顎を隠すのに役立っていた。

　ハンサムと言っていいかもしれない――目を無視すれば。無害な淡いブルーではあったが、その視線はイヴにはっきりこう告げていた。

　僕はまともじゃない。

「病気のときは休みをとってもいいんです。誰も病気のときに来て菌をばらまいてほしくはないでしょう。胃の調子が悪いんです」

「それはお気の毒です。中へ入ってお話しできれば、あなたの保護観察官に連絡しないですむんですが。お店のマネージャーに、あなたが本当に今日は具合が悪いんだと報告することもできますし」

「病気のときに休みをとれないなんてフェアじゃない」

「できるだけ手早くすませますから」

「フェアじゃない」クロンメルは繰り返したが、後ろへさがって二人を中へ入れた。

キャンドルワックスのにおいがした。何かとてもいい香りの、とても甘い香りだが、室内にキャンドルは見あたらなかった。ずいぶん何もない、ずいぶんきれいな部屋だが、引き出し式のベッドは違っていた。彼が大きなバケツいっぱいのポップコーン、もっと小さなバケツ入りのグミ、ポテトチップスひと袋、ディップに使った白いどろどろしたものが入った皿と一緒に、そこに寝そべっていたのはあきらかだった。

引き出し式ベッドとそうしたスナック類のむかいには壁面スクリーンがあった。

ベッドの横のテーブルにはコークの一リットルボトルがあり、半分からになっていた。

「胃の調子が悪いときに、ああいうジャンクフードを食べるのはよくないんじゃありませんか」ピーボディが言った。

「僕は食べたいものを食べていいんです。違法じゃないでしょう。ただ横になって、のんびりしていただけですよ」

「スクリーンを見ながら」イヴはそう付け加えた。「イライザ・レーン」

「映画を見るのは許可されてます。僕は間違いを犯したし、治療もセラピーも受けました。映画を見ることは許可されています。ミズ・レーンは才能のある女優だし、彼女の映画はすごく面白いんです」

「なるほど」イヴは少し部屋を歩いて、クロンメルの目が追ってくるのに気づいた。キッチンアルコーヴに近づいたが、彼がさらにそわそわしている様子はない。「回復を待つあいだに映画を見ていただけですか？　今日はニュースメディアはなし？」

目がそらされた。「今日は見ません。ニュースは楽しくない。具合の悪いときは楽しいのが見たかったんです」

「わかりますよ」ピーボディが言うあいだも、イヴは部屋の中を歩いた。

「これはどういうことなんですか？　ベッドに戻りたいんですが。また仕事に行かれなくならないように、体調をよくしなきゃならないんです」

「具合が悪くなったのはゆうべでしたね。そのときにマネージャーにメールをした」

「ええ、起きたら吐いてしまったんです、あなた方が知りたければですが」

「きのうは仕事のあとどこへ行きました？　三時に退勤していますね」

「うちです、ここですよ。あんまり具合がよくなかったので」クロンメルの指が腿の横をひっかき、足がじっと立っていられなくなった。「胃がおかしくなってきたんでベッドに入って、眠ろうとしたんです」

「家に帰った時間、三時すぎから、マネージャーにメールするまでに、誰かに会ったり、話をしたりしました？」

「いいえ。具合が悪かったって言いましたよね？」

「たしかに」イヴは自分が引き出し式ベッドのほうへ、それからその横の閉じたドアへ歩いていくにつれ、彼の目に神経質な光が浮かぶのを観察した。「そうしていれば治ると思いますよ。お時間を割いてくださってありがとう、じきによくなるといいですね。あ、そうだ、署まで車で戻るのに時間がかかるんですよ。お手洗いをお借りしてもいいですか？」

「ええ」

「ありがとう」イヴが閉まっていたドアのノブを回すと、クロンメルは飛び上がった。

「そこじゃない、そこじゃない。むこうです」

しかしイヴはすでにそのドアをあけていた。

そして中にあるイライザ・レーンの聖堂を見つけた。

7

　イライザ・レーンの写真が狭いスペースの壁をおおいつくしていた。パパラッチふうの写真らしきものもあり、彼が何かの記事やインタビューからプリントアウトしたのがあきらかなものもあった。

　ファンによるオンラインサイトからクロンメルが買ったらしい映画のポスターも、ところ狭しと貼られていた。

　棚がクローゼットを横切っていて、そこにも写真が――額に入ったものが――花とキャンドルと並んでおり、イヴがさっきにおいをかいだのはそれだった。高いほうの棚にはサイン入りのプログラムが飾ってあり、それも額装されていた。

　イヴはひと目でそれをすべて見てとった。

「あら、イーサン、あなたのセラピストはこれについて何て言うかしらね」

「それは僕の私物だ！」彼の声が二、三段上がり、顔が真っ赤になった。「出ていけ！　いますぐ出ていけ」

「みんなで出ていきましょうよ、セントラルへ行って楽しいおしゃべりをするの。あなたの保護観察官も加わりたいかきいてみるわ」

「あんなところに戻るもんか。僕は戻らないぞ！　戻されるもんか」

クロンメルは床に伏せた。よちよち歩きの子どもみたい、とイヴは思い、彼がげんこつで床を叩き、足をばたばたさせはじめるのではないかといぶかった。

しかしそうはせず、彼は引き出しベッドの下に手を入れ、はさみを出した。

イヴは言った、「本気？」

「おまえたちをずたずたにしてやる！」

「オーケイ。ねえ、いまは見たらだめよ、でもわたしのパートナーがあなたに麻痺銃を向けてるの」彼の頭がぱっとピーボディのいるほうへまわると、彼女がスタナーを手にしていた。「見ちゃだめって言ったでしょ。いまはわたしもあなたにスタナーを向けてる。ここで計算してみましょ、イーサン」イヴが言っているあいだにも、彼の目はあっちへ行ったりこっちへ行ったりしていた。「警察仕様のスタナーが二挺、訓練を積んだ警察官たちの手にある。かたや妄想で頭がおかしくなった人物の手にあるのははさみが一丁。互角だと思う？」

イヴはピーボディにかすかにうなずいてみせ、撃たないよう合図した。「はさみを捨てなさい」

　ところがクロンメルは彼女に飛びかかってきた。イヴが彼の腕をブロックし、彼の顎に肘を打ちこむと、はさみが飛んだ。クロンメルはまた床に倒れた。こぶしを叩き、足をばたばたさせこそしなかったが、赤ん坊のように泣きだした。

「あそこには戻らないよ。僕を彼女から引き離すなんてだめだ、僕たちを引き離しておくなんてだめだよ、彼女には僕が必要なんだから！」

「誰があなたを必要としてるの？」

「イライザだよ！」

「どうして彼女があなたを必要としているってわかるの？」

「彼女がそう言ったんだ！」

「へえ？　彼女があなたのリンクにかけてきたのかしら、わざわざ来てくれたとか？」

「僕に話しかけてくれるんだ」クロンメルは涙に濡(ぬ)れた顔と狂った目を上げた。「僕たちはつながっているんだ。僕たちの精神と心はひとつなんだよ。あいつは死ななきゃならなかったんだ、わかるだろう。彼女をつかまえて、僕たちを引き離していた。彼女は本当に勇敢だよ！　僕が彼女のところへ行くのを、方法を見つけるのを待っているんだ。そうしたら僕たちは一緒に遠くへ行くんだ」

「オーケイ、イーサン、靴をはいたほうがいいわよ」イヴは彼を起こして立たせた。彼はイヴを突き飛ばそうとしたが、イヴはかまわず、彼の体をくるっとまわして後ろ手に拘束具をつけた。「彼に靴を探してきて、ピーボディ、それからあのはさみを持ってきて。イーサン・クロンメル、あなたは仮釈放条件の違反、武器による警察官への暴行により逮捕されました。あなたには黙秘する権利があります」イヴはそう言って、改定ミランダ準則を読み上げた。

「靴はベッドの下にありました、それからスクラップブックも。これにはイライザ・レーンがたくさん入っていますよ」

ピーボディはイヴが見られるようにスクラップブックを持ち上げた。

クロンメルは表紙に大きなハートマークを描き、マークの内側には彼自身の顔写真とレーンの写真を合体させてあり、二人が頬を寄せ合ってほほえんでいるようにみえた。

彼はそのスクラップブックに〝E&E　永遠（フォーエバー）に〟とタイトルをつけていた。

イヴはどちらだろうと思った——哀れ（パセティック）なのか、それとも病気（パソロジカル）なのか？　そして両方だろうと結論づけた。

「持っていって」

ピーボディが施設用のシャワーサンダルらしいものをひと組持ってきたので、イヴはそれをはくようイーサンに指示した。

「ピーボディ、あいている聴取室をひとつとっておいて、それからマイラに立ち会ってくれる時間があるかどうかきいておいて」

「僕たちを引き離すな！」

引き離すにきまってるじゃない、とイヴは思った。

彼はセントラルへ着くまで泣きどおしだった。

エレベーターでも泣きじゃくっていた。イヴは彼がさっき暴力的な行動を見せていたので、わざわざ引っぱり出してグライドに乗せる必要は感じなかった。勝手に泣かせておき、そのあいだも警官たちが乗ってきたり、降りていったりした。

「こいつはどうしたんです？」ひとりがきいてきた。

「愛よ」とイヴは答えた。「熱烈な、常軌を逸した愛のせい」

「そういうのっていつもグッときちゃいますよねえ」

殺人課に着いたときには、クロンメルも鼻で荒い息をするすすり泣きまで静まっていた。

「彼に準備をさせて、ピーボディ。気を落ち着けさせるのに何分かあげましょう。わたしは彼の保護観察官に連絡する」

その言葉でまたしても泣き叫びが始まった。「僕は戻らないぞ！　僕たちを引き離しておけるもんか！」

「ったく」イヴはつぶやき、自分のオフィスへ逃げた。

保護観察官に連絡すると、相手は疲れていて、へとへとになっていて、驚いていない様子だった。イヴは手早くコーヒーを飲みながらイーサンのファイルをもう一度読んだ。

　そして彼のいた施設での精神科医の結論と勧告のところで目をぐるりとまわした。

「イライザ・レーンへの執着を克服したですって、よく言うわ」彼女はぶつぶつと言った。「協力的、創造的、非暴力。へえ、ほんと？　あいつのスクラップブック用はさみで喉を刺されたあとにそう言ってみなさいよ。週に一度のトークセラピー、収入を得られる雇用の継続という条件のもと、仮釈放を推奨する。ミズ・レーンとの接触禁止、等々」

　ピーボディが戸口をコンコンと叩いた。

「聴取室Bになりました。彼にジンジャーエールとティッシュの束をあげておきましたよ。マイラはこちらに向かっています」

「よかった。彼女は観察室じゃなくて、聴取室に入ってもらおうと思ってる」

「いいですか？」ピーボディがオートシェフを指さすと、イヴはいいわよと手を振った。

「わたしたちが引っぱってきたばかりのあの泣き虫に、フィッツヒュー殺害をやってのけるほどの腕や頭があるとは思いにくいです」

「その泣き虫はわたしに穴をあけようとしたけど？」

「ええ、暴力的な傾向はありますね、でも毒物は違います。身体的な暴力ではないです」

「その点はあなたの言うとおり。それに今回の犯行をやってのける腕や頭が彼にあるとは思いにくいけれど、頭のおかしいやつは人をあざむくものよ。彼は担当の精神科医と保護観察官に、自分はもう一度社会に居場所を取り戻しても大丈夫だと思わせることができた。

イライザ・レーンへの執着を克服したんだと」

　イヴは立ち上がった。「それにわたしたちは何を見つけた？　聖堂、製作中のスクラップブックよ、それに彼のベッド横のバスケットの中身をわたしが大間違いしていなければ、あいつは一日じゅう彼女の映画を見ながら、ソックスで自慰をしていた」

「おぇー」

「聴取のあと彼の家へ戻ってガサ入れしたときに、もう一度そう言ってもいいわよ」

「いま言いますよ。おぇー。でも……部長が言ってましたよね、必要なマンパワーはいくらでも補充するようにって。ガサ入れにチームをもうひとつ作ってもらったらどうですか」

　イヴは直接その件に対処するか、つまり、精液まみれのソックスだとじゅうじゅう承知しているものに対処するか、もしくは代わりの誰かにやってもらうかを考えた。そして指をさした。

「そうよ。ああそうよ、それって名案。そうするよう手配して。あいつはタブレットとリンクを持ってた。ほかの電子機器を隠していないかぎり、それだけ。捜索チームがそれを持ってくるはず。そうしたら地元警察に連絡して、彼らにあらましを伝えて。むこうで制服に戸別の聞きこみをしてもらう。彼がゆうべか今朝早くに出ていったか、帰ってきたかしたのを誰か見ているかどうか調べてもらうの。それに彼が職場にロッカーを持っているか調べて、そこも捜索して。貸金庫、保管庫のたぐいを持っているかどうかも」

　そこでイヴは肩をすくめた。「持っているか、あるいは持っている誰かが知り合いにいるかどうか、こっちで彼に吐かせる。彼はきっとそれを自慢するわよ。フィッツヒューは死ぬべきだったんだとすでに言っている。あいつが泣きやんだかどうか見にいきましょう」

　ブルペンへ歩いていくと、ジェンキンソンと彼のネクタイが呼びかけてきた。

「ドブソン事件は終結したぜ、警部補。被害者の義理の弟だったよ。被害者は仕事でいい腕だったんだ、ほら。テーブルの給仕でかなりのチップを稼いでて。妹の亭主は陰で金を借りつづけてたんだ。二十ドル、五十ドル、百ドル、やがて被害者はやつを切り捨てた。金をやりつづけられなくなって」

「ギャンブル、違法ドラッグ、セックスがらみ？」

「セックスだよ。一回五十ドルのヴァーチャルセックスが何度も。それでそのセックス中毒野郎は義兄のシフト後に彼を狙った。彼がいくらか現金を持っているはずだ、たんまり持っているのは知っているんだと言ってた。被害者は自分だって生活があるし、妻も子どももいるんだと言った。自分をつけまわすのはやめろ、さもないと妹に話すと言った。それでバカ野郎はナイフを抜いた。脅すためだった、と言っているがな、そうしたら状況が手に負えないことになっちまっただけだと」

　ジェンキンソンは歯を見せて笑った。「手に負えなくなったもんだから、やつは女房の兄さんを十五回も刺したあげく、その晩被害者が稼いだチップの百十二ドルをとっていった。彼のリンクも、腕時計(リスト・ユニット)も、結婚指輪もとっていったんだ」

「路上強盗にみえるように」

「やつはそう踏んだ。強欲野郎はリンクや何かを捨てられなかった。自分が賢いと思って、ブロンクスで質入れした。たった百ドルにしかならなかったが」

「それじゃそいつはヴァーチャル娼婦(しょうふ)と四回やるために、奥さんの兄を殺したわけね。よく突き止めたわ」

「ありがとう。いずれにしても、フィッツヒュー事件で手伝いがいるなら、俺たちは手があいたよ」

「いま聴取室に容疑者を入れてあるの。どんな具合にいくかやってみるわ」

　聴取室Bの外にピーボディとマイラがいた。

　NYPSDトップの精神科医にしてプロファイラーの、先端を日の光色にしたミンク色の髪は、そのおだやかで美しい顔を縁どっていた。やわらかく静かなブルーの目がイヴの目と合った。唇はカーブをえがき――彼女のスーツとまったく同じローズ色をしている。スーツはシルクのつやがあり、形のいい脚を際立たせていた。

　イヴは彼女の靴も脚を引き立てていると思ったが、自分はわざわざピンヒールで一日じゅう働く気など絶対になかった。

「ピーボディがこれまでのことを聞かせてくれていたの。ブラント・フィッツヒューが死んだなんてまだショックよ」

「知り合いだったんですか？」

「個人的には違うわ、でもデニスと彼の映画をいくつも見ているの。イライザ・レーンがストーカーとトラブルがあった記事を読んだのもおぼえている。ここへ来る道中で少し記憶を新たにしてきたわ。妄想にとらわれ、彼女との親しい関係を思いえがいている。たくさんの過去世にわたる関係よ。永遠の絆(きずな)。彼のアパートメントでイライザの聖堂みたいなものを見つけたんですって？」

イヴはリンクを出して、自分のレコーダーから映像をダウンロードした。リンクをさしだす。

「ああ、なるほど。典型的ね」

「ドクター・アイヴァン・ホロウィッツをご存じですか？」

「ええ、いくらか。彼がクロンメルのセラピストなの？」

「そうです、それに仮釈放を後押ししました。彼はクロンメルがレーンへの執着を克服したと――事実は、あきらかにまったく違いますが――申し立てて、その執着に暴力傾向はないとも言っています。彼はわたしをはさみで刺そうとしましたから、その点にも反対せざるをえませんね」

「なるほど」マイラのやわらかなブルーの目は、霜のついた氷にもなる。いまがそうだった。「聴取のあと、わたしからドクター・ホロウィッツに連絡して、わたしの意見を伝えておくわ」

「もし彼がフィッツヒュー殺害犯を檻(おり)から出したとわかったら、わたしの意見も少々伝えることになりますね」

イヴはドアをあけた。

「記録開始。マイラ、ドクター・シャーロット、ダラス、警部補イヴ、およびピーボディ、捜査官ディリア。聴取室にクロンメル、イーサンと入室、仮釈放の規定違反、武器による警察官への暴行、および逮捕への抵抗の件について」

「あんたたちは僕のクローゼットをあけたけど、許可は得てなかったぞ」

「バスルームだと思ったのよ、そっちは許可してくれたでしょ。あなたは権利を読まれました、記録のうえで。もう一度読み上げてほしいですか、それとも自分の権利と義務を理解しましたか？」

「よく理解しているよ、とってもよく。僕は自分の所有物を守っていたんだ」

「あなたが守っていたのはイライザ・レーンの写真、キャンドル、花、等々が並んだクローゼットで、はさみで刺すぞと警官を脅すことによってでしょう？」

「そのとおりだ。あれは僕のものなんだから」

「あなたは最近、精神的または感情的に不調の人々の施設での監禁から、仮釈放措置で出所した。あなたは三年前、女優のイライザ・レーンをストーキングしたこと、彼女にハラスメントを加えたこと、彼女と夫で俳優のブラント・フィッツヒューに話しかけたことで有罪を宣告されている」

「あいつは僕たちを引き離していたんだ」

「フィッツヒューがあなたとレーンを引き離していた？」イヴは楽しそうな、おしゃべりの口調で言った。「どうやってそうしたの？」

「あいつは僕に関する彼女の記憶をぼやけさせたんだ。妖術だよ」クロンメルはホラー映画のようなささやき声でその言葉を言った。「暗黒魔術さ。あいつは彼女に執着しているんだ」

「彼は執着していると。オーケイ、彼女があなたを告訴して、法廷であなたに不利な証言をしたのはどうして？」

イーサンは理性のない目をぐるりとまわした。「妖術だって。黒魔術。僕は何世にもわたって、何度もその呪いを解かなきゃならなかったよ」

「どうやってその呪いを解くの？」マイラが尋ねた。

「愛だよ、深い真実の。あるいは暗黒に対抗する白魔術で。あるいは戦いで。僕たちは生まれるたびにいろいろな方法でそれに向かい合うんだ。でもイライザと僕は精神と心を共有している、それは絶対に壊れない絆なんだ。フィッツヒューは——今回の人生ではそう名乗ってるが——ずっと失敗しつづけるんだ、ずっと負けるんだよ。僕か彼女の手で」

「彼の死で、彼がイライザにかけた呪いが破れ、彼女の記憶が戻ってくると思っているのね？」

クロンメルはマイラにうなずいた。「当然だよ、すべてがもう一度始まるまでは。僕たちがおたがいに気づくまでには何年もかかるかもしれない、でも心はわかる。彼女はいま、僕を待っているよ」

「彼女があなたを待っているなら」イヴは話に割りこんだ、「どうして彼女のところへ行かなかったの？　どうして自分のアパートメントで彼女の映画を見ていたの？」

「呪いを終わらせなければならなかったんだ——白魔術で。あんたたちが邪魔したんだ」

どうやら、とイヴは思った。彼の白魔術にはマスターベーションが入っているらしい。

「それにあいつは子分に彼女を守らせていた」

「子分」

「ああ、そうさ」クロンメルは熱心にうなずいた。「あいつに忠実なやつら。そいつらが彼女を、それから僕を取り囲んでるんだ。僕たちは慎重に脱出を計画しなきゃならない。あんたがやつらのひとりなのはわかってる」

「わたしは子分なの?」

　クロンメルはイヴのほうへ乗り出し、狂った目をして、指を振った。「僕には本当のあんたが見えるんだ、でも何をしようと僕を止めることはできないぞ」

「イーサン、あなたはブラント・フィッツヒューを殺したの?」

　クロンメルはにやっと笑った。「いつの人生で?」

「今世で。ゆうべ」

「今世でその特権は与えられなかった。でもわかっていたよ、彼女が鎖を断ち切るのを感じたんだ。それに見たし聞いたよ、スクリーンでね、彼がとうとう負けたのは。毒物、って言われてたね。彼女は前にも使ったことがあるんだ」

「イライザが彼に毒を盛ったの?」

「彼女は勇敢で強い、でもあいつのほうが強いんだ。彼女は剣やこぶしでは彼を負かせない。一度は彼の喉を切れたし、弾丸であいつを終わりにしてやったことも二度あったけどね。でも毒と策略は彼女がいつも使う武器だ」

「フィッツヒューは彼女に魔法をかけていたんじゃなかったの」

「白魔術で対抗したんだよ」クロンメルはいらだたしげに息を吐いた。「僕があいつの束縛を弱めたんだ」

「彼女のための祭壇ですね」ピーボディが助け舟を出した。「あのキャンドル、写真、花。

白魔術です」

「そうだよ、そうだよ、そうだよ。あの白魔術、そして僕たちの愛は、必ず暗黒を打ち負かすんだ」

「それでこれからの計画はどうなっているの？」イヴは首をかしげた。

「その時が来るまで待つんだ、それで時が来たら、僕は彼女のもとへ行って、今世が終わるまで一緒に暮らせるところへ連れていく。そうして輪廻のひとつが終わると、別のが始まり、僕たちはまた最初から始めるんだ」

「イライザのアパートメントに行ったことはある？　今世でよ」イヴはそう付け加えた。

「あいつが警戒させているからね。厳重に守られているんだ。一度、断崖に立つ彼女の塔へ登って、一緒に僕たちだけの島へ船で海を渡っていったよ。でもいま彼女がいる牢獄の壁は垂直なんだ」

「変装すれば中へ入れるんじゃないですか」ピーボディが水をむけた。

「やってみたよ、でも術がとても強力でさ。やつらに追い払われた。彼女のためなら死ねるけど、僕が死んだら、彼女も死んでしまう。それが僕たちの絆なんだ」

「今回は彼女を殺してしまえば、サイクルをやりなおせて、もっといいチャンスがあるかもよ」

　クロンメルの目が大きく開いてイヴを見た。「彼女に危害を加えられるわけないだろう！」

「ゆうべは盛大なパーティーがあって、たくさんの人が来た。あなたも中へ入れば、魔法を解けたんじゃないの」

「知っていたら、やってみたかもな。護衛や子分たちを押し分けて、あいつを戦いで負かし、彼女を安全なところへ連れていって。やってみたかった。でもこっちのほうがいいよ。きみたちももうわかっただろう。彼女が呪いを解いたんだ、だから僕たちはおたがいのところへ戻る方法を見つけられる」

「こっそり中へ入って、気づかれずにいて、それから彼のお酒に毒を入れられるくらいに近づくほうがいい手に思えるけど。また外へ出て、事態が静まるまで待って、彼女をさらっていけば」

今度はクロンメルは侮辱されたという顔をした。「僕は男だぞ！　男は自分の敵に真正面から立ち向かうものなんだ。彼女はただの女性だから、策略やごまかしを使わなきゃならない。僕が中へ入っていけてたら、彼女にそんなことをさせないですんだのに」

「どうやって彼女と連絡をとっているの？」マイラが尋ねた。

「精神と精神、心と心で。もう彼女は僕と話ができる。彼女の歌が聞こえる」クロンメルは目を閉じ、額に手をやってほほえんだ。「僕のために歌うんだ。もう僕だけのために」

もうじゅうぶん、とイヴは思った。じゅうぶんだ。

「オーケイ、イーサン、あなたは仮釈放規定に違反し、武器で警察官を脅した。逮捕され勾留されて待機したのち、施設に戻されるかもしれません、再度鑑定を受けて」

「前と同じように僕を鎖でつないで、鍵をかけて閉じこめればいいさ、でも愛は立ち上がり、愛は勝利するんだ」

「オーケイ。聴取終了。ピーボディ」

「彼を連れていきます」

イヴはマイラと外に出て、聴取室から遠ざかりながら目をこすった。「彼は底抜けに狂ってますね、でもフィッツヒューを殺してはいない」

「フィッツヒューの死を知ったことが新たな精神の崩壊を引き起こしたんじゃないかしら。それに彼の診断は間違いで、釈放されるべきじゃなかったとも思うわ。報告書を書くわね、それに必ず、わたしがじっくり考えたうえでそれをドクター・ホロウィッツに知らせる。クロンメルは彼の担当に戻されるべきではないわ、そのことを強調しておく」

マイラはピーボディがクロンメルを連れていく姿を振り返った。「かわいそうな人」

「これから、彼が嘘をついていた場合にそなえて、家を捜索します。それに、そうですね、わたしも彼が嘘をついていたとは思いません。でも誰かが彼や彼の妄想を利用して、殺人をおこなった可能性はあります。タイミングです」イヴは付け加えた。「彼は施設を出てまだ長くない、そしてフィッツヒューは死んだ。ですから彼を調べる必要があるでしょう」

イヴは殺人課の入口で足を止めた。「彼はレーンを襲ったでしょうね、遅かれ早かれ」

「間違いないわ」

「同席する時間を作ってくださってありがとう」

イヴは自分のオフィスへ行き、腰をおろし、ボードとクロンメルのＩＤ写真を見た。

「めちゃくちゃに狂ってるけど、哀れね」

目をそらし、報告書を書いた。

書きおえると、パーティーの客たちの調査に戻るのではなく、ピーボディのところへ行った。

「リコ・エスタバン、ヴェラ・ハロウの同伴者だけど、いまウェスト・ヴィレッジで何かの撮影をしてる。彼と話をしにいくわよ」

「彼はテレビ俳優ですよ」ピーボディはイヴと外に出ながら言った。「ほとんどはシリーズに一回だけ出る役です。昼間のドラマをいくつかやって、それからシーズン中はわたしがつい見ちゃうクリスマス・ロマンスものも」

そのことを思って、ピーボディの顔に夢見るような表情が浮かんだ。

「たとえば、セクシーで気むずかしく、クリスマスを嫌いな男が、クリスマスシーズン中に二週間、小さな町で足止めされて、小さな町の若い女性と愛を――彼女は地元の獣医とかで、可愛くて元気のいい子犬を飼っていて——それからクリスマスの本当の意味を見つけるんです。もしくは、彼はセクシーでクリスマスが好きな男で、やっぱり小さな町に地元のダイナーを持っているんですが、セクシーで高い地位にある広告代理店重役がその町に足止めされて、彼女は彼と、彼の可愛い姪と、クリスマスにぞっこんになるんです」

「あたしもそういうくだらない映画って大好き」

イヴは一緒にエレベーターに乗ったたくましい制服警官を振り返った。「本気？」

「別に恥ずかしくないですよ。大物開発業者が町に来るあの映画は見た？　彼はそこの古い、クリスマスらしいホテルを壊して、高級リゾートを建てるつもりなの」

「そうしたら、そのホテルを三世代つづいて経営している一家の娘に参っちゃうのよね」ピーボディが続けた。「彼の心の中でクリスマスが新しいものになって、彼はそのホテルを買うんだけど、修復するためで、それでクリスマスイヴには町じゅうの人がキャロルを歌いにくる。泣いちゃった」

「あたしも」

「まったく」と言うのがイヴには精一杯だった。エレベーターを降りて最後の二階ぶんは階段をカンカンと音をたてて降り、自分の駐車階へ行った。

「クリスマス中はベーキングをしながらああいうのを見るのが、とくに好きなんですよ」

「いまは夏よ」イヴはピーボディに思い出させた。「二十七度もあってピカピカ晴れているときに、クリスマスのことを話すのも、思いつかなきゃならない馬鹿馬鹿しいプレゼントのことを考えるのもお断り」

「警部補もどこか小さな町で足止めされて、心の中のクリスマスを見つける必要があるかもしれませんね」

「ありえない」

　イヴは駐車場を飛び出した。

「ヴェラ・ハロウについて彼から聞き出したい。彼は三流どころだけど、ヴェラは違う。どうして彼女はエスタバンをパーティーに連れていくわけ？」

「彼を見ました？　本当に超イケメンなんですよ。現場で短く彼に聴取しましたけど、どんどん魅力を放ってくるんです。こっちの目をまっすぐ見るんですよ」ピーボディは指二本で自分の目を撫(な)で、そっと叩いた。「セクシーで」

「そういう単純なことだったのかも。もしかして、〝ヘイ、セクシーなB級さん、こういうパーティーに連れていくから、わたしの元恋人の酒にこれをちょっぴり入れてちょうだい、そうしたら大スターにしてあげる〟」

「ええと……」

「ええ、たぶんないでしょう、とくに彼女は自分のことは自分でやる女にみえたから。でも感触はつかめるわ。フィッツヒューが立ち止まって彼女たちと話をしたときに、グラスを持っていたことはわかってるわけだし」

「そのことを考えれば考えるほど、レーンがターゲットだったという気がします」

「続けて」

「彼女の好みの酒。フィッツヒューはそれを彼女に持っていき、目撃者たちによれば、会場を抜けていくときにそう言っていたそうです。彼女がそれを飲まなかった理由はただ、ボウエンが先に歌ってくれるよううながしたからです。それにフィッツヒューがかわりにそれを飲んだ理由はただ、彼女の歌に乾杯したためでした。わたしは彼女が幸運で、彼はそうでなかったというほうへ傾いています」

「わたしもそう思う」

「彼女がターゲットだったと思っているんですね？」

「確率と論理はそこをさしている」信号で停まり、歩行者の川が流れていくのを見ながら、イヴはハンドルを指で叩いた。「もうひとつの可能性は、犯人はどっちが飲んでもかまわなかった、ってこと」

「ヴェラ・ハロウですか」

「彼女は二人の両方に恨みを持っていた。女は男より毒薬を選ぶものよ。暴力的な死――シアン化物で血は出ないけど、暴力的には違いないわ――それも盛大で豪華な、メディア関係者も出席するパーティーでなら、たくさんの注目を集められる。出席者たちがすでに注目を集めているし。ああいう業界の人間にとって、注目されることは大事なんじゃないの」

「報道されることが動機だと?」

「もしくは、役に立つおまけ」

撮影はブロックをひとつ遮断しており、柵の外ではたくさんの野次馬(やじうま)がのぞいていた。イヴは駐車場所を探すより、柵の陰に車を停め、〝公務中〟のライトをつけた。

「エスタバンは『シティ・リビング』のゲスト撮影をしています」ピーボディが車を降りながらPPCを読んだ。「新しいシリーズで、三人のルームメイト――売れない俳優、シェフ、ブロガー――が愛と成功を探すんだそうです」

イヴは柵のところに立っていた退屈そうな警官に合図した。

「どうしたんですか、警部補?」

「リコ・エスタバンと話をしたいの」

「いまシーンを撮っていますよ。ほら、あそこにいるでしょう?」彼はそのブロックを途中まで行ったところをさし、そこではカメラとスタッフがコーヒーショップの外に集まっていた。「じきにみんなを歩いて通らせますよ、そうしたらその二人が出てきて、そこに立ってしゃべるんです。二人はこっちへ歩いてきて、止まって、しゃべる。女は離れていき、男は立ったまま彼女を見送る。それから二人は戻ってきて、最初からやりなおす。そんでまたもういっぺん」

「誰でもいいから知るべき人間に、こっちがエスタバンに会いたがっていると知らせて」

「わかりました。ちょっと待ってください。ほら、またやりますから」

イヴは人々が歩きはじめ、それからコーヒーショップのドアが開くのをながめた。撮影は警官が言ったとおりに進んだ。そのカップル——女とエスタバン——が立ち止まってしゃべり、人々がそばを通りすぎていく。女が頭を振り、笑うと、彼女の長いブロンドのポニーテールが揺れた。二人はまた歩き、また止まった。今度は女が彼の腕をふざけて叩き、それからひとりで歩いていき、彼がそれを見つめた。

カット、という声が聞こえ、警官がイヤフォンをタップした。「ヘイ、こちらはライ巡査。NYPSDのダラス警部補が来ていて、ミスター・エスタバンと話がしたいそうだ」

イヴは彼にうなずき、ブロックを歩きだした。

「彼女はいまそっちへ向かっている」

枝のように細く、オレンジ色の髪を短くして、ライムグリーンのハイトップスニーカーをはいた女が、イヴたちのほうへいそいでやってきた。

「このブロックはあと四十八分、ブロックしてあるんだけど」彼女は言った。

「そうなの、おめでとう。リコ・エスタバンに会わなきゃならないのよ、たぶんそんなにかからないと思うわ」

「ちょっと待っててもらえれば――」

イヴはバッジを持ち上げた。「これでわたしが待つつもりにみえる？　彼と早く話ができれば、それだけ早く彼を返してあげられるけど」

「待ってて」

女は走って戻り、野球帽の下に褐色の爆発した巻き毛を入れた別の女に話しかけた。二番めの女は振り返り、見つめ、うなり、それから声をあげた。

「リコ、セットにお客さんよ。リニー、あなたのアップとリアクションを撮りましょう」

エスタバンがのんびりやってきた。ジーンズと黒いTシャツ姿で――どちらも彼のすばらしい体つきを目立たせていた。彼は悩殺するような笑みを向けてきた。

「捜査官、すてきなブーツだね。〝乗りなよ、カウガール〟って感じ。それじゃあなたはダラス警部補でしょう」彼は手をさしだした。「ゆうべの不運な事件では会えなかったけれど」

「ええ、そうですね。いくつかおききしたいことがあるんですが」

「答えられるようベストをつくすよ。むこうへ行かないか？〈クラフト・サーヴィス〉は世界最高のレモネードを出すんだ、それに日陰もある」

イヴたちが同意するのは当然のこととばかりに、彼は三台ひと組のカートと、ピクニックテーブル数台が、どれも大きな日よけの下にあるほうへ歩きだした。

「ゆうべ僕たちはひとつの伝説を失った」彼はそう話しはじめた。「ブラントに直接会ったのははじめてだった」

「ミズ・ハロウといらしたんですよね」

「ヴェラとね、ええ。レモネード三つね、ドルー・ダーリン。きっと僕に感謝するよ」彼はイヴとピーボディにそう言った。

「ミスター・フィッツヒューが亡くなる直前に、彼と話をしていますね」

「したよ、あれにはわくわくした。子どもの頃からファンだったし、自分も業界に入って何年もしていても幻滅していない。それどころか、その反対。あれだけのキャリアを、プロとしてもクリエイティヴな面でも、あのレベルの優秀さを保ちつづけているんだよ?」

エスタバンは頭を振りながら、ピーボディに、それからイヴに、レモネードのカップを渡した。「まさに伝説だ」

　彼は自分のぶんをとり、あいていたテーブルをどうぞと示した。「ここでは、僕はわれらが大志を抱く女優で、〈カフェ・オーレ〉に勤めている女性の新しい恋人を演じている。恋はうまくいかないんだけど、続いているあいだは楽しいものになる。僕はメジャーリーグのピッチャー役でね」彼はそう説明した、「おかげで、マウンドにあがる五分間のために、どれだけの時間訓練したかわからないよ。かたやブラントは、何十年も仕事をしてきて――あの乗馬、あの剣さばき、あの戦闘シーン」彼はまた頭を振った。

「ヴェラ・ハロウとの関係はどういうものか、説明してもらえますか?」

「ああ。すばらしいことにセックス上の関係だよ」彼は答え、あの悩殺的な笑みを浮かべた。

8

「オーケイ。それだけですか？」

エスタバンは笑いだした。「あなたたちを驚かすのは失敗したね。ヴェラは美人で、エネルギッシュな人なんだ。僕たちは活気ある肉体関係を楽しんでいる。長くは続かないだろうね、もちろん、せいぜい僕のプロ野球選手とあの女優の卵くらいだ。でも僕たちはいまを楽しんでいる。僕は彼女を楽しんでいる。彼女には痛烈なウイット、見上げるばかりの才能がある。それに気前がいいんだ」

「付き合ってどれくらいですか？」

「記録をとっておく人なんているかい？」エスタバンはレモネードを飲んだ。「一、二か月、かな。うん、もう二か月だ。あるパーティーで知り合って、意気投合してね。それでおたがいの連れをほうりだして、彼女の家へ行って、すばらしいセックスをした」

彼はまた飲んだ。「彼女は僕が年下で、プロとしての彼女のレベルには及びもつかないところが気に入っているんだ。僕は彼女が年上なのが気に入っている。成熟した女性はとても興味深いよ――年を重ねてきて、自分がどういう人間で、何を望んでいるかわかっている」

ほほえんで、彼はエレガントに肩をすくめた。「それに、恥知らずにも僕は、彼女のレベルなら、僕のキャリアを急上昇させてくれるかもしれないところも気に入っている。僕たちはメディア狂いなんだ、僕とヴェラは。もしパパラッチが彼女の屋上テラスで裸になっている僕たちを撮ろうとしたら、騒ぎになる。それにさいわい、僕たち二人とも、裸がすごくいかしてるんだ」

「パーティーの客になって、そこで大物セレブが殺害されたら、騒ぎになりますね」

「たしかになるね」彼はあっさり同意した。「今朝すでにスタジオで生出演のインタビューを受けたし、リンクでのもほかに三つあった、それに今夜は『スクリーン・トーク』に出ることになっているんだ。ブラント・フィッツヒューは死んだ、そして僕がそれを変えることはできない」

エスタバンは手を広げ、ピーボディが言っていたとおりに、イヴの目をまっすぐ見た。

「彼のファンであることに嘘はつかなかったよ。子どもの頃も、大人になってからも、『妖術使いの旅（ザ・ソーサラーズ・クエスト）』や『暗黒を狩れ（ハント・ザ・ダーク）』を何度見たか数えきれないくらいだ。でも僕には起きたことは変えられないし、自分自身のキャリアに真剣に取り組まなきゃならない」

「ヴェラはフィッツヒューが亡くなったことをどう思っていますか？」

「まわりに見せようとしているより動揺しているよ、僕が見たところでは。あの下衆（げす）――今度のことが起きる前には、彼のことをそう言っていた。ヴェラを相手に何かを終わらせることはできないんだ、ほら。終わらせるのは彼女のほうなんだよ」

　エスタバンはまた肩をすくめた。「だからブラントは永遠に〝下衆〟だっただろうね、そしてイライザは〝男あさり〟だ。でもゆうべ、ヴェラは動転していたよ。感情的にだけじゃなくて、体も。風にあたれるよう彼女をテラスへ連れていった、真っ青になっていてね、落ち着かせるためにあそこのバーからブランディを持ってきてあげた。かよわい彼女を見たのははじめてだ。

　心のどこかではあの〝下衆〟を愛していたんだな」エスタバンはレモネードを飲み干した。「その部分のせいで、失ったものを素直に愛せないのかもしれないけれど、それでも愛ではある、違うかな？」

「愛する相手に害を加える人もいますよ」イヴは返した。「とくに失ってしまった場合は」

「そうなんだろうね。でも、もう一度僕からみれば、ってことで言わせてもらうと、ヴェラはシャンパンにシアン化物を混ぜるより、タマに蹴りを入れるタイプだよ」

「イライザ・レーンがそのシャンパンを飲んでいたかもしれませんし、彼女には蹴るべきタマがありません」

「ふむ」エスタバンは椅子にもたれ、その深い、夢見る神のような目が計算高くなった。

「なるほど、それもひとつの考えだね? 僕たちはブラントがイライザの歌うのを見ようとして人のあいだを歩いていったとき、彼のすぐそばに立っていた。僕には、もしヴェラが理性を失って、イライザに毒を盛ることにしたのなら、ブラントが飲むのを簡単に止められたようにみえるよ。ただ彼の手からグラスを叩き落とせばいいんだからね、たとえばだけど。あらっ! って」

「どれくらい近くでした?」

「ええと、どうだったかな。僕はヴェラの右側にいた。そう、彼女の右側に。誰か——別の女性——三十すぎ、赤毛、セクシー——がヴェラの反対側にいたよ。それから彼女とブラントのすぐ後ろ、彼の右側に誰か。ほかの人のことはわからないな。あのときはみんな一緒にかたまっていたような感じだった」

さっきのオレンジ髪の女がぴょんぴょんと戻ってきた。「リコ、もう本当にあのロングショットであなたを撮らなきゃならないんだけど」

「すぐ行くよ。ほかには何かある?」彼はイヴに尋ねた。

「いまはありません。お時間とご協力に感謝します」

「殺人事件に出くわしたのははじめてだったよ」エスタバンは立ち上がった。「ぜひともアンコールなしで残りの一生を送りたいね。それに彼を殺した人間をあなた方がつかまえてくれるよう、心から願っている。僕は、本当にファンだったんだ」

イヴはピーボディに合図して、柵のところへ引き返した。

「サマンサ・キーンと話ができるかどうかやってみましょう。彼女の居場所がわかるかどうか調べてみて。彼女と話をして、それからもう一度ヴェラ・ハロウにあたるわ」

ピーボディが手配しているあいだに、イヴは捜索チームに連絡をした。

「二階と三階はもう終わった」バクスターが言った。「山ほどものがあって、山ほどスペースがあるんだよ、ボス、でもいまのところ疑わしいものは何もない。言わせてもらうと、ここの住人たちは生きるってことを知ってるな。というか、彼は死ぬまでは知っていた」

「マクナブのほうはどんな具合？」

「まだ上にいるよ。みんなで食事の休憩をとったときには、被害者のアシスタントの機器を終えて、レーンのアシスタントのひとりめのところにかかってた。そこにも疑わしいものはない、いまのところは。ここの住人の誰かがフィッツヒューを殺したとしたら、パンくずを掃除することについちゃ、いやになるほど念入りだったってことだな」

「ええ、そうでしょうね。ほかには何かある？」

「玄関に近づいてきたやつがひとりいたよ――メイン階に。花の配達をよそおってな。レポーターだ、住人のひとりに賄賂をやってそいつの階へ通してもらい、階段を使ってここまであがってきた。ビルの警備員が見つけた」

その方法なら招待なしでパーティーに入りこめる――もしかしたら。「そいつはメイン階の玄関まで来られたの？」

「階段をのぼってくるのを警備員が見つけて、俺たちに注意してきたんだ。彼らの側で即時対応したよ、ボス。そいつが玄関のブザーを鳴らそうとしたときには、彼らはここへ上がってきてた。そいつに付き添って出ていったよ」

　そこでバクスターはにやりとした。「警備員がやつをつかまえたとき、花を落としていってな。トゥルーハートがママに持っていくそうだ」反対を予期して、バクスターは肩をすくめた。「持っていかなけりゃ、ただそこに置いとかれて枯れちまうだろ」

「そうね」イヴは花に関心はなかった。「シフトの終わりにそちらの状況を知らせて。もし全部終わらなかったら、朝にまた始めて。マクナブにもそう言っておいて」

「わかった。なあ、ダラス、ここは俺の夢の家だって気がしはじめてたんだよ、だがちょっと度がすぎてるな。家事雇い人やドロイドや——ここには一台もドロイドがないが——アシスタントや何かを置いて、年がら年じゅうまわりをうろうろされなきゃならない。三階なんてほぼ全部アシスタントたちのためにあるんだぜ、それにここの家事雇い人たちの住居ときたら、俺のアパートメントくらいのサイズだ」

　彼は頭を振った。「そんなにいろんな人間がまわりにいて、どうやって素っ裸で歩きまわれる？」

「それが都会暮らしの基本ってやつよ。ダラス、通信終了」

「バクスターが自分のアパートメントで素っ裸で歩きまわっているところを想像しないようにしているんですけど、うまくいきません」ピーボディが目をこすった。「サマンサ・キーンはダンスのクラスを終えたところです。〈フットライツ〉で会いたいそうです。ブロードウェイのはずれにあるカフェですよ。彼女はいまそこに向かっています」

「住所を入力して」

ピーボディがそうしているあいだに、イヴのリンクが鳴った。読み出し画面にナディーンとあったので、腕時計(リスト・ユニット)のほうで受けた。

「ダラスです」

「逮捕したのね」

「わたしが？」

「イーサン・クロンメル、イライザ・レーンに対するストーキング、ブラント・フィッツヒューへの暴行、侵入、ハラスメント、等々で有罪」

「ああそうか、そっちの逮捕ね」

「わたしの情報源は、彼が刑期を最後までつとめるよう〈ゴードン・インスティテュート〉へ戻されて、そのうえで警察官――たぶんあなたのことね――に対する武器による暴行と、逮捕への抵抗の追加告発にも向き合うことになる、と言っている。現在のところ、フィッツヒュー殺害では告発される予定はない、とも」

「捜査は鋭意続行中よ」

「ふうん。クロンメルが仮釈放で出てきたことがわかったあと、レーンは警備を固めていて、『アップステージ』のワークショップがおこなわれたビルの警備、これから稽古をするクリスタル・ガーデンズ・シアター、フィッツヒューの制作会社のニューヨーク拠点になっているオフィスが入っているビルの警備は、どこもすべて、クロンメルの外見特徴や、彼の写真、彼が入ろうとした場合に引き止めて警察に渡すという指示書きまで持っているのよ」

ナディーンはイヴが口をはさむ前に指を一本立てた。

「レーンの家があるビルの警備は、ゆうべクロンメルは入ろうとしていない、釈放以来一度も入ろうとしたことはないと、はっきり主張しているわ」

「あなた、忙しかったでしょう」

「女は腕が鈍らないようにしておくの」そしてナディーンはその手の爪を肩で磨いてみせた。「彼のことは調べたのよ、ダラス。彼は偏執的なファンで、深刻な問題と妄想を抱えていて、三年近く強制的な監禁とセラピーを受けていた。仮釈放の基準を満たす程度には治療が進んだんでしょうけど」

「全然じゅうぶんじゃなかったのよ、でもブラント・フィッツヒュー殺害の容疑者じゃない」

「じゅうぶんじゃなかったってどうしてなの、それにどうして容疑者じゃないの？」

イヴはナディーンを追い払うこともできたが、計算してみた。もしもう一度記者会見をしなければならなくなったら――そしておそらくそうなる――どのみちナディーンはこれをすべて知ることになる。それに友情のためだけでなく、誠実で腕ききの犯罪レポーターを味方につけておいて損はない。

「クロンメルの自宅で本人におきまりの聴取をしていたの、彼が雇用先から病欠をとっていたからよ、すると捜査担当者たちはイライザ・レーンの聖堂と言っていいものを発見した。小さなスペースで、彼女の写真や記念品でおおいつくされていた。クロンメルの保護観察下での釈放は、ミズ・レーンへの妄執を自制していることにもとづいて決定されたので、その発見を突きつけられると、クロンメルは捜査主任をはさみで刺そうとした。そのはさみは、彼がミズ・レーンの写真や彼女に関係する記念品を含むスクラップブックを作ることに使われていたらしい」

「彼に切りつけられたの？」

「〝どした〟って言ったでしょ、でもきいてくれてありがとう」

心配が面白がっている感じに変わった。「ありとあらゆる事実を知る必要があるわ」

「そうね。クロンメルは拘束され、公式な聴取のためにコップ・セントラルへ移送され、精神科医の意見と鑑定をもらうためにドクター・シャーロット・マイラが同席した。聴取のあいだ、捜査担当者たちとドクター・マイラは、クロンメルの精神および感情の状態からして、彼がブラント・フィッツヒューの死に何らかの役割を果たしたことはほぼありえず、彼の妄想や意図は本人や他者に危険を及ぼすと結論づけた。仮釈放の条件違反に加え、彼は武器で警察官に暴行し、逮捕に抵抗したとして告発された」

「すてきな報告ね、警部補、でもそれじゃ質問に答えていることにはならないわ」

「オフレコで」

「んもう」ナディーンはふうっと息を吐いた。憤懣まじりの息を。「ったく。わかったわ。オフにしたわよ」

「クロンメルはイカれてるの、ナディーン、それにレーンが自分に語りかけてきて、救ってくれと頼んでいると思っている。自分たちは長いあいだそうしてきたんですってさ、わかる？　前世とかいうたわごとよ。彼はフィッツヒュー殺害みたいなことを計画したり実行したりする能力がまったくない――たとえあのビルに入ることができて、パーティーのことを知っていて、シアン化物を入手することができたとしても。それにもし殺していたら？　本人がそう言ったはずよ。レーンとの絆を取り戻し、一緒にユニコーンか何かに乗りながら虹の下で彼女と暮らすのが、彼の今回の人生やすべての妄想上の使命なんだから。

彼はフィッツヒューを殺していない」イヴは断定した。「だから捜査は鋭意続行中」

「何か重要なネタをちょうだいよ」

「いまの全部が重要なネタじゃなかった？　いまのは重要なネタじゃなかった？」イヴがピーボディにきくと、相手はただ肩をすくめて中立を保った。

「これはどう。あなたが最後に話をきいたのは誰――今回の殺人についてよ？」

ピーボディがまた肩をすくめたので、イヴはかまわないだろうと判断した。「リコ・エスタバン」

「あらまあ、あのクリスマス用イケメン。エスタバンが裸の胸を出して、クリスマスツリーのそばにいるのを見なくちゃ、クリスマスにならないわ。ヴェラ・ハロウの最新のツバメくんでしょ。二人は一緒に来たの？」

「そのとおり。彼は現時点では容疑者ではないし、協力的だった」

にんまりし、ナディーンはこめかみを指で叩いた。「ふううん。〝現時点では〟というところは、彼に連絡して、インタビューをするべきか考えさせられるわね」

「彼は飛びついてくると思うわよ。あなたにいくらかゴシップを提供してくれるかもしれないわね、でもハロウの上で飛びはねている以外、事件に関係はない」

「ゴシップも役に立つわ。ハロウについては――」

「おおっと、話ができて楽しかったわ。わたしたち、本当にもっとたびたびするべきね」

そしてイヴは通信を切った。ピーボディが思わず笑いだした。

「もっと早く切らなかったのが意外でしたよ」

「時間つぶしになったし、おかげで頭の中でもう一度状況をおさらいできたわ」

イヴは荷積みゾーンに車を入れ、〝公務中〟のライトをつけた。

「クロンメルは殺人の動機はあるけど腕がないし、頭もないし、チャンスもなかった。エスタバンは腕と頭はありそうで、チャンスもあっただけど、動機がない。加えて、エスタバンは自分自身、自分のキャリア、自分の快楽にしか興味がない」

横丁をガタガタ走っていく車の流れを見ながら、イヴは待ち、さらに待ち、やがて強引に車のボンネットをまわって歩道へ出た。

「ハロウがこう言っているところが思い浮かぶわよ、〝このシアン化物をあの下衆のグラスに入れなさい、そうしたらあなたを彼のようなスターにしてあげる〟。でもエスタバンがハロウのために人を殺すほど、彼女を信頼しているとは思えない。そんなことをしたら彼はまずい立場になる。それじゃ今度は、彼女がこう言ったとしましょう、〝あっちを向いて、わたしがあの下衆――もしくは男あさりのグラスに毒を入れるあいだ、隠れみのになってくれる？〟。そうね、ありかも」

「それでもしわれわれが彼女を逮捕したら？」ピーボディはショックを受けた顔をつくった。「〝まさかそんな、彼女がやったなんて信じられません！　僕はまさにそこに立っていたんですよ〟そして彼女が刑務所に入れば、もっともっとメディアの注目を集められる」

カフェまでの半ブロックを歩きながら、ピーボディはため息をついた。「もしそういうことだとわかったら、もしくはそれに近いものだったら、もうクリスマスの好きなヒロインが、ツリーのてっぺんに光る星を吊るそうとしてはしごからすべって落ちたとき、彼がヒロインを受け止めて、長くゆっくりキスをするのは見られなくなるんですね。残念です」

「あなたが悲しむのは、もちろん、おおいなるマイナス面ねえ」

「個人的なマイナス面です」

〈フットライツ〉は人の声で騒がしかった。偽物のレンガの壁には、ブロードウェイのスターたち、座員たち、制作関係者たちとおぼしき人々の写真が何十枚も飾られていた。カップルやグループがテーブルやブースにあふれ、ほとんどはバックパックやダッフルバッグを下に押しこんでいる。給仕たちは炭酸水やアイスコーヒー、アイスティー、奇妙な色のついたプロテイン飲料、スムージーを運びながら彼らとおしゃべりしていた。

カウンターのスツールに座っているのが数人いて、そこではブレンダーがぐるぐる回って、スムージーを作っていた。

イヴはサマンサがブースにひとりでいて、スムージーを見つめて顔をしかめているのを見つけた。

そのアーミーグリーン色を考えれば、イヴでもやはり顔をしかめただろう。

その若いブロンド美人は髪をねじって一本の三つ編みにまとめ、ピンクのタンクトップの上に半袖の黒いセーターを着て、黒の超ミニスカートをはいていた。

化粧なし、とイヴは思った——もしくはそれとわかるような化粧はなし。アクセサリーは両方の耳にカーブをえがいて上がっていく、三つひと組の小さなスタッズだけ。

イヴが近づいていくとサマンサは顔を上げ、明るいブルーの目から苦々しさが消えた。

「イヴ・ダラスだ。ワォ。ピーボディ捜査官、ゆうべ少し話したわね。どうぞ座って。ここで会ってくれてありがとう。うちのアパートメントでは話したくなかったの。ルームメイトがオーディションに行っているんだけど、いつ戻ってくるかわからないから」

「かまいませんよ」

サマンサは教会の鐘のように澄んだ声と、疲れた目をしていた。

「ここに座りながら、本当はダブルのエスプレッソが飲みたいのに、なんでケールとベリーのスムージーなんて頼んじゃったんだろう、って思っていたところ」

サマンサは肩をすくめ、スムージーをごくんと飲んだ。「ゆうべはよく眠れなくて」

「わかりますよ」

ウェイトレスがすべるようにやってきた。「今日は何にします?」

「ペプシはある?」

「あります」

「わたしはダイエットのほうで」ピーボディがそう言った。

「いまお持ちします。スムージーはどう、サム？」

「最高よ」サマンサはほほえみ、ウェイトレスが行ってしまうとまたため息をついた。

「本当は最悪。というか、ケールとベリーのスムージーが好きなら違うでしょうけど。でもときどき頭の中で自分にきくのよ、そんな人いるの、本当にそんな人いるの？　って。わたし、つまらない話をしてるわね、わたし流のぐずぐず引き延ばし」

「ゆうべのことがショックだったんですよ」ピーボディがやさしく、ありったけの同情をこめて言った。

「ええ、本当に。あのことを頭の中で何度も何度も繰り返したわ――眠れるわけないわよね？――それにいまでも現実とは思えなくて」

「ブラント・フィッツヒューのことはどれくらいご存じでしたか？」イヴがきいた。

「彼がやさしい人だとわかるくらいには。何度かワークショップに来たの。わたしがあの役をつかんだあと、ご夫婦でディナーに連れていってくれたのよ。イライザとはあのお宅で何度か稽古をしたわ。彼は本当に感じがよくて――〝僕が感じよくしないと彼女に悪口を言われるからな〟っていうのじゃなくて、本当にそうなの」

　涙が目に湧き上がってきたとき、ウェイトレスが飲み物を持ってきた。

「何か必要になったら大声で呼んでくれればいいから」ウェイトレスはサマンサの肩をさ

すってから離れていった。

「わたし、本当に彼が好きだった。二人が一緒にいるのを見ているのが好きだったの。一緒にいるとすてきなのよ、それにウイットに富んでいて面白くて。うちの両親はわたしが九つのとき離婚してね、そのせいで心からおたがいを好きなカップルを見るといい気持ちになるの」

「イライザのほうはどうです？　彼女のことは好きですか？　どうぞ正直に」

「もちろんよ。やさしい人だとは言わないわ、ブラントみたいに。もしあまり何度も曲をとちったり、セリフを飛ばしたりしたら、きっと彼女に思い知らされるでしょうね。でもこちらがちゃんとやっていれば、一緒にやってくれる。それにこちらがちゃんとやっているとわからせてくれるの。イライザは厳しい人よ、おかげでわたしはたくさんのことを学んでいる。彼女は、どうみても、わたしの母親になれる年なのに、こっちがかろうじてついていけるってときもあるわ」

サマンサはまたスムージーを飲んだ。「正直に言うなら、彼女と組むのはどんなだろうと思っていた、と話すでしょうね。わたしは今度の役がほしかった、すごく、だからそれをつかんだとき、すぐにそのことが、彼女のことが心配になりはじめたの」

「なぜですか？」

「わたしが演じる役は、彼女がわたしの年に演じた役なのよ、だからそのことがどう影響するだろう？　って。そうしたら彼女がコーヒーを飲みに連れていってくれて、わたしには輝いてほしいんだと言ってくれたの。自分が必ずそうしてあげる、なぜって、わたしの役のマーシーは、自分の一部になっているから、って。彼女のおかげで、彼女がいなかった場合よりも、厳しくお稽古できているし、よくなっているのよ。

　その芝居では――『人気をさらう（アップステージ）』っていうのよ、母親がいつも娘のお尻を叩いているんだけど、その母親はしょっちゅう娘を出し抜いて、スポットライトをあびようとしているから。母親は自分の望むようなスターになれなかった。子どものことは愛しているけれど、自分中心で、娘が求めて欲しているものには気づかないでいられる。それがイライザよ、役のうえでの」

　いったん言葉を切り、サマンサはスムージーの底に半円をえがいた。

「でも実際のあの人は、あの女優はどうか？」彼女は話を続けた。「その反対。イライザは懐が深いのよ。たとえばゆうべは――わたしを一緒にみんなの前へ連れ出してくれる必要はなかった。でも彼女はそれをわたしと分かち合ってくれた。〝みんなの息の根を止めて（ノック・エム・デッド）やりましょう、サム〟って」

　たちまち、サマンサの目が見開かれた。「彼女はそんな意味で言ったんじゃないの。ただの言葉の綾（あや）よ」

「ええ、そう聞こえました」

「ゆうべ以降、イライザと話をしました？」ピーボディがきいた。

「いいえ。どうすればいいのかわからなくて。メールを送るか、直接ヴォイスメールにメッセージを残すことも考えたんだけど。何て言えばいいのか、もしくは、お気の毒ですって言うだけでも出しゃばりなのかどうか、わからないの。これまで親しい人が亡くなったことがなくて。それに今度のはそういうのよりひどいでしょう。誰かがあの人を殺したんだもの。そのことが頭から離れなくて。どうしてそんなことをしたのかって」

「あなたがイライザと一緒に、ピアノのそばで歌っていたとき、何が見えましたか？」

サマンサはイヴを見て眉根を寄せた。「見えた？」

「ブラントが見えましたか？」

「ああ」サマンサは息を吐いた。「ええ。オーケイ。わたしたちはあの曲、あのデュエットでおたがいに一種の引き立て合いをするの。わたしが押し返し、彼女が押し返し、それが積み重なっていく、だから基本的には相手にむけて歌っていた。でも常に観客にむけて演技をするの、それにもうワークショップで演出や、振付けも少しやっていたから、そんな感じ。ブラントが見物しようと人のあいだを抜けてくるのが見えたわ。彼があのグラスを上げるのも見えた。飲むところは実際には見なかった、わたしはイライザのほうを向いていたから」

「あなたが彼を見たとき、ほかに誰が見えました？　彼のそばに」

「ああ、ああ、オーケイ。ミンクスね」

「ミンクス」

「振付け師よ。ミナーヴァ・ノヴァク――みんな彼女をミンクスって呼ぶの。彼女はブラントの隣に立っていた、それからだんなさんが彼女のすぐ後ろにいて、彼女の肩に手を置いていた。ええと。彼女の隣に、ヴェラ・ハロウ。あの晩彼女に会ったわ」サマンサは目をぐるりとやった。「女神さまのお出まし、それに彼女はあのいかしたイケメンと一緒だった、リコ・エスタバン」

サマンサは姿勢を変え、目をこすった。「ええっと。カーラが――彼女はわたしの親友のアンジーを演じるの――ブラントのすぐ前にいたのはたしかよ、それからカーラの連れが――彼女の名前が思い出せないわ――隣にいた、みたいな。だからブラントの横でもあるけど、前ってこと。テッサも――うちの演出家よ――そこにいた。正直に言うと、あとはぼんやりしてる」

「そこから何が起きたか、おぼえていることを話してください」

「一瞬だけど、ブラントがあとずさりするのが見えたわ。ちらっと見えただけよ、実際にはその動きが。それに正直に言うと、あんなことにならなかったら、そのことは思い出さなかったと思う。ガラスが割れる音が聞こえた気がするけど、騒音は聞こえないようにするのが身についているでしょ、だから自分が本当にそれを聞いたのか、誰かがそう言ったから自分も聞こえたと思っているのか、はっきりしないの。でも誰かが悲鳴をあげて、それが聞こえてきたのはわかっている。わたしたちは二秒くらい歌いつづけた。顔と顔を向き合わせて、そうしたらみんなが叫んだり、あわてて動きまわったりしているの。最初は彼が見えなかった——人がたくさんいて。イライザが歩いていったわ」

「彼女にも彼は見えなかったでしょうね、あなたたちが立っていたところからは」

「だと思うわ。彼女はただ歩いていったの、いったい何なのって感じで、それから彼の名前を呼んで、みんなが彼女に道をあけて、それでわたしにも彼が床に倒れているのが見えた」

　サマンサは目をそらした。「怖かったわ。ブラントは喉を詰まらせているみたいだった。それでドクター・シリルが——その前に会っていたの——床に膝をついて彼を助けようとして、九一一にかけるように言っていた、それでイライザは泣いたり、ブラントを抱き寄せたりしていた。わたしはただその場から動けなかった。何もかもが凍りついたみたいだった、でも全部があっという間のことだったの。ブラントはさっきそこに立って、ほほえんでいたのに、次の瞬間には……」

「ほかに何か、ほかの誰かの反応には気がつきましたか?」

「気がつかなかったと思う。あちこちで混乱していたし、イライザはすすり泣いていたし。わたしも泣きだしちゃったの。たくさんの人がそうしていた。ああ、ヴェラ・ハロウがわたしのそばを通っていったわ。リコが彼女をテラスへ連れ出していったの。彼女は肩でわたしを押しのけていって、それでしばらく自分を取り戻してたわ。そこで泣きだした」

　サマンサは半分残っているグラスを押しやった。「こんなのもう飲めない」

「どうぞ」イヴは自分のグラスをテーブルのむこうへ押した。「まだ手をつけてませんから」

「本当？」サマンサは涙をぬぐい、ペプシを飲んだ。「ああ、こっちのほうがずっとおいしい。わたし、本当に彼のことが好きだった。一度も、本当に一度も、いまの一座の中で、彼のことを誰かが悪く言うのを聞いていない。あとでその何人かと集まって、話をすることになっているの。これからどうなるのか、みんなわからないのよ。イライザは戻ってくるのかしら？　制作をとりやめるのか、それとも彼女の役をキャスティングしなおすのか？　しなおすとしたら、前と同じにはいかないでしょう。わたしたちの大半はどうしてもこの仕事が必要なの。どんなふうに聞こえるかわかっているけど――」

「人間的ですよね？」ピーボディが言った。

　サマンサの濡れた目に感謝が浮かんだ。

「ただ――わたしたち、本当に一生懸命やってきたの、それに――でもわたしはここに座っていて、生きているのよね。まずいケールのスムージーを飲むことも、そのあとにペプシで口直しすることもできる。歩いて家に帰ることもできるし、その途中で花を買って自分を励ますかもしれない。したいことは何だってできる、生きているんだから。もし今度の制作がとりやめになっても、わたしはまだ生きているし、別の役をつかんで、別のチャンスをものにできるわ。でもブラントは死んだ。彼はもう二度とチャンスをつかめない」

サマンサは長々と息を吐いた。「あなた方はこういうことに年じゅう対処しているんでしょう、だからききたいんだけれど、イライザに連絡したほうがいいかしら？　押しつけがましくしたくないの、でも……」

「メールを送るか、直接ヴォイスメールに伝言を残したら」イヴはそう言った。「それであなたが心配していることが彼女に伝わりますし、彼女もその気になったときに返信できます」

「オーケイ、ありがとう。そうするわ」

イヴたちは、リンクをじっと見て書く言葉を考えている彼女をそこに残していった。

「彼女は正直にみえますね」ピーボディは車へ歩いて戻りながら言った。

「そうね。加えて、フィッツヒューの死で大きなチャンスが危険にさらされるから、動機がない。彼女の話のおかげで、歌のあいだ、誰に合理的なチャンスがあったのか、よりはっきりしてきた。ミナーヴァ・ノヴァクについてもっと調べましょう。ヴェラ・ハロウのところにもう一度行く時間はあるわね」

「ノヴァクはわたしが調べますよ、でも二分だけ、〈豪邸プロジェクト〉に時間をもらっていいですか？　わたし、いい子にしてましたよね、そのことを話さないで本当にいい子にしてました、それに何もかもがすっごく最高にすてきなんです。いまじゃ毎日いろんなことが起きていて、だからわたしたち、行くたびにこんな感じなんです——〝わぁ！　これを見てよ、それに——〟」

「もうじき二分よ」

「わかりました。オーケイ。始めます。わたしたちの側のことを話しますね、だってあなたはこのあいだ来てくれなかったから。うちのキッチンができあがったんですよ！　メイヴィスのキッチンはもう見ましたよね、それにあそこは本当に彼女らしいです、あのいろんな色。うちのは、そうですね、もっと落ち着いていて、わたしはうちのキャビネットがとっても気に入ってます、それにカウンタースペースもずっと広いんですよ。死ぬほどベーキングをやるつもりです！　それに先週末に手があいたとき、わたしは例の水のやつをやったんです。子守（ナニー）のオーガストが手を貸してくれて。彼はいいですよ、器用で、だから完璧にアップタウンな感じになりそうです」

ピーボディはひと息入れた。「メイン階のパウダールームはもうできたんです。うちのメイン階にパウダールームがあるなんて！　本当にきれいなんです。わたしの工芸（クラフト）ルームの色は決められなくて。わたしだけのクラフトルームが持てるんですよ！　あるときはすごくあざやかなのにしようかと思うと、次は糸や布地が全部映えるようにソフトな色にしたほうがいいと思ったり。でもリサイクルショップで、超すてきな曲線形の古いソファベッドを見つけたんです。詰め物は変えなくちゃなりませんけど、あざやかにするかソフトにするか決めたら、完璧なものになりますよ。次の休みに、うちのホームオフィスを飛沫ペイントする予定なんです」

「マクナブの血で?」

「ハハ！　いいえ、ただあらゆる種類の塗料を持ってきて、刷毛を突っこんで、壁にその塗料をはね飛ばすんです。風変わりで、楽しい模様。あふれるエネルギー。わたしたち、自分たちのオフィスにはあふれるエネルギーがほしいって考えたんです。うちの父がわたしたちにパートナーズデスクを作ってくれるんですよ。信じられます?」

「お父さんがデスクを作るの?」

「パートナーズデスクです。二人でデスクの両側に座れるんですよ。わたしたちにぴったりでしょう、父は本当にやさしいんです。母はダイニングエリア用の照明を作ってくれています」

「照明って作れるの?」

「母なら作れますね。吹きガラスのペンダント式。うちにそれをいくつもつけるんです。マクナブのご両親はスコットランドから岩を送ってくれました」

「岩?」これにはイヴも心底驚いて、頭を振り向けた。「ご両親が岩を送ってきたの?

岩ならもうあるんでしょ？」

「スコットランドからのはないです――というか、ありませんでした。それは例の水のやつに組みこむつもりです、そうするとわが家にもマクナブの実家の一部があることになるでしょう。馬鹿馬鹿しく聞こえるのはわかっているんですけど」

そう聞こえるはずだ、とイヴは思った。でもなぜだか、全然馬鹿馬鹿しくは聞こえなかった。

「キテレツね、でもいい意味でよ」

「彼のおじさんがその岩にわたしたちの名前を彫ってくれたんです。わたしたち全員の名前を。わたし、マクナブ、メイヴィス、レオナルド、ベラの。それにメイヴィスの二番ちゃんが生まれたら、また送ってくれることになっているんですよ。それに、ああ、レオナルドの屋根裏のワークスペースは見るべきです。最高にアーティスティックで、それでいて能率的で。わたし、自分のクラフトルーム用に、彼のコンセプトを少々いただいちゃおうと思ってるんです。ソフトかなあ」

「そうね（ソフトには〝気弱〟の意味がある）」

「色のことですよ。壁を丸ごと一面――もしかしたら二面――糸、布、装飾材料の引き出しとオープンシェルフにするんです。ソフトな色を背景にしたら本当に映えますよね、それならソファベッドはあざやか、もしくは面白いのでいけるし。やらなきゃならないことがいっぱい残っているんです、それに決めなきゃならないことも本当にたくさん。ゲスト用バスルームの古い鏡台はそのままにしておきたいとか。時代遅れだし汚れているんですが、ペイントして金具類を取り替えたら、面白くてレトロになりそうで」

「わたしたちの人生が決まる選択だものねえ」

ピーボディはただ笑った。「二分以上やらせてくれましたね」

「わたしも気が弱く（ソフト）なってるのかも。でももう時間よ。振付け師を調べて」

「ミナーヴァ・ノヴァク」ピーボディはPPCを取り出した。「年齢三十六、西四十六丁目に在住。既婚、四年、相手はマルコム・ファリアー、年齢三十六、子どもひとり、女性、年齢二。夫は作詞家です。生まれはシカゴ、両親はロジャー・ノヴァクとアリスン・クルプク、離婚しています――ミナーヴァが六歳のときに。どちらも再婚し、アリスンはその後また離婚。片親違いのきょうだいが三人、うち二人は父方で、ひとりは母方。ミナーヴァはジュリアード音楽院でダンスを学び、プロのダンサーとして仕事をして――名前を表示された作品がいくつもあります――それから約八年前に振付け師に転向しました。そこでも名前が出ています。テッサ・ロング――『アップステージ』の演出家です――とは、ほかにも二つのショーで組んだことがあります。わたしに言えるかぎりでは、彼女がレーンと組むのは今回がはじめてですね。フィッツヒューとのつながりはここには出ていません」

「もっとよく調べてみましょう。ゆうべ彼女の供述はとってある？」

「ええ、マクナブが彼女と夫に話をききました。二人は、どちらもそう思っていますが、しばらくのあいだ被害者の隣にいました。でもフィッツヒューが倒れたとき、彼は二人の後ろにいたんです。二人は八時五十分頃着いたと言っていて、二人ともレーンとフィッツヒューと――別々に――おしゃべりして、ショーのほかのメンバーと時間を過ごしたそうです。ロングと彼女の妻とはもっと長く、テラスに出て話をしています。でも実は、ミナーヴァと夫は帰ろうとしていたところで――十一時前に帰ってくるとベビーシッターに言ってあったそうです――レーンとキーンがあの曲を歌いはじめたんですね。それで見ていたと。マクナブのメモでは、彼女はあきらかに動揺していて、短い聴取のあいだもずっと夫の手を握っていたけれど、二人とも協力的だったそうです」

「オーケイ、今夜そのあたりを探ってみるわ」

ヴェラ・ハロウはアッパー・イースト・サイドに自分のペントハウスを持っていた。イヴはそのビルで訪問者用の駐車場を利用し、バッジを使って道を開いた。

そのビルはオールド・ニューヨークという感じだった。堂々たるエレガンス、アールデコへの傾倒、しっかりしたセキュリティにはドアマンも含まれており、贅沢(ぜいたく)なロビーの真ん中には複雑なタイル模様のラグが敷かれ、西側の壁に下がった透明ガラスの円筒には花があふれていた。

ロビーのカウンターにいるスーツの人物がこちらに礼儀正しい、アップタウンふうの笑みを向けてきた。「いらっしゃいませ、どういったご用でしょうか？」

「ミズ・ハロウに会いにきたの」

「申し訳ございません、ミズ・ハロウは〝ただいま来客お断り〟とされておられます。カードかメッセージを残していただければ、ミズ・ハロウが受け取れるときにこちらでお渡しいたします」

そのとりすました笑みを消し去るのが楽しくて、イヴはバッジを出した。「彼女はすぐ会えると思うわ。確認してもらえない？」

「お巡りさん――」

「警部補よ」イヴは自分の階級がはっきり記載されているバッジをとんとんと叩いた。「ダラス警部補およびピーボディ捜査官、ＮＹＰＳＤ殺人課」

「身分を確認してもよろしいでしょうか？」

「どうぞ」イヴはバッジをスキャナーに向けた。

「ありがとうございます。警部補」スーツの女はひどくゆっくりと言った。「少しお待ちいただければ、わたくしがミズ・ハロウのお宅の方に連絡して、彼女がお会いできるかどうかおききしてまいりますが」

「すてき、そうして。確認するときに、ミズ・ハロウはいま会ってもいいし、あとで会ってもいいと言ってちょうだい——コップ・セントラルで」

「失礼」スーツの女は自分が仕えているビルのように堂々と、カウンターからさがってイヴたちと少し距離を置き、それからヘッドフォンに何かささやいた。

　戻ってきたときには笑みを浮かべる手間もかけなかった。

「お通りください。エレベーター・スリーで三十六階へどうぞ。ミズ・ハロウはペントハウスCでお会いするそうです」

「よかった」

　イヴはピーボディを連れて銀色のエレベータードアへ向かった。

「どうしてああいう、ロビーのデスクで働いてる連中って、自分が世界のほかの人間よりえらいと思ってるわけ？」

「金持ちや有名人と接触してるからじゃないですか。それにそういう人たちのささやかな秘密も知っていますし。ミズ・金持ち(リッチ)の配偶者が出かけているときに、ミズ・リッチを訪ねてきたのは誰か？　ミスター・有名(フェイマス)は月に何回、公認コンパニオン(LC)を雇っているか？　リッチ夫妻と、フェイマスの未成年の子どもが酔っ払って、もしくはラリっていたのは何度あったか？」

　ピーボディはエレベーターに乗ると肩をすくめた。「そういうことは自分に力があるって実感させてくれると思いますよ」

「警官はそれよりもっといい秘密をたくさん知ってるわよ。それで……ハロウは自分の家に〝来客お断り〟を出してる。彼女はスクリーンのシリーズものをいくつかやってる、ってあなた言わなかった？　仕事の日じゃないの？　エスタバンみたいに？」

「どうなんでしょう。夏の休止期間なのかも」

「あとで調べましょう。そのシリーズを見たことある？」

「もちろん。いくつかの回を見ましたよ。よかったです。すごく見ごたえがあって」

「彼女にそう言ってあげなさい。きっとその話に乗ってくる」

堂々たるエレガンスは三十六階にも続いていた。やはり花があったが、ここのはふつうの直立した花瓶にいけられていた。マットブラックのドア――それぞれカメラ付き――が雪のように白い壁とくっきりコントラストをなしていた。

ペントハウスＣにはそのドアが二つあった。イヴがブザーを押して数秒後に左のほうが開いた。

そのドロイドは、若くて健康な混合人種男性のレプリカで、深いブラウンの目と、ブロンドのハイライトが入った流れるようなブラウンの髪をしていた。ダークスーツを着て、白いシャツは衿もとがあいている。

「いらっしゃいませ、警部補、捜査官」ドロイドは洗練されたイギリス訛りで話した。

「わたしはジェームズです。身分証を拝見してもよろしいですか？」

褐色の目が細い赤の光で二人のバッジをスキャンした。

「たいへんけっこうです。どうぞお入りください」

9

ドロイドが二人を通したリビングエリアは、ピーボディならソフトカラーと呼ぶだろうとイヴが思った色でしつらえられていた。曲線的な家具が多い、と彼女は見てとった。それに絹のような布地。たくさんの層を重ねたクリスタルのシャンデリアが高い天井からこぼれるように下がり、飾りのついた金色の額にはいったアートがところ狭しと壁にひしめいていた。

東側の壁にある三つひと組のガラス窓からはイースト川の景色がのぞめた。ガラスのむこうでは、ダークブルーの鉢に植えられた緑の観葉植物が日をあびている。

「どうぞお座りください。ミズ・ハロウはじきに降りてきてお会いします。あなた方がお目にかかりたいと言ってこられたときには休んでいたものですから。お待ちになるあいだ、冷たい飲み物はいかがでしょうか」

「わたしたちはけっこうよ、ありがとう。ミズ・ハロウはいまこの家におひとりなの？」

「そうです。どうぞお座りください」ドロイドはもう一度言った。「失礼してよろしければ、ほかに仕事がありますので。何かご用がありましたら、ハウスインターコムのボタンを押していただければ大丈夫です」

「セクシーな家事ドロイドか」ドロイドが出ていくと、イヴはそう言った。「ドロイドも秘密を知っているわよね、でも記憶を消すか、プログラムしなおすだけでいい」

座らずに、イヴはぶらぶらと歩いた。右手にはもっと親しみやすい感じの居間、それから左手にはドロイドが入っていったエリアを区切る両引き戸。

階段がぐるりとのぼっていって、開かれた二階のバルコニーにつながっていた。そこにも小さな談話エリアがあり、イヴは寝室も複数あるのだろうと推察した。たぶん主寝室に別のテラスがあって、同じように絶景がのぞめ、ガラスの窓が高い天井まで延びている。

そのまま見上げていると、どこかのドアが開いて閉じる音が聞こえたので、ヴェラがバルコニーをすべるようにやってくるのを見守った。

ヴェラは幅の広い白いラウンジパンツと流れるようなトップスを着ていた。それに、とイヴは気がついた。フルメイク、ダイヤモンドのピアス、人によっては目玉が飛び出るようなルビーの指輪、ハート形のルビーのペンダント。

彼女が目を下に向けた。イヴはつけまつげの重さからして、その目がそのまま下を向きっぱなしにならなかったので驚いた。

「こんなふうに邪魔されるのはありがたくないわね」

「ブラント・フィッツヒューも死んでしまったことをありがたくは思ってないでしょう。その件について、いくつか追加でおききしたいことがあるんです」

「リコを尋問したんでしょう、また」

「彼はあのことをそう言っていたんですか？　おやおや、みんなで楽しくおしゃべりしたつもりでしたが。そうじゃない、ピーボディ？」

「あの人たちがあのシーンを撮るのを見たのも本当に面白かったですよね。『女家長（ザ・メイトリアーク）』のあなたの演技は本当にすてきです、ミズ・ハロウ。あなたのニータはとっても重層的で、魅力的で」

「あら、ありがとう」ヴェラはピーボディに勝ち誇った笑みを向け、ソファのひとつに座った。「彼女の役は挑戦になるし、探究しがいがあると思うの。ああ、ジェームズ、まさにわたしに必要なものだわ」

ジェームズが彼女に淡いゴールドのワインが入ったグラスを持ってきた。

「ほかにご用はございますか？」

「ベッドをととのえておいてくれるかしら。このあとはもう休める気がしないから」

「承知しました」

ヴェラがワインを飲むあいだに、ジェームズは階段をのぼっていった。

「過去に不幸な出来事があったけれど」と、ヴェラは話を始めた、「ブラントとわたしは恋人だった。彼が死んだことのショック、それが突然でこの先も変わらないことが、一種の遅延反応を引き起こしたのね、たぶん。今朝はドラマの新しいシーズンの、初回での大事なシーン撮りがあったの。起きて、身支度をしようとしたんだけれど、ただもうできなかった。キャンセルなんてしたのははじめてよ、でも向き合えなかったの。今日は無理」

「ゆうべはその不幸な出来事について恨みを抱いていると、とてもあけすけに話していらっしゃいましたが」

「全然現実のこととは思えなかったもの。それに恨みは抱いていたわ。いまも」ヴェラはまたワインを飲んでからそう言い足した。「世間じゃ〝許して忘れろ〟って言うでしょう。わたしは〝仕返ししておぼえてろ〟って言うのよ。でも死ぬなんて……これからどうやってイライザをいじめればいいの？　彼女は夫をなくしたのよ。彼女は、ブラント以上に、このことで悲劇の人物になるわ、だから彼女がわたしのベッドから自分のベッドへブラントを誘い出したんだなんて指摘したら、こっちが悪者になってしまうじゃない。つまりわたしは彼女についてやさしいことを言うしかない、それが腹立たしいわ」

ヴェラはワインをぐっとあおり、もう一度言った。「それが腹立たしい」

「この一件についてあなたが思っているのはそれだけですか？」イヴは首をかしげた。

「自分が悪くみえないように、嫌いな女性に対してもやさしいことを言わなければならない、というのが？」

「それがわたしの立場の現実よ、それにわたしがおおやけに話すこととおこなうことの予定」ヴェラは脚を曲げて引き寄せた。「彼に死んでほしくなかった。彼のキャリアが終わりになればいいとか、彼が足首までズボンをおろして、どこかの世間知らずな娘にアレを入れているところを見つかればいい、くらいは思ったかもしれない。でももうそんなことは起きないわ。彼を手に入れたかったわけじゃないわよ、それがあなたたちの考えていることなら。まったく、リコを見てよ。才能はブラントの半分しかない、ええ、でもあの体、あの顔。それに若さの輝き。ブラントを手に入れたいわけじゃなかった」彼女はそう繰り返した。「でもあの女が手に入れたがったことは憎んでいた。それにあのろくでなしは彼女を愛していた」

「そして彼女もフィッツヒューを？」

「イライザはいらないものは捨てるわ、当然でしょ？　うまくいかないものをどうしてとっておくの？　あのビッチは彼を愛していた。彼をさらったのはわたしへの面当てだったかもしれない――たしかなところはこの先もわからないでしょうね――でもブラントがいらなければ、利用しつくして捨てたはずよ。わたしは馬鹿じゃないの、警部補。わたしは観察するのよ。いい俳優はそうするものなの、いい警官もきっとそうするように。二人は愛し合っていた。そのことは癪にさわったけど、二人は愛し合っていたわ」

「彼が毒物を飲んだとき、あなたは横にいましたね。それにあなたは過去の出来事を命綱のように握りつづけている。それは動機やチャンスになります」

「わたしは彼に死んでほしくなかった」ヴェラは感情のない声で言った。「動機とチャンスがあれば、わたしの舌であなたや、ほかの誰でも、血みどろのリボンに切り裂いてやるわ。いかがわしいあれやこれやをゴシップ紙に知らせて、あなたを貶めてやる。それは事実じゃなきゃだめだけど――嘘はつかないの、嘘は自分の身に返ってくるから。それに以前、ある演出家にパンチを食らわせたこともあるのよ、そいつはわたしが役ほしさのあまり、スカートの下を手探りさせる気があると思ったの。暴行罪でわたしを首にして逮捕させると脅してきたわ。こっちはシャツを破いてレイプされたと叫んでやる、って脅してやった」

ヴェラはそのときのことを思い出して薄く笑った。

「わたしはその役を手放さなかった。そいつは二度と何もしてこなかったわ。それから一年後、機会がめぐってきたときに、いかがわしいあれやこれやを少し公表してやった。わたしが最初でも、最後でもなかったわ、わかるでしょ。それで彼は破滅して、誰からも相手にされなくなった。それがわたしの仕返しのやり方」

ヴェラはふーっと息を吐いた。「でもイライザのほうを好んだという失敗をのぞけば、ブラントはまともな男だった。彼には死んでほしくなかった。それどころか、わたしのエージェントはブラントの制作会社と交渉を始めたばかりだったのよ。二週間前、むこうが台本を送ってきたの。ロマンティックコメディで、パワーがあって、それにすごくいい役で。エージェントは利口だから、その脚本がどこから来たかは言わずにわたしに送ってきた。でなければ、読みもしないで絶対にいやと言ったでしょうからね――それは失敗よ」

「映画でブラントの相手役をつとめることを考えていたんですか？」

「違うわ、でもああ、そうなったらすてきだったでしょうね！」ヴェラの顔はそれを想像して輝くばかりになった。「そうじゃなくて、彼がプロデュースをするはずだったの。男性の主役はもうキャスティングされていた」

「イライザは知っていたんですか？」

「知っていたはずよ。そうでなくても、わたしが契約したときにブラントが話していたでしょう」

「彼女はあなたをどう思っているんですか？」

「うぬぼれ屋」今度はヴェラはワインをがぶりと飲んだ。「ビッチ。ねえ、あしたのことだけれど、わたしは二人についてすてきなことだけ言わなきゃならないわ。わたしのアシスタントがまさにそうする声明を送ってきたから、わたしはそのやさしい言葉をお披露目（ひろめ）しなきゃならない。それとなく小さくジャブするのはもうなし――それにわたしはそうするのがすごくうまいのよ。だから最悪のこと（ヘル・オヴ・イット）はね、わたしが悲しい、彼が死んだことが個人的なレベルで本当に悲しいってこと。わたしは怒っているのよ、深いところで、誰かが彼の命を奪ったことに。信じてくれてもくれなくてもいいわ、だから今後もうるさく言ってくるなら、わたしの弁護士たちとやりあってもらう」

「あなたは彼の隣に立っていました」イヴはヴェラが歯をむくと、片手を上げた。「だからあなたは彼のそばにいた——抱擁できるくらいそばに——彼があのカクテルを持ってテラスから来たあとに。ほかに誰がいました？　あなたは観察するんでしょう」イヴは思い出させた。「観察したことを教えてください。ブラントがカクテルを持ってテラスから来たところから始めて」

「ああ」座りなおし、ヴェラはまたワインを飲んで、そこではじめて気持ちを集中した様子になった。「わかったわ。彼がテラスのバーでリンといるのが見えた。リコとわたしはおしゃべりしていた、テッサと、テッサの奥さんと、それから……カーティス・ウォルター——『ステージ・アンド・スクリーン』の記者とよ。ブラントがいつもやるように、バーテンダーに作り方を指示しているのがみえたわ、あきらかにシャンパンカクテルのだったわね。イライザのお気に入りの酒」

ヴェラはそうすると考えが進むかのように髪を撫でつけた。

「いま思い出してみると、イライザとシルヴィーはホワイエのそばまで引っこんでいたのが見えたわ。イライザは挨拶まわりから休憩していたんでしょう、でなければ二人で何か話し合っていたのかも。見ればわかったけど、ブラントは彼女にカクテルを持っていくためには、部屋全体を横切っていかなければならなかった。それでわたしはちょっと話をしたくて、ブラントとリンが中へ入ってきたときに、リコをちょっと引っぱっていったの」

「自分の位置取りをしたんですね」イヴは言った。

「ええ、まさにそのとおり。それでブラントに挨拶しながら抱擁した。もしエンターテインメント系のメディアが写真を撮っていたなら、撮れるくらい長く。それに彼がわたしを〝いい体(ボッド)〟と呼んでいた理由を当人に思い出させるくらいぴったりと」

ヴェラは少し笑った。「わたしは体型を保っているのよ、警部補。それにこれは？」彼女は乳房を軽く叩(たた)いてみせた。「百パーセント本物よ。ブラントは、きみはすばらしいねと言ってくれたわ、いつものように――本当のことだったし。わたしはすてきなパーティーのことを何か言って、彼にリコを紹介した。リコは熱心なファンで、実際にそう言っていたわ。ブラントはパーティーを楽しんでくれと言って、あとでまた会おうと言っていた、でもイライザのカクテルを持っていきたがっていた」

「彼はそう言ったんですか――〝彼女のカクテル〟と？」

「ええ。彼は歩いていった。わたしは見送らないように気をつけた。ほかの人たちも観察しているからよ、だから彼が行くのをわたしがずっと見ていたら、それについていろいろ言われる。給仕が通りかかったとき、リコが自分とわたしに新しい飲み物をとってくれた。わたしたちは少しほかの人とおしゃべりしてまわって、そうしたらダーク・ラッセルがいた。彼はわたしのシリーズのパイロット版を監督してくれて、ブラントがオスカーにノミネートされた映画も監督しているのよ――あなたの映画のほうが勝ったけど」

「わたしの映画ではありません」

「ほらほら、功績はちゃんと認めなさい。あなたがいなければあの映画は作れなかったでしょうよ。いずれにしても、わたしたちは彼とそのお連れ――あとで娘さんだとわかったわ――それからコズモとおしゃべりした。コズモ・ワイズよ」

「彼の映画は大好きです」ピーボディが言った。

ヴェラは本物の笑みを浮かべた。「彼はチャーミングよね――それにわたしは本当じゃなければそんなことは言わない。彼とブラントは長年の友人なのよ。コズモはわたしが恋する相手を演じて――」

「『ドゥ・オーヴァー』ですね」ピーボディが言った。「あれは本当に面白かったです」

「そして同じくらい面白いのは」ヴェラはもう一度座りなおし、みるからに楽しそうだった。「彼はイライザが恋する相手も演じてて……」

ピーボディは笑いだした。「『踊れない（キャント・ダンス）』ですね。でも彼は踊れるんです！」

「そうなの。わたしは彼と、彼と同じくらいチャーミングな、二十年かもっと連れ添っている奥さんをリコに紹介した。そうしたら彼が別のカップルに声をかけたの。ええと、そう、マルコムと……何とかいう。セーブル、フォクシー……」

「ミンクス」

「そう！　マルコム・ファリアー、よく〝ケイン・アンド・ファリアー〟でやっている。彼は作詞家でね。それからあの女性――ミンクス――はイライザの再演ものの振付け師。それで彼女が二年前にブロードウェイで、『クラス・リユニオン』でコズモと一緒にやっていたことがわかったの、だからみんなでおしゃべりしていたのよ。本当に楽しかったわ。そうしたらイライザがあの女の子――サマンサ――をピアノのところへ引っぱっていった。それでわたしは動けなくなってしまったのよ、ほぼ正面中央でね、だって、もし消えようとしたら――」

「いろいろ言われてしまったでしょうね」イヴがあとを引き取った。

「必ずそうなったわ。イライザはあの子を紹介していた。〝サマンサ・キーン、わたしの舞台上の娘を知らない方々、いいですか、あなた方はいずれ必ず知ることになりますよ。わたしたちはこれから、この秋、二十五年ぶりに――その時間はどこへ消えてしまったのかしら？――再演される『アップステージ』を、皆さんに少しだけ体験していただきます〟

　拍手、拍手。二人はデュエットを始めた、わたしもあの若い子には強い声帯と存在感があると認めるわ。ブラントは前へ出てきて――それにみんなが彼に道をあけたの。それから――」

「誰がどこにいました？」

「ええと……ああもう。リコ、わたし、……たしかわたしの横にミンクスがいて、マルコムが彼女のすぐ後ろだったわ。彼は背が高いの、マルコムはね、それにミンクスは小柄で。それからブラント。たしか、そうよ、別の女の子が――若いのがすっと入ってきた感じで――それが二人いた。わたしはその人たちを知らないわ。でもテッサがブラントの反対側にいて、コズモが――彼も背が高いの――女の子たちが見えるよう後ろへ下がった、それから――はっきりおぼえていないわ、正直に言うと。おしゃべりしていたわたしたちのグループはだいたい広がっていた、劇場の観客みたいに」

ヴェラは肩をすくめ、ワインを飲み干した。「大半の人たちはテラスから中へ入ってきて、ピアノの後ろや横に立った、ダイニングエリアからはもっと入ってきたわね。わたしたちの後ろに誰がいたかはわからないわ。そのとき」

ヴェラはからっぽになったグラスに目を落とした。「ブラントがフルートグラスを――イライザのカクテルよ――乾杯のように持ち上げた。彼の右手が上がって、左手が心臓のところへ。それから飲んだ。彼があとずさったのはわかってるわ、おやっと思ったから。グラスが割れて、誰かが悲鳴をあげた。わたしは後ろを見たけど、最初はブラントが見えなかった。人が詰めこまれすぎていて、また悲鳴や、叫び声があがった。医者だという男の人が人をかきわけて出てきて、そこでブラントが床に倒れているのが見えたの」

　ヴェラは少しのあいだだけ、指先を唇にあてた。

「イライザはわたしを押しのけていき、彼のそばにしゃがみこんだ。ブラントは喉を詰まらせて、それから震えているようだった。それから彼は死んだ。あっという間だった」

　手を持ち上げ、ヴェラは額の真ん中をさすった。「あなたは人が目の前で死ぬのを見たことがあるんでしょうね」

「ええ」

「わたしはなかった。死のシーンは演じるわよ。稽古もするし、舞台でもやるし、数えきれないほどのテイクでやっている。でも現実とは比べものにならない。いまはそれがわかったわ」

「ほかに観察したことはありますか？　彼のまわりにいて、様子がおかしかった人はいましたか？」

「わたしの観察力はかなりかすんでしまっていたわ。ブラントは見えた、それにあのドクター――手に血がついていたわね。割れたグラス。イライザがブラントを抱いていて。あの場は混乱しきっていた。たしか……ドクターが心肺機能蘇生（CPR）をしようとしたの。イライザはブラントを離そうとしなかった、でも彼があれをやって……」

　医師は彼女の手を使ってブラントの体を押したのだ。

「リンだったわ、たしか、医療チームが到着したとき、やっと彼女を引き離したのは。それからそのあとすぐに警察も来た。わたしは、実際にはそれを見たわけじゃないけど、聞こえたの。リコがわたしをテラスへ連れ出した。わたしを座らせて、バーから何か持ってきてくれた。ブランディ。そう、ブランディよ。彼がついていてくれた。リコは女たらしよ、それが魅力の一部でもある、でも彼はわたしについていて、手を握っていてくれたの」

ヴェラはクッションに頭を倒し、目を閉じた。「そういうこと。わたしは逮捕されたの？」

「いまはまだ」

ヴェラは目をあけ、笑った。「あなたって食えない人ね」

「わかるのは同類、と世間では言いますが」

「そうね。イライザは嫌いよ。でも彼女を気の毒と思うのを止められなくて腹立たしいわ。じきに乗り越えられるといいけれど」

「お時間をありがとうございました」イヴは立ち上がった。「イライザのことは仕事仲間と思っていますか、それともライバル？」

「賢い質問ね、だから賢い答えをするわ。わたしたちはライバルという仕事仲間よ。彼女はトニー賞やグラミー賞をとっている——わたしはとっていない。オスカーはどちらもとっている。でもわたしはエミー賞を二度——いまのところは——とっているけど、彼女はとっていない。ゴールデン・グローブ賞はいまのところ彼女がひとつ勝っているけど、そこは修正するつもり」

「帰りの案内はけっこうです」

ピーボディはエレベーターへ歩きながら後ろを振り返った。「彼女はすごい女優です、でもフィッツヒューを殺したとは思えません」

「わたしもよ」

「警部補もですか。オーケイ、警部補から説明してください」

「見つかる危険を冒すほどの動機がないし、彼女はリスクと報酬をきちんと考えるタイプにみえる。プラス、彼女はフィッツヒューが好きだった。恨みはあったけれど、単純に好きだったのよ。それに彼が死んでしまっては、もう一度ベッドに引き戻して、彼の結婚をぶち壊してやるチャンスがなくなり、それどころかイライザが舞台の中央に出てしまう」

「わたしもハロウは彼が好きだったと思います」ピーボディはエレベーターで下へ降り、ロビー階を通過して駐車場へ行くあいだに同意した。「それにその恨みとライバル的なこと全体が、彼女にとってはゲームのようなものなんだという気がします」

「死に至るゲームもあるわよ。それじゃ、彼女がイライザ・レーンを殺そうとしたとわたしが考えているかどうかきいて」

「考えているんですか?」

「ハロウはフィッツヒューがレーンのためにカクテルをとってくるのを知っていた、何人かの供述によれば彼はいつもそうしていた。ハロウは位置取りをした、本人も認めていたでしょ。だからチャンスがあった。それに彼女は頭がいい」イヴは駐車場へ入りながら付け加えた。「頭がいいから後ろにひかえ、おしゃべりをし、そのあいだフィッツヒューはカクテルを持っていて、それはイライザが飲むと思われた。でもことはそうは運ばなかった。ハロウは彼がそのカクテルを持っているのを目にする。彼女はそばにいる、でも何か行動を起こさずに彼が飲むのを止められるほど近くじゃない。それでも、彼女はそうできたかもしれない、けれどもそのときフィッツヒューが彼女の敵のために乾杯をする、片手を心臓に置いて」

イヴは運転席に乗った。「そこで彼女は考える。あの下衆、と、恨みのほんの一瞬、そしてフィッツヒューは飲む。もう遅い、だから最後まで演じきる。彼女にはそれだけの腕がある」

「あるでしょうね――レーンがターゲットなら」

「これも考えに入れて。人が被害者について肯定的なことを言うのは珍しくない、でもそこここで少々の悪口も聞こえてこないのはめったにないわ。みんな彼が好きだった。常軌を逸したファン、あるいはやはりライバルも考えられるけど、どちらかといえばなさそう。だから引き返す。フィッツヒューはレーンのためのカクテルを手にし、彼女をたたえてそれを飲んでしまった」

「レーンを殺す……そうすればハロウは彼をベッドに連れ戻し、そのあと捨てるために、よりよい位置につける、そんな感じでしょうか」

「そういうこと。だからそろそろレーンに対する動機がある人物を掘りにかかるわ」

「これまでとれた供述は彼女にも好意的でしたが」

「彼女はアシスタントを何人も首にしているのよ」イヴはピーボディに思い出させた。

「キーンは好意的だった、でも彼女も、レーンは相手が彼女の基準に満たなければはっきり言う、と言っていた。レーンはそのときほかの女と関係していた男を狙うのに何の問題も感じていなかった。彼女がハロウを招待したのかも――二人は友達じゃないでしょ――ハロウにねちねちやるのが好きだから」

イヴは時間を見た。「ちぇっ。地下鉄であなたを降ろすわ。塗料とでもなんでも好きに遊びなさい、でもゴシップ話をあさって、レーンを悪く言っているものを見つけて」

「両方とも楽しいですよ。まるでごほうびみたい！　警部補は何をするんですか？」

「もう一度レーンと話してみて、それから家でこの件に取り組む。全部並べて、関係者をあるべき場所に置くわ」イヴは縁石へ車を寄せた。「聴取を準備しましょう――彼らの家へ行くのよ――作詞家と振付け師の。それから演出家とその妻。まずその人たちをあるべき場所に置きたいの、だからそれはあした」

「塗料もゴシップも今晩やることにします、あしたはまたセレブ人種ですね。わたしの人生ってサイコー！」

イヴは車を出して、市内を通っていった。家の近くだ、と思い、衝動に従ってロークに連絡した。

「警部補さん。車の中だね、見えるよ」

「ええ、あなたもね。どこにいるの？」

「実を言うと家の近くだ。会議がひとつキャンセルになったんで、それを利用しようとしているところだよ。きみは？」

「もう一度イライザ・レーンと話をしようと思って。彼女と知り合いだと言っていたわよね」

「会ったことはある、まったく同じ意味ではないね」

「なるほど。ピーボディはもう帰しちゃったの。もしあなたが来てくれるなら、もうひと組の目と耳が使えるんだけど」

「彼女のいるビルまで車で送ってもらって、きみのほうが先に着いてなければ外で待っているよ」イヴは彼が運転手に新しい住所を伝えるあいだ、待っていた。

「わたしはイースト・サイドから向かってるから、あなたのほうが近いわね。ビジネス宇宙の帝王との約束をキャンセルしたのは誰？」

「とある大物元首と言いたいところだが、エンジニアで、フィアンセが分娩に入ったんだ」

「それならいいわ。それじゃ二、三分後に」

着いたとき、ビジネス宇宙の帝王は外に立って、ドアマンと親しげにおしゃべりしていた。彼が先にエントランスに車を停めていたので、イヴが同じことをしてもドアマンは何も言わなかった。

「ダラス警部補ですね、マァム」

ドアマンがあまりに楽しそうに笑ったので、イヴは〝マァム〟については飲みこんだ。

「ミズ・ボウエンのアパートメントにはもう入室の許可がおりています。わたしども全員、ミスター・フィッツヒューのことは本当に残念に思っています。そりゃあいい方でした」

「そう聞いています」

レポーターたち――数えたら六人いた――が通りを忙しく行ったり来たり渡ったりしながら、すでに質問を叫んでいた。

「ヘイ！」ドアマンは楽しそうな様子から、きっかり一秒で虎になって歯をむいた。「言っただろう？　後ろへ下がれ、でないとまた警官を呼ぶぞ。住人や訪問者に迷惑をかけるな」

彼らが以前にもこのやりとりをしているのはあきらかで、誰もエントランスから三メートル以内には近寄ってこなかった。

　だからといって、彼らが質問を叫んだり録画をしたりするのは止められなかったが、イヴは相手にしなかった。

「そりゃあいい方でね」ドアマンはもう一度言った。「いつも時間をとって挨拶してくれましてね。えらそうにしたことは一度もありませんでしたよ」

「彼女のほうはどうです、ミズ・レーンは？」

「ああ、奥さんのほうはいつも挨拶してくれるわけじゃないけど、別にお鼻が高くはないですよ」彼は鼻の先を押し上げてみせた。「こっちの名前もおぼえてるしね。一度、うちの妻がショーを見たがっているって聞いて、特別招待席をくれましたっけ」

「うちの者たちがまだこのビルに残っているか知ってますか？」

「どうですかね、でも探してみましょうか」

「大丈夫です、こちらでやります」

　ドアマンはイヴより先にドアのところへ行き、彼女とロークのためにドアをあけてくれた。

「ミズ・レーンに入口のヘンリーからお悔やみを伝えてもらえませんか」

「わかりました。彼にいくら渡したの？」イヴはロークにささやいた。

「さて、それは言えないな。それに、きみのところの人たちといえば、ほら」

イヴはバクスター、トゥルーハート、マクナブがエレベーターからどやどやと降りてくるのを見た。バクスターはいつものしゃれた、注文仕立てのスーツ、トゥルーハートは吊るしの紺のスーツ、そしてマクナブはあざやかなバギーパンツ、もっとあざやかなTシャツ、蛍光オレンジのエアスニーカーという、いつものEDDサーカス服。

「ダラス、ここで会えるとはな。ヘイ、ローク」

「状況は、バクスター」

「すべて終わった。最後までやることにしたんだ――シフト時刻を三十分すぎただけだよ。ここには何もなかったよ、ボス」

「パーティーのがらくたと」トゥルーハートがそう付け加え、花屋の箱を腕に抱えた。「それに遺留物採取班の指紋採取の粉、でもその下では、この家全体が本当に清潔です。すべておさまる場所があって、秘密の隠し場所もありません」

「ケータリング用キッチンのリサイクル機(リサイクラー)はきのう二度稼動している。タイミングからすると、料理の準備中だろうな、それから次のはだいたい一時間以内。いずれにしても遺留物採取班が中身を持っていった。リサイクラーの中身は全部。俺たちの手間をはぶいてくれたよ、なあ?」

トゥルーハートはバクスターにただほほえんだ。「本当にすてきなものがたくさんありますよね」

「レポーターとの新しいトラブルは？」

「通りむかいのビルの一室に二人泊まりこんでいるよ」

トゥルーハートはうなずいた。「カメラを持って窓に張りついているのが見えました。こちらは一日じゅうプライヴァシーシェードをおろしておいたんですが、テラスを調べに出たとき、何枚か撮られてしまいました」

「外にもたくさんいるわ。まあいい、あなたの番よ、マクナブ」

「電子機器におかしなものはありません。ここの住人たちはきちんとしておくのが好きだったんですね。俺のシステムがカオスにみえますよ、全然そうじゃないんですけど。でもすべてがあるべき場所におさまってます、ほかのものと同じに。私物は分かれていて、それもおかしなものや、場違いなものはありません。アシスタントのリカードはここひと月ほどある男と付き合っていますが、そいつを調べても、何も出ませんでした。アシスタントのケスラーのほうはひどい失恋をしてますね――彼にとってひどいってことですよ、神経衰弱とかいろいろあって――四か月ほど前のことになります。新しい相手ができたようですが、真剣なものではないです。彼は結束の固い仲間たちがいて、ほとんどは劇場関係者で、そのうち二人がルームメイトです。彼らはクリーンでした。あっちこっちでちょっとした経歴の傷はありますが、暴力的なものはなし、重大なものもなしです」

マクナブは首の後ろをかいた。「警部補に言われてアシスタントのジャコビを調べましたが、彼も何もないですね。ジャコビのアシスタントもおかしいところはありません――もうニュージーランドに行っていて数日たってますし。

キャラ・ローワン、ハウスキーパーですが、彼女はクロスワードやワード・ジャンブルやスクラブルに夢中です――グループでオンラインでやってますよ。妹、姪、甥、母親、義理の母親、友達数人とやりとりがたくさんあります。夫が入れこんでいるのは食べ物、料理、ベーキング、それからちょっとソフトなポルノ。本当にソフトなやつです。彼らは休暇旅行を計画しています、一族集合みたいなやつです、次の感謝祭に」

マクナブは肩をすくめた。「そこも妙な気配はないですよ、ダラス。彼らのボスたちのことが個人的な通信の中に出てくるとしても、彼らの返事は〝何もかも最高〟というものばかりです。彼らは噂話はしないんですよ、少なくとも電子機器では」

「オーケイ。レーンに現場はもう捜査が終わったと知らせておくわ。ピーボディはもう家に帰るところか、でなければたぶんあっちの家に向かってる」

「連絡してみます。また今度な、みんな。さよなら！」

「俺たちは一杯やりにいくよ」マクナブがぴょんぴょん遠ざかっていくと、バクスターが言った。「何か食べるかも。このブロックの先にいいタヴァーンがあるんだ、あんたがもう切り上げて仲間に入りたければ」

「だめなの。やらなきゃならないことが山のように残ってる」

「俺たちはボスじゃなくてよかったよな?」バクスターはトゥルーハートの肩を叩いた。「飲んで、食べて、人間らしくやろうじゃないか、わが若き弟子よ」

「外にレポーターがいるわよ」イヴは声をかけた。「相手にしないで」

「マクナブには注意しなかったね」エレベーターへ歩きながら、ロークが指摘した。

「彼の格好を見たでしょ? レポーターたちも彼が警官だと気づくかもしれないけど、連中は三軍か四軍よ、サイン目当てであそこにねばっているんだもの、だから気づかないと思う」

　エレベーターに乗ると、イヴはボウエンの住む階を指示した。「わたしはこう考えているんだけど」

　ロークは彼女の顎のくぼみを指でなぞった。「いつだって知りたいよ」

「レーンもしくはフィッツヒューもしくはその両方は、たぶん両方とも、自分たちの家に出入りできる人間を雇う際には、細心の注意をはらったでしょう。たぶん、自分たちのほかの家にも管理スタッフを置いているだろうし、そこも同じだとわかるでしょうね。そして彼らの雇った人たちは、その仕事を続けたかったら、道路の規則を知ったうえでそれを守る」

「当然のことに思えるね。世間の目にさらされている人間は、たいていの人より自分のプライヴァシーを重んじるだろう。ドアが閉まれば、世間の目もシャットアウトされる」

「そして自分の出したいものだけを出す――それがコントロールってこと。パーティーに呼ぶメディアも選んだでしょう。彼らの誰ひとりとして、二人のどちらについてもひどい話や批評を書いたことはないほうに賭けるわ」

「それを奇妙だと思うのかい、あるいは疑わしいと？」

「いいえ」イヴは認めた。「ただ面白いし、いろいろなことがわかるな、って。これから夫に先立たれた妻と彼女の親友と話をしたあと、あなたがどう思ったか聞くのもきっと面白いわ」

10

　エレベーターの中で、イヴはロークに顔を向けた。

「ターゲットはレーンだったと思う」

「そうなのかい？」

「ええ、理由はこう。彼女のカクテル――そのことはこのうえなくはっきりしている。フィッツヒューがそれを彼女のために作らせたのはあきらか。パーティーにいた人間は誰でも――間違いなく犯人も――それが彼女のカクテルだと知っていた。それが基本となる観察と情報収集。犯人は馬鹿じゃない。被害者がパーティーの中を動くあいだ、そのカクテルに何かを入れるチャンスは何度もあった。複数の供述がそれを証明している」

「でも彼女は飲まなかった」

「それは計画における事故だった。彼女は歌うことにして、カクテルを持っていてくれとフィッツヒューに渡した」

「そしてきみがさっき指摘したように、彼がデュエットを見物しようとパーティーの中をぬっていくとき、そのカクテルに毒物を入れるチャンスは何度もあった」

「ええそう、そして彼は死んだ、でも——」エレベーターのドアが開くと、イヴはそのままドアをあけておくボタンを押した。「もちろん、彼が飲む可能性はある、実際に飲んだんだし。でも彼がそれをイライザにとっておいて、彼女がお辞儀をしたあとにまた渡すことだって同じくらいありえた。わたしの見聞きしたところでは、彼は思いつきであれを飲んだの。〝きみに乾杯だ、イライザ〟飲む、息が詰まる、死ぬ」

「ひどいことだが、たしかに事実だね」

「もうひとつファクターがある、動機よ。彼に本物の敵がいたという感触がないの。みんな彼を好きだった。遠まわしの悪口も聞こえてこない。ほら、〝あの悪党が大好きだったわ、男たちの中で彼はプリンスだったの。いやなやつだったとしても、プリンスだったのよ〟とか」

「いやなやつのプリンスか」

「たいていはそういうふうでしょ。〝死んだジャック？　やさしい人だったわ。そりゃ、癇癪持ちだったわよ、でもたいていは酔ったときだったもの〟あるいは、〝亡きボブのことかい？　あいつなら人のために自分のシャツを脱いでくれただろうね――クリーニングしたいときには〟って」

「きみは亡くなった人に面白い知り合いが多いね」

「ファイルにしてあるの。でもフィッツヒューに関するかぎり、そういうものはひとつもない。嘘なのかもしれない、だって誰でもときにはいやなやつになるから、でもそれが本音って気がするのよ。彼を〝あの下衆(げす)〟って言っているハロウですら」

「ブラントについては僕も同意見だな」ロークが言った。「今日僕に彼の話をした人は誰ひとり、〝いやなやつ〟とか〝酔っ払い〟のようなことは言わなかった」

「レーンについては別だけどね」

「どんなふうに？」

「彼女のことを〝いやなやつ〟と言っている人間はいない、でも〝彼女は手ごわい、彼女は完璧主義者だ、相手が彼女の基準を満たしていなければはっきりそう言う〟って感じの話は聞こえてきてる。みんな敬意を払っているし、賞賛さえしてる——ハロウは別よ——でもフィッツヒューに対するのとは受け止め方が違う」

「彼女に言うのかい、きみは——厳しい言い方だが——彼女がターゲットだったというほうに傾いていると？」

「彼女はもう自分の頭でそう考えているわよ。わたしは三つの道を見ている。犯人は二人のうちどちらが死んでもよかった——その場合はハロウに目を向けるかも。レーンがターゲットだった、となるとたくさんの人間に目を向けることになる。ここでもハロウがそうだし、以前の雇い人、レーンの基準に満たなかったために役を得られなかった誰か、元恋人たち、等々。あるいは最初からフィッツヒュー狙いだった、となると目を向けるのはハロウ、またはわたしたちがまだ突き止めていない理由で彼に消えてもらいたかった誰か。もしくはレーンに目を向ける」

「犯人として？　どうしてだい？」

「彼女はカクテルを飲まず、彼に返した。彼女は配偶者だし、配偶者は常に競争相手よ」

「ほう。それも〝結婚のルール〟に含まれているのかな？」

「それは——何ていうの？——結婚に向けて、ってやつよ。〝結婚の長所と短所〟」

ロークは思わず噴き出した。「長所と短所のリストを持っているのかい？」

「もちろん」イヴはボタンを押すのをやめてエレベーターを降りた。

「それは一般的なリストかな、それとも僕たちに特化したもの？」

「そうね、人にはそれぞれ個別のリストがあるのよ。わたしの長所の側にはコーヒーとセックスが重きをなしている。でも一般的には、長所は話し相手がいるとか、無料でセックスできるとか、似たような——もしくはそれなりに近い考え方とか——運がよければ、あなたの欠点を許容してくれる相手とか、その他もろもろ。短所のほうは浮気の可能性、ろくでなし化——」

「そういう言葉があるのか？」

「わたしの辞書にはね、ええ。退屈、これはいま挙げた短所の両方につながる、誰かさんは結局あなたの欠点に不平を言うようになる、なぜならいまはそれと一緒に生活しているから。それから出しゃばりな義理の身内、離婚。それに大きなやつは？　誰かさんはあなたを殺すことを決心する」

「それだけかい？」

「いいえ、どちらの側にももっといろいろあるわ。だからわたしはレーンをターゲットとしても、容疑者としてもみるつもり。彼女の親友のシルヴィーも容疑者候補に加えるわ、レーンの忠実なアシスタントたちも」

「それじゃ一日のあいだに捜査はせばまったというより、広がったようだね」

「いずれ縮めるわよ。ふだんのあなたでいてね」二人でシルヴィーの家の玄関へ近づきながら、イヴはそう付け加えた。

ロークは彼女の髪を撫(な)でた。「どっちの？」

「同情的で魅力的なやつをやって」

「ああ、それでそれは長所か短所のリストに載っているのかい？」

「行ったり来たりしてる、場合によって」

喜びが湧いてきて、ロークは彼女の背中を撫でおろし、それからお尻を叩(たた)いた。「きみに夢中だよ」

「悪い気はしないわね」イヴは言葉を切って彼を見た。「同じ気持ち」と言い、ブザーを押した。

シルヴィー本人が出てきた。カジュアルな服装で、クロップドパンツにシンプルなシャツだった。化粧も最小限にしかしておらず、髪を後ろで結んでいる。

そしてイヴはすぐに気づいた。シルヴィーの目がロークに向いたとたん、彼女がもっと身なりをととのえておけばよかったと思ったのを。

「まあ、ダラス警部補、どうぞ入って。それにロークね。あなただとわかったわ」

「僕もですよ、ミズ・ボウエン。あなたのお仕事は本当にすばらしいと思っています」

「どうもありがとう、それからシルヴィーと呼んで。イライザはテラスに出ているわ。わたしはちょっと中へワインをとりにきたの。どうぞ、そのまま行って。あなた方も一杯お付き合いしてくださるでしょう」

「ありがとう、でも公務中ですので」

「僕は違います」ロークは言った。「ですからぜひいただきますよ。もしよければ、警部補にはブラックコーヒーをいただけますか。お手伝いしましょうか？」

「いえ、いえ、どうぞ、テラスへ出てイライザとお話ししてください。彼女、今日はかなりつらそうなの。だいたいはドービーがいてくれたんだけれど。あの人は本当にイライザの慰めになってくれているわ」

「あなたもそうでしょう」

シルヴィーはロークにほほえんだ。「努力はしているけれど。さあ行って。わたしもすぐ行くから」

シルヴィーはリビングエリアのむこうにあるテラスの開いたドアをさした。リビングはレーンのペントハウスほどの広さはなく、イヴから見て、小石のウォールアートやあせた色彩が気取らない感じがした。

シルヴィーはダイニングエリアへ入っていき、そこはつやのあるグレーのテーブルに、夏の花々のカラフルなアレンジメントが置かれ、中央が出っぱった棚には額入りの写真や、人が夢中で集めるような、ぴかぴか光るあれこれが飾られていた。

イライザはキャンディピンクの日傘の陰で、ラウンジチェアに横になっていた。黒いスキンパンツをはき、足ははだしで親指にトロピカルブルーのペディキュアをし、袖なしの白いシャツを着ている。シルヴィーよりも念のいったメイクをしていたが、目の下の隈(くま)を隠せるほど上手ではなかった。

彼女はニューヨークを見わたしながら、指の二連の結婚指輪をぐるぐるまわしていた。厚みのあるホワイトゴールドの無地の指輪と、スクエアカットのピンクダイヤモンドの指輪。

「ミズ・レーン」

彼女はびくっとし、イヴを、それからロークを見て、まばたきした。「ごめんなさい、わたし……」起き上がろうとしたが、ロークが彼女の肩に手を触れた。

「本当にお気の毒でした、イライザ。僕はブラントのことはあまりよく存じあげませんでしたが、彼のことがとても好きで、すばらしい方だと思っていました。何か僕にできることがありましたら、連絡してください」

「ありがとう。夫もあなたをすばらしいと言っていたわ、それに〈ホーム・フロント〉にも惜しみなくしてくれて感謝していたのよ。どうぞ座って。受付があなた方が来ると知らせてくれたんだけれど、ぼんやりしてしまって。わたし――わたしたち行ってきたのよ、シルヴィー、リン、ドービーが一緒に行ってくれたの――ブラントに会いに。ドクター・モリスはとても親切な方ね。それでも、現実とは思えなくて」

「そんなおつらいときにお邪魔をしてすみません」イヴは言った。

イライザは頭を振った。「邪魔なんかじゃないわ。ブラントをこんな目にあわせたやつを見つけてくれるんでしょう。それだけが心の支えよ。シルヴィー」友人が飲み物を持ってくると、イライザは少しほほえんだ。「わたしの保護者さん」

「あなたを守っているのはあなた自身よ、イライザ」シルヴィーはトレーを置き、イライザにワインを、イヴにコーヒーを、ロークにグラスを渡した。「三人だけにしてあげたほうがいいわね？」

「かまいませんよ」イヴは言った。「まず最初に、お宅のアパートメントの捜索が終わったことをお知らせします。もういつ戻られてもけっこうです」

「まあ」

「このままいて」シルヴィーがすぐに言った。「せめて今夜だけでも、イライザ。あした戻る心づもりができたら、わたしも一緒に行くわ」

「保護者さん。ええ、今夜はいさせてもらうわ。でもあなたは午前中に台本の読み合わせがあるでしょ。だめ」イライザはシルヴィーが反対する前に言った。「先延ばしはしないで。いつかは向き合わなきゃならないんだし、ドービーにいてくれるように頼むわ。葬儀の手配も始めなければならない。ブラントは生前の本人がそうだったように、すばらしくて愛情に満ちた葬儀をしてもらうべきよ」

「手伝うわ。ドービーやリンもやってくれるでしょう。セラも」

「そのことで冗談を言ったのよ、ブラントとわたしで、みんなやるように。〝僕のときはね、イライザ、見つけられるかぎり最大のスクリーンで、僕の最高の映像集を流してほしいな、それからきみが『マイ・オールウェイズ』を歌うんだ〟って」

「まあ、ハニー」

「あの曲は——彼のリクエストで——わたしたちの結婚式で歌ったの。だからそうするつもりよ、シルヴィー」イライザの目がうるんだが、涙はこぼれなかった。「自分の中にそのスクリーンを見つけて、彼の望みどおりにするわ。だって彼はそうだから。わたしの永(マイ・オール)

遠の人だから」

シルヴィーはラウンジチェアの端に腰をかけ、イライザの手をとった。

「これからお尋ねすることの中には繰り返しになるものもありますが、それも手続きの一部ですので」イヴはひと呼吸置いた。「ゆうべのことをすべて話していただけますか？

ケータリング業者が来たところから始めていただきたい」

「いいわ。わたしは早く着替えをした。早く準備をして、迎える用意を監督できるようにね、そうするのが習慣だから」

「今回のケータリング業者は以前にも使ったことはありますか？」

「何年もよ、でも……」

「イライザはうるさいの」シルヴィーが言い、イライザが弱い笑い声をあげた。

「〝コントロールする〟って言葉は、シルヴィーはお行儀がよすぎるから使えないのよ。わたしはものごとが特定の状態であってほしいの――それがわたしのやり方。ブラントが入ってきたのは、ちょうどわたしが仕上げをしているところで、わたしたちはいつもおきまりの、彼が〝時間はたっぷりある〟、わたしが〝あんまり時間をかけすぎないで〟ってやりとりをした。それで、彼は着替えをしてから下へ行って、パーティー前の成功を願う一杯を一緒にやろうと言ったわ。それがうちの習慣なの、それに今度のパーティーは盛大な規模で、お祝いになるはずだったから」

「メディアも招待していましたね」

「ええ、慎重に選んでね。望んでいた……望んでいるの、再演を大きく肯定的にとりあげられることを」と彼女は言いなおした、「そのことで心の中がいっぱいだし、リリーの役を演じるのはわたしにとって大きな出来事だから」

「〝望んでいる〟と言ったわね」シルヴィーが話に入ってきた。「再演は進めると決めたのね」

「ええ。出演者もスタッフも本当に多くの時間、多くの労力をつぎこんできたんですもの。わたし抜きではやれないなんて言うつもりはないわ、でも率直に言うと、同じだけのパンチ力はないでしょうね。それに、本当のことを言うと、あれを演じることが必要なのよ。考えないでいたいの。

　あの人たちは家族なのよ」イライザはイヴに言った。「全身全霊を、自分の技術をそそぎこんで一座をつくり、一緒に芝居を作り上げていき、それを何度も何度も、週に六日、週に八公演やれるよう望むなら、もうみんな家族よ。わたしにはあの人たちが必要なの、あの人たちがわたしを必要としているのとまったく同じように」

「彼らの誰かがあなたの夫を殺したかもしれないという不安はないんですか？」

「そんなこと信じないわ。信じられるわけないでしょう」イライザは言い、その声はしっかりと揺るぎなかった。「単純に信じられない。お人よしで愚かかもしれないけれど、わたしは信じられないし、信じない」

「あなたは階下へ降りてきて、ミスター・フィッツヒューが着替えをしているあいだは、何をしましたか？」

「ドービーと話していたわ。彼は花の配達を受け取るためにいたの。それから、もちろん、わたしはそれにうるさく言った」イライザはシルヴィーを横目で見た。「ケータリング業者が来て、それからメニューや、食器や、スケジュールをもう一度確認して――もちろん、わたし以外には必要のないことだったけど。アパートメント全体を歩いてまわって、すべて準備ができているかたしかめていった。セラが来たときに、二階と三階の見まわりのことで話をしたわね。

お客様たちにはメイン階にいてもらいたいの」彼女はそう付け加えた、「でも歩きまわる人もいるのよ。一度なんか、ゲストルームのバスタブで寝てしまっている人がいたわ。ちょっと飲みすぎてぶらぶら上へ行って、うたたねするのにちょうどいい場所だと思ったのよ」

イライザは姿勢を変えて両足を引き上げ、シルヴィーの横に座った。

「たしかその頃ブラントが降りてきたの。彼がカクテルを作ってくれた。一緒にテラスに出たわ。本当に完璧なお天気だった。彼は次の晩にニュージーランドへ発つことになっていて、わたしは本当に寂しくなるって言ったの。結婚してからいちばん長く離れるはずだったから。たいていはおたがいのスケジュールをすりあわせられたから、一週間、長くても二週間離れたことはないの、でもどちらも大きなプロジェクトが同時期に入ってしまった」

イライザはロークを見た。「あなたの事業からいって、さぞかしあちこち飛びまわらなければならないんでしょうね」

「しょっちゅうですね」

「それにもちろん、あなたも仕事でここにいなければならない」彼女はイヴに言った。「うまくやっていくには犠牲とバランスが必要よ。それはさておき、お客様たちが到着しはじめた。わたしたちはロビーと、玄関にも同じように警備を置いていた。イーサン・クロンメルのこと以来、とても用心しているの」

「あなたをストーキングしていた男ですね。彼が最近釈放されたことはおっしゃいませんでしたが」

「そうだった？　ごめんなさい。ああ！　あのあとは頭の中でいろいろなことが混乱していて……。でも彼が入れたはずないわ！　来ていたらわたしは見ていたはずよ、もちろん、それにそうなるのは彼が警備をすり抜けた場合だけでしょう。警備員は彼の名前も知っていたし、写真も持っていた。わたしは――」

「いいえ、彼は入っていません。でもお知らせしておきますと、彼は刑期を満了するために施設へ戻されました。本人が認めましたが、彼はまだあなたが自分を救ってもらうために彼を求め、必要としていると信じているんです」

「ブラントからね」イライザはつぶやいた。「なんてこと、もし彼が――セキュリティカメラの映像をチェックしないと！　シルヴィー、もし彼がブラントに――」

「もうチェックしました。クロンメルは容疑者ではありません、ミズ・レーン、それにもう彼はあなたにとって危険ではないんです」

「彼がブラントを殺していないと、どうしてたしかだとわかるの？　あの人はおかしいのよ。仮釈放されたと聞いたときは動転したわ、でもブラントは、あの人が三年も治療を受けたのだから、機会を与えられていいはずだと言ったの。だけど――」

「その治療がうまくいったとは言いません、ですが彼があなた方のアパートメントに入れなかったことははっきり言っておきます。彼を署に連行して、うちでトップのプロファイラー兼精神科医に、聴取に同席してもらいました。彼女も同意見です。クロンメルがミスター・フィッツヒューが死んだことを聞いたのは、事件のあとです」

イライザの手が喉を押さえた。「本当にたしかなのね？」

「捜査は続行中です。もしクロンメルが関係しているという証拠が出ましたら、警察はそれにもとづいて動きます。ですが現時点では、証拠は彼と違うところをさしています。話の続きをしていただけますか、招待客が到着しはじめたところから」

「ああ、ええと、飲み物から始めたわ。シャンパンやワインをお出しして。バーではカクテルを作って。それからお料理を出した。あ、ごめんなさい、グラントが――グラント・フィッファー、ピアニストよ。彼はお客様より前に着いたの――でもケータリング業者よりはあと。彼と演奏予定表をおさらいしたわ、彼はリクエストやそういうものを受けることになっていたけれど。それからお客様が来る前に、彼に少しお料理を出した、その晩ずっと演奏することになっていたし。最初のお客様が来てじきに演奏を始めたわ。グラントとは前に何度も一緒にやったことがあるの。すばらしい人よ」

「なるほど」

「いったん、そうね、二十人かもう少しおみえになったところで、ブラントとわたしは別々に挨拶まわりをした。でもわたしたちはおたがいに目を配り合うようつとめるの、どういうことかわかってもらえるかしら。ときには困った状況になったりするでしょう、脱出口が必要になるの」

「そういうことがあったんですか？」

「実を言うと、あったわ。ある人のお連れが、ふつうよりちょっと長く放してくれなくてね、でもブラントと目を合わせる前に、シルヴィーが助けてくれた」

　イライザは友人の肩のほうへ頭を傾けてみせた。

「わたしもそういうシグナルはわかるもの」シルヴィーは言った、「だから歩いていって、何か口実を作って、イライザがひと息つけるようにホワイエのほうへ引っぱっていったの。その頃にはみんな到着していたし、パーティーは大盛り上がりだったから、わたしたちも少し時間ができたのよ」

「何を話していたんですか?」

「ええと、パーティーのこと、わたしの浮気者の元夫のこと――もういないけれど。そうしたらブラントがイライザのカクテルを持ってやってきたの」

「わたしたち、それからも一分くらい休んでいたわ」イライザが続けた。「わたしたち三人は昔からの友達なの。それでわたしがつまらないことを言ってしまって」彼女はまたシルヴィーのほうへ頭を傾けた。「口から出たとたん……」

「もういいのよ」シルヴィーは彼女の膝をぽんぽんと叩いた。

「何を言ったんですか?」

イライザはイヴを見て、それからシルヴィーの手に手を重ねた。「浮気のことについてちょっと、でもシルヴィーの状況を考えると無神経だったわ」

「浮気者の元夫は」シルヴィーが説明した、「もっと若くて、すらりとしたモデルのほうがいいと考えたの」

「それが彼のほうの損失なのか、愚かさなのかわかりませんが、たぶん両方でしょうね」

シルヴィーは短く笑い声をあげ、ぱっとロークにほほえんだ。「ありがとう、やさしい方ね」

「事実を話すのはやさしいことではありませんよ」

「あなたをうらやまないでいるのはむずかしいわ」シルヴィーはイヴに言った、「だからうらやむことにする。イライザはわたしがまだ彼を愛してるんじゃないかと心配しているのよ。でもその愛も、彼がわたしの口座を使って、二人ぶんの航空券とフレンチ・リヴィエラのヴィラを予約したのがわかったときに消えたわ」

「なんですって！」イライザががばっと起き上がった。「初耳よ」

「パーティーの直前にわかったのよ、それにあそこでその話はしたくなかったの。あとで……そんなに大事なこととは思えなかったのよ。自分で対処したし」シルヴィーはもう一度イライザの膝を叩いた。「弁護士に連絡するだけですんだわ。いずれにしても、イライザはわたしの気持ちを傷つけたと思ったの、実際はそんなことないのに。でも彼女は動揺していた、だからわたしはそろそろ皆さんを楽しませたら、と言ったの。ほかの人たちもそうしていたし、会場は才能のある人たちでいっぱいだった。だけど――」

　シルヴィーはイライザに腕をまわしてハグした。「イライザ・レーンはひとりしかいない」

「いまの別件についてはあとで話し合いましょう、細かく」

「あなたは夫にカクテルを渡しましたね」イヴは先をうながした。

「ええ、ごめんなさい。頭の中がとり散らかってしまって。どこかの時点でサムを引っぱってきて、あのデュエットをすることは予定に入れていたの、だからブラントにカクテルを渡して彼女をつかまえにいったのよ」

「あなたとブラントはそのときいた場所にとどまったんですか?」

「そのあと一分は」シルヴィーはうなずいた。「彼はわたしの頰にキスして、ミハイルは——元夫よ——馬鹿だと言ってくれた。わたしはブラントにニュージーランドまで無事につつがなく行けますようにと言って、イライザのことはわたしが面倒をみると約束したわ。そのあとグラントがピアノで短いパッセージを弾いて、それからイライザがサマンサを紹介したの。わたしたちは前へ移動した。わたしはちょっと後ろにいて——混み合っていたから——でもブラントは前へ出ていった。イライザが彼の姿を目にしたがるとわかっていたんでしょう」

「きっとね」イライザはつぶやいた。「彼がそこにいてくれるとわかっていることが、わたしにとってどんなに大事か、知っていたのよ」

「ほかには何が見えましたか?」

　イライザはとまどった目をイヴに向けた。「どういう意味かしら」

「たとえばですが、あなた以外に、ミスター・フィッツヒューを見ている人を目にしましたか?」

「ああ。いいえ……いいえ、しなかった。わたしは彼を見ていたの。彼がわたしたちに、サムとわたしに祝杯をあげてくれた。それが見えた。でも正直に言うと、あのデュエットは曲のあいだほぼずっと、パートナーに対して演技することが必要なの。そのあとのこともう一度話さなければいけない？　グラスが割れたことや、悲鳴も？」

「いいえ。何か新しいこと、これまでと違うことを思い出したのでなければ」

「ないわ。全然ない。あの悲鳴のあとは何もかもぼんやりしていて。それにわたしは彼を困らせていたんじゃないかと思えてきて」

「どんなことでです？」

「そうね、彼が行ってしまうこと。撮影。あの朝もそのことで愚痴を言って、わたしが稽古から帰ってきたときに、痛む足を誰がさすってくれるの、ってきいたわ。そうしたら彼はこう言ったの、〝ドービーだよ、もちろん〟、それでわたしは笑ってしまった。ブラントはいつもわたしを笑わせてくれたわ。いい人だった、それはわかってちょうだい。誰かが彼に危害を加えようとするなんて、想像もできない」

「あなたはどうです？」

「わたしが？」ショックがイライザの顔をよぎった。「ブラントに危害を？」

「いいえ、あなたに危害を加えようとしそうな人はいますか？　あれはあなたのカクテルでしたし、飲まなかったのは単にタイミングの問題です」

「前にもそうきいたわね、でも……自分がブラントほど親切、あるいは寛大だったと言うつもりはないわ、だけど——」

「そんなことないわ」シルヴィーが強く頭を振ってさえぎった。「あなたはやさしいわ、それに寛大よ。ブラントのほうがおおらかで——おおらかだった、それは間違いないけど。あなたはゆうべ、サマンサを巻きこんで、デュエットする必要はなかったじゃない。でも彼女が注目をあびるようにそうしてあげたわ」

「再演のためでもあるもの」イライザはそう付け加えた。

「あなたはその劇から手を引くことを考えていましたね。もしそうしたとしたら、あなたの代わりをするのは誰ですか？　代役は決めてあったんでしょう」

「いまの段階ではまだよ。もしわたしができないと決めたら、誰か別の、名のある人を連れてくるでしょうね、多少なりと世間の注目を集めて、期待させられる人を」

「そういう人がパーティーの招待客リストにいましたか？」

「そうね……シルヴィーがいるわ」イライザが言うと、今度はシルヴィーが笑った。

「ありえないわ。わたしにはイライザのような声帯はないもの——声域も。それが現実。ダンスはわたしのほうがうまいけど」

「ひどい人ね。でも本当。それにあなたなら完璧に対処できるでしょう。実のところ、迷っていたときには、あなたが引き受けてくれないかきこうと思っていたの。あなたにはほかの仕事があるってわかっていてもね、それはつまり、わたしがブラントほど無私無欲じゃないってことだけど。そこは彼女に少し頼っていたかもしれない。でももうない話よ、わたしはやるんだから」

「アシスタントを何人か首にしていますね」

「ええ」イライザは今度は目をこすった。「わたしは要求が多いし、忠実と能率を求めるの。でもここ三年くらいは誰も首にしていないわ。それにもう一度言うけれど、そういう人は入れなかったはずよ。あなた、本気で考えているの、誰かがわたしに毒を盛ろうとして、ブラントが……」

「その可能性も調べなければならないんです。ヴェラ・ハロウを招待したのはなぜですか？　とくに親しいわけではないのでしょう」

「彼女を呼べば、話題になる。呼ばなくても、話題になる」肩をすくめて、イライザはまたワインを飲んだ。「ブラントがよく言っていたように、正道をとれ、よ。それに彼女は注目を集める人だもの。わたしの目的は、今日のエンターテインメント系メディアがあのパーティー、お客様たち、あの華やかさ、それから、ええと、その豪華さすべての報道で埋めつくされることだったの」

イライザはワインに目を落とした。「そのはずだったのに」彼女はつぶやいた。

「ほかに悪感情や恨みを持っていそうな人物はいますか、あなたが対立したことがある人物は？」

「まあ、警部補！　わたしはショービジネス界にいるのよ。そこはドラマ、対立、感情、エゴ、涙、怒りだらけなの。同時に仕事、敬意、分かち合う喜びや悲しみもある。ああ、ブリストルは、監督だけれど、わたしが最後に出た映画で数えきれないくらい衝突したわ。彼を憎んだ日々もあった、でもいまではおたがいさまだとわかる。おたがいに最高の仕事をするために相手に強くあたったけれど、終わってみれば、相手への敬意だけが残った。テッサとわたしですら――彼女のことは大好きよ――ぶつかったことがあるもの。

　わたしは十五歳からこの世界にいる。ブラントの気質、ああいうおおらかさは持っていないわ、でも本当に、わたしを殺したいと思いそうなほど争った人は思いつかない。誰のことも思いつきたくないのかもしれないけれど」

「わたしがかわりに考えてあげられるわ」シルヴィーが言った。「そして答えはノー。それじゃあなたにひと泡吹かせたいと、一度や二度は思ったかもしれない人を、わたしはたくさん思いつけるかしら？」彼女はげんこつでイライザの顎をやさしく叩いた。「もちろん思いつけるわ、そこにはわたしも入っている。でもね、警部補、誰かを殺すということはそこからずっと、ずっと遠いことでしょう」

　あなたの思っているほど遠くじゃない、とイヴは心の中で思ったが、口には出さずにおいた。

「それではあなたとブラントは。衝突はありましたか？」

「わたしたちは結婚してほぼ十年になるの、だから衝突は何度もあったわ。意見の不一致、腹立ち。それに認めるけれど、わたしのほうが怒りっぽいのよ。ブラントはものごとにこだわらなかった。それに彼が相手だと、怒ったり腹を立てたりしつづけるのがむずかしかったわ。あなたたち二人もときには喧嘩をするんでしょう」

「僕が結婚したのはまぶしく光り輝いて、まわりを明るくする人なんですよ」ロークはイヴの手をとり、そこにキスをした。そしてイヴに氷のような目でにらみつけられた。「それに彼女はしょっちゅう武器を身につけていますし」

イライザはため息まじりの笑い声をもらした。「あなたがたはおたがいを知っていて、おたがいを愛している、だからわかるでしょう。ときには傷つけられた気持ちになったり、癇癪に火がつくこともある。それも結婚の一部ね。わたしたちはいつも、常におたがいに支え合っていた。

わたしたちは幸運だったわ。どちらも自分の仕事を愛していて、それで成功していた。じゅうぶん成功していたから、自分たちの選んだ生活を送ることができたし、送ってきた。美しい家、楽しい友人の輪。名声、それにわたしたちは二人とも名声を楽しんだ。二人で恋に落ちて、ずっとそのままで、めぐりあう前にその道で負った傷は、二人で作り上げていく結婚のための一種の予行演習、そう言ってよければリハーサルだと感じていた」

「お二人ともかなり誘惑のある業界にいらっしゃいますね」

「まったくそのとおりよ。でも家に帰ればアップルパイが丸ごとあるのに、どうしてリンゴをつまみ食いするの？　わたしもシルヴィーと同じ立場になったことがあるの、屈辱的だし苦しいものよ。ブラントはどうか？　彼は最初の奥さんを裏切らなかったし、彼女も同じことを言うでしょう。ヴェラのことも裏切ったわけじゃない――わたしは裏切ったかもしれないけれど、彼はそういう人じゃなかった。彼はわたしへの気持ちに気づいたとき、ヴェラのところへ行って、関係を終わらせたの。それ以降、わたしたちには誰もいなかった」

　そよ風が吹いてきて、ピンクの日傘とイライザの髪を揺らした。彼女はしばらく顔を上げてその風に吹かれ、目を閉じた。

「あなたは尋ねなければならない」彼女は話を続けた。「疑問に思わなければならないのよね。それが、誰が、なぜ、を見つける手段の一部だから。でもブラントなしで生きる？　彼なしでどうやって生きていけばいいのかわからないわ。朝には最初に、夜には最後に話しかけるのは誰にすればいいの？　幕がおりたり、カメラがスイッチを切ったとき、誰がほかの人にはできないほどわたしをわかってくれるの？　いったん生涯の恋人を見つけてしまったら、もう別の人があらわれるとは思えない。誰かが、何かがあなたからそれを奪い去ってしまったら、もうひとりぼっちなのよ。友達はいる、仕事もある、でも朝の最初、夜の最後、そのあいだにも何度も、ひとりぼっちになる」

「これを質問させてください。あなたが今回の役を得るのを、その再演をおこなうのを、望まなかった人物はいますか？　ショーそのものが中止になることを望んでいたかもしれない人は？」

「そうね、メーヴ・スピンダルはそれについて痛烈な言葉を口にしていたわ。彼女は以前リリーを演じて、トニー賞候補になった、オリジナルの制作のときにね。彼女はすばらしかったわ――それに彼女はあまりわたしが好きじゃなかった。わたしもノミネートされたのよ――はじめての主役で。そしてわたしが賞をとった。彼女はとれなかった。それにわたしはとても注目を集めたの。彼女は花形スターで、わたしは代役で、彼女がよくみんなに思い出させていたように、幸運に恵まれた」

「幸運？」

「リーアよ、リーア・ローズがその役のキャストだったの。ああ、すばらしい才能だった。わたしは彼女の親友――アンジーの役で――彼女の代役でもあった。オープニングナイトの日の朝……リーアは薬の問題を抱えていたの、薬とアルコールの。それでその朝、舞台監督が楽屋で彼女を発見した。薬物の過剰摂取による死だった」

「捜査はおこなわれたんですか？」

「ええそうよ。本当に恐ろしくて、悲しくて、怖かったわ。わたしたちはそれまでに市外での公演、ニューヨークでの上演、つまりＶＩＰ向けの公演をおこなっていたんだけれど、リーアは本当にすばらしかった」

イライザはもう一度空を見上げた。「ああ、思い出すわ。リーアはお母さんと話をしていた――お母さんは頭痛の種だったの――幕があがる前に」

「何についてでした？」

「わからないわ、ただそのせいでリーアは少し取り乱していた。でもショーは続いたわ、もちろん。最初のシーンでリーアは一、二行、セリフをとちったり、失敗しそうになったけれど、一座の人間でなければ誰も気づかなかったでしょう。それに彼女はすぐに調子を取り戻したし。でも……」

イライザは頭を振り、またワインを飲んだ。「ショーのあと、彼女はゲリーと喧嘩をしたの、ゲリー・プロクターよ。彼はチャーリー、彼女の恋人役を演じていた。二人は付き合っていたけれど、ショーのあとで言い争いをしたの。リーアは楽屋で飲んでいたんだけれど、彼にお酒はもうやめると約束していたのよ。お母さんとのことか、ゲリーとの喧嘩か、あるいはその両方のせいで、薬と酒瓶に手を伸ばすことになったのか、もうわたしたちにわかることはないでしょうね。十八歳だった」イライザはつぶやいた。そしてまた頭を振った。

「残りのわたしたちは〈第二幕（アクト・ツー）〉へ行って――当時の劇場関係者のたまり場だったの――

緊張をゆるめ、お祝いしたんだけれど、リーアは来なかった。たしかわたしは、彼女が家に帰ったんじゃないかと思って、連絡しようとしたの、彼女とは友達——劇場での家族だったから。だけどしなかった。それで彼女は楽屋に残り、グレイグース（フランス産のウォッカ）をあおり、薬を飲みこんでいた。事故による過剰摂取と判定されたわ。リーアが自殺なんかするはずない、たかがセリフを二箇所とちって、彼氏と喧嘩したくらいで。あの晩、彼女はスタンディングオベーションを受けたのよ」

イライザはぶるっと震えた。「ああ、あのときの記憶が。わたしはオープニングナイトに出演した、そうしたらメーヴが言ったの、わたしがあそこに立てたのは、リーアがモルグにいるおかげにすぎないと」

「本当に容赦ない人だったわ」シルヴィーが言った。

「そうね。真実だけれど、容赦なかった。彼女、わたしがリーアのときにやったように、今度は彼女の靴をはこうとしている（後釜にすわるの意）ことについて、棘のある言葉をいくつもマスコミに言ったわ。それに少なくとも自分はまだその靴をはいているんだ、って。まあね。ああもう。もっとワインが飲みたいわ」

「僕がとってきましょう」ロークが立ち上がった。

「あら」シルヴィーはイライザに腕をまわしながら、おおよその方向をさしてみせた。

「キッチンのカウンターの上よ」

「見つけてきますよ」

「彼女はパーティーに来ていたんですか?」ロークが中へ入っていくと、イヴはそう尋ねた。「メーヴ・スピンダルは?」

「えっ、まさか、いいえ」イライザはもう一度身震いしたが、芝居がかっていた。「彼女がニューヨークにいたなら、招待しなければならない気持ちになったかもしれないけれど、さいわい、いまはロンドンにいて、絶賛されているのよ――わたしもそれは当然だろうと言わざるをえないけど――『レディ・ミス・歌姫』の舞台で。それに彼女にふさわしいタイトルよ。

　ありがとう」イライザはロークがワインのボトルを持ってくると、そう言った。「わたしは最初のトニー賞をリーアに捧げたわ、でも、自分がそれを得るチャンスを手にした理由やいきさつをたえず自問しながら人生を送ることはできないし、そうしてもこなかった。リーアは最悪の選択をした。メーヴは毒蛇よ、でもわたしはその言葉にかなり敬意をこめて言っているの。だけどもう二十五年も前のことだし、メーヴはパーティーにはいなかった」

「オーケイ。お時間をありがとうございました」イヴは立ち上がった。「お知らせしておきますが、今日わたしたちが捜査の過程で話をした人たちはみな、お悔やみの言葉を述べていました。ここのドアマンもお悔やみを伝えてほしいと言っていました」

「ありがとう。大事なことだわ。それでブラントがどんなに愛されていたかわかるもの。彼をこんな目にあわせた人間を見つけてちょうだい」

「警部補はそのときまで決して立ち止まりませんよ」ロークが言い、イライザに握手を求めた。「何か僕にできることがありましたら、遠慮なくご連絡ください」

「みんなそう言うけれど、あなたは本心で言ってくれているのね」

「玄関までお送りしましょう」

「いえ、けっこうです」イヴはシルヴィーに言った。「自分たちでおいとまできますから」

11

「状況が動きだしたね」エレベーターへ歩きながら、ロークはイヴの頭をトントンと叩いた。

「彼女のほうがターゲットだったというほうが説得力があるわ」

「僕も同感だな。本人の認識によれば、彼女は支配的なタイプで、細かいところまで管理する。ほかの人々はみんな、彼がおおらかで、親しみやすかったと指摘している。イライザは角を突き合わせ、フィッツヒューば羽を撫でる。それに、そう、カクテルは彼女が飲むためのものだった」

二人はエレベーターに乗った。

「そのルートをとると」イヴは話を続けた、「ヴェラ・ハロウはまだ容疑者リストに載っている――実際は、どちらのルートでもだけど。イライザの最後の映画の監督がいるわね、だからそこをさらに調べてみる。彼はイライザが考えているほど過去の人間じゃないかもしれない。彼女の元アシスタントたちもいる、だからその人たちをたどってみるわ。元夫もいる――カリフォルニアに住んでいるけど、それでも。フィッツヒューにも元妻がいる、だけど彼女は再婚していまはヨーロッパ。さて、それからさっきのメーヴ・スピンダルがいる、それに死んだ女優に関する一件」

イヴはロークを見た。「どうしてその件を知らなかったの？」

「すべてについてすべてを知るという職務をしくじってしまったな、たとえ僕がダブリンでだいたい十二歳くらいだったときにニューヨークで起きたことだとしても」

「ああ、なるほど。それには力がいるし、いまのあなたならいつもその力があるけどね。いずれにしても、調べたほうがいいわね。それにそのゲリー――そのほうは進めるわ、当時の捜査が何も見逃していないかたしかめなきゃ。フィーニーが何か知ってるかも」

「僕が運転しよう」二人はロビーを通り抜けた。「そうすればきみは彼にきける」

ヘンリーが二人のためにドアをあけてくれた。「よい夜をお過ごしください、警部補、サー」

イヴは助手席に乗りこむと、もう一度ロークを見た。

「彼にまたチップをあげたんでしょう？」

ロークはただ運転席に乗った。「それじゃ家へ帰るかい？」

「ええ、ええ。演出家、振付け師、その他何人かと話をしなきゃならないしね、でもいまの話を考え合わせなきゃ」イヴはリンクを出し、フィーニーにかけた。

彼の皺のよった顔が爆発した赤毛をのせてスクリーンいっぱいに映った。彼は言った、

「よっ」

「よっ。二十五年前、リーア・ローズ、十八歳くらい、事故による薬物過剰摂取と判定、ブロードウェイミュージカル『アップステージ』のオープニング前に、クリスタル・ガーデンズ・シアターの本人の楽屋で発見された」

「ふむ。僕の担当じゃないな、でも、ああ、少しおぼえているよ。イライザ・レーンが大ブレイクしたときのことだろ？　うちの妻が大ファンなんだ。きみがブラント・フィッツヒューの捜査担当になったのか。ひどい話だよな。男がゆっくりくつろいで、ビールをあけて、リラックスできるような映画を作ってくれたのに」

「捜査主任をおぼえている？」

フィーニーはぷうっと息を吐き、首の後ろをかいた。「ホリスターだったんじゃないか、そう、ホリスターと――くそっ――ウィンブリーだ。ホリスターは何年か前に退職して、引っ越したな、たしか、フロリダに。ウィンブリー、彼女はまだ警察にいるかもしれない、でも――いいことを教えてやろう、何とかってところの地の果てに移ったんだ。署長になってな。調べてやろうか」

「わたしがするわ。そのときのファイルを調べるつもりなの、全部目を通して」

「フィッツヒューに関係あると思っているのか？」

「見てみるまではわからない」

「僕のほうが早く調べられる。あとできみに送るよ。薬、だったよな？　薬と……ウォッカだ」

「わたしの聞いた情報もそれ。薬を飲んで、酒と混ぜる、毒物みたいなものよね」

警官の目が警官の目と合い、フィーニーがうなずいた。

「きみがどこへ向かっているかはわかったよ。ファイルを掘っておこう」

「助かるわ」

「毒殺だね、いわば」イヴが通信を切ると、ロークが言った、「二十五年をへだてて？」

イヴは肩をすくめた。「あいだにもっと見つかるかもしれないわね。でも同じ芝居で、同じ劇場にかかるところ、二十五年のへだたり。となればまたつながる」

「イライザは夫を愛していた。彼女が舞台で、スクリーンで、そういう役を演じることができるのは間違いない、でも実際に面と向かって僕が目にしたのは何か？　彼女は夫を愛していたよ」

「違うとは言わないわ。でも殺した相手を愛していた人間で、鉄格子のむこうに入っているのはひとりじゃない。〝彼が浮気をしたからよ〟〝彼女は俺と別れるつもりだったんだ〟〝あの人はわたしの誕生日を忘れていたの〟とか何とか」

「今回の事件で、そういう〝とか何とか〟を示唆するものはあるのかい？」

「まだない。メーヴ・スピンダルについてあなたの知っていることは？」

「すばらしい舞台俳優。おもにミュージカルをやっている。スクリーンでの仕事のほうは、演技がおおげさだとして、同程度の評価はされなかった。いまは舞台ひとすじで、とても評価されている」

「そしてレーンが登場する、どちらにおいても評価が高く、今度は最初にスピンダルが作り上げた役をやろうとしている。腹が立つんじゃないかしら」

「海のむこうから誰かに毒を盛るのはむずかしいよ」

「彼女が寄り道旅行をしなかったことをたしかめましょうよ。あるいは人を雇って殺させることもある――昔から人気のオプションだもの。いずれにしても、話がしたいわ。スピンダルはローズが過剰摂取で死んだときそこにいた、そして彼女はレーンが好きじゃない、だったらもし何か悪い噂(うわさ)があるのなら、すぐにそれを掘り出してくれるでしょう」

イヴはゲートが開くとシートにもたれた。「じっくり考え(チユウ・オン)なきゃならないことが山積み」

「一緒に食事をしよう、そうすればそれも咀嚼(チユウ・オン)できる」

食事の話が出たせいで、朝食からあと何も食べていなかったことを胃が思い出した。状況を考え、その話はしないことにした。

「食べてもいいわ」かわりにそう言った。「捜査記録の更新をしたあとで」

「取引成立」ロークは車から降りると、彼女の手をとった。「それで僕のほうはシルヴィー・ボウエンの財務をちょっと見てみる時間ができる。きみがレーンを容疑者もしくはターゲットと考えているのなら、彼女の親しい友人についてもっと知っておきたいだろう」

「あなたが警官みたいに考えているとき、警官みたいに考えるのね、って言ったら、どうして侮辱ととるの？」

「訓練を積んだ観察者なら理由は明白なはずだよ。僕も場合によっては、僕のお巡りさんのように考えられることは認めよう」

　二人が家に入ると、サマーセットが葬式の黒服を着たかかしのように立っていて、足元にはおでぶの猫がいた。

「ご一緒のうえ、どこにも目に見える血のしみもあざもなく、一時間そこその遅れとは。今日は祝日（レッド・レター・デイ）でございますね」

「舞台とスクリーンの有名人二人と一杯やってきたんだ」ロークは彼に言い、イヴが毎日恒例の嫌味（いやみ）を返すのを手際よく止めた。「イライザ・レーンとシルヴィー・ボウエンだよ」

「おお。メディアは一日じゅうブラント・フィッツヒュー殺害事件で大騒ぎでした。記者会見は楽しく拝見しましたよ、警部補」

「わたしは面白くなかったわ」イヴは彼女の足のあいだをくねくね歩いている猫をよけ、階段へ向かった。

「パイはあるかい？」ロークがきいた。「さっきパイの話が出たものだから、もう食べたくて仕方ないんだ」

「レモンメレンゲパイでしたら」

「なんとまあ、完璧じゃないか？　今夜は楽しんでおいで」

「もうすぐ出かけるところです。イヴァンナの孫娘が弦楽四重奏で演奏するんです」

「彼女によろしく伝えてくれ」

ロークが階段にいたイヴに追いつくと、彼女はロークを見た。「どうして赤い字の日（レッド・レター・デイ）なの？　どうして青い字の日とか、緑の数字の日とかじゃないの？」

「考えてみるべきだな。ないことはたしかだよ」

「どちらにしてもあなたは理由を知っているほうに賭けるわ」

イヴの仕事部屋に入ると、ロークは歩いていって、テラスのドアをあけた。「カレンダーとか、お祭りの日付を赤にすることに関係あるんじゃないか」

イヴはまっすぐコマンドセンターへ行き、作業を始めた。「それじゃどうして赤い番号の日じゃないの？　カレンダーにあるのは数字でしょ、字じゃなくて」

ロークはワインキャビネットのところへ行き、一本のコルクをあけた。そしてイヴの横にグラスを置いたあと、かがんで彼女の頭のてっぺんにキスをした。「うちの経営陣と話し合ってみよう」

イヴは彼を見上げた。「ものごとはすじが通っているべきだけど、半分はそうじゃない。

すじが通るべきじゃないことも、半分は通っている」

「それじゃすべてはバランスがとれているわけだ、違うかい？　それじゃ三十分後に」ロークは付け加え、自分の仕事部屋に入っていった。

「それじゃ混沌（カオス）じゃない！」イヴは声をあげた。「どうやってバランスがとれるっていうの？」

「ある人物が以前言っていたよ、カオスとはのぼっていけるはしごだと――だがそのあと彼は暴力によって死んだ（『ゲーム・オブ・スローンズ』のピーター・ベイリッシュのこと）」

「ハハ」イヴは記録の更新を始めたが、じきに手を止めた。「カオスとははしご……そうかもね」

目撃者たちはフィッツヒューが倒れたあとの状況をカオス、混乱と表現していた。犯人にとっては都合のいいはしごだったのではないか？

そのことは頭にしまい、火にかけておいて、そのあいだに記録ブックを更新し、ホイットニーへの報告書を書いた。事件ボードを更新しはじめたとき、ロークが戻ってきた。

「カオスとはしごのことを言ったのって誰？」

「スクリーンのシリーズに出てくるキャラクター。思いついてみると、きみが好きそうなシリーズだ」彼はキッチンから答えたが、そこには先刻、ギャラハッドがいそいそとついていっていた。「それに、思いついてみると、ブラント・フィッツヒューにうってつけだよ。剣と戦闘、ドラゴンや政治的陰謀。

おまえはもう食べただろう」彼は猫に言った。

それでイヴは見なくても、ロークが折れて、溺愛する猫にごちそうをいくらか置いてやるのがわかった。

ボードの作業をしていると、彼が蓋をかぶせた皿を二つ運んできた。

「はしごがあれば穴や窓から出られるし、もしカオスがあったとしても、誰も気づかないわよね」

「たしかに」ロークはワインをとりに戻り、そこでボードのそばで立ち止まって、イヴと一緒にじっくり見た。「有名な顔がずいぶんたくさんあるね」

「そして彼らの後ろにいる人たちも。パーティーも一種のカオスよ」

それを聞いてロークは笑った。「きみにとってはそうだろうね」

「いいえ、全然違う。たくさんの人間がぶらぶら歩きまわる、あちこちでグループに引きこまれる、音楽、料理、お酒。そうね、管理されたカオスってところかしら。それでも、何人かは、少なくとも何人かは、目を配っている。たとえば給仕人、あるいは人を観察したり、彼らが着ているものをジャッジしたりするのが好きな人たち――そういうことってて大事だものねえ。ほかのグループで彼らが何を言っているのかに耳をすまして」

うわのそらで、イヴはロークがさしだしたワイングラスを受け取った。「フィッツヒュー夫妻は広い家を持っていた」イヴはさまざまな現場写真をさした。「パーティーはメイン階にかぎられていた、とはいえ彼らも、客がほかの二つの階に入ったりしなければ――バスタブの中にいた酔っ払いとか――定期的に見まわりをしたりしなかったでしょう」

ロークはイヴをテーブルのほうへうながした。「それに人々が入り交じったり、動いたり、会話、音楽、あの広さがあれば、グラスにちょっと毒物を入れるくらいむずかしいことじゃないね」

「彼は飲むつもりはなかったのよ」イヴは指摘した。「あなたがさっき渡してくれたグラスみたいに。あれはわたしが飲むためだった、だからあなたはここで持ち上げなかった」彼女はグラスを持ち上げてみせた。「わたしたちはおしゃべりしたり、お酒を飲んだり、その他もろもろ、わたしはたぶんグラスを持ち上げる。でもあなたがグラスを部屋のむこうへ持っていってしまう、そうしたらあなたはグラスをおろすでしょうね、それには全然注意をはらわない、とりわけ誰かに近づいていって、ちょっとおしゃべりをして、あの馬鹿馬鹿しいキスをしあう挨拶をかわすとすれば。

制御されたカオスもやっぱりはしごよ」

イヴが腰をおろすと、ロークは蓋をとり、横へ置いた。イヴの目に映ったのはたっぷりソースのかかった豚肉の厚切り、冷製パスタのサラダ、それから彼女には知る気もない色とりどりの野菜だった。

「でも」イヴは話を続け、豚肉を切った。「カオスらしいカオスのあとは。ショック、パニック、人々はあわてて遠ざかろうとするか、もしくは前へ駆けだす。その最初の数秒間、人々はこんなふうに反応する――パニックよ――いったいどうしたんだ、って。犯人以外はね、だって犯人はどうしたのかわかっているんだから。シアン化物を入れてあるものを隠すために、はしごをのぼることだってできた。ターゲットがレーンだとしたら、制御されたカオスのあいだにやってしまったでしょう。くそっ、きっと小さいものよ、ポケットに入って、簡単に手のひらにおさまるものに違いない。さっとトイレに行って流してしまうことだってできた。

なぜあの夜だったのか、って考えているの――あんなに目撃者がいたのに――でも事実は、あれだけの目撃者がいたからこそ、あの夜が絶好の機会だったのよ。ちくしょう、本当にうまくやられたわ。これは何?」

「骨を抜いたバーベキューリブ。例のバーテンダーがシロなのはたしかなんだね?」

「フィッツヒューは彼女に手順をひとつずつ指示していたの。彼女がそう供述しているだけじゃなく、ヴェラ・ハロウの供述もそう。だから彼女はクリーン、被害者やレーンには何のつながりも見つかっていないし、動機もない」

「言わせてもらうと、いまのところ、シルヴィー・ボウエンにも同じことがあてはまるよ、少なくとも彼女の財務に関するかぎり。彼女は元夫にかなり気前よくしてやっていた、そして僕からみると、元夫はそこにつけこんで、売れない脚本ばかり書いていた。元夫に現金を受け取ってくれと説いても、彼を怒らせることはまったくなかったはずだよ」

イヴは彼に指を向け、それから肩をすくめた。「わたしは給料を稼いでいるもの」と、ロークに思い出させた。

「そして彼は稼いでいなかった、もしくは散発的に稼いでいただけだった。彼の財務状態は――抵抗できなかったものでね――よく言っても不安定だ。それに彼女が――賢明にも――彼が金を引き出していた口座から資金を移動し、彼をブロックして、弁護士に〝横領〟という言葉を使って連絡させたから、この先はもっと不安定になるだろうね」

今度はロークが肩をすくめた。「ほかの点はどうか？　何も目につくものはない。それどころか、ボウエンは彼女の地位にいる人間にしては、かなり保守的な生活を送っている。ニューヨークにアパートメントを、ハリウッド・ヒルズに家をひとつ持っている、しばしばむこうで仕事をするからだろうが、両親が二人とも健在で、一年を通じてそこに住んでいるんだ。彼女はフィッツヒューの事業にも気前よく金を出している」

「そこは消せるわね。もし彼女が関係しているとしても、目的は金じゃない。忠実ってことでしょう。もしレーンがフィッツヒューに死んでほしかったとして、ボウエンが手を貸したのなら、動機は忠実と友情よ」

「それじゃレーンが彼に死んでもらいたかったのはなぜだい？」

「そうね、それは難問」イヴはパスタをつついた。「わたしはレーンがターゲットで、犯人にはフィッツヒューが毒を飲んだときに彼を止めるチャンスがなかった――あるいは別にどうでもよかったのかもしれない――というほうに傾かざるをえない」

「それでヴェラ・ハロウに戻っているんだろう？」

「彼女はまだ容疑者リストの上のほうにいる。わたしにわかっていないことは何か？　十年前、男がこう言う、〝ヘイ、すばらしかったよ、でも俺はほかのやつとヤリにいく〟。あるいはもっと悪いことに――だってもっと悪いわよね？――〝俺はほかのやつを愛してるんだ〟。でも彼女はその場の激情にかられてステーキナイフで彼のケツを刺したり、ドアストッパーで頭をぶん殴ったりしなかった。もしくは、彼の代わりにレーンにもしなかった。そうせずに、二人はレーンを引きこんだプロジェクトが終わるまで一緒に仕事を続けた」

「それがエンターテインメントだろう」

「そうなの？　ハロウは少なくとも彼の完璧な顔にパンチを叩きこみたかったんじゃないかしら。わたしだったら、あなたにあざをいくつかつけてから、麻痺薬を飲ませて、頭の毛を剃って、アレを結んでやるけど」

「どうやって？　あの付属体は結べるようにはできていないよ」

「何か方法を見つけるわ。でも方法を見つけるかわりに、彼女は仕返しのために十年待ったんじゃない？　どうもしっくりこないけど。いま何かが起きたのよ、現在って意味よ。何かもっと最近のことが今回の殺人のきっかけになったんだわ」

「レーンは今回の再演で世界的な注目を集めようとしている」ロークが指摘した。「そのことだけじゃなく、その同じ芝居で彼女がスタートを切ったいきさつも話して。それに芝居がヒットするとして――確実にヒットするだろう――彼女は主役としてだけでなく、プロデューサーのひとりとして、多額の金を得る。フィッツヒューのほうだが、彼の若い制作会社はすでにかなりの成功をおさめてきた、金銭的にも批評のうえでもね、そして彼は自分自身の制作のひとつに出演することになっていた、非常に大きな予算のついた作品に。

　僕はそこに興味を持った」ロークはそう言い足した。「調べてみたよ。すべてが、二人が充実した、幸せな結婚をし、充実し成功したキャリアを築いていることを示している。それにいま言った最後の冒険は？　さらなる名声、さらなる富だ」

「お金と嫉妬。そうかも。そうかも。もう一度出演者とスタッフを調べてみなきゃ、でもその全員が、レーンが今度のショーをやることで利益を得るのよ、だったらなぜ彼女を殺すのか――もしくは、代わりとして、彼を？」

「彼らはオーディションをたくさんやったんだろうね、ということは、がっかりして立ち去った人間がおおぜいいるんじゃないか」

「わたしはあの役を得られなかった、だから死んじまえ、ビッチ、って？」イヴは椅子の背にもたれ、ワインを飲んだ。「そうね、それは目に浮かぶ。となると、何とかうまいことを言ってパーティーに入りこまなきゃならない。同伴者、給仕人。同伴者のほうがありそうね。ケータリング業者は身元調査にうるさいし。だけどそれでも、フードサーヴィス業ではたくさんの俳優タイプが生活のために働いているわよね。もう一度調べてみるわ」

「きみが出演者とスタッフを掘っているあいだに、そっちは僕がやってあげられるよ。役を得られなかった本人じゃなくて、友達かもしれない――きみがシルヴィーを調べていたように――あるいは親戚、恋人。自分以外の誰かのために殺人をする人間」

イヴは彼にほほえみ、また豚肉を食べた。

そしてロークはまっすぐ罠に踏みこんでしまったことを悟り、またワインを飲んだ。

「言わなくていい」彼は警告した。「必要ないよ、きみが考えていることはちゃあんと聞こえるんだから」

「それを〝あなたのお巡りさんのように考える〟と言ってもいいんじゃないの、でもちゃんとした警官なら誰でも同じ道をたどるでしょうよ。それから人を雇ってやる殺人もあるわ、それを忘れないで」

「オーディションを受ける人間の大半は、殺し屋を雇う手段がないんじゃないか」

「その殺し屋が同じ基本税等級、もしくはそれ以下にいたら、あるんじゃないの。二千ドルかき集めるとか。そうじゃなければセックスを提供する、あるいは、何かの情報を握って脅す。ゆすりは常にいい動機になるし。あるいは、犯人は裕福な家の出だけど、ただもうスポットライト（ライムライト）をあびたい。

　それっていったいどういう意味？」イヴはきいた。「ライムは明かり（ライト）を消したりしない。そういう死ぬほど馬鹿な表現を使うのっていやんなっちゃう。いずれにしても、いまのは仮説よ。芽の出ない俳優がブチ切れて、自分があの役をやれないなら、誰にもやらせないと決心する。そうするより、その役をつかんだ人間に毒を盛るほうがすじが通っているかもしれないけれど、レーンを殺せば、ショーそのものがポシャる。プラス、彼女はプロデューサー、だから誰がどの役につくかは彼女も口を出したでしょう。どちらにしても彼女が出したほうに賭けるわ。支配的、本人が自分でそう言っていたもの。

　これはいいわ」

「料理がかい、それとも仮説が？」

「両方。犯人はレーンを殺すために彼女に近づく必要すらない、それにもしうまくいったとしたら、わたしはフィッツヒューのほうを必死に、本当に必死になって調べたでしょうし」

　イヴはフォークを振り、それからまた食べた。「それはなかなかの副次的動機になるわ。二人の両方に仕返しできる」

「だとするとぐるりとまわってヴェラ・ハロウに戻ってくるね」

「彼女はぴったりあてはまる。十年のへだたりというのは気に入らないけど、それ以外は。彼女は信用できるようにみえた、でもそれが彼女の仕事よね？　俳優は信用できるようにみえなきゃならない」

イヴはフォークを置いた。「もうパイは食べられないわ」

「あとにすればいい」

「今度の芝居で役を得られなかった俳優タイプをひと山、本当に調べる時間があるの？」

「あるんだよ、実を言うと。きみがゆうべ呼び出されたとき、僕は戻って少し仕事をしたんだ。だから僕の時間と努力に対して、きみが感謝を示してくれるだろうと思っている」

「タダのものはないってことね。わたしたち、ゆうべその部分では邪魔が入ったと思うんだけど」

「たしかに。それが最後のチャンスなんかにならなくて、僕たちはラッキーじゃないか？」

ふと衝動にかられ、イヴは手を伸ばして彼の手をつかんだ。「ええ、そうね。わたしの中にいる警官はレーンに目を向ける、配偶者として、容疑者として見る。配偶者は常に、表にはあらわれない動機を持っているかもしれないから。彼女にはチャンスがあった。それじゃ手段は？　わたしは彼女がその手段を得るための手段を持っていると考えざるをえない。でもわたしの中のわたしはどうか？　いまのわたしは、愛を目にすればそれとわかる。レーンは夫を愛していた。そしてあらゆる供述、あらゆる徴候、あらゆる証拠は、夫も彼女を愛していたことを示している。二人は一体だった、それにいまのわたしにはそれがどういうものかわかる」

「僕もだよ。彼女の心には二度とふさがらない穴があいてしまったとわかっているように」

「被害者は死者だけじゃないわ。ここの一体でのあなたの役割は食事を用意すること。わたしの役割はお皿を洗うこと。あなた、ギャラハッドに猫用おやつをあげたでしょ？」

「有罪を認めます」

「だと思った」イヴは立ち上がりながら、猫が彼女の寝椅子に手足を広げているところを振り返った。「わたしからは何もせしめられないわよ、おでぶちゃん」

イヴは皿を片づけ、それから自分のコマンドセンターに戻った。コーヒーをプログラムする。次に十分間ただ座り、ブーツをデスクにのせ、コーヒーを手に、じっくり事件ボードをながめた。

オーディションに落ちたというのはいい線だ、と思った。こんなふうに言われるのはつらいはずだ――〝だめだ、実力が足りないね〟。そんなことが何度も繰り返されたら、あきらめるか、それとも飲食業で働きながらがんばりつづけるか？　もちろんどちらかにする者もいるだろう、しかしあるタイプは限界を超えてしまい、殴りかかってくるかもしれない。

それからヴェラ・ハロウがいる。信用できそうにみえる、でも彼女はそうすることででもいい暮らしをしているのだ。彼女がついに報復をしたのだろうか？

イライザ・レーン。イヴは彼女に深い同情を感じながら、同時に彼女を疑うことができた。

シルヴィー・ボウエン、長年の忠実な友人。元夫は彼女を捨て、しかもさっそうとそうするために彼女の金を盗んだばかりだ。そういうことがあると、人は友達が不倫をした配偶者を殺すのを手伝う気になるかもしれない。

そこのトラブルか？　フィッツヒューが、どんなかたちにせよ、不倫をしていたという証拠はない。

でも自分がまだそれを見つけていないだけかもしれない。

それにその説は忠実なアシスタントたちを考慮に入れていない。そこはもう少し掘ってみる価値がありそうだ。

出演者とスタッフ。表面上は、動機とは真逆。でも……。誰かがレーンを殺すというはっきりした目的のために、その職に就いたとしたら？　誰かを、あるいは誰かにつながりのある誰かを、レーンが首にしたか、拒否したか、何らかの方法で傷つけたか。

イヴは床に足をおろし、椅子を回した。

演出家のテッサ・ロングから始めた。前にも調べたけれど、もう一度経歴を読んだ。混合人種、年齢五十四、生粋のニューヨーカー。母親は小児外科医、父親は神経科医。結婚して五十六年。

これは驚きだ。

きょうだいはひとり、男性、年齢四十二、整形外科医。九年前に結婚、妻は一般外科医。子どもは二人、男子、十六歳。男子、十三歳。

一族の伝統に反抗したのね、テッサ？

メイ・リーと結婚、母親専業者の状況、十八年間。子どもは二人――女子の双子、年齢十六。

犯罪歴なし。

住まい、チェルシー。別荘、オイスター・ベイ。

しっかりした教育、専攻は演劇、財務は安定。信託基金から定期的な援助がある。

イヴは彼女の雇用歴を見てみた。若いときにキャリアをスタートさせ、夏のシアターワーク、インターン、アシスタント職、見たところからすると使い走りだ。じょじょに出世していっている。フィッツヒューとの目に見えるつながりは、レーン以外になく、レーンとは現在のプロジェクト以前にも組んだことがある。

最初は二十年前、ブロードウェイで、レーンが主役、ロングは舞台監督助手。三年後に演出家助手、さらに五年後には演出家、それからその四年後に、あるスクリーンの特番でレーンの演出家――これにはシルヴィー・ボウエンも出ている――そしてその二年後に大手会社の映画の監督。そして今度の制作。

何か噂話、スキャンダル、不和があったのかどうかは、ピーボディのゴシップ探索にまかせるとして、彼らの仕事歴からすると、どうやらなさそうだ。

何か対立があったのなら、レーンがこんなにたびたびその人物と仕事をすることはないだろう。

加えて同性結婚者で長続きしている、となれば被害者との浮気を隠しとおしていた可能性はかなり低い。それにロングはプロデューサーのひとりになっているので、金は動機としてはあてはまらない。

イヴは先へ進み、演出家助手、作詞家、作曲家を調べていった。オリジナルの脚本を書いた女性は八年前に死んでいた――プライヴェートシャトルの墜落。

どこかの時点で、ロークがするりと入ってきて、パイをひときれ彼女の肘のところに置き、またするりと出ていった。

どこかの時点で、イヴはそれを食べた。なぜなら本当においしかったから。

またコーヒーをプログラムして、ほかの人々を厳しく調べていった。

何も出ず、目を惹（ひ）くものもなかった。

だからまた先へ進み、今度は振付け師を調べた。

ミナーヴァ・ノヴァク、白人種、年齢三十六。両親はロジャー・ノヴァク、アリスン・クルプク、離婚、この結婚によるきょうだいはなし。異母きょうだい、男性、年齢二十九、異母きょうだい、女性、年齢二十七、ロジャーと天国(ヘヴン)（マジか）・コービー・ノヴァクとの結婚による。義理のきょうだいひとり、女性、死亡、クルプクとロイド・バーンスタインの結婚によるもの——離婚。義理のきょうだいひとり、年齢四十四、異父きょうだいひとり、年齢二十二、クルプクとベンスン・ピケットの結婚によるもの。離婚。

「もう、おねえさん(レディー)、あきらめなさいよ」

だがクルプクはあきらめず、イヴは読み進んだ。クルプクはもう一度エドウィン・ホワイト＝ミッチェルを試した。義理のきょうだい、男性、年齢五十三。

「四番めは年配の男に行ったのね」イヴはホワイト＝ミッチェルをざっと調べてみた。「年寄りですごい金持ち、そしてあなたも彼の四番めだった。どれくらい続くのか楽しみね」

ミナーヴァ・ノヴァク、シカゴ生まれ、十六歳でジュリアード音楽院に入るためニューヨークに移住、ニューヨークで専門教育を受けるにあたっては、父親と継母が養育権を持つ親となり、おば——父方——の後見に入る。父親と継母はそのまま養育権を持った。

母親が養育権を持たなかったのも意外ではない、とイヴは思った。

ノヴァクはマルコム・ファリアーと結婚、四年前、子どもはひとり、娘、年齢二。犯罪歴なし——ただし、マルコムはカレッジ時代に泥酔したことがある。ミナーヴァはそのことで彼を悪く思わなかったようだ。

財務は……金がありあまっているというわけではないが、非常にしっかりしている。プレーンともフィッツヒューとも以前に仕事をしたことはない。だが作品は多くあり、プロのダンサーとしてやっていたが、怪我(けが)でそれができなくなり、振付け師に転向した。

イヴは椅子にもたれ、目をこすり、またコーヒーを飲んだ。

いろいろな種類のきょうだいがたくさん。「せっかくここまでやってきたんだから。見てみましょう」

イヴは調べていき、まず父親と継母からとりかかった。異母きょうだいは二人ともシカゴ近辺に住んでおり、異母弟は建築家、異母妹は大手デパートの買い物代行員。もう少し進めてみたが、最近ニューヨークに来た形跡は見つけられなかった。その二人も、父親も、継母も、ノヴァクの子どもが生まれたときにはニューヨークへ来ていたようだ。

母親は来ていない、とイヴは目を留めた。しかし母親の三度めの結婚による異父きょうだいと、義理のきょうだいはどちらも来ていた。ノヴァクの父親になれるくらい年配の義理のきょうだいは来ていない。

つまりある程度は家族の結束がある、とイヴは思った。姪(めい)が生まれて数日もしくは数週間以内に、その子に会いにくるくらいには。

　けれどもそのうち誰もニューヨークには住んでいないし、レーンやフィッツヒューにあきらかなつながりもない。

「オーケイ、死んだ義理のきょうだいには何があったの？　ローズ・バーンスタインには」

　イヴは調べはじめ、誕生日と出生地、父方、母方の家族を見ていった。死亡日と死因を見てみる。

「二〇三六年に死亡、事故による薬物過剰摂取と判定。ちょっと、何よ！　年齢十八？　ニューヨーク市、芸名リーア・ローズ。くそったれ。大当たりじゃない！」

12

ロークがぶらりと入ってきた。

「大当たりって聞こえたんだが」

「そのとおり！　これを見てよ。振付け師の母親の二度めの夫の娘、芸名リーア・ローズ。それが最初の『アップステージ』のオープニングナイトに、薬物過剰摂取で死んだ女優なのよ」

「入り組んでいるね」ロークは考えこんだ。「それでもりっぱな大当たりだ。それに〝なるほど〟も付け加えるよ」

「ミナーヴァ・ノヴァクの母親にはいま四番めの夫がいるの」

「めげないんだな」

「そういう見かたもあるわね。めげなさのおかげで、ノヴァクにはきょうだいがたくさんいる――片親違いや、義理の――そして彼女が二年前子どもを産んだとき、全員がニューヨークに来たの――最後の夫の息子以外は。それって一定の親密さを示しているわよね？

ノヴァクが、死んでレーンが世に出るドアをあけてやった義理のきょうだいと親しかった可能性は高い」

　ロークは彼女のコマンドセンターに腰をかけ、スクリーンに目をやった。「そこは同意せざるをえないだろうな。それはたしかにレーンへのつながりであり、レーンを通じたフィッツヒューへのつながりであり、無視するわけにはいかない。みんなはそのつながりに気づいていたのかな？」

「ノーでしょうね、誰もそのことを口にしなかったし。でももちろんきいてみるわよ。つまりね、そうよ、口にするだけの値打ちはあると思わざるをえないでしょ。〝ああそうだ、ところで、わたしがダンスシューズを譲りうけた、あの死んだ女の子のことだけど。彼女、わたしたちが何回ピルエットをするか決めるあの人の姉なんだって〟って」

　それを考えるとイヴは思わず立ち上がり、両腕を突き出した。「それにノヴァク。わたしたちがつながりを見つけないと思ったのかしら？　すぐそこにあるじゃない！」

「姓は違うし、母親は何度も結婚しているし、二十五年前だよ。埋もれたままだと考えたんだろうな。あるいはそのリスクをとった」

「もしあのパーティーにあれほどたくさんの人間がいなかったら――それに間違った人間が解剖台にのっているようにみえなければ――一時間以内に掘り出してみせたわよ、ええと……」イヴは手で浅く宙を掘ってみせた。

「庭用シャベルで?」

「それ。彼女と話をしなきゃならないわ、でもローズ・バーンスタイン、別名リーア・ローズの事件ファイルを読まなきゃ。それはフィーニーが送ってくれた。ピーボディもそれにあたらせる。ノヴァクを聴取する前に、知るべきことは全部知っておきたい」

イヴはロークのほうを向いた。「彼女の財務を調べてくれるわよね。彼女の夫のも。それに結束の固い一族のようだから、少なくともローズ・バーンスタインに直接つながりのある人たちも」

「まったく見知らぬ人たちの財務を僕につついてまわれって? きみを熱愛しているのも当然だな」

「シアン化物は地元の24/7で一本買う、ってわけにはいかない、だから妙な支払いや現金の引き出しよ、たぶんここ二、三週間のあいだのもの。あるいは――」

「何を探せばいいかはわかっていると思うよ」

「ええ、そうね。ええ」イヴはボードを見た。「何ともごちゃごちゃの一族。化学者(ケミスト)がいるかもしれない、化学者につながりのある誰かが。あるいは自分で調合するドラッグ漬け頭(ケミヘッド)が。それにシアン化物には合法的な用途もあったわよね――写真用の薬剤、じゃなかった? それから布地。手に入れるにはいくつも輪をくぐって、使い道だの何だのを書類にしなきゃならない、だからそっちは書類でたどれるかも」

「そしてそこにつながりを見つけたら、きみがすでに見つけたことに説得力が加わる」

「新しい大当たりがあっても損にはならないわ」イヴはまた腰をおろした。「偶然なんてものはないんだから」

「きみにもっと説得力を見つけてあげられるかやってみるよ」

「ありがとう」

イヴはフィーニーが送ってくれたファイルを開き、ミナーヴァ・ノヴァクに関するデータと一緒にピーボディにコピーを送った。

その事件ファイルを読みはじめたとき、ピーボディからさっそく返事が来たのも意外ではなかった。

その返事はこうだった。〝大当たり(バーン)！〟

「リーン、ドカーンも付いてるわよ」イヴはつぶやいた。

読んでいって事実や情報を集め、捜査に穴がなかったか調べた。そしてほかにつながりがないかも。事実と証拠を検討し、情報をまとめた。穴は少なくとも一度見たところではなかったが、新たなつながりが見つかった。

イヴはボードを延長してバーンスタイン事件用のセクションをつくった。

それからもう一度全部を読み、ピーボディが送ってくれたリーア・ローズの死に関する記事のさまざまなインタビュー、出演者やスタッフや友人たちの反応を見ていき、警察に出された供述や捜査担当者たちによっておこなわれた聴取と比べてみた。

　検死報告に戻った。検死官は摂食障害、長年のドラッグとアルコール濫用、中絶の痕跡を挙げていた。それらは彼女の医療歴と合致していた——拒食症の治療、睡眠薬過剰摂取の救急治療、医療による人工流産。

　そしてそのすべてが、彼女が十七歳になる前のことだった。

　ローズの死の捜査が彼女の未成年記録の封印を解いていたおかげで、イヴは違法ドラッグ所持での逮捕数回、未成年での飲酒、裁判所の命令による治療を見つけた。

　短くて、めちゃめちゃな一生、と思った。

　またコーヒーをプログラムしたときに、ロークが戻ってきた。

「僕はウィスキーがいいな。ねえ」ロークはウィスキーをとると話しはじめた、「ああいうふうにあれこれつついて調べるとき、法を順守し、税金をおさめる市民とわかるとまったく面白くないね」

　イヴにグラスを上げてみせたあと、ロークは彼女の補助ステーションに座ってウィスキーを飲んだ。「自動でまだ調べさせているんだが、ノヴァクとファリアーにそっちの方面での暗い秘密やあいまいな影がないことははっきり言える。ファリアーは非常に成功していて、現在の仕事の報酬と同様、ロイヤリティからも堅実な収入があるよ」

「彼は曲に合わせて言葉を作るのよね？」

「そうだ。ノヴァクの収入は彼女が膝に怪我をしたときに打撃を受けたが、振付け業に専念すると回復した。彼女ははじめ、ダンスを教えることで収入を補填していた、だからいまもときおり教えているんだろう」

　ロークがひと休みしてウィスキーを飲むあいだ、イヴはいまのデータについて考えていた。

「二人は一年前、ロウアー・イーストにいい物件を買い、そこの改修にかなりの金をつぎこんでいる。彼女はヒルトン・ヘッドにある別荘も――父親、継母、片親違いのきょうだいたちと――共有しているね。夫妻は娘が生まれてすぐ、娘用の教育口座も開いている」

　ロークは話しながら事件ボードの新しいセクションを見た。「ノヴァクには何がしかのつながりのいとこがいて――この一族はとても入り組んでいるからね――彼は税務弁護士なんだ。あらゆる選択肢もしくは儲け口を活用しているが、法の範囲にとどめている」

「そうなの？」

「完全にではないがね。ノヴァクの母親の……ああ、まったく、どれだっけな？　三番め、そう、三番めの結婚でできたきょうだいは、カメラマンなんだ。デジタルと同じく、フィルムの仕事――自分の暗室での作業――もしている。きみは自分で調べてみたいだろう。でも僕が最初に調べてみたところでは、彼がシアン化物を含んでいるであろう化学薬品を使っていることがわかったが、それを抽出する方法を見つけなければならないんじゃないか、残りの成分は解剖で出なかったんだから。それに彼が別に買ったという徴候は見つけられなかったよ」

「調べてみる価値はあるわね」

「僕が思ったとおりだね」ロークはまたウィスキーを飲んだ。「また別のきょうだいの配偶者が、製薬会社のオフィスマネージャーをしている。その会社には自前の化学者たちがいるよ」

「それもいいわね。そこも調べてみる価値がある」イヴはボードのほうをさした。「ローズ・バーンスタイン、二歳でダンスとヴォイスレッスンを始めた。仕事を得るようになったのは——広告、地元局の番組、舞台のものもいくらか——三歳前。端役、たくさんの広告仕事、ハイスクールの卒業証書をもらうために家庭教師みたいなこともやった。パパはいくらかお金を持っている。ママは——それがデブラ・バーンスタインよ——自分のベイビーをスターにしたかった。この事件ファイルでそれがわかった。それにどうやらローズはアンフェタミンのかなり強い依存症だったみたい——体重を落とし、エネルギーを——それにおっぱいも保つため、ハイな状態からさめて多少の睡眠をとるために。思春期になる前に」

イヴと同じく、ロークはボードに貼られた快活な若い美人の写真を見つめた。「悲劇はすでにできあがっていたんだね」

「ローズは十五歳で母親とニューヨークに移った。父親のバーンスタインはノヴァクの母親と結婚して二年たっていて——そしてそれは終わりに近づいていた。でもノヴァクとローズはしばらく一緒にいたに違いないわ、ノヴァクもダンスのレッスンを受けていたんだから、なおさら」

「共通の関心事か」

「そのとおり。いずれにしても、ローズはありったけ受けた——世間では集団オーディション（キャトル・コール）って言うのよね、どこから見ても薄気味悪い（キャトルは牛のこと）。彼女はドラッグ所持で逮捕されている——シカゴにいたときよ、十三歳で。ニューヨークでは薬であやうく死にそうになり、病院に入った。更正教育、治療。彼女は摂食障害の治療を受けたけれど、検死官は死亡時刻に直近の薬物濫用があったと述べていた。十五歳で妊娠と中絶の両方をしている、ニューヨークに来てから約六か月後に」

「まだ子どもなのに。彼女の母親はどこにいたんだい、母親が監督していたんだろう?」

「いい質問。でもローズは仕事をもらうようになって、その仕事でいい評価がつくようになっていた。それから、あれって何ていうんだっけ——興行広告をうってもらえる仕事を得た。彼女は十六歳で、それに二年近くも出演しつづけ——ああいうのの候補のひとりになった——トニー何とか」

　イヴは立ち上がり、歩きまわった。

「その日、本当にその日って意味よ、彼女は十八歳になると、母親を追い払い、自分だけの家を手に入れた。数か月後、『アップステージ』のオーディションを受ける。あの役をつかみ、六か月後、睡眠薬とウォッカでいっぱいになって死んだ」

「短く、悲しい一生だ。事故じゃなかったと考える根拠はあるのかい？」

「事件ファイル、彼女の経歴、解剖と毒物検査報告書をみると、事故だとするのはすじが通っている。でも当時の捜査担当者、それに検死官と話がしたいわ。その線を消すだけよ。ノヴァクは事件当時、まだ十一歳くらいだったはずだし」

イヴはボード上のミンクスの写真をコンコンと叩いた。「お姉ちゃんは――もし彼女がそういうふうにローズをみていたとしたら――キャリアの上で大きな飛躍をするところだった。なのに、彼女は死に、レーンがその飛躍するチャンスをつかみ、大きくてきらきらしたスポットライトをあびた」

ロークがウィスキーを飲んで彼女を見ているいっぽうで、イヴはボードのまわりをまわった。「それじゃ、こう考えてみて。あなたはそのことで悲しんでいる、恨んですらいるかもしれない、でもあなたはただの子ども。何もできることはない。あなたはあのスポットライトという自分の夢を追う。〝お姉ちゃん〟よりもっとよくやって、ジュリアード音楽院に入学を許される。クリーンでいつづける、少なくともドラッグとアルコールに関して表面的にはね、そしてどんどん成功していく。

そこでバターン、ひどい転び方をする、膝を悪くする、夢は砕かれた。今度は教えるほうにまわり、自分が子どもの頃から望んでいたことをどうやるかをほかの人々に教える。お辞儀をするかわりに、大きなショーの振付けをする」

ポケットに親指をひっかけ、イヴはミンクス・ノヴァクの写真のほうを顎でさした。

「結婚し、子どもができ、いろいろなことに対処して、日々を送る。でもやがて、すべてがめぐってくる、めぐってきて目の前にすべてが突きつけられる。またしてもイライザ・レーンがあらわれ、大成功をおさめようとしている、ずっと昔にあなたの姉が死んだおかげでつかんだチャンスにのっかろうとしている。あなたの姉は死んだのに、レーンはその亡骸(なきがら)の上で歌ったり踊ったりしようとしている、またしても」

イヴは戻ってきて、コーヒーをとった。「昔の記憶がどっと押し寄せてくる。というわけで、こんなものクソ食らえ、彼女もクソ食らえ。これはローズの敵討ちよ」

イヴはコーヒーを飲んだ。「これは仮説よ、それに動機のようなにおいはする。毒物を入手した手段としては二つの線の可能性がある、例の二人の親族を考えると。そして犯行のチャンスというと、疑問の余地なくあった」

「反対の視点は？　愛してくれた姉とはいえ――彼女がそうだったとしてだよ――ローズの死は本人以外のせいだと考えるのはむずかしいんじゃないか」

「ノヴァクは十一歳で、母親は三人めと結婚していた。傷よ」イヴは言った。「傷がぱっくりあいてふたたび血を流すことはある。ローズの死がレーンのせいである必要はないわ。でもそこから利益を――名声と富という点で――得たのはレーンが悪い。彼女はまた同じことをしようとしている。それに仕返しそのものがサラダっぽいって言うじゃない」

ロークは珍しく当惑している様子だった。「わかった、でもそこは理解できないな。どうして仕返しがサラダに似ているんだい？」

「熱くなくてもいいんでしょ？　冷たくして食べるじゃない、サラダって」

「ああ、たしか以前にもその話はしたことがあったね、ぴんときてもよかったのにな。復讐(ふくしゅう)はね、ダーリン・イヴ、冷たくして出されるのがいちばんおいしい料理なんだ」

「わたしが言ったとおりじゃない、だいたいは。それにどのみち、いちばんおいしいかは知らないわ、たくさんの人が料理は熱くてぐつぐつしてるのを出されるのが好きだもの。だけどこういうつながりは馬鹿にできない」

「その点は議論するつもりはないよ、ただし彼女の財務が公明正大であることは言っておく。彼女の父親、継母のものも同様だ。まっとうな市民たちだよ。さっきの二人――カメラマンとオフィスマネージャー――がシアン化物の出どころかもしれないと、注意をうながすものも何も見えてこなかった。カメラマンは財務上の浮き沈みはあるが、怪しげなところは何もない。それにオフィスマネージャーは財務の点では賢いが、正直にやっている。どちらかが毒物を入手したとしても、記録にはあらわれていない」

「もし入手したのなら、どこか別のところにあらわれるはずよね」

「わかった、それじゃ、おたがいにひとりずつ受け持って、調べて、何か出てくるかやってみよう」

「ピーボディにまかせてもいいけど」

「僕はいまここにいるじゃないか」ロークは指摘した、「それにこの部分が終わって、ゆうべ邪魔されたところへ戻るまで、忙しくしていられるほうがいい」

「警官はセックスのために仕事をするかしら？」

「僕は毎日そう唱えるようになったよ」

　ロークはイヴにひとりをまかせ、自分はもうひとりのほうを担当した。

　イヴは調査を進めた、それも厳しく。一時間後、猫が出ていってしまったあと、自分自身の結果、ロークの結果を吟味し、思いつくあらゆる角度から確率精査をかけてみたあとも、自分の仮説を支える新たなものは見つからなかった。

「義理のきょうだいの誰かかも。たくさんいるでしょ。あるいはノヴァクは別の入手手段を見つけたのかも」

「たしかに」ロークはイヴの手をとり、引っぱって彼女を立たせた。「朝になったらその全部について彼女を問いただし、答えをつかめばいい」

「誰もこのつながりに気づいてないという説は買うわ。ノヴァクからバーンスタインからローズへ。プラス、誰も、これだけの年月がたったあとでは、バーンスタインのことを思い出さないいんじゃない、レーンがいなければ。でもノヴァクは誰にも言ってないでしょ？　理由が知りたいわ」

「きみなら突き止めることは間違いないね。正直に言って、彼女、彼女の夫、僕がつついた家族を調べてどうだったか？　彼女は殺人をするタイプにはみえないよ。それにきみが思い出させてくれる前に言っておくが」イヴが寝室へ入ると、ロークは付け加えた、「どれだけたくさんの殺人者タイプが、ピカピカした無垢(むく)さの下に隠れているか、僕は知っている。

彼らのいちばん最近の大きな買い物は？　娘の寝室用の家具だよ」

「殺人者だって子どもはいるわ」

「たしかに。マルコム・ファリアーが『オンリー・ワン』の歌詞を書いたことは知っていたかい？」イヴがぽかんとしていると、ロークはほほえみ、彼女を抱き寄せた。「僕たちの結婚式であの曲にのせて踊っただろう。娯楽(エンターテインメント)ユニット、『オンリー・ワン』をかけてくれ」

室内に音楽が流れ、イヴは夏空の下、そこらじゅう花の香りだらけの中で彼と踊ったときのことを、ありありと思い出した。

「おぼえてる」彼に合わせて動きながら言った。「みんながまわりで見ているのに、あなたと踊るのが変な気分にならないなんて変なの、って思ってたのをおぼえてるわ」

「もうそろそろ三年だ」

「わたしは目のまわりにあざができてた。カストーのくそったれ」

ロークはあのとき黒くなっていたイヴの目の下にキスをした。「わからなかったよ、トリーナのおかげで」

「その名前を言わないで」イヴは彼の肩に頭をつけた。「誰も見ていないときにあなたと踊るほうがいいわ、でもあれもよかった。事前の準備をあなたに丸投げしたのよね」

「カストーのくそったれ」

イヴは噴き出し、頭をそらした。「わたしがいないほうがスムーズに運んだんじゃない。あれは本当にいい日だったわ」それから彼の頬に手を添えた。「いまはもっとあなたを愛してる」

「イヴ」

「いまはもっと知っているから。あのときは本当にバタバタしてたじゃない？　それにいまはわかっていることが増えてる。どんな手間隙がかかっているか、あなたがどんな人か、わたしたちには何があるか。あなたを怒らせてしまっても、きっとそばにいてくれる。あなたに腹が立っても、わたしがそばにいるように。だから増えてるの」

「きみを愛してすべてが変わった。きみに愛されて、何もかもが開けた。毎日が前の日を超える」彼は言い、その唇がイヴの唇へ降りてきた。

イヴは最初に彼とキスしたときのことを、あの理性が吹っ飛ぶような性急さと欲求を思い出した。そして結婚式の日、花のあずまやの下でのキスの、目がくらむような喜びを思い出した。

そしていまのキスはやさしく、強く、甘く、かたわらに音楽が流れている。長くつらい一日のあとで、いろいろなことがわかっているという、また家に帰ってきたという、この贈り物。

ロークはイヴをくるりとまわし、スローなダンスをして、それから彼女の武器ハーネスをさらりとはずして横に置いた。イヴは彼の髪から革の紐をほどき、同じようにした。

どちらも仕事モードはおしまい。

「もう一度かけて」音楽が消えてしまうと、イヴはそう指示した。彼のシャツのボタンをはずしはじめる。「あのダンスのあと、すごく盛大なパーティーをしたわよね」

「したね」

「みんながようやく帰ったのは深夜だった、でもそのあとわたしたちはここへ上がってきた。こんなふうに」イヴは両手を彼の胸の上にのぼらせていき、やがて彼の首に両腕をまわした。

「あの衣装はかなり手ごわかったよ」彼はイヴのポケットをからにしながら――バッジ、

リンク、コミュニケーター——言った。「でもそのほかは……」

あのときのことを思い浮かべ、ロークはイヴを抱き上げてベッドへ運んだ。ギャラハッドがそこに手足を投げ出し、猫に可能な限界まで広げていた。

イヴは言った。「早く出ておいき」

ギャラハッドは片目をあけ、じろりとこちらを見てから、体をまわし、飛び降りて、歩き去っていった。

「こっちはこれからスペースが必要なの」とイヴが言い終えたところで、ロークが彼女をおろした。彼の首に腕をまわしたまま、イヴは彼を一緒に引き倒した。

ロークはただ彼女の中に、キスに、この瞬間に沈みこんだ。

イヴは彼から世界を拭い去ることができ、ほぼ最初の瞬間からそのパワーを持っていた。あの目、彼がさっき飲んでいたウィスキーのような色の目は、彼を見つめ、彼をわかり、それでも彼を愛してくれる。

それ以上にすばらしい贈り物があるだろうか？

彼の指が、光と影のあいだを動く鹿のような色をした、手入れをしていない縁なし帽のような形のイヴの髪をすく。彼はイヴの顔の、体の、あらゆる角度を知っており、その中にある激しく、傷つきやすく、勇気に満ちた精神もすべて知っていた。

彼はイヴを求めた、どういうわけか何かに気づいたのだ……彼女の中にある、彼女の一部である何かに、ほとんど最初の瞬間から。そしてその欲求は、彼女を自分のものにしても深まるいっぽうだった。

両手を彼女の体に這わせているときでさえ、自分がいずれもっと深みにはまることがわかる。

イヴが彼のシャツをはいでほうった。彼はイヴのシャツを引っぱって脱がせた。肌と肌が触れ合うと、イヴは体をまわした。キスの角度を変え、それを引き伸ばすためのものうい動き。両手が彼の体の上をすべり、早くも散りはじめている火花を火に変える。指が筋肉に食いこみ、舌がすべる。

ロークも体をまわし、そうしながら彼女のベルトをはずした。彼の歯がイヴの肩を、鎖骨を、胸を味わう。彼女の中のものすべてがやわらかくなった。彼はイヴを溶かし、イヴが降伏を求めるよう誘い、彼女の世界が二人の世界に収斂するよう駆り立てることができた。二人だけの世界に、暗闇の中でまじわりながら。

はやくもイヴの鼓動が重くなり、脈が速くなった。彼が魔術師のように魔法をかけた快楽の雲に浮かんで、浮かんで、浮かびつづけていられる。イヴは自分を失う前に――簡単にできる、ほんのすぐそこだ――体を離した。

「この服をとって」息を切らしながら、イヴは自分のブーツを引っぱった。

ブーツが彼の靴とともに鈍い音をたてて床に落ちると、ロークはふたたび彼女を引き寄せた。

「あとは僕がやる」

彼ならできる、やってくれるとわかっていた、もう一度あの魔術師のように――あるいはかつての彼のようにすばしこい指をした泥棒さながらに。イヴは体重を移動し、彼のバランスを崩して、自分の体を彼の体に重ねた。

「わたしが始める」イヴは言い、彼のベルトをはずした。

彼女は浮かび、そして飛ぶだろう、でも彼もそうなるようにしたかった。

体の下に彼がいる感覚が好きだった。熱い肌、張りつめた筋肉。彼が花崗岩（かこうがん）のように硬くなっていながらも、身をゆだねてくる感覚がたまらず、彼の心臓が彼女の唇にむけてどくどくと打っているのを聞いてから、唇をさまよわせた。

イヴは彼を破壊し、彼の自制心を細く震えるワイヤーにまで引き伸ばした。ゆっくりと休みなく、そのワイヤーをはじけるぎりぎりまで持っていき、ほんの少し、彼があやうく自分を失わないでいられる程度だけ戻る。

「愛する人（アグラ）」ロークがあの言葉を、それから彼の心の言語にあるほかの言葉をつぶやくあいだにも、空気は重くなり、彼は吸いこむのがやっとだった。

「タ・グラ・アガム・ディッチ」イヴはそのアイルランド語をとぎれとぎれに言い、彼のどんどん速くなる心臓に触れながら、ゆっくりと、とてもゆっくりと彼の体の上を這い上がっていった。「言って。あの言葉を言って」

「タ・グラ・アガム・ディッチ。愛している」

イヴはその言葉を味わうように、彼に唇を重ねた。

ロークがイヴの体をあおむけにまわし、それから額と額をつけた。つかのま、ほんの一瞬だけ、自分を立て直すために。

「僕が終わりにする」

イヴは彼の顔を両手で包んだ。「中に入って」

「わかっている」ロークは彼女の喉に唇をつけた。「わかっている」

彼がイヴの胸を奪うと、唇に彼女の鼓動が脈打ち、心臓がどくどくと鳴った。彼が最後の障壁を引きちぎると、彼女の腰がアーチをえがいた。

彼女の熱に、彼女の核に手を押しつける。「力を抜いて」彼は言い、それから彼の巧みな指がイヴの選択を奪った。

喜びのあえぎが物足りず、ロークが何度も彼女を駆り立てると、やがてイヴは震え、日をあびた蝋(ろう)のようになった。

「いま奪って。アグラ、わたしの心(モ・クリ)」

とうとう彼がイヴの中へ入ってきた。いっぱいに、深く。イヴはふたたび震え、思った。

これよ。これよ。

世界が消えて時間が止まり、彼女はロークを奪った。二人はたがいに奪い合い、のぼり、落ち、落ちて、またのぼり、やがて高く飛んだ。

やがて二人がぴったり抱き合って眠りに落ちると、猫がまたベッドに飛び乗った。


イヴが目をさますと夜が明けようとしており、ベッドの上の天窓からさまざまなピンクの色をベッドにこぼしていた。ロークは座って――もちろん、きちんと服を着て――シッティングエリアにおり、手にはタブレット、膝には猫がいて、壁面スクリーンは音を消してあった。

イヴは思った。自分が、ええと、もしかしたら百十歳になったときも、こんなふうに目をさますのだろうか。二人してセックスで満ち足りて、夜じゅう眠りこけているのだろうか、あるいは……。

突然ある考えがひらめいて、がばっとベッドに起き上がった。

ロークがこちらを見た。「おや、おはよう」

「わたしたちあれだけセックスをしたわよね、だからそのあいだに、服があたりにほうり捨てられたでしょ」

「幸せなことに、たびたびそうなっているね、神に感謝だ」

「ええ、ええ、でもはっと思いついたの。朝になったらその服が全然ほうり捨てられてないじゃない。あなたが拾ったのよね？　そうでしょ？　わたしが眠ってるあいだにサマーセットがこそこそ入ってきて、拾ってるわけじゃないわよね」

「サマーセットはこそこそ歩いたりしないよ」ロークは自分のコーヒーに手を伸ばした。「というか、たまにはやってるだろう。でもノーだよ、きみが眠っているときに入ってきたりしない」

「オーケイ。よかった、ほんとによかった。ねえ、わたしも服をほうり捨てるのに手を貸すでしょ。かわりばんこか何かで、それを拾ってもいいわよ」

「かまわないよ」

「それじゃ、もしあなたがそれをすっとばしてカナダを買いにいかなきゃならなくなったら、わたしがやっておく」

「カナダが売りに出ているという情報を得たら、残りはきみにまかせるよ」

「交渉成立ね。あー、ああいうふうにはっと何かが浮かぶのって、コーヒーがつんとくるのとほぼ変わらないわね。ほぼ」イヴは繰り返し、立ち上がって本物のコーヒーをとりにいった。

「たくさん夢を見たわ。悪いのじゃないわよ」イヴは彼の目がレーザーのようにこちらを向いたので、いそいでそう言った。「何もかもぐちゃぐちゃになった、ほんとに変な夢ばっかり。たとえばわたしがこっちで面通しをするの、でもそれが何かのオーディションみたいで、容疑者がみんな歌ったり踊ってまわったりしてるのよ」

イヴはコーヒーをごくごく飲み、頭を振りながらバスルームへ向かった。「ほんとに変なの」

「彼女にしては別に、だよな?」ロークは猫にきいた。

イヴが出てくると、ロークが蓋をかぶせた皿二つと、ポットいっぱいのコーヒーを用意してくれていた。猫はもう追い払われていたが、暖炉の前に座り、自分の念力で動かせるかのように皿を見つめている。

「ノヴァクもいたわ」

「面通し式オーディションに?」

「そう、それ。ほかの人たちにどうすべきか言ってるほうだったけど。〝蹴って! プリエ! ジャンプ!〟とか。ボール・チェンジのステップっていったい何?」

「ダンスのステップだよ」

「それは知ってる。前に聞いたことがあるのよね、でなきゃ彼女がみんなにそうしろと言うわけないし。それっていったい何? ボールをジャグリングするあいだにステップを踏むの?」

「いや、ダーリン。足の母趾球(ボール)のことだよ」彼はテーブルの上で指を叩いて説明した。

「オーケイ、それならまだすじが通るわ。どうして知ってるの?」

ロークはチャーミングな笑みを浮かべた。「ダンサーを何人か知っていたものでね」

「ダンサー何人かとやったってことでしょ」

「きみ以上に一緒に踊りたい人はいないよ」

「うまくセーブしたわね」そして彼が蓋をとってワッフルを見せると、イヴは彼の隣に座った。「さらにいいセーブ」すぐさまワッフルをシロップにひたした。

「それで、例の振付け師がみんなに言ってるその人なのよ、タマを変えて、って。ほかにもいろいろ」イヴはロークが爆笑するのにかぶせて続けた。「歌ったり踊ったりするミュージカルものをやるときは振付け師が大事なんでしょ。たくさんの人間に動きを合わせさせなきゃならない。それってまるで……芸術での群衆整理みたい」

「それは面白い意見だね」ロークはイヴにコーヒーをつぎたした。

「ああいう大きな演目のときは十人以上もステージに出すでしょう、だから誰が何をするか、ステップ、タイミング、位置、どうやってまとめるか、観客からどう見えるかを考えなきゃならない」

「となるときみの考えは？」

「誰かさんはどうやって計画を立てるか、どうやって全体像を思いえがきながら細部を調整していくかを知っている。プラス、個々の人たちを知っておく必要がある——強いところ、弱いところ。動きもわかっている」

「それじゃきみは、あのパーティーが大きな舞台だったと言うんだね」

イヴはワッフルをひと口飲みこみ、次のにフォークを刺した。「まさにそう。ノヴァクはあのパーティーにいた人たちの大半を知っていたでしょう――出演者とスタッフなんだから。彼らの動きは制御できないけれど、彼らを目で追い、予測することはできる。午前中彼女と話すときにその線を押してみるわ」

「きみの夢はいつだって面白いね」

「どうせなら利用したほうがいいでしょ。わたしは彼女を聴取室に入れたい、でも最初は彼女のシマでやって、死んだ姉とのつながりで不意を突き、彼女がそれをどうさばくか見てみる」

イヴはベーコンをさっととり、彼のタブレットに目を留めた。

「カナダを買う手配をしていたんじゃなかったの」

「残念だが、ノーだよ。実を言うと、あの家のプロジェクトの進展を見ていたんだ」

この人はあれに入れこんでいる、とイヴは知っていた。それも深く。あれが彼自身の家だったら、もっと入れこんだか疑わしい。でもそれを言うなら、あそこに住む人間を考えると、あの家は彼自身の家のようなものだ。

イヴの家のようでもある、実際には。

「きのうクイーンズへ行く道々、ピーボディに二分あげたらキッチンのことをべらべらしゃべってたわ」

「すてきなキッチンだよ。見るかい?」

「そうね。うん」

彼はタブレットをとり、スクロールして、それからイヴのほうへ画面を向けた。

「わ」

最高の仕上がりになるだろうとはわかっていた、なにせロークなのだから、それにピーボディも実際に詳しく説明してくれた。それにしても……これはいい。

ソフトであたたかな色彩が目に映った。何マイルもありそうなカウンタースペースのようなもの、キャビネット類のガラス扉、オープンシェルフ、実用本位然としたぴかぴかの電化製品。

ロークが別の角度のをスクロールすると、朝食用の小さな一角にあるベンチ式の椅子、庭の景色、大きなシンク、つやつやした木の床があった。

「すてきじゃない。ちょっとガーリーだけど、すごく、すごく能率的。前に見たより大きくみえる。それは何?」

「彼女の生きている壁(リビング・ウォール)」

「壁が生きているの?」

「ピーボディはいまきみが見ているその鉢にハーブやほかの植物を植えるつもりなんだ。

おばあさんと設計に取り組んでいたよ、それにお姉さんが鉢を作ってくれた」

「お姉さんが鉢を作ったの」

「ご家族はきのう着いたばかりだ。ピーボディはまだ皆さんを案内していない、メイヴィスがスタッフのひとりに彼らを泊めてもらうよう頼んだから。メイヴィスがその写真を送ってきてくれた」

「それじゃわたしは壁が生きものになることを言わないほうがいいわね」

「サプライズだろうからね」

「彼女、夢中になるでしょうね。そこのカウンターはどうしてほかのより短いの？」

「あいかわらず目が鋭いね。これはパイ生地をころがしたり、パン生地をこねたり、そういうためのものなんだ。彼女の身長に合わせてあつらえてある。マクナブのアイディアだよ」

「それじゃ彼も気を配ってるわけね、そのパイを口に詰めこむだけじゃなくて」マクナブに大量点、とイヴは思った。気を配るのは大事なことだ。「彼女らしいわ。ソフトだけど味気ないわけじゃなく、ガーリーだけどピラピラじゃなく、能率的だけど冷たくはない」

「僕たちもヨーロッパへ行く前に、時間をつくって寄ってみよう。彼らには大事なことだよ」

「わかった。そうよ、わたしにとっても大事。ドアノブについての細かいことはどうでもいいけど、それは大事」

　ロークは身を乗り出して、イヴの頬にキスをした。「わかっている」

「あなたはドアノブみたいな細かいことが好きなんでしょ」イヴはキスを返した。「もう行かなきゃ」ワッフルをたいらげた。「ボール・チェンジについて容疑者と話をしなきゃならないの」

13

クローゼットの中で、イヴが反射的に黒を避けたのは、単に二日続けて黒を着たらロークに何か言われるだろうと思ったからだった。

ブラウンのズボンをつかんだ――フィーニーの肥やしのようなブラウンではなく、イヴが署のオフィスに隠しているキャンディバーを思わせる色だ。

それでキャンディ泥棒のことを思い出し、しかめ面になって白いTシャツを引っぱり出して、ブラウンのジャケットを出そうとしかかったあとで、カーキ色にした。あれこれ言われないようクローゼットで着替えた。

でもだめだった。

「ネイビーのベルトのほうがいい」イヴが黒のベルトに手を伸ばしたとき、ロークがそう言った。

いつもの完璧なピンストライプのスーツ姿で、戸口に寄りかかっている。「そのほうが全体的に生き生きとしてプロフェッショナルにみえるよ、警部補」

「なんでもいいわ」イヴはネイビーブルーのベルトをとった。

「夜じゅうやっていた検索の結果はあとで送るよ。必要なら車からアクセスできる」

「助かるわ」

「時間があったら、振付け師を逮捕したかどうか知らせてくれ。興味があるんだ」

「できると思う」イヴはベルトをまわしてしめたあと、片手で髪をとかし、身支度は整ったものとした。

彼のそばを通りすぎて寝室へ行くと、ロークが元どおり皿にかぶせた蓋を、猫が押していた。

「ねだればいいだけでしょ」イヴは言った。

「それでももらえないよ」ロークはじろりと見てそう言った。

猫は座り、脚を一本突き上げて、熱心に自分の身づくろいを始めた。

イヴは武器ハーネスをつけ、ポケットの中身を入れた。「どっちにしても、またレポーターたちの前に引っぱり出されるのはわかってる」

「きみならあしらえるよ、いつもやっているように」イヴがジャケットを着ると、ロークはその両肩に手を置いた。「それに彼らをごりごりすりつぶしているきみは、生き生きとしてプロフェッショナルにみえる」

ロークは彼女にキスをした。「もし何とかできたら見物するよ、あれはいつも面白い見ものだからね。蹴らなきゃならないケツは蹴ってやれ、僕のお巡りさんの面倒を頼むよ」

「最初のをやれば二つめをやることになるわ。ノヴァクを踊らせて房に入れたら連絡する。あの子、またやってるわよ」ロークの肩のむこうに、ギャラハッドが後ろ脚で立って皿の蓋を押しているのが見えたので、そう言った。

「わかっている。あいつは僕がお相手するよ」

イヴが部屋を出ていくと、ロークの声が聞こえた。

「おまえとはもう一度、真剣に話をしなきゃならないようだな」

ロークが片目を向けるだけでおびえる多くの人のうち何人が、彼が猫に話しかけることを知っているだろう、とイヴは思った。

車が待っており、運転席に乗ると、ルートを考えてピーボディにメールを送った。

〝いま出るところ。あなたを拾って、それからノヴァクの家へ向かう。更新情報と夜に自動検索しておいたものを読んでおいて〟

ゲートを出たとき、ピーボディの返信が入ってきた。

〝了解。ローズ・バーンスタイン死亡についてノヴァクの言ったこと、または供述を掘っておきます〟

よし、とイヴは思い、ダウンタウンへ走った。道が混んでいたおかげでロークの検索結果をじっくり見る時間ができた。

つかのま、どうしてニュージャージーに住んでいるこんなに多くの人がニューヨークへ通勤したがるのだろうか、と思った。それから、どうしてニューヨークに住んでいるこんなに多くの人が、少しでもニュージャージーへ進もうとしてあちこちのトンネルをふさいでいるんだろう、と。

そこで広告飛行船がただよってきて、イヴは、夜シフトで働いてほんのちょっと眠ろうとしている人たちはあれをどう思うんだろう、と首をかしげた。

人々は歩道をいそいでいた——だらだら歩く観光客にはまだ時間が早すぎる——使い捨てのカップを持ってヘッドフォンをつけて。そしてイヴは気づいたが、大半の人々が車より徒歩でいいタイムを出していた。

ビジネススーツの人々が何人もエアボードでさっと通りすぎる。人間の波のあいだを跳ねたりぬったりしていく、都会のサーファーたち。

ぶあつい黒のサングラスをかけた楽しげなジャンキーのカップルが、依存症のせいで半分目が見えず、夜の疲れが消えるまで眠ろうとよろよろ家へ歩いていた。

それでイヴは自分もサングラスを持っていかなくてはと思い出した。

ハーモニカを持って、つんととがった耳の犬を連れた路上生活者が、音楽で施しを乞う一日を始めようとしていた。

ぴちぴちのトップスと股ぎりぎりのスカートを身につけ、その格好のせいで胴にとぐろを巻いた蛇のタトゥーが見える路上LCが、手を上げてタクシーを止めた――それで彼女には上首尾の夜だったことがイヴにもわかった。

ストリートアーティストたちが二人、ぺちゃくちゃしゃべりながら、イーゼルとカンバスを準備している。次のブロックでは歩道の露店主が台を広げながら、盛大にあくびをした。

〇七三〇時、とイヴは思った。でももうこの街は活気づいている。

ピーボディにあと二分だと注意喚起の連絡を入れ、信号でブレーキを踏んだ。

黒人の男がひとり、肌を汗で光らせ、ランニングを中断して、交差点をダッシュで渡る位置についた。脚がキリンのようで、小さくて赤い、タマをぴったり押さえるようなショートパンツと真っ白なランニングシューズをはいていた。

イヴが曲がったときには、彼はもうブロックを丸ごとひとつぶん先へ走っていた。

「速い」と彼女はつぶやいた。「速い足ね」

昔住んでいたアパートメントの前に車を停めると、開いた窓からオペラが流れてきた。

ピーボディが正面玄関から出てきた。ピンクのカウボーイブーツとジャケット、カーキ色のパンツ、白いTシャツ、それに赤いハイライトの入った髪ははずむようなウェーヴ。

その姿を見てイヴは、ピーボディがこのアパートメントに引っ越してきたとき、彼女がまだ制服に、ぴかぴかに磨いた警察靴、ハイライトなど入っていないボウルのようなカットの髪だったことを思い出した。

彼女が車に乗ってきた。

「何あれ」イヴは言い、外の上を指さした。

「ああ、ミズ・ガンビーニですよ。イタリアから来ているんです——息子さんのところに。ミスター・ガンビーニをおぼえています？」

「ええ、小柄な男性、大きな口ひげ。仕立て屋」

「そうです。その人のママですよ、夏のあいだ彼のところに滞在していて。毎朝あれをやるんです。あれで腕時計(リスト・ユニット)を合わせられます。彼女、百六歳なんですよ、だからわたしたちは好きにさせているんです。それに、神様みたいにお料理がうまくて、おすそ分けもしてくれるんですよ。だから基本的にアパートメントの住人はみんな、彼女に好きにさせてます。

迎えにきてくれてありがとうございます」ピーボディはそう言い添えた。「警部補がリーア・ローズへのつながりを知らせてきたときには、仰天しちゃいましたよ。コーヒー、いいですか？　ここにはいいコーヒーがあるってわかっていたから、飲まないでおいたんです」

「いいわよ。バーンスタインの死に関してノヴァクには何かあった？」

「供述はありません。彼女は十一歳くらいでしたから、まあ当然ですね」ピーボディはイヴにはブラックを、自分には砂糖とクリーム入りのコーヒーをプログラムした。「ほとんどの記事はきょうだいの全員を挙げてはいませんが、シカゴの死亡記事で挙げているのを見つけました。それにバーンスタインの前歴、治療、依存症との闘いについてのスキャンダルがたくさん並べ立てられていましたよ。彼女の――バーンスタインの――母親はうんざりするほどインタビューに答えていますが、二か月後にはほとんどなくなりました」

ピーボディはコーヒーの香りを吸いこみ、イヴが運転しているあいだに飲んだ。

「レーンがトニー賞をとって、彼女がそれをバーンスタインに――まあ、リーア・ローズに捧げたあとには、またインタビューがありました。記事は彼女の実名を使っていないんですよ、バーンスタインはそれを――調べてみたんです――いずれにしても法的に変更する手続き中でした」

「ノヴァクには化学者のところで働いている親族と、写真家のきょうだいにつながりがある。それに夜のあいだの調査で、金属アーティストと共同生活しているきょうだいもいるとわかった。シアン化物はいま言った職業すべてに関係する。もしくは関係しうる」

「ええ、つまり実行可能な手段ですよね。ヘイ、スピードーがいますよ」

イヴが見ると、さっきのほぼ裸で歩道を走っている男がいた。

「あの男を知ってるの？」

「朝はたいてい走っていますよ。マラソンのトレーニングをしているんだって噂(うわさ)です。あの小さい小さい半ズボンをはいているんで、わたしたち、彼をスピードーって呼んでいるんです（競泳水着のメーカーでスピードーというのがある）、それにほら、彼ってスピードメーター(スピードー)でしょう」

「たしかにね」

イヴは市内を横断しつづけ——スピードーが彼女を追い抜いていった——それから駐車スペースを探しながら角を曲がった。

ぎりぎり入れると思われたスペースを見つけたので、垂直飛行に変え、上に行ったり下に行ったりして、やがておんぼろのミニとピカピカのセダンのあいだに降りた。

「あと三センチの余裕もないですよ」

「入れたじゃない？」楽しくなり、イヴは歩道に出た。「このブロックの先にある角のビルよ」ピーボディが来ると指でさしてみせた。

「感じのいい界隈(かいわい)ですね。ベーカリーのにおいがしますよ。ベーカリーのにおいに気づかなきゃいいのに。ああ、ああ！　室内装飾の店だ！　あのランプを見てください。あのランプだったらわたしのクラフトルームにぴったりですよ、いまわたしが作っている長椅子のそばに」

「やめなさい」

「まだ開店してませんね、ということはわたしは行けない……」しかしピーボディはリンクを出し、すばやく写真を撮った。「いずれにしても値段が高すぎそうです、考えてみると。ちゃんと歩いてますよ」ピーボディは指摘した。

「死んだ姉のことで彼女の不意を突きたいの。決まった手続きの、追加聴取です、って。ぺらぺら、ぺらぺら、バーン！　ノヴァクの反応が見たい。どの目撃者も証言で姉とのつながりのことは言ってなかった、それにそんなのおかしいでしょ。そのことを彼女は誰にも言わなかった。死んだ姉の後釜にすわった女と仕事で一緒になっているのよ、なのに何も言わないの？　あの夜、警察が供述をとったとき、彼女はそのことを話さなかったんでしょ？　おかしいわよ」

「話しておいたほうが賢かったでしょうにね、すぐに」

「彼女が二十五年間を、そのへだたりを、入り組んだいくつもの結婚をあてにしていたんじゃなければね」

　イヴはそのビルの外で足を止めた。気取った雰囲気のワインバーと、もっと気取った感じのブティックが地上階に入っていた。その上は大きな白い縁の窓が、二つの階で薔薇色のレンガのあいだに入っていた。

「アパートメントの部屋番号は載っていませんね。全部彼らのってことでしょう」

イヴは考え、それからマスターを使って地上階のドアを入った。ドアにはカメラ、インターコム、それにいいセキュリティがついていた。

「彼らを驚かせてやりましょう」

「夫のほうは知っているはずですよね？　彼女が話していない可能性はありますが、かなり低いですよ」

「サマンサ・キーンの供述――ピアノのそばから彼女に見えたことからすると。夫のほうはノヴァクの後ろに立っていて、彼女の肩に手を置いていた。支えていたように聞こえるわね」

二階に行くと、右手のダブルドアが開いていて、その奥に壁が鏡になっている広いスペースがあった。

「ダンススタジオですよ」ピーボディがバレエ用のバーを顎でさした。

「それから彼の場所」イヴはそのむかい側のスペースを、ピアノを、サウンドシステムを見た。「仕事の本拠はここ、生活の本拠は上ね」

そのまま広い踊り場へ上がり、陽気なブルーに塗られたダブルドアのところへ行った。

頭上のドームにある天窓は、ドアの両側にある花々が繁れるだけの日光を提供してくれているに違いない。

イヴはブザーを押した。

ロックがかちりと鳴る音と、男の声が聞こえた。「ケイシー、早く来てくれて、ほんとに助かったよ。僕たち――」

彼はドアをあけたとたん言葉を切り、コットンのズボン、だぼっとしたTシャツ、それにやせた腰のところに幼児をのせて固まった。

「え、てっきり――すみません、ええと……」イヴが持ち上げたバッジに目をぱちくりさせた。

「ダラス警部補、ピーボディ捜査官です。お邪魔してよろしいですか、ミスター・ファリアー？」

「ええ、もちろん。すみません。あわてていて。すぐにあなた方がわからなかったんです。てっきりナニーだと思ってしまって。いまちょっとたいへんなんですよ」

彼が幼児を抱えなおすと、子どもはにこにこしながら、彼のもつれたブラウンのゆたかな髪を手に巻きつけた。

彼女は「ハイ！」と言い、思いきりイヴのほうへ身を乗り出したので、イヴはとっさに自己防衛のために彼女を受け止めた。そのせいで次はマルコムとハグすることになってしまった。子どもがまだ父親の髪をつかんだままだったのだ。

「すみません！」マルコムは娘を引き戻そうとしたが、娘はすでにイヴの髪をつかんでいた。「本当にすみません。さあおいで、アリ。頼むから。この子ときたら、チョコレートを五キロ見つけて食べちゃったみたいなんです」

彼は何とかイヴの髪を離させ、後ろへ下がった。「本当にすみませんでした。アリエラは今朝の三時十三分がパーティーをするのにうってつけの時間だと思ってしまって。ミンクスが——僕の妻です——それに対処してくれたんですが、ようやくまた眠れたのは五時少しすぎだったんです。おまけに六時頃、この子がまた起きて始めてしまって。今度は僕の番でした。コーヒーをいれたんです」と、付け加えた。「もしよろしかったら、コーヒーが山ほどありますよ」

彼はあきらかに寝不足で疲れきっていた。背が高い男で、やせ型、長い腕、長い脚。顔にひと晩ぶんのひげが伸びていて、疲れて落ちくぼんだ青い目をしている。

「いまはけっこうです。ブラント・フィッツヒュー殺害についていくつか追加でおききしたいことがあるんですが。ミズ・ノヴァクともお話しできればたいへん助かります」

「もちろんです。僕は——」

「おりるー」アリエラが断固として言い、体をくねらせてマルコムの腕から出た。

「助かった」彼は上腕をさすり、肩をまわした。「自分の腕が三十センチ伸びてなくてびっくりですよ。どうぞ、座ってください。ミンクスも僕もブラントのことではいまだに動揺しています」

子どもは気取って歩き——まさしく気取って歩いていた——大きな白いおもちゃ箱のところへ行って、大きなピンクのトラックを出した。そして気取って戻ってきて、イヴにそれを突き出した。

「払って！」

「買わないわ」

「遊んで、この子は遊んでと言っているんですよ。アリ、さあもう座りなさい。パパがジュースを持ってきてあげよう」

アリは座るどころか、迷子になった子犬の目をして、ぎゅっとトラックを抱きしめ、イヴは両腕を上げた。

「やだちょっと。オーケイ」

ピーボディが進み出た。「それはあなたのトラック？　わたし、ピンクのトラックが大好きなの」

たちまちアリエラはピーボディに注意を向け、目に映ったものに満足したらしく、彼女の手をとって部屋のむこうへ引っぱっていった。

「大丈夫です」ピーボディは言った。「いっぱいトラックがあるのね！」

「この子がいま夢中なんです。本当にすみません……いろいろと」と、マルコムは言葉を考えて言った。「パーティー好きってことに加えて、うちはまだ改修というか、改造というか、現段階でやってるものが終わってないんです」

彼はリビングエリアの椅子に座った。そこの壁にはペンキを塗られた大きな区画がいくつもあり、天井ははがして梁が見えていた。

その部屋はダイニングエリアにつながっていて、テーブルの半分は、メイヴィスたちの〈豪邸プロジェクト〉でイヴが知った、見本帳というものが散らばっていた。幅広のカウンターがダイニングとキッチンを分けている。

「ワークエリアを最初にやったほうがいちばんいいと思ったんです――この家はたくさんの手入れが必要でしたから。次にアリの部屋、僕たちの部屋、マスターバスルームをやろうということになって、そうしたら――もうひとつすみません」彼は顔をかいた。「どれもあなた方にはどうでもいいですよね。僕の頭はまだ霧がかかっていて」

「わたしも大がかりな改修のまっさいちゅうなんです」ピーボディがトラックで遊びながら言った。「だからどういうものかわかりますよ」

「本当ですか？　疲れるのとわくわくするのと、全部いっぺんに来ますよね。お子さんはいるんですか？」

「いいえ。でも友達に一歳半になる女の子がいて、わたしたち、本当に大家族なんです」

「うちには子どもがひとりきりですが、妻のほうはどうだと思います？　巨大な一族なんですよ。僕が質問に答えてもいいでしょうか、少なくともはじめのうちは。ミンクスはもう少し眠らせてあげたいんです」

「ブラント・フィッツヒューとはどういったお知り合いでしたか？」

「ここ数か月でとてもよく知るようになったと思います。僕たち四人で二度、夕食に行きましたし、彼らの家のディナーパーティーにも何度か行きました」

マルコムはダイニングエリアのほうをさした。「うちはいまお返しに人を呼べるような状態じゃなくて。ブラントにはときどき出くわしましたよ、おたがいが同時にワークショップに立ち寄ったりすると」

彼は椅子に寄りかかり、片方の目をトラック遊びに向けていた。「彼はイライザのための曲に歌詞を書いてほしいと、僕に依頼してきました」

「それは調書にありませんでしたが」

「あの夜は思い出さなかったんです。あの夜は全然ものが考えられなくて。彼はちょっとピアノが弾けたんですよ」マルコムはほほえんだ。「ほんの少しですが、でも甘くて可愛いメロディをひとつ作曲して、僕に歌詞を書いてくれないかと言ってきました。この秋に結婚記念日プレゼントのひとつとして、イライザにあげたかったんですよ。彼はニューヨークに来られるよう、数日撮影の休みをとる手配をして――彼女をびっくりさせるためです、そしてその歌をレコーディングするつもりだったんです。彼はいい歌声をしていました」

「びっくりさせる?」

「ええ。彼が来て――僕のスタジオは下の階にあるんです――何度かその作業をしました。僕は彼がそのメロディに磨きをかけるのを手伝い、歌詞を書きました。彼が出発前に持っていけるようレコーディングもしました。ブラントはそれでミュージックビデオを作るつもりだったんです。ニュージーランドでの撮影中に、それに必要なものは全部持っていったでしょう、だから……」

マルコムは宙に目をやった。「イライザに言うべきかわからないんです、僕たちが下の階で作った録音を彼女に渡すべきか。あるいはやめておくべきか。彼女の心を慰められるのか、あるいはもう一度全部壊すことになるのか? ミンクスは葬儀のあとまで待ったほうがいいんじゃないかと考えています。いまはまだ傷が新しすぎるかもしれません」

「彼もしくはミズ・レーンに危害を加えたがる理由を持つ人物をご存じですか?」

「そのことは何度も何度も考えてみましたが、いません。誰か頭のおかしいやつが入ってきたに違いないと思っています、招待状なしでどうにか入ってきたか、ケータリング業者にまぎれて入ってきたか。みんなは、少なくとも僕の知り合いたちは、本当に、心から、ブラントが好きでした」

「イライザのことも?」

「彼女は厳しい人かもしれません――それにそのことも彼女の仕事の姿勢のうちですし。

彼女はすべての人間に、輝くためには時間を費やすことを期待するんです。それに僕も認めますが、彼女がミンクスに長い時間を要求することにはたびたび腹を立ててます。でもそれも仕事のうちなんですよ、とくに『アップステージ』のようなショーで、イライザのような主役の場合は」

「イライザとそのことで言い争ったことはありますか？」

「まさか、ないですよ！」マルコムは笑いだし、それと一緒に出てきたあくびをどうにかこらえた。「ひとつには、僕にはそんな度胸はないです――それに彼女なら僕を生きたまま食べちゃうでしょうしね。それもミンクスが僕を捨てたあとの残骸ですけど。二つめは？　僕には関係ないからです。今回のはミンクスのキャリア、仕事、才能の話ですから」

「出演者かスタッフのほかの誰かに、それは自分たちに関係あると考えた家族がいるかもしれません」

「もしそうだったら、僕も耳にしているでしょうね、たぶん。ミンクスと僕はおたがいにぶちまけあうんです、でなければただいろいろな話や、面白い人のことでおたがいを楽しくさせて。もちろん、なかにはひどい言い方をしたり、愚痴っぽい人もいますよ――でもその人たちを責められます？　舞台は長くてハードなものなんですから」

マルコムは頭を振り向け、また笑みを浮かべた。「ヘイ、ベイブ」

ノヴァクは疲れきっているようだ、とイヴは見てとった。それに隈のできた目にはいくらか驚きがあり、目のまわりに緊張がある。短い髪は一度にあらゆる方向を向き、彼女があわてて片手でとかすと、新しい方向をめざした。

彼女はコットンのショートパンツとタンクトップを——彼女も脚と腕が長かった——小柄でコンパクトな体に着ていた。

「こちらはダラス警部補、それからアリの新しいお友達のピーボディ捜査官だよ。コーヒーをとってきてあげる」

「ママ！」甲高い声をあげて、アリエラがピーボディをほうりだして母親へ走っていった。ミンクスは娘を抱き上げ、目を閉じて、鼻をすりつけた。

「お客様がいらしてるなんて気がつかなくて」

彼女の声は太くて低く、いまは寝不足のせいで、それにたぶん緊張のせいで、少しかすれていた。

「われわれはブラント・フィッツヒューの殺害について捜査をしています、ミズ・ノヴァク、それで追加の質問がありまして」

「わかりました。わたしたちはいま——ゆうべはあまり眠れなかったんです。アリエラが……」ミンクスは真っ青になった。「マル！」マルコムが走ってきて、彼女は子どもを彼に押しつけてから寝室へ駆け戻った。

「予定どおりだ」彼はつぶやいた。「ママは大丈夫だよ。朝の吐き気なんです」彼はイヴに言った。「パーティーの前の日に、また妊娠していることがわかったんですよ。まだ数週めなんですが。アリのときは二か月しか続かなかったんですが、それでも毎朝でした。さいわい、たいていは一度で終わりなんです。僕が言うのは簡単ですけど」

マルコムは寝室のほうへ目をやった。「ちょっと彼女にジンジャーエールをあげてきます。いつもそれで楽になるんです」

「ジュース、パパ！　オネガイ、アリガト」

「ああ、パパがジュースをあげるからね。ちょっとお待ちください」

彼は子どもをキッチンへ連れていき、そこでジュース、ママ、朝食について、自分が話しかけるだけの会話をしていた。

イヴは猫に話しかけるロークみたいだと思った。

「メイヴィスも朝、あんなふうになるの？」彼女は言った。

「たぶんときどきは、ええ」

「それでも、承知のうえでもう一度やってるわけね」

マルコムが戻ってきて、子どもは彼の腰の上で、小さな明るい紫の容器にささった小さなストローを吸っていた。うれしくて顔がぼうっとしている。

「本当に今朝はいろいろとっちらかっていてすみません。とても大事なことだし、あなた方の時間が貴重なこともわかっています。ただ……」

彼は娘をあやしながら短く笑みを浮かべた。「これがいまの僕たちの生活なんです」

ミンクスが戻ってきた。タンクトップの上に長袖のシャツをはおり、すっかりさっぱりしてみえた。マルコムがさしだしたグラスに伸ばした手はわずかに震えていた。

「ありがとう。全部終わったわ、たぶん」

「座って。ケイシーがじきに来るはずだから。アリは着替えないと。それは僕がやるよ、そのあとケイシーにあの子を朝食に連れ出して、公園で遊びまわってもらったらどうかな？　きみももう少し眠れるだろうし」

「それがいいわ」

「ほんの何分かですむよ。ああ、どうぞほうっておいてください」彼はピーボディがおもちゃ箱にトラックを戻しはじめると、そう言った。

「かまいませんから」

「ありがとう。本当に助かります。もし僕にまだ何かありましたら、五分で戻ってきますので」

「あの人は最高のパパなんです」腰をおろし、ミンクスは用心しながらジンジャーエールを飲んだ。「こんなにしっちゃかめっちゃかですみません。マルがお話ししたと思いますが、わたしたち、たいへんな夜だったもので。アリにはディスコのミラーボールと光のシヨーが必要でしたよ。わたしはいま妊娠数週めで、朝の吐き気に対処しているところです。言わせていただければ、わたしたち、ふだんはもっと文明化されているんですけど、いまはそうじゃなくて」

「『アップステージ』のような重要な作品の振付けはかなりプレッシャーが加わるでしょうね」

「いいほうのですけれど。わたしは吐いたあとは、というかそのあとじきに元気になるんです、それにマルがその段階がすぎるまで朝のことはやってくれますし。それにケイシーもいてくれます。ナニーの。彼女はすばらしいんですよ。いろいろやりくりはありますが、でもわたしたちにはうまくいっています。いずれにしても」彼女はまた用心しいしいジンジャーエールを飲んだ。

「イライザとは話をしていないんです、あれから……。待ったほうがいいと思って。でもテッサー――うちの演出家――からゆうべ聞きました。イライザは前へ進みたがっている、だからあした稽古を始めるって」

「ブラント・フィッツヒューとはどの程度の知り合いでした?」

「彼を好きになるくらいには、とても。わたし、彼のすぐ隣に立っていたんです」エールを飲むミンクスの目に涙が浮かんだ。「すぐ隣に」

「いちばん前で」

「ええ。マルとわたしはあそこに立って、テッサとメイとおしゃべりしていたら、イライザがサムをピアノのところに連れてきたんです。それからブラントが前へ移動して。二人は本当に完璧にやっていました、イライザとサムのことです、わたしたちが一緒にやった先行公演でも。ターンも、ジェスチャーも。二人には余裕がありました、それが感じられました」

ミンクスは濡れた目をぬぐった。

「ブラントがグラスを上げたのは知っています、視線の端に見えましたから、それにそのあと、彼がイライザに乾杯し、飲んだのを見たとマルが言っていました。彼があとずさりしたのも知っています——でも見たというより感じました。グラスが割れる音が、悲鳴が聞こえました。わたしには見えませんでしたが、マルは見えたそうです。彼は背が高いので。みんな走りまわっていて、マルがわたしを引き寄せてくれました。わたしが突き倒されるんじゃないか心配だと言っていました」

マルコムがアリエラを連れて戻ってきた。アリエラは花がたくさんついたシャツを着ていた。花に明るい、笑った顔がついている、とイヴは気がついた。ちょっと気味が悪い。マルコムはそのシャツをピンクのショートパンツとスニーカーに合わせていた。アリエラの髪にピンクのリボンまでつけてやっている。

なんでそんなにピンクなの？　イヴは首をかしげた。

彼は大きなバッグを肩にかけ、クローゼットのところへ行って、折りたたみのベビーカーのようなものを出し、玄関のそばに両方を置いた。

「準備ができたよ」彼がそう言ったそばから、ブザーが鳴った。マルコムは正気へのドアをあける男のように、ドアをあけた。

「ケイシー！」

子どもが金切り声をあげ、飛び出して、笑っている女の腕にすくいあげられた。女は二十代はじめ、黒人とアジア系の混合人種で、堂々たる上腕をしていた。

「お嬢ちゃんが来たー！」

「この子を朝食に連れていって、それから公園に行ってもらえないかな。いつもの〝パーティーしましょ〟な夜だったものだから」

「アリはパーティー大好きだものね。パンケーキは食べたい、わたしのおいしいちゃん？　まずママに行ってきますのキスをしてらっしゃい。今朝の具合はどう、ママ？」

「もう吐いたわ。よくなってきた」ミンクスは娘を抱き上げ、顔じゅうにキスをした。

「ケイシーの言うことをよくきくのよ、楽しんでらっしゃい」

「バイ！　バイ！　バイ！」アリエラが母親の顔じゅうにキスをしていると、ケイシーがイヴを見て、それからピーボディを見て、またイヴを見た。

「まさか！　ダラスとピーボディ！　わぁ、こんなこと……」喜びがぱっと消えた。「ああ、あの事件のせいですね。ごめんなさい。わたし、マルコムのスタジオにあの人が来たとき、一度だけ会ったことがあるんです。本当に感じのいい人でした。こんなことになって残念です。あの映画も大好きなんです、わたしたちの中にクローンがいる話。機会がありしだいあの本も読みます。それじゃお邪魔にならないよう行きますから」

ケイシーは母親の膝から子どもを抱き上げた。「パパにバイバイのキスをして」

アリエラがそうすると、ケイシーはバッグを持ち上げ、ベビーカーをわきにはさみ、そそくさと出ていった。

「これで国じゅうに平和が訪れました」マルコムが椅子に座った。「繰り返しますが、いろいろごちゃごちゃですみません」

「大丈夫です」イヴはピーボディが座るまで待った。「それで、ミズ・ノヴァク、なぜご家族がローズ・バーンスタインとつながりがあることを言わなかったのですか?」

14

ミンクスはぎくりとし、グラスが唇から数センチのところで止まった。頬に戻ってきはじめていた赤みがふたたび消えていった。

「わたし――ああどうしよう」

マルコムがぱっと立ち上がり、彼女の椅子のアームに腰をかけた。「大丈夫だよ、ベイブ。落ち着いて。ミンクス、いずれわかることだったんだ」

「わかってる。わかってる」彼女はマルコムにグラスを渡し、青ざめた顔を両手で押さえた。「誰にも知られたくなかったんです――とくにイライザには。いまも知られたくない、でももうおしまいですね」

「どうしてです?」

「この仕事がほしかったんです」ミンクスは手をおろした。「本当に今度の仕事が、この芝居が、このチャンスがほしかったの。わたしには特別なことなんです、理由ははっきりしているでしょうが。それに同じ理由でそのことを口に出せませんでした。イライザが知ったら、わたしを雇ってくれるかわからなくて」

「もう一度言いますが、どうしてですか？」

「どうして？　ローズは死んだんですよ、あの劇場で。あの劇場でです。わたしの姉は。うちでは継とか義とか使わないんです、だってただの家族だから。ローズはわたしの姉でした、そして彼女は死んだ――愚かに、悲劇的に。イライザは彼女のポジションについた、そしてあとのことは皆さんご存じのとおり」

　ミンクスは両手を上げ、そうせずにいられないようだったが、すぐにまたおろした。

「イライザがそのつながりのことを知ったらどうなります？　演劇界の人々は迷信深いんです。公演の前に〝幸運を（グッド・ラック）〟と言ってはいけない、劇場の中で〝マクベス〟と言ってはいけない、楽屋で口笛を吹いてはいけない。やってはいけないこととやることが山のようにあるんです、理由は運を呼ぶから――幸運も不運も――迷信と伝統だから。振付け師の候補リストからイライザがわたしを消したとしても、彼女を責めることはできなかったでしょう」

「僕も同じ考えでした」マルコムが言った。「僕たちはそのことを話し合って、行ったり来たりしました。大きなチャンスだったんです。きみはこれをつかんで当然だよ」彼はミンクスにそう言った。「なぜ二十五年も前に起きたことを持ち出して、そのチャンスを危険にさらすんだい？」

「それでも、あなたにとってはつらかったでしょう」ピーボディはやさしい口調を保った。「ショーに取り組みながら、お姉さんのことや昔あったことを思い出すのは」

「いいえ、いいえ、正直に言うと、まったくその反対です。それは——奇妙に聞こえることはわかっています、利己的に聞こえるかもしれません——でも、ある意味では、わたしが終わらせるのを手伝っているような気がするんです、ローズができなかったことを。やらなかったことを」

「お姉さんとは親しかったんですか？」ピーボディが先をうながした。「彼女は、ええと、七つ年上でしたよね？」

「うちの母と彼女のお父さんが一緒になったとき、わたしは六歳でした。ローズはもうティーンエイジャーでした。でもわたしにはやさしくしてくれました。おたがい共通の興味や夢があったんです——ダンス、演劇。わたしは彼女を尊敬していました。彼女はとても才能があって、とても熱心で。あの当時でさえ、とても熱心で、それが問題の一端でした」

「どういうふうに？」イヴがきいた。

「一緒にアイスクリームを食べにいくでしょう、するとローズはサンデーをドカ食いして、そのあと喉に指を突っこむんです。わたしにも同じようにするよう言って。わたしもやろうとしましたが、できませんでした」

弱々しい笑みを浮かべ、ミンクスは夫の顔のほうへ頭を傾けた。「吐くのは昔から大嫌いだったのよ」

マルコムはかがんで、彼女の髪にそっとキスをした。

「ローズは薬を飲んでいました」ミンクスは続けた。「彼女のお母さんは知っていました、それにローズのために手に入れていたんだと思います。彼女のエネルギーを上げておき、体重を落とすために。眠るためにもまた飲んで。ローズは夜によく家を抜け出していました」

ミンクスは唇が震えだすと、指で押さえた。「〝隠れみのになってよ、ミンクス。ホットなデートなの。あとで全部話してあげる〟彼女は十四、五でした。薬を持っているところを見つかり、飲酒を見つかり、少し治療をしました、というか、しているふりをしました。わたしは誰にも言いませんでした、うちのパパ、ママにも。わたしの母親ではなく、ママです。パパが再婚したヘヴン。彼女はわたしたちの人生に登場したとたん、わたしにとってママになりました。二人に話すべきでした。誰かに話すべきでした」

「あなたは子どもだったんですから」ピーボディが言った。

「ローズもです、実際は。わたしの母と彼女の父との結婚が破綻しはじめた頃、ローズのお母さんが彼女をニューヨークに連れていきました。でもローズはわたしと連絡をとりつづけていました。彼女から電話をしたり、メールをしたり、ビデオ通話もしてきました。

わたしたちは仲がよかったんです。ずっとあとになって気がつきました、それは彼女がわたしの中にうってつけの観客を見ていたせいもあると。わたしはニューヨークや、彼女のオーディションや、パフォーマンスのことを聞くのが大好きでした。わたしもいろいろな役をもらえるようになっていて、彼女は話を聞いてくれました」

ミンクスはため息をついた。「ローズはいつも聞いてくれました。わたしには弟がひとりでき、その子のことが大好きで、それから妹もでき、やはり同じでした。わたしの母はまた結婚し、それでまたきょうだいができ、彼らとも仲がいいんです。いい家族です。でもローズは？　誰もローズのようには、わたしの求めたものを、わたしが何のために努力していたかを、わたしの中にあったものを、理解してくれませんでした。なぜなら彼女もそれを求め、そのために努力し、彼女の中にも同じものがあったからです」

「そして彼女は死んだ」

「そうです。わたしたちはあの夜あそこにいました、オープニングナイトに。うちの祖父母――ヘヴンの両親――がチビちゃんたちをみてくれて、わたしは思いがけなくニューヨークへ連れていってもらいました。わたしにとってどんなに大切なことかわかってくれていたんです。ローズはわたしたちに席をとってくれました――一階舞台前の上等な席でした」

ミンクスの目がうるみ、涙があふれた。「わたしはすごく興奮していました。彼女のためにブーケも持っていきました。ローズが楽屋パスをくれていたんです、でもわたしたちが楽屋へ行ったら、誰かがわたしの父を横へ連れていきました。そして何が起きたか父に言いました。二人はわたしを外へ連れていきました、ママとパパがです、ステージドアのそばに、そしてパパがやむなくわたしに話してくれました」

「誰も事前に知らせてくれなかったのですか？」

「わたしたちは最近親者ではありませんでしたから。ローズのお父さんはわたしのことが思い浮かばなかったんでしょう、でも彼女のお母さんは？　そうですね、彼女はわたしのことをローズの妹というより、ライバルと見ていました。あの劇は何年も上演されつづけました。わたしはあの夜は見なかったのですが、ジュリアードに入るためにニューヨークへ来たとき、日曜のマチネへ行きました、ひとりで。すばらしかった。イライザはマーシー・ブライトをやっていませんでした、もうずっと前にその役を離れていましたから、でもすばらしかった。それでわたしは見ているあいだじゅう泣いていました、マーシー役をやるローズが目に浮かんだから。彼女だったら完璧だったでしょうに」

「イライザ・レーンが出てきて、ローズの求めていたものすべてを手にした。あなたはそれを恨んでいたんでしょう」

ミンクスは涙をふき、イヴを見た。「いいえ。どうしてわたしが？　ローズは自分のせいであああなったんです。わたしはそれがいやでたまらず、そのことに怒りを感じていますが、彼女は自分のせいでああなったんです。イライザは前へ出て（ステップイン）、ステップアップしていきました、それが彼女のするべきことだったからです。出演者もスタッフもそれを期待していました。観客も期待していました。ローズは……」

　ミンクスは手を持ち上げ、マルコムが彼女の肩に置いていた手をぽんぽんと叩（たた）いた。

「ローズが大好きでした。わたしの美しくて、わくわくさせてくれる、型破りな姉。でも彼女の中の何かが壊れていたんです。ローズは自殺するタイプではなかった、でも結局はそうなったでしょう？　彼女は自分の命を、健康を、夢を危険にさらしていたんです、ああいう薬を飲み、ウォッカで流しこむたびに。ローズの選んだことにイライザは責任がありません」

　マルコムはミンクスの肩にずっと手を置いていたが、いま彼の目はイヴの目を見ていた。イヴの目を強く。「あなたはミンクスが——彼女がイライザに罰を与えるためにブラントを殺したかもしれないと思っているんですか」

「してないわ」ミンクスのすばやい抗議は先細りになって消えた。「そんな、馬鹿げています」彼女の自由なほうの手が腹を押さえた。「わたしは誰も殺したりできません。それにブラントは——どうしてわたしが……彼は全然……」

「間違った人物が毒を飲んだのかもしれません。あれはイライザのカクテルでしたから」

「どうしてわたしが、姉が自分自身のせいで招いたことのために、イライザに危害を加えようなんて思うんですか？　どうして出演者やスタッフの暮らしを危険にさらしたりするんです？　わたし自身の暮らしも？　わたしには子どもがいて、もうじきもうひとり生まれるんですよ。命を奪ったりできません。ローズが亡くなってもう二十五年になるんです。芝居の役のために誰かに害を加える人なんていますか？」

「人はありとあらゆる理由で他人に害を加えますよ。あなたは来る日も来る日もワークショップに出ていたんでしょう。プレッシャーが重なっていきますよね」

「馬鹿馬鹿しい」マルコムがばっと立ち上がった。「あなた方はそこに座って僕の妻を殺人犯だと糾弾している場合じゃないでしょう、まったく。帰ってください」

「マルコム、待って、いいから待って」

「こんなふうにきみを動揺させておくわけにはいかないよ」

「あなたにはいろんなことができるわ」ミンクスは彼の手へ手を伸ばした。「でもこのことを追い払うことはできない。プレッシャーはあります、それに始めた頃はたいへんなこともありました。恨みはありません、警部補。ありえたかもしれないことへの悲しみは少しあります。ローズが自分の依存症に負けていなかったら、今度の再演でわたしが彼女に振付けをしていたかもしれないという思いとか。ありえたかもしれないことに。でもイライザのせいだと思ったことは一度もありません。パートナーがステップをミスして、わたしを転ばせてしまったときも責めませんでした。おたがいに疲れて、汗まみれだった。彼がステップを失敗し、彼の手がすべった、それでわたしは倒れてしまった、勢いよく」

心ここにあらずという様子で、ミンクスは膝をさすった。

「わたしは舞台にあがりたくて、あがりました。舞台にあがった。わたしはうまかったんです、本当に、本当にうまかった、そしてあの瞬間、あの失敗、あの事故でそれは終わりました。手術のあと、回復したあとでも踊れたでしょう、もちろん。でも二度とあれほどうまくはできなかったでしょうね。あれは彼の失敗でもなく、振付け師の失敗でもなく、演出家の失敗でもなかった。でもわたしは生涯かけて求めてきたものを失った。

しばらくは暗闇の中にいました、家族がいなければ出てこられなかったでしょう。それにローズがいなければ」

「ローズが？」イヴはおうむ返しに言った。「彼女はあなたが怪我をするずっと前に亡くなっていたんでしょう」

「ママがある晩、わたしを座らせたんです。ママが言ったのは要するに、わたしが生きていて、健康で、才能があり、若いということでした。でも、何よりもまず生きているんだと。そして人生とは選択と新しいチャンス、新しい道なのだと。ローズは間違った選択をした。今度はわたしがいい選択をするときだと。電灯のスイッチのようにはいきませんでしたが、わたしは選びました、それにとてもいい選び方をしたと思います」

ミンクスはマルコムが椅子のアームにもう一度座るよう、彼を引っぱった。

「あの挫折がなかったら、自分を取り戻して新しい道を、新しい夢を選んでいなかったら、マルコムに出会えなかったかもしれません。アリエラを、これから生まれてくる子を持つこともなかったかもしれない」

マルコムはかがみこみ、体を二つに折って彼女にキスをした。

「ローズは選択を間違えたんです」ミンクスは続けた。「彼女がどんな人に、どんなふうになれたかは誰にもわかりません。でも選んだのは彼女です。イライザのせいではありません、それにブラントのせいでも絶対にありません。ローズ自身以外に責めたい人がいるとしたら、彼女のお母さんでしょうね」

「それはなぜです？」

「お母さんは知っていたからです。自分で母親になったいまはわかるんですが、母親になるということは、世界でいちばん大事なのは自分の子どもを無事に、元気で、幸せにしておくことになるんです。デブラにとっていちばん大事なことは、いま振り返ってみると、ローズをスターにし、その光を利用して生きることでした。ローズのお父さんは……もっと自分の内側に閉じこもっていました。やさしくなかったわけではないんですが、ローズはお父さんとわたしたちといたとき、あの期間はずっと、好き勝手にしていました――それがお父さんやわたしの母にとって不都合なことでなければ。わたしの母にとってはどうか？　ローズはせいぜいちょっと気にさわる程度でした。支配しているのはデブラでした、それに彼女は知っていたんです」

「どうしてそんなに確信があるんですか？」

「〝あなたが頬に詰めこんだあのクッキーが、お尻につくのが見えるわよ、ローズ〟そういうことを言うんです。それにローズはわたしに、お母さんが薬を買ったと言いました、少なくともそのいくらかを。それに飲酒は？　デブラは知っていたはずです。ローズは酔っ払ってはわたしにメールを送ってきたり通信してきたりして、通信してきたときには一度ならず、デブラが割りこんできて切ってしまい、わたしによけいな口を出すなと言いました。さっきも言ったように、彼女はわたしが好きじゃなかったんです。ローズが十八になったとき出ていったことも知っています、デブラができるときはいつでも口をはさんでいたのを知っているのと同じように。ローズが話してくれましたから」

「彼女が中絶したことは知っていましたか？」

「いいえ」ミンクスは目を閉じた。「いいえ、そのことは話してくれませんでした。かわいそうに。きっとつらかったでしょう」

「父親が誰だったか心当たりはありませんか？」

「ありません。ローズは男の子たち、男たちのことは真剣に考えていました、でも特定の誰かというのはありませんでした。少なくとも、わたしには言いませんでした。デブラは知っていたかもしれませんが、わかりません。いまデブラがどこにいて、何をしているのか、わかりませんし。ローズの葬儀以来、会っていないので」

ミンクスは息を吐き、自分の体に腕をまわした。「わたしは十一歳で、打ちのめされていて、なのにデブラはわたしに突っかかってきました」

「葬儀で？」

「そうです。わたしに大声をあげて。わたしがいかにローズを利用しようとしたか、彼女を食い物にしようとしたか。わたしが姉の棺に薔薇を置こうとしていると、彼女が——デブラが——わたしを後ろへ突き飛ばしたんです。パパが前へ飛び出してきましたが、ママのほうが速かった。ヘヴンのことです。彼女はデブラをにらみつけて——ママがどんなふうにわたしに腕をまわして、まなざしであの人をぱっくり切り裂いてくれたかは忘れません。ママはひとことも言いませんでした。言う必要がなかったんです」

ミンクスは涙をぬぐった。「いずれにしても、わたしは棺に薔薇を置き、わたしたちは家に帰りました」

「癇癪を起こしてしまってすみませんでした、でもあなた方がミンクスを人殺しだと責めていると思ったら……」マルコムは妻の手を握った。「まったく冗談じゃない。それに僕たちはあのパーティーではずっと一緒にいたんです、だから僕も共犯者とみることになりますよ」

「マルコムったら、もう落ち着いて」

「事実じゃないか。僕たちがあそこに行ったのはもう九時近くでした。僕が遅くなってていて――それは調べてください。十一時には帰るとケイシーに言ったんです。彼女は泊まることになっていました、でもミンクスはこの頃では十一時にはくたびれきってしまうんです。それで僕は彼女のそばを離れなかったんです、だって、その、彼女が妊娠しているとわかったばかりでしたから。僕は……」

「守ろうとしてくれているんです」ミンクスが引き取って言った。「聞いてください、たぶん、いま考えてみれば、イライザに話すべきでした、少なくともイライザとテッサには。でも劇場ではいろいろな秘密が伝わってしまうものなんです、それに誰かを不安にしたり、いまわたしがあなた方とやったことをやったり、一緒に仕事をしている人にわたしをああいう目でちらちら見たりしてほしくなかった。

これ以上お話しすることがあるかわかりません。わたしは毒物を手に入れる方法も知らないんです」

「これならどうです。ローズはイライザのことを話したことがありますか？」

「ああ、もちろんです。出演者のことはたくさん話していました。ローズはイライザが好きでした――二人はおたがいが好きだったんです。デブラはイライザが嫌いでした――ローズはそのことで冗談を言っていました。それにローズは、その理由だけでもイライザを好きになる程度にはあまのじゃくでした。ジェリー、ゲリー？　ジェリーかゲリー、たぶん。その人が出演者の中にいて、ローズと彼は寝ていたんだと思います。たぶん」

ミンクスは頭を振った。「たしかじゃありません。警部補、わたしは十一歳で、すでにプロとして働き、授業を受け、学校をちゃんと出ようとして、ローズのように、ブロードウェイにいる自分を想像していました。わたしたちはしょっちゅうおしゃべりしたりメールをしたりしましたけれど、その全部は思い出せません。

ローズはお父さんが自分のやりたいことにしか関心がないことを利用し、お母さんとは愛憎いりまじった関係で、まるで『アップステージ』で彼女がやるはずだった役そっくりでした。ただし、リリーは徹底的に意地悪ではありませんが。ローズはときどき反応をみるためにわたしを使いましたが、話を聞いてもくれました。彼女は才能があって、問題を抱えていて、気むずかしくて、びっくりするほど気前がよくて、それでいて気分によってはわがままでした。それはあとになって思ったことです、でも当時は彼女はただのローズ、わたしの姉でした」

「オーケイ。令状をとって、うちのチームにあなた方の住居とスタジオを捜索させ、EDDの誰かに電子機器を調べてもらうことも可能ですが。拒否なさることもできます」

「なんでも好きに見てください」

「ミンクス、眠らなきゃだめだよ」

「スウィーティ、いまさら眠れるはずないでしょう。さっさと終わらせてしまいましょうよ。ここには何もないんだから。一緒に服を着て、公園でアリと合流するの。わたしたち二人とも、新鮮な風にあたったほうがいいわ」

「僕たちは弁護士を雇うべきでしょうか？」

「それはあなた方しだいです」イヴはマルコムに言った。「あなた方は告発されているわけではありません。捜索はできるかぎり早くすませます、ご協力いただければ助かります」

「わたし、怖いんです。あなた方が何かを見つけることがじゃありません、何もないんですから。でもこれはわたしが首になるにはじゅうぶんな理由です」ミンクスは立ち上がった。「イライザに話すのは待ってもらえますか？　自分で彼女に話したいんです。公園に行ったら彼女とテッサに連絡して、すべてを説明します。わたしも終わらせてしまいたいんです」

「けっこうです。チームはじきにここに来させますし、終わったらあなたにご連絡します」

「わかりました」手をつなぎ、ミンクスたちは一緒に寝室へ行き、ドアを閉めた。

「たいへんな話でしたね」ピーボディが立ち上がってリビングエリアを歩きはじめた。

「わたしはだまされやすいかもしれないですが、いまの話は本当だと思いました」

「すべてすじが通っていて、嘘はないように聞こえたわ。それが持ちこたえるかどうかみてみましょう。マクナブに連絡して。わたしは誰が捜索にこられるかきいてみる。二人が出かけたらすぐ始めるわよ」

「令状なしで、いまやるんですか？　もし二人が大嘘つきで、ここに何か隠したとしても、とっくに処分してしまってますよ」

「二人が見逃したものか、思いつかなかったものでなければね。マクナブに連絡して」イヴはもう一度言った。「さあ進めましょう」

バクスターとトゥルーハートは事件があったので、イヴはジェンキンソンとライネケを呼んだ。準備をととのえた頃、ミンクスたちが部屋から出てきた。どちらもカーキ色のズボンとTシャツを着ていた。ミンクスは斜めがけのバッグを持っていた。

「できるだけ早くすませます」イヴはさっきの言葉を繰り返した。「もう一度おききします、拒否なさることもできますが、そのバッグの中を見てもいいですか、ミズ・ノヴァク？」

「わたしのバッグ？　まあ」ミンクスはバッグをあけ、さしだした。「ひどい気分」

イヴが尋ねる前に、マルコムが自分の財布を出し、それからそれ以外はからっぽのポケットをひっくり返してみせた。「さっきは腹を立ててしまって」彼は言った。「それからはっと思いついたんですよ——僕もあの映画を見たんですよ——ブラントを殺した犯人を見つけるため、それにいまや僕にはもっと大事なことですが、ミンクスは無関係だと一点の曇りもなく証明するために、頭が切れて水ももらさない人間が必要なんだって。小さなこともおろそかにしない人間が。だからあなた方には腹を立てないことにしました。だいたいは」

「慣れてますよ。皆さん腹を立てますから」

「慣れなきゃならないんでしょうね。おいで、ベイブ、散歩、新鮮な空気、それに僕らのやんちゃな子ども。まさにいま必要なものだよ」

ドアが閉まると、イヴはピーボディのほうを向いた。「あなたは子どもの部屋から始めて」

「わたしたちは正しいことを、正しい根拠にもとづいてやっています。わたしには彼らがこの件に噛(か)んでいるとは思えません、ダラス、本当に思えないんです。でもわたしたちは彼らをリストから消す前に、頭が切れて、水ももらさない人間にならなきゃなりません」

「それじゃその両方になりましょう。両方よ、ピーボディ。何か犯罪の証拠がいちばん見つかりそうにない場所はどこ？」

「赤ちゃんの部屋です」

「だったらあなたのほうがわたしより、そこにあるのがおかしなものにすぐ気がつくわね。わたしは主寝室をやる」

あの二人はベッドをととのえていった、とイヴは気がついた。それに何か服が散らかっていたとしても、拾っていった。しかし部屋には生活感があり、子どものものがあちこちにあった。二人が子どもの様子を見られるモニター製品とか。

イヴはクローゼットから始め、その部屋を終え、マスターバスルームに移ったところでブザーが鳴った。

「わたしが出ます」ピーボディが声をあげた。「子ども部屋、バスルーム、何もなしです」

イヴはその部屋の作業を進めて、そこが落ち着いた雰囲気の、最新式のスペースだと気がついた。ミンクスは肌用のベタベタ、髪用のベタベタ、顔用のベタベタの充実したコレクションを持っていたが、イライザの家で見つけたものほど高価なものは何もなかった。

部屋を出ると、ジェンキンソンが客室のひとつめにかかっていた。イヴは彼のネクタイに焦点を合わせないようにした――今日のはミッドナイトブラックの地にマルチカラーの虫めがねがびっしりついている。

「ライネケはピーボディとリビングエリアをやってるよ。俺はここのあと、ほかの部屋をやる。ここんちは改修かなんかをやってるみたいだな。ほかの部屋は備蓄品でいっぱいになってる。収納室もあった。マクナブがそこにいるよ、ここのハウスシステムの電子機器があるから。もうひとつトイレがあるが、そこは解体されてる――そこにも備蓄品があった」

「マクナブとライネケの様子を見てくるわ、それからピーボディとわたしは出かけてくる。

居住者たちに知らせられるように、あなたたちが終わったら連絡して」

「わかった」

イヴがマクナブを探すと、彼は整頓された収納室兼ハウスシステムルームらしきところにいた。

「いいシステムですよ」彼は言った。「玄関カメラ用のモニター、家全体に——二つのフロアも含めて——音声（オーディオ）——エンターテインメントとインターコム——温度、照明コントロール付き」

「カメラの映像をチェックして、ここの居住者たちが事件当夜にこの建物をいつ出ていって、いつ戻ってきたか見て。誰であれ、入ってきた人間の顔を記録しておいて。ナニーがひとりいるわ、混合人種、二十代はじめ。彼女は地上階用のスワイプキーとコードを持っているはず、ブザーで入ってここまで上がってきたから。形式上でいいから彼女を調べて、それに先週あったほかの訪問者も全員」

イヴはポケットに手を突っこんだ。「主寝室にタブレットが二つあるわ。下のダンススタジオ——鏡張りのところ——にも小型のデータ通信センターが一台、それにもうひとつのスタジオにもフルサイズのがひとつと、ほかの構成マシンがいくつか」

「やっておきますよ」

イヴはリビングエリアへ行く前に歩いてまわり、ジェンキンソンが言っていたスペースをざっと調べ、別の部屋を見つけた――からっぽでくたびれており、やはり解体したバスルームがついていて、寒冷気候用の服が入った大きなクローゼット――それにいくつもの収納にいっぱいのベビー服、マタニティ服らしいもの、冬用の服があった。

ライネケとピーボディが家の改修について話しながら、クッションの下や、引き出しの中、壁にかかったアートの後ろを調べていた。

「一緒に来て、ピーボディ。あとはまかせるわ、ライネケ」

「いい家ですね」彼は言った。「こんな家を手に入れるには、二人はかなりの金を稼いでいるはずですよ」

「たしかに稼いでいるわよ。ロークは彼らの財務には不正なしと判断した」

「ロークが不正なしとしたなら、不正はないんでしょう。俺もそのうちお宅に行かせてもらうよ、ピーボディ」

「いつでもどうぞ。ライネケのひいおじいさんが二か月前に亡くなったんですって」

「そうなの、残念だったわね」

「百八歳ですよ、すごい人生ですよね。ともあれ、ひいおじいさんは大金持ちではなかったけれど、ライネケに生命保険証券のひとつと、ジャージー・ショアの家を残してくれたんですって。かなり手を入れなきゃならないんですけど、ライネケの見積もりでは保険金の大半で修理できそうだと」

「彼はジャージー・ショアの家で何をするの？」

「休暇用の家ですよ、それに彼らが使う二週間以外は貸し出すこともできますよね。ライネケは修理作業のいくらかを自分でやってみるつもりなんです」

イヴはスタジオをもう一度見てみるために立ち止まった。「彼にできるの？」

「たぶん。ライネケの話では、お父さんが器用なんだそうです、それに建築関係で働いているおじさんもいて、だからたぶん」

「まあ、幸運を祈るわ。ローズ・バーンスタインの母親を調べて。いま彼女がどこにいるのか、何をしているのか突き止めましょう」

ピーボディはイヴと階段の最後のところを降りながらＰＰＣを出した。「わたしたちは、これからどこへ行くんですか？」

「セントラルへ戻る。バーンスタインの事件ファイルをもう一度見て、当時の担当者に連絡がとれるかやってみたいの」

「細かいところまで思い出すには、四半世紀は長い時間ですよ」

「フィーニーはおぼえてたわよ、自分の担当事件でもなかったのに」

「ええ、でもフィーニーはフィーニーですから」ピーボディは指摘し、イヴも反論はできなかった。

「デブラ・ローズ・――なるほど――バーンスタイン、年齢六十六、現在は住所不定。最後の職歴にあるのは〈スターライト移動劇団〉――彼女はそこのオーナーで、デビー・スターの名前で一座の目玉でした。劇団はつぶれて――彼女は支払いの欠如を主張する民事訴訟から逃げるために、破産を申し立てたようです。支払い先は演者、売り子、会場。三年近く前です」

「とすると彼女は一文なし、おそらく路上生活者」

「そのようです」ピーボディは車に乗りながら読みつづけた。「その前は、〈マダム・ローズのダンススクール〉を、デライラ・ローズの名前で経営。五年後に閉鎖、それからその前は。うわ、ダラス、彼女は近くにいましたよ。その前は、〈バーンスタインズ・タレント・エージェンシー〉を経営しています――ブロンクスの外で、そこで四年やっていました。フリーのヴォーカルコーチ、演技レッスン。数年間ヴェガスでショーガールとしても働いていました、それに、ヘイ、巡回カーニバルで一年間旅をしています」

「忙しいこと」

「ええ、忙しくて何度も逮捕されています、詐欺、少額の窃盗、許可なしでの会社経営、税金滞納、家賃滞納。未解決の令状が五つ出ていますよ――カンザス、ネヴァダ、オハイオ、テネシー、フロリダから。けちな罪ですが、五つも」

「刑務所に入ったことは?」

「保釈金をつくれなかったときに期間いっぱいつとめています。罰金や執行猶予で逃れた

り。いくぶん暴力を使ったための逮捕も一度ありますね、でも告訴は取り下げられていま
す。ほかのダンサーと喧嘩をしたようです。髪を引っぱったり、おっぱいを殴ったり。ど
ちらも逮捕され、どちらも釈放され、告訴は取り下げ。でも日にちが、彼女のヴェガスで
のショーガール勤めの終わりと一致しています」
「さかのぼって。娘が死んだときは何をしていたの？」
「ちょっと待って……オーケイ、エージェント兼マネージャーと記録されています、顧客
は娘だけです」
「事件ファイルによれば、ローズ・バーンスタインは死亡時には、フレッド・アーロンな
る人物を演劇エージェントとして――マネージャーじゃなく――つけていた。もう一度フ
ァイルを見てみたいけど、彼女が薬物を過剰摂取したときには、彼を雇って七、八か月た
っていたはず」
「最悪の場合はデブラが公式な記録に嘘を書いていた、最良の場合でも娘を説得して復帰
させるつもりだった、としても驚きませんね」
「そのエージェントを調べて」イヴは指示した。「フレッド・アーロン。彼は話をしてみ
る価値がありそうよ」
　ピーボディは駐車場へ入ったところで彼を見つけた。「五六年に引退、同じ年にコスタ
リカへ移住。いまもそこにいますよ」

「連絡をとって」イヴはエレベーターへ歩きながら言った。「母親、ローズ・バーンスタイン、全体について彼の意見を聞いて」

「コスタリカでは猿が走りまわっていて、オウムや熱帯の鳥や何かがいるんですよね」

「またひとつ、断固としてニューヨークにとどまる理由ができたわ。母親を見つけたい。彼女は詐欺師で、ご都合主義者で、ローズは長いこと彼女の収入源だった。母親はレーンが好きじゃなかった、そしてレーンはまた同じ芝居で舞台にあがろうとしている」

「彼女は招待されなかったでしょうね」

「経験ゆたかな詐欺師は入り方を見つけるものよ」

頭の中でそのことを考えながら、イヴはドアが開いて警官たちがどっと入ってくると、後ろへ下がった。

「母親はたくさんの役を演じてきた。誰かを説得して自分を同伴者にさせるのはどれくらいむずかしい？　彼女がニューヨークの演劇界で、誰がどういう立場にあるのか、注意をはらっていることは賭けてもいい。そしていまや彼女は一文なし、何もないし誰もいない、それはなぜ？　イライザ・レーンがあの大きなおいしい役をとってしまったから、彼女が娘を説得して自分を養わせるようできる前に――エゴ、金、夢よ。

彼女は調べる値打ちがあるわ」イヴはそう判断した。

ドアがふたたび開いた。制服警官二人が二人組の女たちをあいだにはさんでいた。ひとりは泣いており、ガラスが割れそうに甲高い声だ。

「あいつがあたしのバッグをとったの。全部あのバッグに入れてあったのに。人が手に持っているバッグをただひったくっていくなんて、いったいどういう街なのよ？」

イヴは思った。ニューヨークよ、と人をかきわけて降りながら。

二人めの女の間違いなく興奮した返事が聞こえてきた。「きっと大丈夫よ、ウィニー」

イヴはグライドのほうをさした、「ウィニーがバッグを腕からぶらぶらさせていたとき、彼女が十階以上あるビルを見上げていたか、どこかの店のウィンドーにある靴を見ていたことにどれくらい賭けたい？」

「絶対確実ですから、百万ドル。百万ドル借りられます？」

「または、あの二人は春の牧場みたいにタイムズ・スクエアをぶらついていたんでしょう。〝うわぁ、メイベル〟」イヴは手をぱたぱたさせた。「〝あの広告板を見て！　わぁすっごーい〟――ぽかーん、ぽかーん――〝あの飛行船を見てごらん！〟」

「友達の名前はメイベルなんですか？」

「たぶんね。さて、彼女は書類手続きを全部すませたあと――それじゃ彼女の財産は絶対戻ってこないけど――ホテルに戻ってハンクに連絡する」

「ハンクというのは彼女の夫ですね？」

「たぶんね、そして彼女は泣いてことのしだいをうったえるけど、やがてハンクはこう言ってくる、〝けどさ、ウィニー、何がなんでもその堕落した街へ行きたがったのはきみだろう？　アイダホの誰も行かない町ではそんなこと起きやしないのに〟」

「彼らはジャガイモ農家ですね。だってアイダホでしょう」ピーボディはイヴがぽかんとしているのでそう言った。「ジャガイモですよ」

「たぶんね」

　イヴは殺人課に入っていった。「さっきのエージェントに連絡をとって」それから自分のオフィスへ行った。

　デブラ・バーンスタインのID写真をプリントアウトして——更新期限を八か月すぎている——ボードにピンで留めた。それからコーヒーを飲んだあと、腰をおろし、じっくり写真を見た。

「あちこち手を加えているわね、デブラ？　ちょっとつまんで、ちょっと上げて、それにたっぷりの化粧。すてきな髪ね、たぶんウィッグ。わたしがわからないのはね、あなたはローズのことをまずわが子と思っていたの、それとも収入源と思っていたの？」

　イヴは事件ファイルをもう一度開き、デブラに関する捜査担当者の覚え書、彼女の供述を見つけた。

　デブラはローズが死ぬ前の二日間は娘に会っていないと主張し、それから二人の目撃者が娘の死んだ晩に劇場で彼女を見たと言ったあとでそれを引っこめていた。

自分はローズとは話していない、または話していてもほんの一分だけだ、ローズはとても忙しかったのだからと言った。そして捜査担当者たちは彼女がその日の大半をサロンで過ごしたことをたしかめた——髪、顔、メイクアップアーティスト、ネイル。娘のオープニングナイトに精一杯よくみえるように。

劇場支配人はローズが死んだ晩、デブラが入れろと言ったとき、はじめは追い返したと言った。彼女が娘に持ってきたと言った花は受け取ろうと申し出たが、デブラは拒否した。議論好き、と覚え書にはあった。怒っていたと。

厄介な人間ということだろう、とイヴは思った。

しかしデブラは、供述によれば中へ入る方法を見つけた。そして中へ入ると、娘の楽屋へ入り……おそらく娘がいつもよりいっそう酒と薬をやっていた理由だろう。

「そしてそういう人間は誰のせいだと思うかしら？」イヴはつぶやいた。「自分じゃない、それはたしか」

そのまま読んでいると、やがてピーボディが戸口をコンコンと叩いた。

「フレッドといい話ができましたよ。面白い男です。ローズのことは好意的におぼえています。暗い場所があるまぶしい光、そしてその光はその暗闇に勝てるほど力がなかった。彼は薬のことは事件のあとまで知らなかったけれど、ウォッカ好きは知っていたそうです。ローズにアルコール依存症者自助グループ（AA）のことを話したとも。

彼は母親のせいだと言っています」

「そうなの?」

「フレッドはエージェントを五十五年やっていて、たくさんのステージママの――パパのも――相手をしてきたけれど、デブラはその中でも最悪だったと言っていますよ。押しが強くて、意地悪で、横暴で、ローズが彼女を首にして彼と契約したあともそうだったと。デブラは彼のオフィスへ来て、彼を脅したそうです」

「どうやって?」

「彼を破滅させてやる、彼が娘にみだらなことをしたと言ってやる。彼が仕事上のつながりを切らなければ、娘をレイプしたと言ってやる、と」

「それは意地悪を越えてるわね」イヴは言った。

「ええ、ほんとに。それでフレッドは彼女にやってみろと言ったそうです、誰が破滅するのか見てみようじゃないかと。そうしたら、彼の話では、デブラは涙を流しはじめたそうです。泣いたり、懇願したり、自分がどれだけローズに人生を捧げてきたかと訴えたり。フレッドは、あんたもしばらく自分の人生を生きてみたらどうだと提案しました。

わたしは彼が気に入りましたよ」ピーボディはそう付け加えた。「フレッドはローズが一座の男と付き合っていたと言いました。それがゲリー・プロクターで、その若きゲリーは――フレッドの話では――いい影響を与えていたようです。その後、フレッドが聞いたところでは、彼らはその晩言い争いをして、ゲリーは出演者の打ち上げにローズを連れずに行ってしまったそうです」

「ゲリーはまだニューヨークの演劇界にいるわ――話すべき相手のリストに入れてある。やり残しをなくしておくためだけど」

「まあ、フレッドの話では、ゲリーはローズが過剰摂取で亡くなってから一、二週間後に彼に打ち明け話をしたそうです。警察には話さなかったけれど、デブラが、彼がローズを説得してフレッドを首にしてくれれば、彼とセックスしてやると言ってきたと。ゲリーはその件をローズにも言わなかったそうです、恥ずかしかったから」

「二人があの夜喧嘩したことはファイルに載っているわ、ゲリーがローズを打ち上げに連れていこうと迎えにいったら、ローズがもうだいぶウォッカを飲んでいたからだそうよ。ローズは酒をやめると約束していた、なのにゲリーはウォッカのボトルや錠剤を見つけ、ローズはすでにそれをだいぶ飲んでいた」

「ええ、わたしも読みました。いずれにしても、デブラが先に見つからなければ、彼と話してみましょう」

「もうひとついい？　当時、フレッドがレーンのエージェントでもあったことがわかったわ。彼らは『アップステージ』がヒットした数か月後に手を切り、レーンは成功した。彼女はもっと大物と組みたかった、そうなんじゃない？　フレッドはそのことで彼女を恨んではいない。レーンは彼をあのパーティーに招待した、でもほら、コスタリカでしょ、だけど彼はレーンに連絡して礼を言い、二人は昔話をした。彼はローズの葬儀以降、デブラとは会っていない。彼はその話はした?」

「ええ、それにデブラが棺の上に身を投げて、彼女の大事なベイビーのことを嘆き悲しんだと言っていました。デブラがミンクスに食ってかかったのも見たと、ミンクスがそのときのてんまつを話したとおりに」

「それがわかってよかったわ。あなたは昔の彼氏に連絡して、彼のメモリーバンクから何かふるい出せるかやってみて。彼が当時警察に話さなかったことがまだあるかもしれない」

「わかりました。これから自販機で何か買ってきます。警部補はいります?」

「いいえ、大丈夫。わたしはこれを終わらせて、当時の主任捜査官に連絡してみる」

イヴは事件ファイルに戻り、立ち上がり、またコーヒーを飲み、歩きまわり、ボードをじっと見た。それからやっぱり元気のつくものを食べてもいいかもと思った。

ドアを閉め、ロックをかけた。

床に這(は)いつくばり、ペンナイフを取り出して、訪問者用の椅子の裏から細いテープをはがしにかかった。お尻に噛みつくクッションの裏張りの下に、キャンディバーを入れておき、丁寧にテープを貼ってほつれた裏地を元に戻しておいたのだ。

しかしチョコレートを探して中に手を入れると、あったのは空の包み紙だけだった。
イヴはその場に座り、包み紙を見つめた。そして言った、「くそったれ！」

15

極悪な〝キャンディ泥棒〟のせいでチョコレートを奪われたイヴは、ローズ・バーンスタインの薬物過剰摂取死の捜査主任を見つけだし、古い記憶をつついた。

「ああ、おぼえているわ。酒に薬、どっちも山ほど前歴があったのに、まだ子ども同然だった。ひどい話よ。何かあったの？　あの事件ファイルをまた開くからには、理由があるんでしょう？」

「関連する事件が起きた可能性があるんです、あなたの捜査につながりのあった幾人かの人物も含めて。イライザ・レーンは当時バーンスタインの代役でしたね」

「ああ、ああ、それもおぼえているわ」NYPSDのウィンブリー元捜査官、現在ではサウスカロライナ州ショアサーフ署のウィンブリー署長はうなずいた。「あなたがフィッツヒュー殺害事件の担当になったのね。まさにひどい事件」

「そうなんです」

「ええと、当時彼が事件にからんでいなかったのはたしかよ。われわれはレーンに二度話をきいた、それはファイルに入ってる。彼女自身も当時はほんの子どもだったわ、でもいちばん利益を得るのは彼女だった、だからこっちも調べなきゃならなかった。複数の目撃者が彼女はバーにいたと言った、ええと……真夜中前からよ、わたしの記憶が正しければ、閉店まで。死亡時刻（ＴＯＤ）はそのあいだに入っていたと思う」

「〇一二〇時です」イヴは時刻を言った。

「たしかそう。われわれは彼氏も調べた、二人が喧嘩（けんか）をしていたから、でも同じ理由で彼もシロとせざるをえなかった。事実として、バーンスタインはドラッグの使用歴があり、暴力や押し入りの痕跡もなかったの。処方箋による興奮剤、鎮静剤、どっちのボトルにも彼女の名前があった。彼女は鎮静剤をウォッカと混ぜてたのよ。死ぬ前の日に偽のＩＤでウォッカを買っていた。あの事件がフィッツヒューにどうつながるのかわからないんだけれど」

「わたしたちはレーンがターゲットだったと考えています、フィッツヒューではなく。それに可能性のある動機として、バーンスタインの復讐（ふくしゅう）の線も調べています」

冷静な目をした黒人女性のウィンブリーは座りなおし、背中を伸ばした。「それは驚きじゃない？　わたしに言わせれば――それにあなたもきいているんでしょうけど――当時の関係者で復讐をしそうなのは、バーンスタインのムカつく母親だけよ」

「彼女を調べ、行方を追っているところです」

「われわれも彼女を調べたわ。ムカつくからってだけじゃなく、あの娘が母親を首にしたからよ、そうだったわよね？　それに——何て名前だっけ——」

「デブラ」

「それよ。ムカつくデブラはノーを受けつけようとしなかった。娘のアパートメントのまわりをうろつき、劇場で娘をつかまえようとし、あの彼氏を追いまわしたことも二度あった。それにレーンや、あの芝居に出ていた人たちの何人かも。そしてそれはバーンスタインが死ぬ前の話」

「死んだあとは？」

「娘が死んだことを知らせにいくとヒステリックになったわ。とんでもなく、って意味よ。裏通りの猫みたいにわたしに飛びかかって、ひっかいたり、殴ったり。医療員を呼ばなきゃならなかった。彼女があの晩、公演が始まる前に劇場に入りこみ、楽屋にも入っていたことがわかってね。VIPや家族のための特別公演よ。彼氏はショーのあとバーンスタインが酒のボトルを持って、もう酔っているのを見つけ、こっちはこっちで口論したと言っていた。わたしに言わせれば、あの子はママが来たから酒を飲んだのよ」

ウィンブリーは肩をすくめた。「そのことで母親を逮捕することはできなかった、それにデブラは劇場を出たあとレストランへ行き、何杯か飲んで、男にたかって一晩じゅう一緒だったの。その目撃証言も複数あったわ、レストランからもあったし、それからその男が住んでいるしゃれた家の夜警からも、彼らが真夜中頃に来たのを見たってね、わたしの記憶が正しければ」

「正しいです」

「プラス、あの子はあの女の収入源だったの。彼女は娘とはキスして仲直りしたと主張したけれど、嘘っぱちよ、こっちは彼女がそのレストランで、恩知らずの娘のことでデート相手に文句を言っているのを聞いたという証言をつかんでいたんだから。そのあと彼女は次の日、何時間もかけて――われわれが彼女に娘の死を知らせる前に――オープニングナイトのために全身磨きまくっていたのよ。

最低の女」ウィンブリーはつぶやいた。

「それははっきりわかってきていますよ」

「いずれにせよ、彼女はレーン、ローズの彼氏、演出家を追いまわし、わたしとパートナーのホリスターにもうるさく言ってきた、われわれが事件を事故として終結したあとに。

彼女が死んだ娘のアパートメントをすっからかんにしていったことは話せるわ、でも彼女は最近親者だったから」

「デブラはどんなふうにレーンを追いまわしたんですか?」

「ローズの彼氏が通報してきたのよ」

「ゲリー・プロクターが?」

「それよ！　おかげで頭がおかしくなりそうだったわ。とにかく、彼がわれわれに言ったの――それと、この話はデブラが娘のアパートメントをからにして、遺体をシカゴへ運んでいったあとのことなの――だから彼女は戻ってきたわけよ、ね。娘の家は家賃が三か月ぶん支払われていた、だからデブラはそこに引っ越したわけ。寄生虫よ。彼女は公演に来たの。母親役を演じていた女性が彼女に家族席をとってやったのよ。そしてデブラは、劇場の事情に通じていた。彼女は舞台裏へ入って、レーンの楽屋に入ったの。

レーンが部屋に入ってくると、デブラは食ってかかった。娘を殺したのはおまえだと責めたてて。彼氏はその騒ぎを聞いて、楽屋に入ってきた、するとデブラは彼にも矛先をむけて、彼とレーンが娘を殺したんだと言った」

今度はイヴが座りなおした。「それはファイルにありませんでしたね」

「事件はもう終結していたから。デブラを暴行で告発してもよかったんだけど、プロクターが乗り気じゃなかったの。彼はレーンが彼女に対して接近禁止命令を、内密に求めることはできるかときいていたわ、そうすればことはおおやけにならないでしょ？」

「レーンはそうしたんですか？」

「する必要がなかったの。デブラは大家相手にごねて、二か月ぶんの家賃を現金で返させると姿をくらました。ときどき姿をあらわしては、娘に関するインタビューを受けていたのは聞いたけれど、またレーンや彼氏をわずらわせたとは聞いていない」

「彼らは付き合っていたんですか？　レーンとプロクターは？」

「それを示すものはないわ、事件の前もあとも、でも〝最愛のママ〟はその逆を主張していた。わたしからすれば――母親が娘を薬と酒に追いやったとは言わないわ、でも救いの手をさしのべなかったのはたしか」

「メーヴ・スピンダルがデブラ・バーンスタインにチケットを手配してやったと言っていましたね。二人は仲がよかったんですか？」

「そんなふうにみえたわ。いわゆる親友というのじゃないけど、うまが合っていた」

「オーケイ、署長、助かりました」

「なんでもないわ。老犬はいまも狩りが好きなのよ。彼女を見つけられるといいわね、警部補。あの人は信頼できない人間にみえた」

「あなたは間違ってませんよ」

イヴはまたコーヒーを飲み、ブーツの足をデスクにのせ、事件ボードを見た。交錯とつながり、と彼女は思った。まじわり、分かれていく人生と運の浮き沈み。

もう一度体を起こし、それからメーヴ・スピンダルと話をするために曲がりくねった道を進むという腹立たしい手順にかかった。

相手のレディは喜ばなかった。彼女は何か淡いグリーンのベタベタで顔をこってりおおい、髪は後ろへ引っぱって、精液みたいな気持ち悪い何かでおおっていた。

「警察官に追いかけられるのは好きじゃないの。あと三時間で公演なのよ。わたくしの時間を五分だけあげる」

「それじゃ無駄遣いしないでいきましょう。デブラ・バーンスタインの居場所を知っていますか？」

「いいえ。その名前の人間も知らないと思うわ。もし話がそれだけなら――」

「わたしの五分はまだ終わってませんよ。デブラ・バーンスタイン、ローズ・バーンスタインの母親です。リーア・ローズの母親」

「リーア。ローズ・バーンスタインは繭だった、そしてリーアは羽を得た蝶。何もかもあっという間」

「あなたは彼女の母親と知り合いなんでしょう、デブラと」

「もちろんよ。わたくしはリーアの母親を演じることになっていたし、それどころか市外での公演、ＶＩＰ向けの公演では実際に演じたんだから。わたくしたちはつながりがあったの、リーアとわたくしは、本能的なレベルで。彼女はまばゆい星で、輝くのが短すぎた。彼女の代わりがあれだけのすばらしさに及ばなかったのは残念だったわね」

「あなたはリーアの死後の公演で、デブラに家族席チケットをあげていますね」

「彼女が頼んできたのよ。だから融通してあげたの。リーアのお母さんだったしね、何といっても」

「彼女とリーアはうまくいっていませんでしたが」

「リリーとマーシー・ブライトのように、デブラとリーアは激情的なつながりがあり、激情的な対立があったのよ。わたくしは少しも疑ってないわ、リリーとマーシーのように、デブラとリーアはいつか折り合いをつけただろう、って」

「最後にデブラと会うか、話をするかしたのはいつでした?」

「そんなことが大事なの?」

「むずかしい質問ですか?」

「失礼な言い方はやめて。たぶん二週間前かしら」

「彼女と連絡をとっているんですか?」

「ときどきむこうが連絡してくるのよ、一、二週間前にもしてきたように。あの人、暮らしが厳しいの。わたくしは、これもときどきだけど、少しお金を送ってあげているわけ。さっきも言ったように、リーアとは深い絆(きずな)を感じていたのよ、だからリーアの思い出に、お母さんをときどき助けてあげているの」

「気前がいいんですね。二週間前、そのお金をどこへ送りました?」

スピンダルは大きなため息をもらした。「わたくしが知るわけないでしょ? そういうことはうちのビジネスマネージャーがするのよ。彼女がニューヨークにいるのは知っているわ、『アップステージ』が稽古に入ったことでがっかりしていたから。わたくしだって、自分が作り上げ、有名にした人物の役をイライザ・レーンがやると知って、面白くなかったもの」

「ブラント・フィッツヒュー、ミズ・レーンの夫が殺されたのは知っていますか？」

「もちろん知っているわ。わたくしはロンドンにいるのよ、どこか地球外のコロニーじゃないんだから。それが何かに関係あるの？」

「あなたがお金を送った住所を知りたいんです、ミズ・スピンダル」

「だったらビジネスマネージャーと話して、わたくしをわずらわせるのはやめて！　わたくしが誰だか知っているの？　ニューヨークで大きな力を持っているのよ。あなたの上司たちに、市長にひとこと言うだけで、あなたはこんなふうにしつこく言ってきたことで懲罰を食うでしょうよ」

どっと押し寄せた癇癪（かんしゃく）が爆発したがったが、ビジネスマネージャーへの通行証が必要だった。「ミズ・スピンダル、うちの上司たちも、市長も、ミスター・フィッツヒューの死をわたしが調べることを望んでいるんです、それにその職務を果たすためには、デブラ・バーンスタインと話す必要があるんです」

「デブラがあのことに関係していると思ってるなら、あなたは馬鹿よ。警察官が馬鹿じゃだめじゃない」

市民もね、とイヴは思ったが、少なくない市民はそうだった。

「これは手続き、きまった手順なんです。ミズ・バーンスタインの居場所について教えていただける情報はどんなものでも、その手続きに役立つんです。それでもっと協力してくださる気持ちになるのなら、うちの部長とお話ししていただけますが」

「それは脅迫なの？　よくもまあ！」

「違います、マァム、あなたからうちの上司に連絡していただきたいという申し出です」

「アーロウ！」その名前がメーヴの口から飛び出した。「アーロウ、こっちに来て！　この人の相手をして」

メーヴはリンクをほうり投げたらしく、イヴが見ていると部屋がぼんやりと通りすぎ、スクリーンがはずんで、やがて落ち着いた。

「それからもうわたくしの邪魔をさせないようにして。さあ出ていって！　出ていって！」

スクリーンが数秒上下してから、アーロウの顔――二十代なかば、鋭い骨格、赤らんでいる――がいっぱいに映った。

「どういったご用ですか？」

「アーロウ、こちらはＮＹＰＳＤのダラス警部補です。あなたの雇用主がこの二週間以内にニューヨークのデブラ・バーンスタインに金を送った先の住所を知りたいんです。ミズ・スピンダルのビジネスマネージャーか、その情報を持っている人につないでもらえますか？」

「一分もらえれば、その情報なら僕が持っていますよ。ええ、ありました。ミズ・スピンダルは五千USドルを十日前に〈ウェスト・エンド・フィナンシャル・センター〉のミズ・バーンスタインに電子送金しています」

「ありがとう。ミズ・バーンスタインのリンク番号はわかります？」

「もちろんです、彼女のニューヨークの現住所もわかりますよ、というか、十日前に滞在していたところですが。その情報もいりますか？」

「その情報はぜひともいただきたいですね」

「ミズ・バーンスタインは〈ウェスト・エンド・ホテル〉に滞在していました。その住所もお知らせしましょうか？」

「いいえ、こちらでわかりますから。彼女のリンクは？」

アーロウはコードを読み上げた。

「ありがとう。ミズ・スピンダルのところでどれくらい働いているのか、きいてもよろしいですか？」

「三年半ですね」

何かが彼の自制的な顔をよぎり、イヴはそれをこう解釈した――もっと長い気がする。

「そのあいだに、彼女は別のときにもミズ・バーンスタインに電子送金したことはありますか？」

「前に一度、僕のおぼえているかぎりでは」

「ミズ・バーンスタインに会ったことはありますか？」

「その喜びにはまだ浴していませんね」

「ご協力ありがとう、アーロウ」

「なんでもありませんよ、警部補」

　通信を切った瞬間、イヴは立ち上がってブルペンへ歩いていった。

「ピーボディ、一緒に来て」

「ちょうどゲリー・プロクターとのリンクを終えたところです、それと——どこへ行くんですか？」

「デブラ・バーンスタインと話をしに」

「見つけたんですか？　ニューヨークにいるんですか？」ピーボディは追いつくために小走りになった。「どうやって見つけたんですか？」

「彼女はメーヴ・スピンダルからたびたび金をせびっていたのよ、スピンダルは最低のやつね。デブラは〈ウェスト・エンド・ホテル〉にいる、というか十日前にはいた。わたしの見たところでは、彼女はこの星であれどの星であれ、スピンダルが好意を持っている数少ない人間のひとりで、それはつまりろくでなしはろくでなしを呼ぶってこと」

「彼女、三日前に酔っ払ってゲリー・プロクターに連絡してきていますよ」

「彼女が何をしたって?」イヴはエレベーターなんぞごめんだと思い、グライドへ向かった。

「プロクターが言うには、デブラはどうやったのか彼の番号を知り、先日かけてきたそうです。彼は公演から家に帰る途中で、彼女は酔っ払って、口汚くののしってきた。プロクターは通信を切り、彼女の番号をブロックした。でも番号はわかっていたので、それでわたしがちょうど警部補に言いにいくところだったんですよ。だけど彼女を見つけたんですね」

「デブラは彼に何と言ったの?」

「いつものこと、とプロクターは言っていました。何年かごとにかけてくるそうです。すると彼はデブラをブロックする。そして番号を変える、でも彼女は見つけだす。娘が死んだのは彼のせいだ、彼の裏切りと見て見ぬふりが娘を自殺に追いやったんだ、ということばかり。あるいはときによっては、とプロクターは言っていました、デブラが彼を犯人扱いするんだと。〝あんたがあの子を殺したんだ、この悪党、あんたとあの才能なんかない売春婦が〟って」

「レーンね」

「ええ。彼は誓っていますし、わたしも信じますが、プロクターとレーンがそんな関係だったことは一度もないそうです。彼はローズと寝ていたし、彼女に半分恋していたそうです。でもほとんどは、彼女を救いたい気持ちだったと」

「何から？」

「結局は起きてしまったことから。プロクターはローズを説得して、依存症者の自助グループに行かせ、もっと健康的な生活を送るよう努力させようと思っていた、そうしたら彼女はあの夜すでにハイになって飲んでいた、そしてそのことで言い争った。ローズは彼に失せろと言い、プロクターはそうしたと言いました。すべて事件ファイルと一致します」

たくさんのことが一致しはじめた、とイヴは思った。

「デブラはいまニューヨークにいて、娘の舞台上でのかつての母親に金をせびり、娘の昔の彼氏に酔っ払って連絡をしている。誰かさんはまだ前へ進んでいないようね」

「ほかにも面白い話があるんです」ピーボディが付け加えた。「プロクターが言っていたんですが、ローズが自分だけの家に引っ越したあと、デブラはその建物に一度入り、劇場にも一度入ったんだそうです、一種の変装をして。ウィッグ、眼鏡。彼女は化粧と声を変えるのがうまかったそうですよ、それで彼の知るかぎりで二度も中へ入れたんでしょう」

イヴはその話が頭の中でブーンと音をたてるのを感じた。「それは面白い話ね」

「わたしが思うに——わたしが何を思っているか知りたいですか？」

「期待で息もできないわ」

「オーケイ、われわれは二十五年というものに出くわしています」二人はグライドから駐車場階段へ移った。「それは特別な数字のひとつです。みんな二十四年にはたいして注意をはらいませんでも二十五年はお祭りになります。それがデブラにはカチンときた。しかも、レーンがその重要な数字を利用して、再演を催し、注目を集めようとしている。デブラは本当に、当時起きたことはレーンとプロクターのせいだと信じているのかもしれません。あるいは、自分で自分にそう言い聞かせたのか。彼女はその恨みを抱えながら、ニューヨークに戻ってきた」

二人は駐車場をイヴの車へ歩いていった。

「さて彼女がいくばくかの金を手に入れたことはわかっています、毒物を手に入れるにはじゅうぶんな。デブラはレーンのリンク番号まではわからなかったんでしょう、でも酔っ払って昔の彼氏には連絡した。彼女は酒を飲み、恨みを抱え、構想を練り、計画を立てた。娘の敵(かたき)をとる時が来た」

「彼女はどうやってパーティーにもぐりこんだの？」

「警部補は同伴者として入ったんだろうと言ってましたよね。ケータリングスタッフよりはそっちのほうがありそうです。昔の知り合いを利用したか、新しい知り合いをつくってたらしこんだのかも」

「たらしこんだ」

「彼女は魅力的な女ですよ、だからたらしこむ。ウィッグ、メイクアップ、彼女は入りこんだ。フィッツヒューは、われわれの知るかぎり、彼女と面識はありません。それにレーンも、われわれの知るかぎり、彼女には二十五年間会っていません。デブラの狙いはレーンだった、でもフィッツヒューが毒を飲んでしまうことはどうにもできなかった。警察は目撃者たちの供述をとりましたが、通報して最初に対応した警官が到着したときには、デブラはもう消えていたんじゃないでしょうか。まだ話を聞かなきゃならない相手は五人ほど残っていますが」

イヴは車を出して言った。「あるいは」

「あるいは？」

「彼女はロビーのセキュリティを通り抜けた」イヴは言った。「ええ、セキュリティはとても厳しかったでしょうね、でもそういうことは起こるものよ。デブラはペントハウスまではエレベーターで行けなかったけれど、ほかのフロアには行けた。彼女はずっと詐欺をやってきたのよ。ペントハウス階には階段で行く――二階か三階に。彼女は五千ドルを手に入れたばかりよ、だからマスターを手に入れたんだわ」

「そこはマクナブがチェックしていましたよ、全部の階を」

「ええ、でももう一度チェックしておくのも悪くない。彼女がケータリングスタッフもしくは客のようにみえたなら――どちらでも――ひとりで降りていって、毒物を捨てた。さて、彼女が利口なら——それに人を説得して金を出させたり、頼みをきいてもらったりしているんだから、ある程度の抜け目なさはあるんでしょう——それをやりおえたあとすぐに外へ出る。もう一度階段を降りる、少なくとも数階ぶん、それからエレベーターでロビーに降り、外へ出る」

「もう一度防犯カメラの映像をチェックしましょう」

「ええ、そうする。バクスターが、花の配達に化けたレポーターには警備がすぐ反応したと報告していたわ、でもそれは殺人のあと。だからもう一度調べましょう。デブラは衣装の調達のこともたぶん知っている。もしわたしなら、歩いて入っていって、街着でよ、それを大きなバッグに入れといた何かでパーティーウェアに変えるわ。そのパーティーウェアで出ていけるし、出ていくのをチェックしようとする者はいない、まして九一一の通報前なら」

「だとしたら彼女はとても頭がよくて用意周到ってことになりますね」

「なるわね」そしてイヴは殺人犯はその両方だろうと考えた。「警官が訪ねてきたときに、彼女がどれくらい頭がよくて用意周到か、見せてもらおうじゃない」

「詐欺から殺人へはかなり大きなジャンプですよ」

「殺人はいつだって大きなジャンプよ。でもこれはそうじゃない。彼女はニューヨークにいる、少々金を持っている——もしかしたら五千ドル以上、なぜならほかの人たちからもっと出してもらったかもしれないから。死んだ娘になりかわり、娘の死のおかげで大物になったあの女が、同じ芝居で、彼女の娘が過剰摂取で死んだ同じ劇場で、母親役をやろうとしている」

イヴはギュンと曲がってそのまま進んだ。「マイラと話をするわ、でも彼女もきっと、それが精神的な崩壊をもたらすのにうってつけのハンマーだと言うでしょう。間違いなくまぶしくてピカピカの動機よ」

「その点は反論できませんね」

「この事件には重なるものがたくさんあるわ、ピーボディ。出演者が多すぎるタイムワープよ」イヴはハンドルを叩(たた)いた。

〈ウェスト・エンド・ホテル〉はかろうじて最低レベルを逃れていたが、駐車場がないので、イヴはスペースを探し、一ブロック半離れた通りぞいの二階にある場所を見つけた。

二人が歩道へ降りていくとき、イヴのリンクが鳴った。ディスプレーにキョンが映っていた。

「ああもう、かんべんしてよ！　ダラスです」

「警部補、お忙しい日中にお邪魔してすみません」

「いま外回り中なのよ、キョン」

「ええ、それははっきり聞こえます。もう一度あなたの時間をもらって、記者会見を開き、ブラント・フィッツヒュー事件の捜査に関する最新情報を提供するべきかと思います」

「外回り中なんだってば、キョン、容疑者を尋問のため署に引っぱっていこうとしているところ」

「それは最新情報になりますね。今日の暮れがよろしいですか?」

「わたしはこの世の終わるときがいいわ」

キョンは彼女にほほえんだ。「わかりました。とはいえですね」

「わたしが対処しようとしているものに対処させて、そうしたら折り返し連絡する」

「けっこうです。幸運を祈りますよ」

イヴはポケットにリンクを戻した。「くそぉ」

「運が向けば、演壇に上がって逮捕者があったと言えますよ」

「そうしたら連中は何が、いつ、どこで、どのように、を知りたがるわ、それから容疑者は何を着ていたか、彼女は何と言ったか、こっちは何と言ったか、彼女に24/7でパンを一枚売ったやつがそれについてどう思うかも」

「24/7でパンを一枚しか買わないなんて、絶望した人だけでしょう」

「間違った相手を殺してしまったあとなら絶望もするでしょうよ。あれだけ時間と手間をかけたのに、大失敗。24/7の段ボールみたいなパンじゃなけりゃだめなのかも」

イヴはずんぐりしたコンクリートの塔の前に車を停めた。たしかに最低レベルではない、とイヴは思った。けれどもごみための上にかろうじて、すすけた建物が立っているだけだった。デブラが手に入れた金を住まいに使っていないのはあきらかだった。

イヴはドアを引きあけ、みすぼらしくてうんちのような茶色の椅子が二つある、うらぶれたロビーに入った。ひとつきりの頭上の照明は電球が三つつかなくなっており、ひとつはついたり消えたりして、死を待つ列に並んでいた。

すりきれたカーペットを歩いて、退屈そうな女がものうげに爪にやすりをかけているカウンターへ行った。

「部屋がいるのかい？」

イヴはバッジを出した。

「どういう苦情だい？　あのねえ、あたしは二時間穴埋めをしてるだけだよ、妹の息子がエアボードから落っこちて顔を怪我したんでね。あの子はいいときでも馬鹿だし、妹はERへ駆けつけなきゃならなかった。クレイグに会うかい、マネージャーのさ？　彼ならそのへんにいるよ」

「この女性を探しているんです」

女は爪にやすりをかけるのを少しだけやめて、ＩＤ写真を見た。「なんであたしが知ってると思うんだよ？　あたしは穴埋めをしてるだけなんだから」

「彼女の名前がここにあります。宿泊名簿をチェックしてみてください」

「はい、はい、ちょっと待って。あたしは休みだってのにさ、こんなクソだめみたいなところに、お巡り二人と押しこまれて。これにはバーンスタインなんて名前はないよ」

「〝スター〟でやってみて、ｒが二つの」

「はい、はい、この人は何をしたんだい？　誰かを殺したのかい？　オーケイ、うん、ここにスターとあった、三〇一号室――長期割引だね、ここに二週間かもっといるみたいだ」

「いまは上にいます？」

「なんであたしが知ってると思うんだよ？　あたしは――」

「穴埋めをしているだけ。彼女が名簿に記名したのはいつです？」

「ええと……二週間くらい前だね」

イヴの後ろのドアが開いた。振り返ると、イヴの目がデブラの目と合った。彼女はふっさりした前髪のある黒のショートヘアのウィッグをつけ、花柄のサマードレスを着ており、それが曲線の多い体を際立たせていた。ショッピングバッグを二つ持っている。

そして、イヴは気づいたが、鼓動ひとつ打つあいだに彼女とピーボディを警官だと見分けた。

ぱっときびすを返し、ドアへ行き、ガゼルのように走りだした。

イヴは言った、「ちくしょう」そして彼女のあとを追った。

デブラはかなりスピードを出しており、ピンヒールのサンダルに邪魔されなかったら、もっと出せていただろう。

「警察よ」イヴは叫んだ。「止まりなさい！」

返事がわりに、デブラはバッグのひとつを投げてきた。彼女はいい腕をしていたが、イヴはバッグをよけ、スピードを上げた。

タックルしようかとも考えたが、考え直し、さらに少しスピードを上げた。腕をつかむと、デブラはもうひとつのバッグを振りまわした。それがイヴの肩にあたった。

「助けて！」デブラは叫んだ。「助けて、助けて！　お巡りさん！」

ピーボディがどすどすとやってきて、バッジを出した。「われわれが警察です」

好奇心で足を止めた人々も、またそれぞれの行き先へ動きはじめた。

そしてデブラはイヴの腹に肘打ちを食わせてから、身をよじり、ピンクに塗った爪でイヴの顔をひっかこうとした。

「ちょっと、デブラ、いまのは警察官に対する暴行ね。ダウンタウンへ無料の旅ができるわよ」

イヴが拘束具をカチリとはめると、デブラは意識を失ったかのようにイヴにもたれた。

「ピーボディ、制服を二人呼んで、セントラルまでデブラをエスコートさせて、手始めに暴行で彼女を勾留して」

デブラは突然生き返り、泣きだし、もがきはじめた。「どうしてあんたたちが警察官だなんて、あたしにわかるのよ？」

「わたしが自分でそう名乗ったからかもね。デブラ・バーンスタイン、あなたは警察官から逃げようとしたこと、警察官への暴行で逮捕されました。散らかしも加えてもいいけれど——」

イヴはちらりと後ろへ目をやり、歩道に広がっていたひとつめのショッピングバッグの中身が消えただけでなく、バッグ自体も消えているのを見てとった。

「あたしの物！　誰かがあたしの持ち物を盗んだ！　あんたたちのせいよ！　訴えてやる。これはとんでもない司法の誤りよ」

「そう？　それについてはあとで話しましょ。いまはどうか？　あなたには沈黙を守る権利があります」

イヴがデブラに彼女の権利を読み上げおえる頃、二人の制服警官が車を停めた。彼女は残りのショッピングバッグとデブラのハンドバッグを証拠品として記録するよう指示した。

「大金星だったわね」イヴは言った。

「彼女、あのヒールで速く走りましたねえ。あれはほめてあげないと」

「もし彼女がはきなれた靴をはいてたら、つかまえるのはもう一ブロック先になったでしょうね。彼女の部屋を調べにいきましょう」

マネージャーのクレイグがどこかからあらわれて、直接二人を上へ連れていった。彼の協力の迅速さはイヴに、間違いなくこれがはじめてではないと確信させ、それから彼は警官たちに客室のドアをあけた。

そのシングルルームはまずまずの広さがあり、はっきりしたエリアに分かれていた。寝室、小さな居間、現金払い式のオートシェフと小型冷蔵庫のある、ごく小さな簡易台所。デブラは冷蔵庫にラズベリーヨーグルトを一カートンとウォッカを一本入れていた。ひとつきりの窓は通りに面していて、薄いプライヴァシースクリーンがついていた。デブラはキャンドルを数本、あちこちに置き、からっぽのワインボトルに花をさしていた。

イヴがクローゼットの折りたたみ式扉をあけるとキーキー音がした。

「うわ、いっぱい詰まってる。カクテルドレスもあるわ。それにこれを見て、グレーのメイド服。レーンのクリーニングサーヴィスがこういう制服を使っているか調べて。ケースもいっぱいある」

棚に手を伸ばし、ケースをひとつおろして、キチネットとの境になっているカウンターに持っていった。

あけてみると、ケースが何段にも広がった。段には化粧品、ブラシ、蜘蛛の足みたいな付けまつげの箱、目の虹彩に色をつける液体のびんがいっぱいに入っていた。

「うわすごい、コスメへのねたみ心が湧いちゃう！」ピーボディが両手をぎゅっと握り合わせた。「深くて暗い、ねたみ心が」

「メイド服を調べて、ピーボディ、わたしに降格させられて、また制服を着ることになる前に」

別のケースをおろしてみると、ウィッグがいくつかと、それの手入れやスタイリング用品があった。

三つめのケースにはさまざまな色の顔用パテ、たたんだライト付き三面鏡、サングラスとアクセサリーのコレクションが入っていた。

そしてそのすべての下の、秘密の仕切りの中に、偽造ＩＤや許可証がいくつもあった。おまけによく使いこまれて、非常にプロっぽいマスタースワイプキーも。

「おやおや、デブラ、あなたはかなり面倒なことになるわよ」

「グレーの制服、パンツとチュニックです」ピーボディが報告した。「それにクリーニングサーヴィスはパーティーの日に、徹底的な掃除をするために臨時雇いを二人連れていきました。ひとりがデブラの身長、体重に合致します。会社は彼女が人物保証書を持っていて、照会先もあって審査のあいだに調べたと言っています。デブラ・ローズの名前のＩＤを持っていました」

「それはここにある」イヴはＩＤを持ち上げた。「彼女とおしゃべりする前に、ほかに何が見つけられるかやってみましょう」

　イヴはしゃがんでベッドの下をのぞいた。「スーツケース――二つある」と言いながら引っぱり出した。そしてむこうを見て、ピーボディを叱った。「その化粧品で遊ぶのをやめなさい」

「遊んでません。つまり遊んだかもしれません、ちょっとは、でもほら、彼女はブラシを全部スロットに並べているんですよ、それでこの下の筒には何があるのかなと思って」

　ピーボディはイヴに見せた。

「泥棒道具ね。よく見つけたわ」

「わたしの未来に制服はなさそうですね」

「いまのところはね。泥棒道具、偽造ＩＤ、マスタースワイプ、メイド服」イヴはしばらく歩きまわった。

「新しい仮説が浮かんできた。彼女はクリーニングサーヴィスにもぐりこむ。そうやってあの家に入った。押し入る道具も持っているけれど、使う必要がある？　あのカクテルドレスをあの家に持ちこむ手段は見つけることができた、それじゃほかに必要なものは？」

「メイド用のカート、でしょうか」

「たぶん、たぶんね。たぶん彼女は隠れている方法を見つけた、何か抜け穴を見つけたのかも。あそこは広い家だし、活動の大半はメイン階と主寝室でおこなわれる。客室のどれかに隠れて、じっと待つ。パーティー用の格好になり、パーティーが盛り上がってきたらそっと下の階へ行く」

「彼女は招待客リストに載らないし、同伴者としても載りませんね。何の記録もなし」

「そこにいるのが当然のようにふるまう」イヴは続けた。「彼女はたぶん誰が誰だかわかったでしょうし、むこうが自分を知っていて当然というふうにふるまった。酒に毒を入れ、それからすぐに出ていく、ことが起きたときには自分がいなくなっているように」

「なぜ彼女は姿を消さなかったんですか？　逃げて当然でしょうに」

「そうね」イヴは同意した。「でも彼女はターゲットを仕留められなかった。もう一度やりたかったのか、何か反応を見るために残っていたかったのかも」

スーツケースをひとつあけてみた。「ここも服。オーケイ、ＰＰＣがある――パスコード付き。ＥＤＤにあけてもらいましょう。何か重いものが包んである」

イヴは包みを取り出し、長い黒のベルベットをほどいた。

「〝なるほど〟って言った？」

「トニー賞のトロフィーみたいですね」

「イライザ・レーンの名前がついてる、ミュージカル部門の最優秀助演女優賞。『アップステージ』」

16

イヴは追加の制服警官を呼んで、ホテルの部屋にあるものすべてを運び出し、証拠品に入れさせた。

それから最後にもう一度部屋をざっと見てみた、なぜならいろいろなものを見つけはしたが、ひとつ、見つけていないものがあったからだ。

シアン化物を所持、または入手した証拠が。

「彼女のＰＰＣかリンクに何かあるかも」イヴはつぶやいた。

「レオを呼び入れますか、それともほかの地方検事補を？」ピーボディがきいた。

「レオに詳しいことを知らせて、わたしたちが一時間以内に容疑者を聴取室に入れると伝えておいて。それからあなたはほかのクリーニングスタッフと話をして、供述をとりにかかって。デブラは彼らと一緒に帰ったのか、違うなら理由は？」

通路に出ると、イヴはドアを封印した。「銀行を調べて、彼女がほかにもそこに金を送らせていたか突き止めましょう。ドアにもロビーにもあのクソみたいなエレベーターにもカメラはない。誰かが彼女を訪ねてきたかどうか、気をつけていた人間がいるか疑わしいけど、とにかくきいてみましょう」

いまデスクに詰めている女は、さっきの退屈そうな爪磨きとはっきり家族とわかる似かたをしていた。いつもの従業員なら当たりがありそうなので、ピーボディは地ならしに同情するような笑みを浮かべた。「息子さんの具合はどうですか？」

「鼻を折って、歯がグラグラになって、こっちは震え上がっちゃいましたよ。十三歳になると、なんでもわかってる気でいるんですからねえ。ミズ・スターは戻ってくるんですか？」

「それははっきりしないんですよ」ピーボディは続けた。「さしあたって、あの部屋は封印しました。のちほどご連絡しますので」

女は身を乗り出して、声をひそめた。「あの人が何をしたか教えてもらえません？　何か恐ろしいこと？」

「あの人にききたいことがあるんですよ」

「ルースが、うちの姉が言ってましたよ、あの人がウサギみたいに逃げていった、って。彼女、すごく興奮してました。ルースが、ってことですけど」

「でしょうね。ミズ・スターを訪ねてきた人があったかわかります？」

「誰も見たことありませんねえ。そりゃここは〈ローク・パレス〉じゃないし、うちにはお粗末なセキュリティしかないけど、あたしのシフトのときには誰がどういう人かだいたい注意してるし、誰もあの人のことをきいてきたりしてません。チャンスの入るシフトは短いんです、四時から十時。うちではフロントに夜勤も置いてないしね、バウアーかクラークが、緊急のときや何かのために貯蔵室でごろ寝してるだけで」

「われわれがチェックできるよう、その人たちの連絡先を教えてもらえますか？」

「もちろんですよ。クレイグとあたしはちょうど話してたんです――ほらクレイグが来た。あたしたちがちょうど話してたんだっておしゃべりしているところよ、ミズ・スターはあまり口をきかないけど、あの人の態度は人を見下している、って。まるで自分はこんなところにはもったいないみたいに」

「そのおかげでこっちは得したけどね」クレイグが話に入ってきた。マネージャー――やせている、混合人種、二十代後半――は気さくにチェックインカウンターに寄りかかった。「割り増しを払ってくれたんだよ――文句は言ってたけどね――週に二回、彼女のシーツを変えるってことで」

「誰かがそのシーツを共有していたか知りませんか？」イヴはきいた。

「俺は知らないな、全然。最初の一週間ぶんは現金で払ってくれたよ、ねえ、アデール？」

「そのとおり。長期滞在割引をご希望なら、最初の一週間ぶんは前払いなんですよ」

「彼女が制服を着ているのは見たことがありますか？　グレーの制服で、ハウスクリーニングの従業員のような？」

「いいえ、でも……ねえ、あなたがそんなことをきくなんて面白いわ」アデールはイヴを指さした。「きのうじゃない……そう、その前の日、あたしがシフトにつくんで歩いてきて入ろうとしたら、その人が出てくるのを見たんです――ミズ・スターみたいに背が高くて、でもブロンドで、いわゆる昔ふうなメイドサーヴィスの制服みたいなのを着てたんです。全部アイロンがかけてあって。だから思ったんですよ、あたしが仕事をあがったあとに誰かがチェックインしたんだな、って、それで頭の中でお話をこしらえたんです」

「彼女、しょっちゅうそういうことをしてるんだよ」クレイグが言い、アデールの腕を親しげにつついた。

「時間つぶしになるんだもの。あたしは思いました、オーケイ、彼女はゆうべチェックインした、なぜなら結婚していたろくでなしのもとをついに出てきて、これから誰かのお屋敷で掃除の仕事を始めるんだ、って」

アデールは少し赤くなった。「それで誰がチェックインしたのか宿泊名簿を見てみたんです、でも誰もしてませんでした。それでこう思いました、オーケイ、彼女はそのろくでなしのもとを出た、そして彼女をきちんと扱ってくれる人と一緒にここに泊まって、いま仕事にむかっているんだ、って」

アデールは肩をすくめた。「彼女の顔は見ませんでした、反対の方向へ向かっていたから、でもブロンドでした――髪を三つ編みか何かにして――だからあの人はミズ・見下し(スヌーティ)――つまり、ミズ・スターじゃありませんでした。あたし、頭の中では彼女をその別名で呼んでるんです。それに、彼女はいつも着飾ってます、掃除の従業員が着るような服じゃありません」

「彼女は何か持っていましたか？」

「ええと、大きなハンドバッグを持ってました」アデールは両手を六十センチほど広げてみせた。

「それは何時頃でした？」

「そうね、八時直前かしら。あたしは月曜には八時から仕事なんです。あたしがここに来る八時までは、誰もフロントデスクにいないの」

「ありがとう、助かりました。またご連絡します」

「ウィッグケースにブロンドのウィッグがありましたよ」ピーボディが言った。

「ええ、三つ編みができるくらい長かった。だから彼女は誰かがフロントにつく前に出かけ、アップタウンへ行き、ほかのクリーニングスタッフと合流して、あのペントハウスへ入ったのよ。銀行のほうはわたしがやる、通りむかいのあそこにあるし。ほかのクリーニングスタッフからとりかかって」

イヴはジョギングで通りを渡った。銀行に入ると――イヴがロークに出会う前によく使っていた、テイクアウトのみの店よりさらに狭いスペースだ――セキュリティドロイドにバッジを見せた。そして彼がＩＤを読み取るあいだ待った。

窓口係はどちらも人間だった、仕切りのむこうのデスクに座っている男はしかめ面でコンピューターを見ていたから。

イヴは令状を持っていなかったので――まああ早くとることもできたが――しかめ面男は飛ばして、耐衝撃性シールドのむこうにいる若くて元気そうな女に狙いを定めた。

「ダラス警部補です」イヴは言い、バッジを見せた。

「だと思った！　あなたがむこうでマイクに話していたときに、だと思ったんです。アイコーヴの映画のダラスだって言ったでしょ。言ったでしょう、ジェリー？　ねえ？」

「ああ」もうひとりの窓口係は仕事の手を止めて、用心深くイヴを見た。

「わたし、あの映画をもう三回も見たんですよ。うちのお隣さんがあのクローンのひとりだったんです――そう言ったわよね、ジェリー？　やっぱりそう！　それにあの映画がヒットしたとたん、彼女が引っ越していかなかったかって？　引っ越したんですよ！　アトランタへ越すなんて言ってたけど、ほら！　絶対にあのクローンのひとりよ。彼女を探しているんですよね？　それでここへ来たんでしょう」

「実を言うと、別の件で来ました。この女性についてですが」イヴはデブラのＩＤ写真を画面に映したリンクを持ち上げてみせた。

「彼女がクローンなんですか？　なんで気がつかなかったんだろう！　わたし、クローンを見分けられるんです。彼女はここに三回来ました、そうよね、ジェリー？　違うわ、嘘ついちゃった、四回です！　ここに来て口座を開いて、それから三回来ました。いろんな人に――絶対クローンですよ！――自分に電子送金をさせて。毎回五千でした。わたし知ってます、そのうち二回はわたしがやりましたから。もう一回はジェリーでした、そうよね、ジェリー？」

「だと思います、たしか」ジェリーは自分を見えなくしようとするかのように、スツールの上でかがみこんだ。

「その情報をいただけるとたいへん助かるんですが。送金の日、彼女に電子送金をした相手の名前」

「そうやってクローンをたどるんですね！」

イヴはそう思わせておくことにした。「彼女は偽の身分で口座を開いたのかもしれません。まずデブラ・バーンスタインで調べてもらえますか」

「それです！　それです！　いま思い出しました」

「ねえ、ドーリー、まずミスター・ジャボットに相談したほうが――」

しかしドーリーはすでにその口座にアクセスするので忙しかった。「ジェリー、この人はダラスなのよ！　しっかりして。オーケイ。彼女は六月十九日に百ドルで口座を開いています。最低限度の金額です。それから次の日、メーヴ・スピンダルという人が五千送金してきて、彼女はまた百ドルだけ残して全額現金で引き出しています。それから二日後、スティーヴン・K・ルイスからやはり五千、彼女はまた百ドルだけ残して全額を現金で引き出しました。それから！　この前の金曜日、デイヴィッド・クウェイドからまた五千、彼女は全額現金で引き出してます」

「たいへん助かりました」イヴの意見では、勢いというものはあなどれないので、もうひと押ししてみた。「記録のために、その口座情報のコピーをもらえますか？」

「もちろんです！」

「ドーリー、だめだよ――」

「黙ってて、ジェリー。これは単なる警察の仕事じゃないの。人類にかかわることなの。人類よ、ジェリー！」

ドーリーはコピーをプリントアウトし、受け渡し口を通してイヴのほうへよこした。

「通路のむかいに住んでいたもうひとりのクローンなんですけど。ネッサ・ボウイっていう名前で通ってました」

「とても助かりました」イヴはもう一度言った。「どうもありがとう」

「あの映画の続編が作られているって聞きました、でもクローンの話じゃないって。クローンに関する映画をまた作ることを真剣に考えてくださいね」

「ええ、そうします」

どうかしてる、とイヴは思いながら銀行を出た。しかしあの映画のおかげでつまらない手間がはぶけるなら、それを利用しない手はない。

通りのむこうでは、ピーボディが車にもたれ、まだリンクで話していた。イヴはカンカンと音をたてる階段を駆け上がって、ピーボディのところへ行った。

「はい、ありがとう、ミズ・グレッツィ。アカデミーにいる孫息子さんにどうぞよろしく」

ピーボディはイヴににっこりしながらリンクをポケットに入れた。「アイリーン・グレッツィの孫息子はポリスアカデミーに入るんですって。彼女はもう十八年間あのクリーニングサーヴィスで働いていて、いちばんベテランの従業員なんですが、月曜日にバーンスタインと仕事をしたそうです。役に立つ情報をたくさんくれました」

「よかった。わたしもすごい情報源にあたったの。あなたから話して」二人で車に乗りながら、イヴはそう言った。

「まずオーナーと話したんですが、会社がミズ・ローズの——デブラ・ローズの——証明書類、照会先、雇用歴をすべてチェックしたことを確認してくれました。だからたぶん、デブラはそっち方面で誰かの助けを借りたんじゃないでしょうか。オーナーは彼女をミズ・グレッツィの監督のもと、レーン・フィッツヒュー宅の仕事に割り当てました、というのはデブラは非常にしっかりした照会先やら何やらがあったし、感じがよくて品のあるものごしと見た目をしていたからだそうです。加えて、タイミングも。オーナーはその仕事に追加の人員が必要で、デブラはちょうどいいときにあらわれたわけです」

「でしょうね」

「でも、デブラは今日は別の仕事の担当なのに、仕事場にあらわれないいし、連絡先の番号も使われていないそうです」

「なんてショックと驚きかしら」

「グレッツィはデブラが一生懸命によく働いていたと言っていました——不満も言わずに。とくにおしゃべりではなく、でもほどほどに親しみやすい。それから自分の母親と、女優をしている娘のそばにいたくて、ニューヨークで心機一転やりなおしているんだと言ったそうです。

レーン・フィッツヒュー宅から引き上げるとき、デブラは三階の貯蔵室の奥にバッグを置いてきたのを思い出しました。クリーニングスタッフたちが私物を入れておくところだそうです。グレッツィは待っていようかと申し出たそうですが、デブラはそのまま帰ってくださいと言い、ほかの人たちも早く仕事を終わりにしたかったので、そのままみんな帰ったそうです」

「そしてデブラは帰らなかった。隠れ場所を見つけ、ずっと待った。それはいい情報だったわね」

「トップクラスでしょう。警部補は何を聞きこんできたんですか？」

　イヴは信号でブレーキを踏み、歩行者の波が流れていくのをながめた。「窓口係があの映画を三回も見てたの。彼女の元ご近所さんがクローンなんですってさ。絶対そうだって言ってた」

「うわ」

「この場合は、それがゲートをあけてくれたんだけどね。わたしが尋ねたら、彼女、きっと金庫のコードも教えてくれたわよ、人類のために」

　信号が青になったので、イヴは南へ向かった。

「デブラはホテルにチェックインしたのと同じ頃に、最低入金額で口座を開いた。この十日間で、彼女は五千ドルの電子送金三件をその口座に受け取っている。後ろのポケットに全送金のプリントアウトが入ってるわ」

「その窓口係、プリントアウトもくれたんですか？」

「人類にかかわることなのよ、ピーボディ」

　ピーボディはシートに座りなおした。「彼女にデブラがクローンだと言ったんですか？」

「いいえ、言ってない。彼女はそういう結論に飛びついたのかもしれないけどね、それにいずれにせよ、わたしもいまの時点で決定的なデータを持っているわけじゃないから、肯定するのも否定するのも不適切と思って」

「ずるい」

イヴは肩をすくめた。「窓口係のドーリーは、自分は彼らを見分けられると言っている。クローンのことよ。その目がいつ同僚のジェリーに向けられてもおかしくないわね。ともあれ、データは手に入った。一万五千百ドルのうち、デブラはその口座に三百ドル残していた。彼女は逃げる前に口座を閉じるつもりだったんじゃないかしら」

「部屋に現金はありませんでしたよね」

「彼女が少しでも残していたなら、いまごろはたぶん証拠品課に行ってるわ」イヴはセントラルの駐車場へ入った。「マイラにちょっと意見をもらえるかきいてみる。あなたは上へ行って、いまのを書き上げて、ホイットニーにコピーを送って」

イヴは駐車場を通りながら、ポケットからプリントアウトを出した。「彼女に金を送ったほかの二人の間抜けを調べて、彼らがカモなのか共犯なのか見極めるの」

「デイヴィッド・クウェイド」ピーボディが読み上げた。「この名前は知っています、知っていますよ」

エレベーターまで行くと、ピーボディはＰＰＣを出して調べはじめた。イヴも見知っている詐欺課の捜査官二人が大いそぎでこっちへやってきた。

「ドアを押さえてくれ！　押さえて。警部補、ピーボディ」

「ストリンガー捜査官、ナリー捜査官」

「フィッツヒュー殺害、だろう？　ひどい事件だよなあ」

「みんなそう言うわ」

「うちの最初の元奥さんのいとこが、彼の映画に二つ出ててさ。二つめではセリフやなんかもあって」ストリンガーがそう付け加えた。

「その人、月曜の夜二一〇〇時から二三〇〇時には何をしていた？」

ストリンガーは爆笑した。「あいつはモンタナかそのあたりでウェスタンをやってるよ。いいやつなんだ。よく連絡しあってる」

「デイヴィッド・クウェイド」ピーボディがもう一度言い、サーチを始めた。

「全盛期にはすごくいい性格俳優だったよな」ストリンガーが言った。「もういまは百歳を超えたんじゃないか」

「クウェイドが、それともあなたの最初の元奥さんのいとこが？」

「クウェイドだよ。ジェスはまだ四十にもなってない」

また警官たちが乗ってきたので、みんな後ろや横へ詰めた。

「それです！　その名前を知ってるって思ったんです。デイヴィッド・クウェイド――百十一歳ですよ。キャリアは七十五年にわたっていて、それにそう、映画の出演歴は一マイルくらいあります。もう引退して、メイヨー郡に住んでいるんですが、そこは彼がドク・ジャスティスを演じたところなんですよ。長寿シリーズの『名誉と正義』で、ウィラ・ローガンの演じるアマチュア探偵、オナー・マルドゥーンの短気なおじさんです。わたしは再放送で見ました、百万回くらい。あれは心の栄養です、それにすごくすてきで」

「バーンスタインとのつながりを見つけて」イヴは指示し、マイラの階で人をかきわけて降りた。

マイラのゲートを守るドラゴンから面倒をかけられるとは思っていたが、外オフィスに入っていくと鋼鉄のような視線を向けられた。

「五分でいいから」

「みんなそうです。ブラント・フィッツヒュー事件捜査に関することですか？」

「ええ」

彼女はイヤフォンをタップした。「ドクター・マイラ、ダラス警部補が五分お目にかかりたいそうです、もしできましたら。もちろんです」もう一度タップした。

「そのまま入ってけっこうです」

疑念とショックに引き裂かれ、イヴは業務管理役をじっと見つめた。「ファンなの？フィッツヒューの？」

「恋人以外で唯一許してもいい人でした」

「そう。オーケイ」イヴは聞かなければよかったとなかば思いながらマイラのオフィスへ入った。

「いいタイミングで来てくれたわ。ちょうどコンサルティングをひとつ終えたところなの。お茶をいれるわね」

「実を言うと、ほんの数分ですむんです。容疑者をひとり連行してきました。ローズ・バーンスタインの母親です」

「そう」マイラはデスクのむこうから動かなかったが、椅子をまわし、脚を組んだ。袖なしのワンピースを着ていて、その色は、イヴが思うに、クリームにちょうどぴったりの量の溶かしバターを加えたときの色だった。「仕事が速いわね。彼女が現場にいたことは確定できたの？」

「彼女がインチキな手を使って、事件の日の午前中、あのアパートメントで仕事をするクリーニングスタッフと一緒に入ったことは確定できました。でも一緒には帰らなかったんです。これから防犯カメラの映像をチェックして、彼女がアパートメントに入った時間をたしかめ、ビルを出ていった時間を確認します。バーンスタインのホテルの部屋にあった彼女の荷物の中に、イライザ・レーンが最初の『アップステージ』でとったトニー賞のトロフィーを見つけました。それにウィッグのコレクション――彼女は掃除人のふりをしたときに、ブロンドのをつけていたんです――大量の化粧品、顔用のパテ、その他もろもろも。マスタースワイプキー、押しこみ道具、さまざまな名前での偽造ＩＤ、彼女を雇った会社から支給されたメイドの制服」

「毒物そのものはなかったの？」

「まだありません、でも彼女は現金で一万五千ドルを持っていました、こちらでつかんでいるかぎりでは。五千ドルずつ、この十日間に三人の送金元からニューヨークの彼女へ電子送金されています。

これまでの調査と供述から、彼女についてわれわれがつかんでいることを話しますね」

イヴはローズ・バーンスタイン事件の背景、彼女と娘の関係についての考察、ピーボディとエージェントの会話、彼氏、ローズの葬式でデブラがローズの継妹(ままいもうと)にとった態度、事件についての捜査主任の意見をざっと述べていった。

マイラはデスクのむこうでそっと椅子を前後にまわし、いつものようにおだやかに耳を傾けていた。

「あなたが考えているのは、これはわたしの意見だけれど、『アップステージ』の再演がデブラ・バーンスタインを、あらゆる点からみて、ほかの人物になることでの名声と富――とスポットライト――を辛抱づよく追い求める人生から、おそらくは裏切り、盗み、あるいは相手をだまして誰かの名声、誰かの富に食いこむことや、殺人に押しやったのでは、ということかしら」

「ありえますか？」

「娘の才能が、デブラの望んでいたものへのドアを開いた。自分の子どもが――自分がそのためにすべてを犠牲にしたと信じていただろうし、いまもそう信じている子どもが、そのドアを閉ざしたのは、ショックだったし腹立たしかったでしょうね」

「しかも薬物の過剰摂取のせいで、そのドアは永久に閉ざされてしまった」

「そうよ。彼女たちの最後の会話、口論、思いがけない対面が、ローズ――プロとしてのストレスを抱え、依存症に苦しんでいた――に、以前使っていた支えに手を伸ばさせた可能性は高い。母親もそのことはどこかで知っていて、恐れていて、でも向き合えないのかもしれないわ」

「かもしれません」

「それを認めれば責任も非難もいくらかは受けなければならなくなる、彼女はその準備ができていない。非難されるべきはほかの人たち。彼氏、代役、ローズの死を悼んでくれた妹まで。デブラはナルシシストね、それに、確認するためにはもっと深く鑑定しなければならないけれど、境界性人格ではないかと思う。自分は中心でなければならない――そして娘の才能という反射した栄光に浴すことができたいっぽうで、娘の人生の中心にならなければならないの。

　彼氏や、独自の才能のある妹はどうか？」マイラは頭を振った。「デブラにとっては競争相手よ、彼女がそう見ていたであろうとおりに。〝あたしのものをあいつにやるんじゃないよ〟ローズがいなくなると、デブラは自分を立て直し、自分たちの関係を書きなおし、奪い去られた娘の中心になることができた」

「それで、二十五年もたってから？」

マイラはぼんやりと、淡いマルチカラーの石をつないだいくつもの輪とともにつけているゴールドのチェーンに指をかけてまわした。

「そんなにも多くの計画を実行してレーンの家に入ったのは、時間をかけてそこを掃除するため？　気まぐれや思いつきのはずがないわ。そのトロフィー、そういう特定のものをとるためでもない。彼女の頭の中ではイライザ・レーンのトニー賞ではないし、ここにいたってはもう娘のものですらない」

「自分のもの」

「犠牲にした長い年月に対するごほうびよ。殺人についてはどうか？　あるタイプの人間が毒物を選ぶのには理由があるの。非暴力であるという幻想をもたらすのよ。血は流れていないと。直接的な物理的接触は必要ない。粗暴な力よりずる賢さが要求される。あなたの話、彼女の経歴、発言からすると、彼女の良心はとても融通のきくものだといえるでしょうね」

「ええ、融通のきく、というのはぴったりの言葉です」イヴが言うと、マイラはほほえんだ。

「イライザ・レーンを殺すこと、それをある意味舞台上で、観客の前でやること、トロフィーを奪うこと、それはその融通のきくこととぴったり一致するわ、それに病理学とも」

「彼女はレーンを仕留めそこなったんですね」

「それがニューヨークを出ていかなかった理由かもしれないわね」

「やってみる、もう一度」イヴはうなずいた。「オーケイ、助かりました」

「じきに聴取室に彼女を入れるんでしょう」

「次の段階です」

「このあと別のコンサルティングがあるの。終わったらあなたがまだ彼女と話しているか確認するわ、それで観察室に行きます」

「それはありがたいです」

イヴは部屋を出て、歩きながらレオ地方検事補に連絡した。

「フィッツヒュー事件の容疑者を連行したの、彼女を聴取室に入れる」

「そうらしいわね」

「デブラ・バーンスタイン。ローズ・バーンスタイン――別名――リーア・ローズの母親よ。ローズ・バーンスタインはイライザ・レーンが代役をつとめた女優なの、彼女が――ローズが――薬物の過剰摂取で死んだときに」

「それじゃ犯人はレーンを罰するためにフィッツヒューを殺したの？」

「九十三パーセント以上の確率で、ターゲットはレーンだった。わたしたちはバーンスタインが当日のパーティー前の時間にペントハウスにいたと特定できる、そして彼女はレーンがその芝居――死んだ娘の芝居――でとったトロフィーを所持していた」

「聞いたらぞくぞくしてきたわ」レオはすばやく肩をまわした。「でも窃盗は殺人じゃないわよ」

「証拠はもっとあるし、これからもつかむ。ただあなたに注意喚起しておいただけ」

「ボスに知らせておくわ、それでここでの用事を片づけられたら、そっちへ行く」

「逮捕と捜索の報告書のコピーを送るわ」

殺人課に行くと、ピーボディがリンクで作業をしていた。イヴは自分のオフィスへ行き、コーヒーをいれ、座り、ピーボディが書き上げた報告書を読んだ。

綿密にして簡潔。

そしてレオにコピーを送った。

ピーボディが駆けこんできた。

「わたし、本当にデイヴィッド・クウェイドと話したんですよ――なんてやさしい人。体は弱っているんですが、頭はまだしっかりしています。彼の曾孫娘（ひまごむすめ）とも話しました。彼女とその息子と一緒に住んでいるんです。それに介護人もついていました」

「それで?」

「何をつかんだと思います?　デブラは彼が二十二年前に撮った映画でエキストラをやったんですよ——彼が引退する前の最後のプロジェクトで。二人は気が合ったそうです。彼女は娘のことで、クウェイドの肩で泣きました。クウェイドは孫息子を依存症でなくしていたので、とても同情したんです。二人はそれからもときたま連絡をとっていました。だいたいは、その曾孫娘によれば、デブラが小遣いをせびるときに。でも、彼女は言っていましたよ、ひいおじいちゃんのお金だし、数年にせいぜい二、三千ドルだったと。プラス、デブラはいつも彼の誕生日にカードを送ってくるそうです。もうひとりのスティーヴン・K・ルイスですが、彼はデブラがヴェガスにいたときに放蕩(ほうとう)していて、二人は関係を持ったんです。それからデブラは何度かお金をねだっただけです」

「彼女の私物を証拠課から持ってきましょう」

「そう言うと思ったので、マクナブに記録のうえで出してきてくれるよう頼みました。彼はデブラのPPCとリンクのパスコードを無効にしましたよ。彼女、両方に安全装置(フェイルセーフ)を入れていたので、しばらくかかってしまったんです」

ピーボディはオートシェフのほうをさした。「いいですか?」

「いっしょにわたしのも満タンにして」イヴはファイルを開き、レーンの住むビルの防犯カメラ映像を呼び出した。月曜の〇八〇〇時から始め、倍速ボタンを押しているとクリーニングスタッフが入ってくるところが見えた。

「ほら彼女がいる――彼女の部屋で見つけたブロンドのウィッグ、グレーの制服、大きなバッグを持ってるわ」

「スタッフの二人はカートを持ってきてますね」ピーボディはイヴの肩ごしに見た。「掃除用具でしょう」

「チェックイン、ＩＤを照合、上へ行く」

イヴはエレベーターのカメラで彼らをレーンのメイン階まで追った。廊下のカメラ、ドアのカメラ。

「インターコムにしゃべっているのはグレッツィですね」

「それにデブラは顔を伏せつづけてる。彼らが入った。前はここまではさかのぼって見なかったわね。四人が入っていき、出ていったのが三人だったのは見なかった。彼女たちが出ていったのは何時？」

「グレッツィは二時半に出たと言っていました――ランチには四十五分ほどとったと。ウエイン・ローワンが彼女たちにランチを作り、みんなでキッチンで食べたそうです」

イヴは一四〇〇時の表示まで飛ばし、スピードを落として一四二〇時まで見た。「ほら彼女たちよ、そのうちの三人、出てくる、またメインフロア、一四二三時、エレベーターで降りる、ロビーを通る」

イヴは見ていき、スピードを上げて、一五〇〇時まで進めた。

「わたしなら、忘れたバッグをとって出ていくには、四十分はずいぶんたっぷりした時間だと言うわね。死亡時刻の一時間前を映してみて」

　ＴＯＤの十八分前に当たりがあった。

「彼女はブロンドのウィッグをつけたままね」イヴはその女がメインドアからホールへ出てくると、スクリーンを静止した。「華やかなスタイルにしてるわ、でも同じ色よ」

「それにあれは彼女のクローゼットにあった黒のカクテルドレスです」

「ええ、そうね。彼女は顔を伏せつづけている――カメラに顔を映したくない。掃除人として入ってきたときと同じ巨大なバッグを持っている。フィッツヒューが妻にカクテルを持っていく前に姿を消し、下へ降りて外に出て消え、かたや被害者は人としゃべりながら部屋を歩いていき、むこうへ行って、妻とボウエンと話をする」

「そしてレーンはカクテルを夫に返し、サマンサを引っぱりにいき、二人はピアノのところへ行く」

　それを頭の中に思い浮かべながら、イヴはうなずいた。「フィッツヒューは人のあいだを進んでいき、話を聞き、乾杯し、飲む。二十分足らずよ、ええ、それだけあればじゅうぶん」

　イヴは立ち上がった。「こんなふうだとは思わなかった。犯人が毒物が効いたかたしかめる前に現物を捨てて、逃げたとは思わなかったわ。あの嘘つきが、まさにあのアパートメントの中で待ち伏せていたとは思わなかった。彼女はうまいことこっそりすり抜けたのよ」

「いいえ、彼女はすり抜けられませんでしたよ。勾留房にいるんですから」

イヴは両手で顔をこすった。「そうね。彼女を連れてきて、こっちが彼女のＰＰＣとリンクを調べるあいだ、聴取室でじりじりさせておいて。今後は何ひとつすり抜けさせるもんですか」

17

ピーボディが出ていったあと、マクナブが証拠品の箱を持って入ってきた。

「ピーボディが警部補の持ってきてほしいもののリストをくれたんで。何か忘れてたら、とりに戻りますから、調べてください」

「じゃあちょっと見てみましょう」

マクナブは彼女のデスクに箱を置き、イヴはそれをあけた。

「ブロンドのウィッグ、メイドの制服、カクテルドレス。いいわ、彼女がこれをつけて防犯カメラの映像に映っているのを見つけたの」イヴはＰＰＣを出した。「これは調べた？」

「ざっと見ただけです」マクナブはオートシェフのほうへものほしげな視線を投げて、愛嬌のある笑みも付け加え、イヴが許可のしるしに頭を傾けてみせると、その笑みが大きくなった。

イヴは彼をじっと見た。非常に頭のいいコンピューターマンで、髪は輝くポニーテール、やせた体に、派手な赤、黒、黄色のバギーパンツと、赤いサーカスみたいなストライプ柄のシャツを着ている。

「チョコレートを飲みくだすのにここのコーヒーを飲んだらいいんじゃない」

マクナブは自分のぶんのコーヒーをプログラムしながら振り返った。「食べていいチョコレートがあるんですか？」

「どうやら、いまはないみたい」

イヴは彼のやせっぽちの体を聴取室へ引っぱっていって、キャンディバーのことで質問攻めにすることを想像した。どっと満足感が押し寄せたが、すぐにわれに返った。

優先事項。

「ざっと見たところを教えて」

「彼女がここ数週間、レーンとフィッツヒューについて調べまくっていたことはたしかです。彼らがいつも使うケータリング業者、クリーニングサーヴィスを突き止めるにはじゅうぶんなくらい。カレンダーにあのパーティーを書きこんでました」

「説得力が増すわね」

「俺も調べてみましたよ、警部補の時間節約になると思って。毒物やシアン化物については何もありませんでした」

「あったら簡単すぎでしょう」

「俺たちは難題が大好物ですからね」マクナブはコーヒーをがぶがぶ飲んだ。「彼女はそのPPCでスプレッドシートを作ってましたよ、金をせびった相手の名前、金額、日付。一種のローテーションがあるみたいでしたね。五月にはお人よしのジョーに二千ドル頼む、九月にはカモのジェーンに泣きつく、とか」

「一致するわね。このリンクはどう？」

マクナブはイヴがリンクを出すと、そのほうへうなずいてみせた。「通信、メール、ヴォイスメールが山ほど。クリーニングサーヴィスとの面接前面接がありましたよ。それからJ・Z・クレイマーって人物とのメールのやりとりがあって、彼女がクリーニングサーヴィスに出した証明書を手配しています。偽のウェブサイト、リンクの連絡先。とってもよくできてます、俺が見たところでは。彼女は三千ドル払ってますが、かなりのお得価格ですよ、出来は一級品でしたから」

「以前にも取引したことがあるんだわ」

「やりとりからはそう読み取れましたね。彼女はクレイマーを絶倫（スタッド）と呼んでて、彼のほうはおまえ（ラヴィー）と呼んでましたから」

「ずいぶん可愛（かわい）らしいじゃない。そのJ・Z・クレイマーはどこにいるの？」

「調べますよ」

「そうして」イヴは封印された、現金入りの袋を二つ出した。

「こっちは――八十六ドル？　彼女のハンドバッグに入ってたやつですね。もうひとつの、千八百五十ドルは、警部補がつかまえたときに彼女が身につけていたパンティのポケットに入ってました」

「それはデブラが引き出した一万五千から残しておいたぶんね。カモからせびる前にはもっと持っていたはず。ニューヨークへ来て、ホテルに最初の一週間の料金を払えるくらい。そのスタッドへの支払いぶん、ホテルでの第二週ぶんも払う。となると彼女は二週間足らずのうちに九千ドルほどの金をどこで使ったのか？　本人にきいてみなきゃね」

イヴはほかの中身も見ていった。「マスタースワイプ、押しこみの道具、トロフィー。ええ、いまのところはこれでじゅうぶんでしょう。電子機器類はあなたに返すわ。クレイマーの居場所がわかるかどうかやってみて。もし彼がニューヨークにいなければ、どこであろうと、いる場所の警察につかまえてもらうことになるわね」

イヴはボードに目を戻した。「もしほかに彼女が犯人だという説を強化できるものを見つけたら、聴取室からピーボディを呼び出して渡して」

「わかりました」

イヴは電子機器を封印しなおし、サインをして彼に返し、そこでヒールのコツコツ鳴る音を耳にした。

目をあげると、ちょうどナディーンが戸口で立ち止まるのが見えた。

「わたしはブルペンのどいつに蹴りを入れたらいいのかしら？」イヴは首をかしげた。

「まあまあ。マクナブ、ついさっきお宅と庭の弾丸見学ツアーをしてきたところよ。本当にすばらしいわね」

「でしょう。水のやつは見ました？」

「きっとすごいものになるわね。それにピーボディのキッチン。あなたたちの、ってことは知っているけれど、あれは何から何まで彼女のキッチンだわ」

「ええ、そうなんです」

「あなたたちがおしゃべりしているあいだにつまめるよう、チーズの盛り合わせでも注文するべきかしら？」

ナディーンはただ笑みを浮かべ、もう一度「まあまあ」と言ったが、マクナブのほうは電子機器を手に持った。

「何か見つかったら連絡しますよ」そしてあわただしく出ていった。

「忙しいのよ、ナディーン」イヴは証拠品の箱の蓋を戻した。

「でしょうね、さっきピーボディがデブラ・バーンスタインを聴取室Aに連れていくのを見たし」

「いいかげんにして」

「コーヒーをいただくわ。あなたも飲む？」

「まったくもう」

「イエスととっておくわね」ピーコック色のピンヒールとぱりっとしたビジネススーツ姿で、ナディーンはオートシェフのところへ行った。「バーンスタインがあなたの事件ボードで重要な場所を占めていることもはっきり見てとれるわ。どうしてわたしがこんなに簡単に彼女だとわかったか知りたい？」

「どっちにしても言うつもりなんでしょ」

「そうよ」ナディーンはイヴにいれたてのコーヒーを渡した。「たくさんのメディアが、チャンネル75局も含めて、ブラント・フィッツヒューのキャリア、彼の私生活、等々のまとめをつくっている。わたしは別の角度からやってみようと思った。二十五年前、悲劇が『アップステージ』に影を落とし、今度はその二十五周年(シルヴァー・アニヴァーサリー)の再演に、また悲劇が影を落としたわけよ」

「どうして銀(シルヴァー)って言うの？」

「うまい話のそらし方ね」ナディーンは引きしまったヒップをイヴのデスクにのせた。

「この円――当時からいまへの――をえがくために、わたしと、わたしの最高の調査チームは、当時にさかのぼらざるをえなかった。あの悲劇のことはかなり報道されたけれど、おもにニューヨークでだった。リーア・ローズは、なんといっても、ブロードウェイでの純情な娘役女優だったし。たしかにそれ以降も記事はあったわ、イライザ・レーンのキャリアが急上昇したから」

ナディーンは間を置いてコーヒーを飲んだ。

「最初にわたしたちが見つけた面白い記事のひとつは——当時はまともに報道されなかったけど——リーア・ローズとして知られたローズ・バーンスタインには、年下の継妹（ままいも）がいたということだった。ローズの母親——あなたのボードにあるデブラ——と父親が離婚して、その父親がアリスン・クルプク・ノヴァクと結婚したときにできた妹ね。その継妹、ミナーヴァ・ノヴァクが、『アップステージ』再演の振付け師なのよ」

カップの縁ごしにイヴを見つめながら、ナディーンはコーヒーを飲んだ。「ノヴァクがあのパーティー、もしくは犯罪現場、あなたが何て呼んでもいいけれど、そこに来ていたことは知ってるんでしょう。奇妙な運命のいたずらよね、そうじゃない？」

「彼女に接触したの？」

「まずあなたのところへ来たのよ——まあ、家のツアーのあとだけれど。それにごく短い寄り道よ。メイヴィスのキッチン。あれはそんなはずない、本当にそんなはずない、なのに本当に最高にすてき」

「ふうん。あなたがノヴァクにかまわないでいてくれたらいちばんいいんだけど、せめてあと二十四時間は」

ナディーンはまたコーヒーを飲んだ。「指摘させてもらうと、いまの情報をあなたに教えるのに、職業的にはわたしは何の義務もないのよ」

「そのとおり。そしてわたしも指摘させてもらうと、これから言うことをあなたに教えるのに何の義務も、職業上はない――オフレコよ、ナディーン」

ナディーンは肩をすくめ、ため息をついた。「オフレコね」

「わたしは自分の仕事のやり方を知っている、そしていま言ったつながりに気づいて、対象者とその夫に聴取をしたの。ノヴァクも夫も容疑者じゃないわ」

コーヒーをおろし、ナディーンは眉根を寄せた。「理由は？　オフレコでいいわ、ダラス」

「第一に、動機がない。あなたがあなたの仕事をやったなら、それにわたしはやったことに何の疑いも持ってないけど、ローズ・バーンスタインにドラッグとアルコール濫用の経歴があったことは知っているでしょう。ノヴァクもそのことをよくわかっているから、レーンやフィッツヒューに危害を加える動機がない。徹底的に調べたわ――当人たちの協力のもとによ――彼らの住居、ワークスペース、電子機器、財務、でも何の証拠も出なかった。彼らには子どもがいるの、ナディーン、それにもうひとりお腹の中にいる。

わたしは自分の仕事をわかっている」イヴはもう一度言った、「だから彼らはシロよ。あなたもあなたの仕事がわかっている、だから彼らにインタビューしたら、同じ意見になるわ」

「わかった、でも円の一部ではある」

「たしかに」

「デブラ・バーンスタインもよ――うちの調査チームは居どころを突き止められなかった。あなたはやってのけ、彼女を署に連れてきたんだから、彼女の経歴はもう知っているんでしょう」

ナディーンはイヴのデスクにのった証拠品の箱をものほしげに見た。イヴはただ言った、

「だめ」

「それじゃ、経歴に戻りましょう。小さな犯罪と詐欺が山ほどあるの、デブラに短いおつとめと罰金を科して、令状をいくつか出せる程度には。加えて……」

ナディーンは立ち上がり――イヴのボードにあるデブラの顔をとんとんと叩(たた)いた。「わたしは人にインタビューをする、そしてその腕がいいとしたら、わたしはそうだけれど、相手の読み方、値踏みのしかたを知っている。だから、この人物が娘の死んだあとに受けた古いインタビューをいくつか掘ったあとに、わたしの受けた印象を付け加えると、彼女は死んだ娘の遺体をまさぐって金の指輪を奪うくらい何とも思わない、ごうつくばりのナルシシストよ。でも殺人とはまったく別」

もう一度するりとデスクにヒップをのせ、ナディーンはマグカップでさしてみせた。

「けれども彼女はいる、あなたのボードにも聴取室Aにも。あなたは彼女がレーンを殺して、ショーを中止にさせ、円を閉じるつもりだったと考えているのかもしれない。それ

に」とナディーンは付け加えた、「もう一度世間の注目をあびることで金が入るかも、って」

「あなたは彼女にその注目をいくらかあげることになるでしょうね」イヴは指摘した。

「それにモルグにいるのはフィッツヒューよ、レーンじゃなくて」

「あなたのボードを見て、知っている事実をじっくり考えれば、誰かが矢を放って的に当てそこなったことはわかるわ。それにええ、わたしは彼女に注目を与えられる。でももし彼女が考えたとあなたが考えているとわたしが考えていることが正しいとしたら、それは彼女が享受したり利益を得たりするつもりでいる種類の注目じゃないでしょう」

「まあ、いまの話は面白かったわ、でも——」

「ダラス、わたしたちにはどちらもしなきゃならない仕事がある。どちらもたまたまとてもその仕事の腕がよくて頭も働く。キョンが言うには、今日はメディア会見をやっている時間はないって」

「それにわたしがこの聴取をするまで、彼はやらないでしょうね」

「何かちょうだい。〝NYPSDすじの話では〟って。何かをよ、ダラス。わたしはデブラ・バーンスタインが聴取室へ連れていかれるのを見た。その話でいってもいいのよ——でもあれを見たときはまだあなたと話していなくて、オフレコのものはないんだから——でも保留しておくことはできる、あなたが頼むなら。だってあなたが頼むときにはちゃんと理由があるって知っているから。だから、何かほかのものをちょうだい」

　彼女なら保留してくれるだろう、とイヴにはわかっていた。もし自分が頼めば、許可を出すまでナディーンはその情報を保留しておくだろう。

「保留しておいて、そしてそれにはあなたの言うちゃんとした理由があるからよ。ところで……NYPSDすじの話では、殺人の夜、レーン／フィッツヒュー宅からある貴重品が盗まれたらしいわ」

「この事件は押しこみが失敗したんじゃないでしょう」

「わたしが言ったのはそういうことじゃない。あるものが盗まれた、月曜の夜に盗まれたの」イヴはためらい、考えた。決めた。「そして取り戻された」

　ナディーンの視線が証拠品の箱へ動いた。「なるほど」マグカップを横に置くと、彼女は背すじを伸ばした。「わたしはわたしの仕事をしにいくわ、あなたにもあなたの仕事をさせてあげる」

「名案ね」

　ナディーンは出ていきかけ、足を止め、イヴのボードを振り返った。「これはたしかに円になっているわ。ローズからバーンスタインへ、ノヴァクへ、レーンへ。往年の併殺トリオみたいね」

「ちょっと、ナディーン、具合が悪くなるようなこと言わないで」そしてイヴは心臓のところをさすってみせた。「往年の併殺トリオはティンカーからエヴァースからチャンスへよ（大リーグ史上もっとも有名な併殺トリオと呼ばれたシカゴ・カブスの三人組）」イヴは名前を言うごとに指を立てた。「三人」

「オーケイ、それじゃ併殺四人組ね」ナディーンはイヴのしかめ面を無視した。「なんでもいいわよ。ひとつの円があり、その中心には賞をとったブロードウェイミュージカルがある。でも円には直線も含まれているでしょ。半径、直径」

「あなたがそう言うなら」

「そうなのよ。そういう線にはたくさんの名前、たくさんの過去がある。でも円はぐるぐる回りつづける」

たしかに。イヴはナディーンが帰るとそう思った。円はぐるぐる回りつづける、でもそのあいだに、円を回しつづける点がいくつもある。

ローズからバーンスタインへ、ノヴァクへ、レーンへ。

その点について、それから中心を通ってその点をつなぐ線について考える必要があった。

でもいまは、厳しく尋問すべき容疑者がいる。

証拠品の箱を持ち、イヴはブルペンへ歩いていった。

全員がいっせいに忙しくしはじめたが、鋭い警官の目は散らばっている菓子くずを見逃さなかった。

「クッキーのために裏切ったわけ？　汝（なんじ）、くそったれどもが」

「ダブル・チョコレート・チャンクだったんだよ、警部補(ルー)」ジェンキンソンは恥ずかしげな顔をするほどのたしなみ——もしくは図々(ずうずう)しさかもしれないが——もみせずに、狂乱のネクタイから菓子くずを払いおとした。「ダブル・チョコレート・チャンクには逆らえないよ」

「わたしは一個もありつけませんでした」ピーボディが立ち上がり、憤慨して仲間たちをにらんだ。「わたしが戻ってきたときには何ひとつ残っていなかったんです。ナディーンはわたしを見つけたんですよ、ダラス、バーンスタインを聴取室へ連れていくところを、でもわたしは彼女を部屋へ入れなければならなくて。そうしたらクッキーはなくなってしまい、わたしがここへ来たときには、ナディーンはもう警部補のオフィスに入ってしまっていました」

「一緒に来て」イヴは言い、ブルペンを出た。

「神に誓って本当です」ピーボディは追いつくとそう言った。

「あなたのせいじゃない。今回は」

「イエスをたたえよ。警部補なら好きなようにナディーンをあしらえると思ったので、わたしは出しゃばらないでいたんです」

「彼女はミナーヴァ・ノヴァクを結びつけた——その点は一日留(とど)めておいてもらうようにしたわ。オフレコで、彼女を満足させておけるくらいの情報をあげて。彼女もあなたを見かける前に、バーンスタインを結びつけていたのよ。ナディーンは円みたいなものを考えてるの――『アップステージ』、当時の悲劇、いまの悲劇」

「わかります。でも――」

「バーンスタインを聴取室に入れたことは保留しておいてくれるわ。こっちは交換に、トロフィーのことを教えてあげなきゃならなかったけど。具体的なことは言わなかったわよ、ただあの夜あるものが盗まれ、わたしたちがそれを取り戻したことだけ」

　イヴは聴取室Aの外で足を止めた。「来られたらマイラが見にきてくれるって。レオも。それから電子機器のことだけど」イヴは言い、マクナブの突き止めたことをピーボディに説明した。

「マクナブがこっちで使えそうなものを新たに見つけたら、あなたを呼び出すことになっている。そのあとそれでバーンスタインを叩きましょう。防犯カメラの映像を用意しておいて、それでも彼女を叩くから。弁護士はまだ？」

「彼女は誤認逮捕、身体的暴行、人身侵害、精神的虐待、訴訟を主張しましたよ。そういうときにはわたしはアヒルですから。ほら、流れ落ちるんですよ（水がアヒルの背を流れるように＝まったく平気で聞き流す、という言いまわし）」

「脅迫がアヒルを流れ落ちるの？」

「水がアヒルを流れ落ちるんですよ、だから彼女が脅迫してもまるで……通じたんですよね。見ればわかります」

「ええ、通じたわ」イヴはドアをあけた。「記録開始。ダラス、警部補イヴ、およびピーボディ、捜査官ディリア、聴取室に入室、同席者はバーンスタイン、デブラ、事件ファイルH‐８５４６に関して、および追加事項として偽造身分証の所持、不法侵入、窃盗、詐欺、警察官からの逃亡および警察官への暴行、逮捕への抵抗に関して」

「そんなのは全部でたらめだよ」

もうすらりとしたサマードレスではなく、オレンジ色のジャンプスーツだった。粋な黒髪のウィッグでもなく、太陽のようなブロンドのハイライトがたくさん入った茶色のショートヘアで、いまはぼさぼさ。

「弁護士にはまだ連絡してないんだ」デブラはイヴとピーボディが座るとそう続けた。「あんたたちに手荒に、いわれなく襲われたせいで、はじめはショック状態だったからね」

「ふうん」とイヴは言った。

「いまはもうただ、さっさとこんなことは終わらせて、行きたいだけだよ」

「それはどこへ？」

「あたしのホテルだよ、もちろん、そこで荷物をまとめて、こんな街も、こんなひどい出来事も置いていくんだ。あんたたちはあたしを誰かほかのやつと間違えてるんだよ」

「たとえば誰？　もしかしたらデビー・スターじゃない。マダム・ローズかしら」イヴは立ち上がり、証拠品の箱をあけ、偽造ＩＤを出しはじめた。「ローズ・スタイン、リーア・スターかも」

「それは舞台や専門分野でのいろんな名前だよ。あたしはエンターテイナーなんだ」

「あなた、楽しませて(エンターテインド)もらってる、ピーボディ？」

「まだですね」

「わたしもよ。好きなだけ芸名を持てばいい、でも公的なＩＤは法律上の名前でしかとれない。その名前はデブラ・バーンスタインで、あなたが〈ウェスト・エンド・ホテル〉で宿泊名簿に記録するのに使ったＩＤや名前じゃない」

「単にお忍びでいたかっただけだよ」デブラは胸を張り、できるだけ高慢な目つきをしようとした。しかし被拘禁者用のオレンジ色のジャンプスーツはまったくその助けにならなかった。「あたしの職業、業種の人間にはよくある習慣なんだ」

「ええ、いかさま師、ペテン師、詐欺師にはよくある習慣よね。ニューヨークで何をしているの？」

「あんたたちの知ったことじゃないのはたしかだね、でもちょっとショッピングと、仕事探しをしにきたんだよ」

「どういう仕事？」

「あたしはエンターテイナーだよ。ニューヨークにはあたしの才能を生かす場所がいくらでもある。舞台、スクリーン、クラブ、ピアノバー」

「クリーニングサーヴィスとか？」イヴはメイドの制服とブロンドのウィッグを出した。

デブラは息を吐いた。彼女の黄褐色がかったはしばみ色の目が侮蔑を浮かべた。「ただの衣装だよ、警部補。エンターテイナーはいろいろ衣装を持っているものなんだ」

「あなたがこの衣装、このウィッグをつけて、月曜の午前八時半頃セントラル・パーク・ウェストのベルモント・タワーに入っていったときには、誰を楽しませていたの？　それからその少しあと、イライザ・レーンとブラント・フィッツヒューのペントハウスアパートメントでは？」

「何の話かわからないね」

「ピーボディ、防犯カメラの映像を出して」

スクリーンのスイッチが入ると、デブラは指をねじりあわせはじめた。

「さあ、あなたがあれは自分じゃないと言いだす前に、クリーニングチームのほかの人全員がそれぞれ、複数の写真からあなたを選び出したことを言っておくわ。会社のオーナーも同じよ、あの仕事のためにあなたを面接した人」

一瞬で、まるで水道の蛇口をひねったように、デブラの目に涙が浮かんだ。「わかったよ、あんたたちははじめからあたしを侮辱するって決めてるんだ。あたしは金が必要だった、だからクリーニングの仕事を受けた。まっとうな仕事だよ。そのウィッグをかぶって別の名前を使ったさ、あたしだとわからないように。あたしにも少しだけど忠実なファンがいるんだよ」

「その仕事をとれるよう、三千ドル払ってお仲間のJ・Zに偽の照会先をでっちあげてもらったんでしょ。それに本当にすごい偶然よねえ、あなたが――最近一万五千ドルも入ったのに金が必要になって――受けたそのクリーニング仕事が、たまたまイライザ・レーンのペントハウスだなんて。かつて死んだ娘さんの代役だった」

今度は涙がこぼれ、雨のように、どしゃ降りのように落ち、ほとばしり、流れ、デブラは肩を震わせた。「あたしのベイビー！　あたしのすばらしい娘、いなくなってしまった、あたしからも、この世からも、まだあの薔薇(ローズ)が咲きもしないうちに」

「あなたはそれをイライザ・レーンのせいだと言った、そしていまも言いつづけている」

「あの女とあの極悪な若造のせいだよ。あいつらはあたしの可愛い娘にプレッシャーをかけて、あの子を誘惑し、あの子の弱みにつけこんだんだ。あたしがどこに来てしまったのか気がついたときのショックを想像しておくれよ！」

「デブラ、あなたはあの日仕事をした家が誰のものか言われていただけじゃなく、顧客の――ミスター・フィッツヒューとミズ・レーンの――プライヴァシーを守るという秘密保持確認書に――偽名だけど――サインしているのよ」

「そのときは全然注意してなかっただけなんだよ。すごくびくびくしていて」水びたしの目で、デブラは心臓の上に両手を交差させた。「必死だったんだ。ホテル代を払わなきゃならなかったし、たいした額じゃないけどね。サロンの施術とか、多少のワードローブとかにも。オーディションには最高のところを見せなきゃならないじゃないか、なんといっても。写真を見て、ほかの人たちがそのことをしゃべるまで、気がつかなかったんだよ」

「なるほど。まったく思いもしなかったと。レーンが『アップステージ』の再演の稽古に入ることも知らなかったと言うつもり？」

「もちろん知ってたさ！　心はずたずただったよ。ずたずたになった心は二度と、完全に癒えることはないんだ。水を、ティッシュをもらえないかい？　動転してしまって」

「でしょうねえ。ピーボディ？」

ピーボディが立ち上がった。「ピーボディは聴取室を退出」彼女は言い、出ていった。

「ちょっと落ち着く時間をもらえないかい。このことですっかりストレスがかかってしまったんだ」

「ええ、ゆっくりやって。わたしは時間がたっぷりあるから」

「どうしてそんなに横柄で不人情なのかね。ローズはあたしの世界そのものだったんだよ、それにあの子はあの子の世界でトップになろうとしてたんだ。あたしの望みはそれだけだった。あの賢い、美しい子のために、すべてを犠牲にした。あたし自身のキャリアも」デブラは宙で手を振った。「ローズがいるのに、あたしのキャリアが大事なわけないだろう？　あたしはあの子に、あの子のキャリアに自分を捧げたんだ。あたしたちはおたがいを捧げ合ったんだよ」

「わたしの情報では、彼女は十八になったとたん、あなたを追い払っているけど」

はしばみ色の目に一瞬の光、それからまた涙。「芸術家の気性だよ、それだけのこと。巣立ちをしなきゃならない若い鳥は、羽を広げても巣に戻ってくるじゃないか」

「なぜ彼女がそうするの？　巣に戻るってことよ。彼女は自分の巣を作るつもりだったでしょう」

「単なるたとえだよ」デブラは固い声で言った。「あたしはあの子が羽を広げるスペースをあげたんだ、あの子には必要だったから、それにあたしたちはあの子が死ぬ前に、完全に、愛情に満ちた仲直りをしたんだよ。少なくともそのことは神様に感謝できる」

「へえ。それは妙だわね、わたしの情報では、彼女はあなたを劇場に出入り禁止にしている」

「馬鹿馬鹿しい。嘘だよ。嘘がまかり通ってしまってるのさ、間違いない、うちの娘の哀れな死のおかげでキャリアを築いた、あのずるくて才能のない名ばかりの女優のせいで」

「それはイライザ・レーンのこと？」

「ほかに誰がいる？　あの強欲で、たくらみごとの好きなビッチがあたしのローズを追いつめて、薬とアルコールに慰めを求めさせて、あのめそめそ野郎に手を貸してたきつけ、かわいそうなローズを夢中にさせたんだ」

「それはゲリー・プロクター？」

「あいつらは寝てたんだよ、そうにきまってるさ！」

「どうしてわかるの？」

　デブラはイヴを見下すように見た。「母親にはわかるんだ」

「ピーボディは聴取室に戻りました」ピーボディは水と、ティッシュの束をテーブルに置いた。

「オーケイ、それじゃ、続けましょう」イヴは言った。

「あの女が何をしたか知ってるかい？」炎が戻ってきて、デブラの目から燃え上がり、頬に激しい赤みが広がった。「あのあばずれの、無情なビッチがローズの気前のよさ、あの子のやさしさにつけこんで、ローズを説得して、週に一度あの女にマチネを、おまけに月に一度夜公演をやらせることに同意させたんだ。ふん、ストレスをとりのぞくためだとか、ローズに声を休ませる時間を与えるためだとかってさ。猫かぶりが」

　デブラは頭を後ろに倒して、鼻を鳴らした。「まあ、あたしはそれを聞いたとたん、ストップをかけたことは話してあげられるよ」

「そうだったの？」

「もちろんそうしたさ。あたしは娘と率直に話をして、絶対に、何ひとつ人に譲っちゃいけないことを思い出させた。あの芝居の題が『アップステージ（脇役が人気をさらう、の意味あり）』だってこと、それこそが上に行きたくて必死のあの代役がやりたくてたまらないことだと思い出させたんだ。あたしのローズより人気をとることが。あのビッチに、あんたのたくらみには気がついたと教えてやったよ、ローズもそうだってね」

涙は怒りで乾いていたが、デブラはティッシュをとり、ぬぐうかのように両方の目の下を押さえた。

「それはいつのことだったの？」

「最後の通し稽古、友達や家族むけの公演の直前さ。ああ、すばらしかったよ、あたしのローズは。劇場全体をあの子の手のひらにのせていた。だからあたしはあの陰謀女に、あんたは絶対にローズの代わりにはなれないと教えてやった。あの女にできるもんか！　あの女に代わりがつとまるもんか。あんたが何をたくらんでるかローズは知ってるよ、って教えてやった。ローズは公演のたびに名を上げて、大喝采をあびるだろう、って」

「そうしたらイライザは何て言った？」

「ああ、あの女はいろいろ言い訳をして、また嘘を重ねようとしたよ、でもあたしはだまされなかった！　その場でもっとあたしの本心を言ってやろうとしたんだ、でも……」

「でも？」

デブラは間を置いて水を飲んだ。「ちょっとことが荒立ってしまってさ、あんたたちも想像できるだろうけど。あたしは娘を守ろうとしてたのに。あの女は空涙を流して警備員にうったえ、あたしを劇場の外へ追い払った。二度とあたしのベイビーの生きている姿を見ることはなかった。あの女がそうさせたんだ」

「それはさぞかしつらかったでしょうね」

デブラは悲しみに満ちた目をピーボディに向けた。「あんたも、ほかの誰も想像できないくらいだよ」

「子どもを失うなんて……」ピーボディは自分の心臓のところに手を置き、頭を振ってみせた。「イライザ・レーンを許せるわけありませんよね？　彼女のことを、娘さんのことを、あの芝居のことを思うたび、胸を刺されるような気持ちだったでしょう」

うまいわ、ピーボディ、とイヴは思い、そのままやらせておいた。

「絶対に癒えない傷だよ」またティッシュをとって、デブラはそれを握った。「どうしてこの世はこんなに残酷で、むごくなれるんだろうね？　どうしてあの女がすべてを、ローズが手にするはずだったすべてを手に入れるなんてことがあるんだい？」

「おまけに今度は」ピーボディは続けた、「『アップステージ』をブロードウェイに、クリスタル・ガーデンズ・シアターに、あの同じ劇場に戻して、それを食い物にして、そのお祝いをして、あのときの痛みをすべてほじくり返そうだなんて。残酷ですよ、本当に残酷」

「そうなんだよ、まさに！」デブラは実際にテーブルのむこうへ手を伸ばしてピーボディの手を握った。「あたしが耐えられるとでも？　どんな母親が耐えられるって？」

「あなたはそれを止め、彼女を止める方法を見つけなければならなかったんですね。そうするしかありませんよね？」ピーボディは自分の手をつかんだ手をぎゅっと握った、まるで気持ちはわかりますというように。「彼女は自分のしたことの代償を払っていないんですから」

「自分の得にしてばかりさ、いつも」

「あなたはあのビルに入り、彼女の大きな、美しい家に接近し、内部に入りこむ方法を見つけた。ローズの骨の上に彼女が築いた家に。あなたはすべてを危険にさらした、母親ならそうせずにいられませんよ、愛する娘の敵（かたき）をとるためなら」

「あたしは自分のものを取り返したかったんだ！　ローズのものだったものを」デブラはあわてて訂正した。

「すべてを危険にさらして」ピーボディはもう一度言った。「あなたは恥を忍んで、ローズのものになるはずだった場所を掃除し、磨き上げた。イライザ・レーンが大がかりな祝宴を開けるように。その祝宴は本当ならあなたとローズが開くはずで、二十五周年はあなたたちのものだったはずなのに」

「あたしは必死に働いて、たくさんのものをあの子に与えたよ」デブラはあいているほうの手の甲を額にあてた。「あたしたちは本当に仲がよかったんだ」

「ほかの従業員たちが帰ったときにあなたは残り、場所を見つけて隠れ、待ち、パーティーにまぎれこめるよう着替えたんですよね。どこで？」

「三階の客室さ。誰も仕事をしてなかった。あれやこれやのアシスタントたちがいてさ。まるであの女が、あのみじめな人生で一日でもまともに働いたことがあるみたいに」

「あなたはトロフィーを持っていきましたよね。あれにも危険がともなったでしょう。誰かが気づいたかもしれないんですから」

「正当に自分の——ローズのものだったものをもらっただけだよ。それにあの女は髪をととのえたり、ポーズをとったり、みんなに指図してまわったりしてえらく忙しくて、自分のごたいそうなオフィスには入ってこなかったからね」

「トロフィーをとっていくだけじゃ足りなかったでしょう、もちろん。あなたは終わらせなければならなかった、ローズのために、これまでの年月のために、それにあつかましくもブロードウェイに『アップステージ』を呼び戻したことで、イライザに仕返しをしなければならなかったんですから」

「あたしには権利があったんだ！　母親の権利だよ」

「あなたはあのブロンドのウィッグをつけてととのえ、カクテルドレスを着て、新たにメイクアップもした」いかにもわかりますよというふうに、ピーボディは励ましの雰囲気をにじみ出させた。「でも自分に注意が向かないようにして階下へ行かなければならなかったでしょう」

「単にタイミングと、役を演じるって問題さ」デブラは髪を撫でつけた。「あたしは役者だからね」

「でもあのバッグを持っていたんでしょう、メイドの制服と、あなたがもらっていったトロフィーが入っていたあの大きなバッグ」

今度はデブラはにやりとした。「ドアのところにいたあの出迎え係、あの」――彼女は指を使って宙にカギカッコを書いた――「アシスタントたちのひとりだよ。あたしは彼女の後ろへ歩いていっただけさ。〝そうだわ、ダーリン、これをホワイエのクローゼットに入れておいてもらえる？〟そうするのが当然って感じでね、説明はしない」デブラは肩をすくめた。「彼女は持っていったよ、それであたしはシャンパンをいただいたり、人としゃべったり、きれいなカナッペを食べたりした。ブラント・フィッツヒューとちょっと楽しくおしゃべりもしたよ。あんなチャーミングな男が、あんな女に十年も無駄にしたなんて気の毒なこった」

「ブラントと話をしたんですか？」ピーボディは楽しそうに言った。

「うまくやったよ。これ以上ないくらいチャーミングだったね」

「そうでしょうね。そのときシャンパンに毒を入れたんですか？」

「何だって?」デブラは座ったまま言い返した。「何の話をしてるんだい？　頭がおかしくなったんじゃないの?」

「あれは彼に飲ませるつもりじゃなかったんでしょう。イライザのお酒だったんです。あなたにわかるはずありませんよね?」

「どうかしてるよ！」デブラの顔がまた真っ赤になった。「あたしをはめようとしてるんだね」

「ご自分で言ったじゃないですか」ピーボディは指摘した。「あたしには権利があった、って」

「トニー賞のトロフィーはだよ！　あのパーティー、シャンパン、キャビアは。あたしのものになるはずだったものを楽しむのは。その全部。あの女の持ち物をつつきまわして、暮らしぶりをみてやることは。あたしには権利があったんだ！」

イヴは話に入った。「あなたは変装して、嘘の口実で彼女の家に入った。用意して待った、五時間以上も。彼女の所有物を盗んだ」

「当然の要求をしたんだよ！　あたしのものだったものに当然の要求をしたんだ！」

「好きなように言えばいい」イヴは立ち上がり、身を乗り出した。「あなたはこっそり階下へ行って彼女の料理を食べ、彼女のシャンパンを飲んだ。憎んでいる女、あなたにとって大事なものを、自分のために手に入れたいものをすべて奪ったと決めつけている女の。

それなのになあに、あなたがただ出ていって、それから二十分もしないうちに彼女の夫が死んだ、彼女が飲むはずだったシャンパンを飲んで死んだなんて、わたしたちに信じさせたいの？」

「あたしはあれには何の関係もないよ！　次の朝までそのことは知りもしなかったんだ」

「嘘ね」イヴは両手でテーブルをバシンと叩き、デブラはびくっとした。「あなたはトロフィーひとつのためにつかまる危険を冒したりしない、彼女の名前が刻まれたトロフィーの」

「あたしは――あたしはあの女の名前を消すつもりなんだ」

「その話は信じてもいいわ。それじゃかわりにあなたの名前を入れるの？　あなたのね、だってそれだけ手間をかけたのは自分のためなんだから」

「それは侮辱だよ！」

「殺人のほうがよっぽど侮辱よ。あなたは頭がいいから彼女があれを飲む前に出ていった――もしくは飲むだろうと思った時間の前に。あなたは業界を知っている、どういうふうにことが運ぶかわかっている。彼女は倒れ、警察がやってくる。あなたはあそこにいてあれを――何だっけ？――カーテンコールを見ることはできない。でもエンディングはあなたの頭の中に書いてあった。彼女は代償を払う、ついに払う。二度とスポットライトの中に、あの芝居に立つことはない」

「あたしは自分のものを取り返したから出ていったんだ。あたしが出ていったのは……彼女があたしを見たからだよ。あたしは用心していた、でも彼女はあたしを見た、だから思ったんだ――あたしだと気づかれたかもしれない、って。それでバッグをとって出ていったんだよ」

「シアン化物はどこで手に入れたの？」イヴは問いつめた。

「シアン化物なんか手に入れてない！　あたしは誰も殺してない。たぶんあの女が殺したんだよ。たぶん彼はとうとうあの女の正体を悟って、離婚したがったんだ。あの女のもとを去り、彼女を辱めようとしていた。彼が六か月留守にするのはみんな知ってる――エンターテインメントのブログにはどこもかしこも書いてある。彼はあの女のもとを去って二度と戻ってこないはずだった、だからあの女が彼を殺したんだよ」

デブラは両手に顔をうずめた。「あたしの大事なローズを殺したみたいに」

「あのお金はどこにあるの？　一万五千もせびったんでしょ。ホテル代に全部使ったわけないわよね。二週間足らずで九千ドル以上も何に使ったの、デブラ？　シアン化物にいくらかかった？」

「シアン化物なんか買ってない。いろいろ経費があったんだよ。サロンのトリートメントや、新しいワードローブや。身上書や照会先やあのひどいホテルにも払わなきゃならなかった。食べなきゃならなかったんだよ！　経費がかかったんだ！」

デブラは顔を上げ、今度は涙もまずまず本物にみえた。

「これ以上話すことはないよ。きっとあの女があんたたちに金を払って、あたしをこんな目にあわせてるんだろう。弁護士を呼びたいね。弁護士に連絡したい、いますぐ。弁護士が来るまでこれ以上話すことはないよ」

「好きになさい、デブラ。いい弁護士が必要になるから」イヴは証拠品の箱を持ち上げた。「ダラスとピーボディは聴取室を退出。容疑者は勾留房へ連れていかれ、また、弁護士との連絡もしくは弁護士を要請する権利を行使したので、そうすることを許可される。

聴取終了」

18

「制服二人に彼女を連れていかせて」イヴは聴取室の外に出るとそう言った。

「彼女を押さえたと思ったんですが」

イヴはただ首を振った。「さっきはよくやってくれたわ、あなたが彼女に調子を合わせたあのやり方。すごくうまくやってた、それに彼女がいつどうやって何をしたか、本人の言葉で、記録のうえでしっかりした全体像がつかめた」

「でも自白はなし」

「まだ第一ラウンドよ。これを証拠課に戻しておいて」イヴは箱をピーボディに渡した。

「マクナブが彼女の電子機器にもっと面白いものを見つけてないかきいてみましょう」

イヴはブルペンへ引き返そうとした。考える必要がある、聴取室でつかんだすべてのことを検討する必要が。静かな時間が、と心の中で思った。それに被害妄想のある嘘つきを相手にするいらだちを捨てる時間も。

ああもうくそぉ、と思い、そこでレオとマイラが観察室から出てきたのを見て立ち止まった。二人のあとからロークも出てきた。

「最後の数分しか見られなかったの」マイラが言った。

「もし全体を評価したいんでしたら、記録のコピーをお届けしますよ。ピーボディが彼女を懐柔してくれたし、マクナブが彼女のＰＰＣとリンクを調べているところです、徹底的に。偽造ＩＤの所持と使用、不法侵入、窃盗で押さえたんです」

「でも殺人じゃない」レオが指摘した。

「ええ。彼女はせびった一万五千ドルのうち、二千ドルほどしか持っていませんでした。これからサロンの支払い、ワードローブ、ほかの買い物も全部たどってみます。現時点で、彼女は弁護士を雇えるほどの余裕は残っていません、ですから公選弁護人ということになりますね。彼女も房でひと晩過ごしたら、第二ラウンドではもっと言うことがあるかもしれません」

「聴取全体を見てみたいわ、でもわたしが見たかぎりだと、彼女はあのトロフィーを持つ資格があると思っているだけではなくて、それを自分のものだとみなしているわね、娘を通じて。そこがキーポイントよ」マイラは強調した。「彼女のものなの――この犠牲の年月に対しての。ローズは彼女にとって名声、富へのルートだった。そして自分がもらって当然だったすべてへのその手段が断ち切られたとき、責められるべきはほかの人々だったし、いまもそう。自分は何の責任も負わない」

「彼女はかなり強くレーンをなじって（ポイント・ザ・フィンガー）いましたよ」レオが言った。「それは、言い換えれば、動機を指し示して（ポイント・ザ・フィンガー）いるんじゃありませんか。犯行可能な時間は短かった——彼女の退出、それに死亡時刻——でもできないことはない。彼女は嘘の口実で現場にいた、しかも何時間も。第二ラウンドで残りを崩せるかも。

　彼女が誰を公選弁護人とするのか、情報をつかめるかやってみるわ」

「聴取全体を検討したあと、わたしの評価を送るわね」マイラが付け加えた。

　彼女たちが行ってしまうと、ロークがイヴと並んで歩いた。「僕はマイラよりちょっと長く見ていたよ」彼は言った。「あの女は役者だね。成功する詐欺師は、他人に信じさせるために、自分自身の嘘を信じる必要がある。彼女がほとんど刑務所に入らずにいられたのは、ゲームのやり方を心得ているからだ」

「ピーボディの作戦にははまってたわよ」

「はまっていたね、ピーボディが彼女自身の思いこみを補強してくれたからだ、それも非常に賢く」ロークはそう付け加えた。「ほら、と彼女なら考えただろう、ここにわかってくれるやつがいるとね。そして同時に考えただろう、腕のいい詐欺師には必要だからね、おっと、ここに使えるカモがいるよ、と」

「そうね」イヴは自分のオフィスへ入り、まっすぐボードのところへ行った。「くそっ、くそっ、くそっ！」押しやろうとしていた憤懣（ふんまん）が戻ってきた。どっと。「はじめに戻らなきゃ。何もかもあのひどい始まりに端を発してるのよ」

「たしかに」ロークは二人ぶんのコーヒーをプログラムした。

「彼女はお間抜け三人組から一万五千ドル巻き上げたけど、二週間もクソだめみたいなところで暮らしてる。何時間もかけて恨み骨髄の敵の家を磨き上げたり何だりした、それがシャンパンをちょっと飲んで、キャビアをつまんで、他人の名前の入ったトロフィーを持って出ていくだけのためだったの？」

イヴはくるりとロークを振り向いた。「それはただイカれてるだけじゃない、愚かってことよ」

「反論するのはむずかしいね。彼女を崩せないのを心配しているのかい？」

「彼女は嘘をつく、それが彼女の生き方だから。でもそこにも真実はあった。ピーボディがその真実を彼女から引き出してくれた」目をこすってから、イヴはもう一度ボードを見た。「あのひどい始まりに戻るわ。同時にまた時間の無駄遣いの記者会見をやらなきゃならない、それも被害者の名前があればクリックしたり動画を見たりしてもらえるからって」

そのことへの憤りがいらだちとともに沸騰し、イヴはまたロークを振り返った。「あなたはここで何をしているの？」

「いま現在は、きみが憂さ晴らしをしているのを聞いている」

「ここでよ」彼女は言い、おたがいのあいだのフロアを指さした。「いま」

「このエリアで打ち合わせがあったんだ」

「ええ、ここ何週間かずっとそう言っているわね。いったい何なの、ローク？」

　ロークの眉が上がったが、彼はおだやかに言った。「僕が今回の事件できみの聴取の一部を見たことが問題なのかい、警部補？」

「あなたがわざわざ時間を使って捜査に貢献してくれたあと、問題があるなんて言ったら、こっちが馬鹿じゃない。それにわたしがしている、もしくは言っているのは、どのみちそういうことじゃないわ」

　それに言うつもりもない、とイヴは片手で髪をかきあげながら思った。

「いったい何なの、ってきいているのよ。あなた、最近は週に一回はここにあらわれるじゃない。どうして世界征服の計画を進めるとか、スカンジナヴィアを買う方法を探したりとかしてないの？」

「それはまったく同じことなんじゃないか」

「わたしは本気よ。妥当な質問だし、はっきりした答えがほしいわ」

「それならいい。きみはパワーアップ（ブースト）を使ったらいいと思うんだ」

「強壮ドリンク（ブースター）なんかいらないわよ」

「そのブーストじゃない」ロークは自分のコーヒーを横に置いた。「二、三分で戻るよ」

「何？　ちょっと待って。どこへ――」

しかし彼はそのまま歩いていってしまった。

「ときどき結婚って頭のおかしい世界だと思うわ」イヴはデスクチェアにどすんと座り、ボードを見た。「頭のおかしい世界」

しばらく目を閉じ、いつもの瞑想(めいそう)マントラを唱えて――このくそ、このくそ、このくそ――頭をすっきりさせようとした。効くこともあるのだ。

始まり。そしてもしデブラがあのペントハウスに、パーティーに入りこみ、あの賞――トロフィー、シンボル――を奪った理由が、レーンに仕返しをし、彼女への恨みをはらすことなら、ローズ・バーンスタインの死はその始まりを示している。

もしくは、少なくとも円の上の一点を。

もしローズが生きていたら、トニー賞をとっただろう――とらなかったかもしれないが。大物のセレブになったか、燃えつきたか、別のときに過剰摂取で死んだかもしれない。でも。

もし彼女があと一日、あと一週間、あとひと月生きていたら、彼女の死後に起きたことすべては、その時点のあとに起きただろう。別の円になって。

もしレーンが、証拠と論理と確率が判断したとおり、ターゲットであったなら、殺人の時刻と場所の選択からいって、あの芝居――最初のと再演の――が、円のど真ん中になる。

ローズ・バーンスタインはレーンに、ミナーヴァ・ノヴァクに、ゲリー・プロクターに、そしてデブラ・バーンスタインにつながっていた。そしてその最終候補者リストにある人間で、現場にいたのは誰か？　ゲリー・プロクターは除外。さらにせばまった候補者リストで、正当な理由なくあそこにいたのは誰か？

ひとりだけだ。デブラ・バーンスタイン。嘘つきで、詐欺師で、泥棒の。

イヴは立ち上がり、歩きまわりながら頭の中でさっきの聴取を繰り返し、細部を検討した。

自分自身にいらだち、また腰をおろし、新しくメモをとりはじめた。

するとロークが大きな箱を運んで戻ってきた。

「それは何？」

「きみの記念日のプレゼントだ」

「ちょっと。わたしたちの記念日はまだでしょ、それにプレゼントも探してない。たぶんわたしは脱線しているのよ」イヴはそう言い足し、また髪をかきあげた。「ただ状況を全部広げて見てみなきゃだめなのに」

「この箱をあけてごらん、イヴ」

「ちくしょう。わかったわよ」イヴは立ち上がり、乱暴に蓋をあけた。そして中身をじっと見た。「何これ？　あの魔法の裏地はもうつけてるわよ」ジャケットをめくってそれを証明してみせた。「シフトのたびに誰かがスタナーやナイフをわたしに使おうとするわけじゃないでしょ。なんでまた新しいのがこんな大きな箱いっぱい？」

「これはきみがつける用のじゃないよ、警部補。きみのブルペン用のだ。少なくとも、このグループの」

「わたしは――」イヴはただぼうぜんと彼を見るしかできなかった。「どういうこと？」

「しばらく前から部長、ティブル、それからほかの人たちとこのプロジェクトに取り組んでいるんだ。きみが身につけているのはプロトタイプで、技術が完成するとすぐ、製造にとりかかれるようになった。少し時間がかかったけれどね、みんなサイズや体格が違うから。ＮＹＰＳＤ全体に供給できるほど製造するにはまだもう少し時間がかかるだろう。少々の……交渉をしたあと、殺人課、きみのブルペンから始めることで合意したんだ」

「交渉」

「〝最後通牒（つうちょう）〟より楽しい言葉だろう。〈ローク・インダストリーズ〉は〝薄い盾（シン・シールド）〟を――ブランドネームだよ――無料でＮＹＰＳＤに寄贈する、きみの部署が最初の製品を手にするという合意のもとに。

記念日おめでとう――予定よりちょっと早いが」

イヴは彼から遠ざかった。そうせずにいられなかったのだ。遠ざかって、細い窓のガラスに額をつけた。

「あなたがわかった、こういうこともだいたい理解したと思うたびに、あなたはカーブ球を投げてくる。わたしをノックアウトする。あっさり……ノックアウトするのよ」

「きみがそれをジャケットの下につけてくれるのは僕のためだろう。きみがそれをつけるのは、第一に僕の心配を減らすためだ。きみはあそこのみんな、僕がきみを通じて知り合い、気づかうようになったみんなに責任を負っている。これがあればみんなはもう少し安全になるし、きみの心配も減る」

「彼らは警官よ。この仕事が意味するものは――」

「それが意味するものが何かは知っているよ。きみにとって、きみの指揮下にいる彼らにとって、僕がここで知っているほかの人々にとって。それがきみにとって、彼らにとって意味するものが、バッジをつけているすべての人にとっても同じだとは僕には言えないし、言うつもりもない。ある人々にとっては、それは単に権力とライセンスを自分たちのやりたいように使うということにすぎないだろう。そうじゃないと言うには、僕もたくさんの同類を知りすぎている」

たしかにそうだ。彼は知っている。そしてそのことがイヴの喉につかえた。

「でもあなたは市警全体に支給するつもりなんでしょう」

「これをつけるに適切な人間を選んで判断する時間も、そうしたい気持ちもなかったからね。僕は警官と結婚した、そして彼女はＮＹＰＳＤで働いている。ホイットニーはきみが配ることを許可してくれたよ。名前と階級のラベルがついている」

イヴは彼を振り返った。体じゅうからあふれる感情で目をうるませて。「それがわたしにとってどういう意味があるか、あなたが知ってくれている以上に大事なことなんてないわ、絶対にない」

それからイヴは彼のところへ行き、彼の腕がまわされるとロークの肩に顔をつけた。

「絶対にない」彼女はつぶやいた。「うまく言えないけど」

「きみが言ってくれた言葉でじゅうぶんわかったよ」

イヴは頭を上げ、彼の顔を両手ではさんだ。「ありがとう」

そして彼にキスをすると、そのキスはやさしかった。

「おっとぉ」ピーボディが戸口に来て言った。「と、しまった」

「ピーボディ」イヴはロークに目を向けたまま言った。「外回りに出ていないのを全員、至急ブルペンに集めて」

「ええと、はい。オーケイ」

ピーボディがいそいで遠ざかっていくと、ロークはもう一度イヴにキスをした。「きみが容疑者ともう一ラウンドやって、遅くなるんだったら知らせてくれ」

「第二ラウンドをやるかは疑わしいけど、頭の中で詰めたいことがいくつかあるの。円の中心のことは何て言う？」

「中心」

「ほんとに？　何か凝った言葉はないの？　ああいう……」イヴは宙に円をかいてみせた。

「きみが言いたいのは円周じゃないか、中心のまわりの距離だよ。あるいは、それが開いて平らになって線分になったところを考えてもいい――」

「それよ。それを思い浮かべようとしているの」

「だったら周囲の長さの限度――」

「ストップ」イヴは実際に両耳を手でおおった。「わたしに数学のストレスをかけようとしてるわね。それはたくさんの直線である、点ごとのね、そして曲がって円になる。それに取り組まなきゃならないの」

「幸運を祈るよ。僕はメイヴィスのところに寄っていく、こんなに近くまで来ているんだからね。きみをいま言っていたことにかからせてあげるよ」

「あら、だめよ。その箱を持って」

「僕はむしろ――」

「あなたがむしろ何をしたいかはわかってる。結婚した相手をわかっているのはあなただけじゃないのよ。だからお気の毒さま。これはプレゼントの一部と考えて」

「それはちょっとずるいな」ロークは言ったが、それでも箱を持ち上げた。

円のこと、始まりのことを考えながら、イヴはブルペンに出ていった。

「みんなこっちを見て。この部署は〝シン・シールド〟ボディアーマーの最初の受取人になった」イヴは自分のジャケットをめくってみせた。「この新しい安全上の件について何か質問があれば、これを持ってきてくれたこの人にきくといいわ。わたしは――個人的な経験から――こう言えるけれど、これは鋭利なもの、スタナー、弾丸を止めてくれる。軽くて――武器や、制服のトップスみたいにジャケットの下につけられるし――おさまるわ。ティブル本部長とホイットニー部長もまずこれを殺人課に、それからNYPSD全体に、〈ローク・インダストリーズ〉から寄贈してもらうことを了承した。わたしも同じくこの部署の警部補として、感謝をこめて受け取る。

ジェンキンソン捜査官、これを配ってもらえる？　みんな名前と階級がラベルで入っているから。それと、外回りに出ている人たちのぶんは、配れるときまでロッカーに入れておいて」

「イエス、サー」ジェンキンソンがデスクから立ち上がった。「最初にこのブルペンにいる警官全員を代表して言いたいことがある、こいつらが馬鹿じゃなければ。俺たちがこのバッジを手にし、この職務を果たすには理由がある、そしてそれはあそこに書いてある」

彼は休憩室のドアの上に貼られたモットーを指さした。

〝人種、宗教教義、性的指向、政治的所属にかかわらず、

われわれは保護し、奉仕する。※
なぜなら誰でも死ぬからである。

※たとえろくでなしでも。〟

「誰もがあれを理解するわけじゃない。バッジをつけてる人間だって、みんながあれを理解するわけじゃない、全員揃っては。あれを理解するだけじゃなく、大事に思ってくれる人間がいるから意味があるんだ」

ジェンキンソンは進み出て、箱を受け取った。それからそれをイヴに渡してから、ロークに手をさしだした。

「あれを理解してくれてありがとう、馬鹿なくそ野郎にならず、大事に思うどころじゃないことをしてくれて」

「どういたしまして」

いちばん近かったので、ジェンキンソンは箱をピーボディのデスクに置き、あけて、一枚めの透明包装されたベストを取り出した。「よ、サンチャゴ、おまえの賞品をとりにきな」

「僕はすぐ出るから」ロークが言った。

「そこから動くなよ、大物（エース）さん」

サンチャゴが最初にロークのところへ歩いてきて、手をさしだした。「ジェンキンソンに同じ」

そして部屋の全員が同じことをした。

時間がかかったが、イヴはそれだけの価値のある時間だったと思った。自分のデスクに戻り、メモを見る――まったく新しいものはなく、考えこんだ。

自分はただ何となく別のパターンを思い浮かべているのだろうか、それともそれは実在するのか？　そして別のパターンを見つけたと思っても、まったくすじが通らないものだったらどうするのか？

それをたどってみるのよ、とイヴは自分に言い聞かせた。そして始めた。

いくつもの円、いくつもの中心、その点は一本の直線をつくり、そのあと線はじょじょに曲線、もしくは弧、もしくは何かになり、すべてをまとめてその円になっていく。

それをたどらなければならない、とイヴは考えた。あるいはもっと正確にいえば、さかのぼるのだ。

立ち上がったとき、レオが大いそぎでオフィスに入ってきた。

「くそったれ！　コーヒー。コーヒーのためにだいたい四分あるわ」

レオはイヴがいいと言うのも待たずに、オートシェフのところへ行った。

「バーンスタインは公選弁護人を呼ばなかったわよ」薔薇色のスーツとふんわりしたブロンドの髪の怒れる見本となったレオは、ごくごくとコーヒーを飲んだ。「ちくしょう。熱い。もう！　彼女、カールトン・J・グリーンをつかまえたの」

イヴもその名前は知っていた。警官と検事ならカールトン・J・グリーンの名前は知っている、ダイヤモンド級の刑事弁護人で、粘りづよく堂々とした態度、交渉、無罪判決の記録で有名だ。

「彼は引退してるでしょう。四年、もしかしたら五年前に引退したはず」

「じゃあ、このために引退生活から出てきたんじゃないの」レオはまたコーヒーをごくごく飲んだが、今度はもう少し用心した。「それに彼はすぐに保釈審問会を要求しているの。いますぐによ。おまけにこっちの不運なのか、彼がそうする方法を見つけたのか、ポインター判事になったの」

「うわ、かんべんして」

「わたしは戦うわよ。バーンスタインには前科があって、前歴もあるし、盗品、偽の身分証を所持していて、おまけに、これはじゅうぶんな根拠があることだけど、ブラント・フィッツヒュー殺害における有力容疑者でもある」

レオはしゅーっと息を吐き、ため息をつき、コーヒーを飲み干した。「でも相手はポインターなのよね、それに彼女は連中を厳しく調べて、追及して、あげく釈放するのが大好きだもの。判事も保釈金は高く設定するでしょう、でも――」

「もしバーンスタインがグリーンを引退生活から引っぱり出す方法を――彼が無料奉仕をするわけないし――見つけたのなら、誰か彼女に金を払ってくれる金持ちがいるってことね」

イヴはボードのほうを向き、その金持ちが誰であるかについてはおおいに心当たりがあると考えた。

「法廷に行かなきゃ。わたしは戦うわよ」レオはもう一度言った。「でも言いたくないけど、きっと負けるわ。相手にも一矢は報いてやるけど」彼女の目がすっと細くなった。「一矢は報いてやる、そして必ずバーンスタインをあしたの午前中、また尋問に来させる」「彼女のホテルの部屋は封印を解いておく、それからあのビルに二人配置しておく。あそこは留置房じゃないけど、パラダイスでもないわよ」

「カールトン・J・グリーンとはね」レオは吐き捨てるようにその名前を言い、またもや大いそぎで出ていった。

イヴはボード上のメーヴ・スピンダルの写真に歯をむいた。「あなたでしょ。単にイライザ・レーンに痛い目をみせてやるための手。新しい手」

イヴは内線ボタンを押した。「ピーボディ！」

オフィスに戻るつもりはなかったので、自分のメモをコピーしているところへ、ピーボディがいそいでやってきた。

「あいつらはバーンスタインを保釈金で出してやるつもりよ――」

「なんですって？」

「カールトン・J・グリーンよ」ピーボディの知らない時代だ、とイヴは気づいた。「高給とりで、高い確率で無罪判決をとる刑事弁護人――わたしはスピンダルが仕組んだほうに賭けるわ。しかもポインター判事の法廷になるのよ」

「うわ、まさか、〝あきらめろのポインター〟じゃありませんよね」

「バーンスタインのホテルの部屋の封印を解除して、あのビルに制服を二人配置して。四時間シフトでね――気がゆるまないようにさせておきたいから。バーンスタインは追跡装置（トラッカー）をつけることになるでしょう、でも彼女がそれをごまかさないとは思えない」

「それに彼女はウィッグや化粧の使い方がうまいですしね」

「制服たちにそう言って、〈ウェスト・エンド・ホテル〉に行かせて。バーンスタインが戻る前に行っていてもらいたいの」

「最初のシフトにはカーマイケルとシェルビーを行かせましょう。スピンダルはなんだってこの件にそんな無駄遣いをするんです？」

「円よ。彼女はレーンに悪意を持っている、これは彼女をぴしゃりとやってやる手段なの。

ただのお金だもの。わたしはレーンに知らせて、家から仕事をする」

「記者会見は」

「ああ、あなたにまかせるわ」

そのレベルのショックと恐怖をあらわせる目盛りは、ピーボディの顔にはついていなかった。「ダラス！」

「あなたならできるわよ。キョンに言っておいて、わたしは外回りに出て、レーンに有力容疑者が保釈されそうだと知らせにいく、って。それと、新しい角度を追ってみるって」

「でも――」

「それからその新しい角度に関するわたしのメモを読んでおいて」

「新しい角度があるんですか？」

「円に角度はない、でしょ？　新しい……基準点というか何というか。さあ行って」

イヴはピーボディを部屋から、ブルペンから追い出し、グライドに乗った。

リンクを出して、玉をころがしにかかる。

「ミスター・プロクター」彼の顔がスクリーンに出たとたんに言った。「こちらは警部補――」

「ダラスだね。きみのことは知っているよ。前にピーボディ捜査官と話をした」

「ええ。それで追加であなたにお話をうかがいたいんです。いま、もしよろしければ」

「いいとも。コリーン！　音楽を止めてくれ。すまんね――子どもたちが。わたしで何か役に立てるかな？」

「直接お話ししたいんです。そちらへうかがってもいいですか」

「おや」あきらかに何かに気をとられて、彼はあたりを見まわした。「いいとも。正直に言うとほかに何を話せるかわからないし、あと二時間で劇場に行かなければならないんだが」

「そんなに長くはかかりません。いまそちらに向かっていますから」

イヴは階段をダダダッと降りて駐車場へ向かった。

そしてこれが時間の無駄だとわかったら、あとで埋め合わせをしようと思った。

車の列をぬって進みながら、ロークに連絡した。

「たぶん遅くなるわ――あなたに知らせるって言ったわよね」

「わかった。第二ラウンドかい？」

「いいえ、バーンスタインが保釈になりそうなの」

ロークはしばし無言になった。「法と秩序のあいだには奇妙なシステムがあるものだね」

「それがわたしたちの持っているシステムなの。ある人と話をしなきゃならないのよ、それからレーンに用心するよう通告しないと」

「バーンスタインがもう一度やると思っているのかい？」

「思ってない。彼女はさっさと逃げようとするかもしれないけど、ホテルには警官を配置したから。いまの時点でもう一度やるには、彼女はわが身が可愛(かわい)すぎる。だから……」イヴは頭を振った。「わからないわ。まだ答えをつかもうとしているの、たぶん無駄な追跡(チェイシング・ザ・ワイルド・ダック)でしょうけど」

「がちょう(グース)だよ。僕はちょうど家に着いたところだ。手伝おうか？」

「いいえ、ありがとう。わたしはただこの糸を繰り出したいの、たぶん。家に帰ったら会いましょう」

なんとかプロクターの住む建物に着いた。チェルシーの北の端にある、いい感じに色あせたレンガづくり。駐車場は望みなしのようにみえたので、二重駐車を考え、それからリサイクル機(リサイクラー)の前の〝駐車禁止〟ゾーンに車を入れた。〝公務中〟のライトをつけ、歩道とそこを行く人々の波へ降りた。

屋外席のあるレストランやカフェは繁盛しており、人々がいろいろなショップに入っていくのと同じくらいすばやく、別の人々がショッピングバッグを持って出てくるようにみえた。

あんなにものを持ってどうするんだろう？　とイヴは思った。スペースが足りなくならないの？

日よけの下のテーブルでワインを飲んでいる三人組の女たちのそばを通りすぎた。それぞれが膝にドブネズミくらいの大きさの犬をのせ、テーブルの下にショッピングバッグを置いている。

日よけを支えているポールから花の咲いたバスケットがさがり、女たちのかろやかな笑い声が夏の風にのって流れていった。

パナマ帽と、ペールブルーのシアサッカー地らしいスーツを身につけた男が気取って歩いていた。イヴは彼を、その腕にぶらさがっている女より五十歳くらい年上とみた。女は摩天楼のようなハイヒールをはき、スカートがディナーナプキンの大きさくらいしかない白いワンピースを着て、滝のようなつややかな赤毛はウエストまである——そして耳の後ろに白い薔薇をはさんでいた。

ＬＣじゃない、とイヴは判断した。しかし男がもう一方の腕にかけているショッピングバッグからして、一緒にいてもらうことに金を払っているのはあきらかだった。

プロクターの住むビルに着くと、ブザーを押した。

「四〇五号室です」

「ダラス警部補です」

「そのまま上がってきてください」

ドアがブーッと鳴り、小さなロビーに足を踏み入れると、人工レモンのにおいがした。

階段のほうが好みではあったが、時間と、エレベーターがまずまず安全そうにみえることを考慮した。

エレベーターはイヴを四階へ運び上げ、そこでゲリー・プロクターが自分のアパートメントの開いたドアの外に立っており、六歳くらいの子ども――男の子らしい――の手を握っていた。二人ともばねのような茶色の巻き毛で、大きくて感情ゆたかな茶色の目をしていた。戸口から音楽が流れていたが、リンクで聞こえたときよりはボリュームが小さくなっていた。

「ミスター・プロクターですか」

「ええ」彼は手をさしだした。「お入りください」

イヴが中へ入ると、子どもが彼女を見上げた。「おまわりさんなの?」

イヴは彼がだぶっとした赤いショートパンツ、ストライプのTシャツ、スニーカーという姿で立っているところを見おろした。

「そうよ」

「人を逮捕するの?」

「必要なときには」

「うちのお姉ちゃんたちを逮捕してよ」

彼があまりに真剣なので、イヴは付き合ってあげた。「何の罪で?」

「コリーンは音楽を大きくつけすぎるし、フローラは僕の息がうんちみたいだって言ったの、でもそんなことないもん。それにお姉ちゃんたちは女の子なんだ」

「いまの訴えはわたしの管轄権を越えているし、親権の範囲内よ」

彼はあの感情ゆたかな目でイヴを見た。「え？」

「彼女はわたしが悪いって言ったんだよ」ゲリーは少年の髪をくしゃくしゃとやった。

「自分の部屋で遊んでいい子にしていたら、ママが仕事から帰ってきたときに、夕食はピザにしてもらおう」

「わーい！」

少年は音楽のするほうへ走っていった。ドアがばたんと閉まる。ゲリーはふうっと息を吐いた。

「六歳で、数でかなわないときは、女の子であることが人間性に反する罪になるとはね。どうぞ座って。何かお出ししましょうか？」

「いえ、大丈夫です、ありがとう。お時間を割いてくださって感謝します」

イヴは椅子にかけた。スカイブルーにクリーム色のダイヤモンド柄で、リビングエリアは心地よい感じに散らかっている。幅広い正面の窓から光が流れこんでいた。それをはさんだオープンシェルフに、家族写真がハンディモップと一緒にまとめて置かれている。

ゲリーはソファに座り、ひらひらしたクッションを二つばかりどけた。「いったい」と彼は首をひねった、「どうしてクッションがこんなにあるんだ？　トラヴィスとわたしは数で負けていてね――三対二で――それでソファも、ベッドもクッションだらけだよ」

「さっぱりわかりません」

ゲリーはイヴに笑顔をむけた。人の心をつかむ、気さくな笑みで、左の頰にかすかにえくぼが浮かんだ。アスリートのような体をしており、ダンサーの体だろう、とイヴは思った。それにありのままの自分にとても満足しているようだった。

「長くはお邪魔したくないんです、ミスター・プロクター、ですが、あなたならローズ・バーンスタインの死についてもっと詳しいことを思い出していただけるのではないかと思いまして」

「リーアだよ」彼の笑みから輝きが消えた。「彼女はリーアとは単に自分の名前ではない、自分そのものだとはっきり言っていた。なぜあのときのことを知りたがるのかわからないんだが」

「解決していない問題を片づけるためです。彼女とは親しかったんでしょう」

「リーアと親しくなるのが可能なところまで親しかったよ。彼女は――移り気という言葉を使おうか。そして十九歳のわたしにはそれが魅力的に思えたんだ。彼女は驚くべき謎だった、あんなにタフで、才能のある女の子で、真ん中にやさしさがあった。わたしたちは同じものをめざしていた――演劇を。それもただの演劇じゃない、ブロードウェイを。たがいに惹かれ合う気持ちはあっという間に熱くなった。わたしたちは仕事をし、稽古をし、レッスンへ行き、一緒に寝た」

「彼女の依存症は知っていましたね」

「最初は知らなかった。リーアは隠すのがとてもうまかったんだ。彼女はあの役をほしがっていた。マーシー・ブライトをやりたがっていて、そしてそれをつかんだ。ある夜、わたしは彼女の家で薬を見つけた。彼女は不注意で、それを出しっぱなしにしていたんだ。あるいはもしかしたら、振り返ってみると、わたしに見つけてもらいたかったのかもしれない。わたしは心配した。彼女はそれを〝ママの小さなお手伝い〟と呼んでいた。彼女の母親のことだよ。薬の助けが必要だとしても、眠るために必要だとしても、たいしたことじゃない、と言っていた。しかし長くはかからなかったよ、たとえセックスの靄の中にいても、それがたいしたことだとわたしにもわかるまで。彼女がたびたびウォッカでそれを飲んでいることに気づくまで」

　ゲリーは長々と息を吐いた。「ああ、彼女のことは、あの頃のことは、この二十四時間のほうがずっと多く考えたよ、その数に近い年月のあいだに考えてきたよりも。わたしは聖人じゃなかった、警部補。未成年だったが、酒にノーとは言わなかった。わたしたちは忙しく働いていた、ときには一日十二時間、十五時間も。しかしわたしにはアルコール依存症を治療中の身内がいてね、だからその徴候がわかったんだ」

「そのことについて彼女と話したんでしょう」

「話した。彼女は自助グループの集会にも二度行った――わたしが一緒に行くならと」

「彼女の依存症についてほかの誰かに話しましたか？」

「彼女の母親に。その母親はうちに来て、わたし相手に爆発してね、わたしがリーアにプレッシャーをかけている、いろいろ要求をしている、はっきりとは言わないがイライザやほかの相手と彼女を裏切っていると口にした。男なんてみんな動物だとか何とか、だから娘に手を出すんじゃないと。

　わたしはリーアが十八歳で、自分自身の力で生きていて、キャリアもあるんだから、自分自身で選んでいいんだと言ってやった。あの母親は以前にもわたしをつかまえて、リーアを説得してエージェントを首にさせたら、わたしとセックスしてやると言ってきた。ピーボディ捜査官にはもう話したが」

「ええ。ピーボディ捜査官に話さなかったことはほかにありますか？」

「実を言うと……」ゲリーは少し赤くなり、音楽のしているほうへちらりと目をやった。

「そのとき、彼女がわたしに対して爆発したとき、あの女はわたしの股間をつかんだんだ。彼女はただ……わたしをつかんで、セックスが本当はどういうものか教えてあげると言った。わたしはただ舞台に立っていないときに、リーアから離れているだけでいいと。

　わたしは達してしまった」ゲリーはふうっと息を吐いた。「本当に達してしまったんだ。彼女はわたしのあそこをつかんで……」彼はもう一度寝室のほうへ目をやった。「とにかく。わたしが大声でわめいていたので、ルームメイトが出てきた。わたしはリーアが薬を飲んで、酒を飲んで、まともな食事をしても喉に指を突っこむのはあんたのせいだと言った。それでわたしたちはおたがいに醜い言葉を言い合い、彼女はわたしを平手打ちし、爪でわたしの目の端をひっかいた。ものすごく痛かったよ」

「その暴行のことはピーボディ捜査官に話しませんでしたね」

「ああ、それにあとで気がついた……話すべきだったと。いまでも恥ずかしくてね。思い出したいようなことじゃないんだ、正直に言うと。なぜって……わたしは殴り返しそうになったんだ。これまで誰かを殴ったことはない、でももう少しで——きっとやっていただろう。もしルームメイトが入ってきて、とっとと出ていかないとほうりだすぞと言わなければ、きっとやっていたよ」

「リーアには話しましたか？」

「話さなかった。話すべきだったのかもしれないが、彼女にとってますます状況が悪くなるんじゃないかと思ったんだ」

「ほかの人には？」

「イライザには話した。イライザとリーアはずいぶん一緒にいたんだ。わたしたち三人でも、ときおり。彼女たちは一緒に稽古をして、ときどき一緒に出かけていた。彼女の母親はリーアをほうっておかなかった。ときには、リーアはみんなに母親を締め出してくれと言い、別の日には大丈夫、お母さんが見られるように中に入れてと言った。移り気なんだ」彼はつぶやいた。「わたしたちのあいだは少し緊張したものになった、そのことが原因だったんだろう。わたしからすれば、たぶん。彼女の母親は毒親だったが、リーアは彼女を追い払いはしなかった、完全には。あれも依存症のようなものだろう」

ゲリーは両手を上げた。「自分たちがいかに若く、いかに自分の興味以外に目を向けず、世間知らずだったかを思うと――まあ、いずれにしてもわたしは世間知らずなほうだったよ。何も知らなかったんだからね。もしもっと世間を知っていたら、もっと彼女の力になれたかもしれない。せかしすぎたのかもしれない。どちらにしても、わたしたちの熱はさめかかっていた。その頃に最後のドレスリハーサルをした――友人や家族を招待する夜公演だよ。彼女は母親を出入り禁止にしたと言った、しかしわたしは開演前に母親が彼女の楽屋へ入るのを見たんだ。頭にきたよ。公演に呼ぶのはいい、だがそれは別の話じゃないか？　わたしは思った、上等だ、リーアが自分で招いたことだ、と」

ゲリーはまたしても後ろへ目をやった。「それにこれから言うことも捜査官には話さなかった。もう一度追い払ってしまおうとしたんだ、たぶん。でも妻に、捜査官と話したことを打ち明けたら、警察に話すときには何ひとつ言わずにおくべきじゃないと言われた。そのとおりだ」

「何を言わずにおいたんです？」

「何の意味もないことかもしれない、これだけ時間がたったあとでは。あの夜、上演中に――正直言って、いまとなってはどの時点だったかおぼえていないんだが――彼女を見たんだ、今度はイライザを追いまわしていた。わたしにやったように、実際にイライザを平手打ちしたんだよ。わたしは何もできなかった。イライザは舞台右手にいて、わたしは左手にいた。警備員がミセス・バーンスタインを連れていき、わたしはイライザが動揺しているのがわかった」

「イライザとそのことを話しましたか？」

「話した。彼女が――ミセス・バーンスタインが――何を言ったのかきいたんだ、そうしたら、わたしがおぼえているのは、イライザがただ、ええと、いつものことだとか何とか言ったということだ。わたしはリーアには公演が終わったらその話をするつもりだった、そんなふうに踏みこんできて、役者を動揺させてはならないからだ、絶対にいけない。あの母親は出入り禁止にされるべきだった。しかしわたしが公演後にリーアのところへ行くと――みんなであのクラブに行ってだべり、緊張をほぐし、お祝いをするつもりだったんだ、本当に大喝采をあびたんだから」

ゲリーは息を吐き、目をこすった。「くそ。彼女の楽屋に行ったら、リーアは酒を飲んでいて、薬が出してあって、それでもうわたしにはじゅうぶんだった。もうじゅうぶんだった。わたしは彼女に、自分で自分を助ける気がないなら、もうお別れだと言った。彼女はこう言ったよ、〝さよなら（バイ）〟って。ただそんなふうに。イライザとわたしは一緒に歩いていって、おたがいに少し愚痴をこぼして、それから――ああもう」

「あなたとイライザは親しくなったんですか？」

「イライザとわたしが？　ない、ない」彼は笑いだした。「ひとつ、わたしは怒っていた。もうひとつ、彼女は誰かと付き合っていた。本気じゃなかった、と思うよ、それでもね。わたしたちの大半は店が閉まるまで、二時くらいかな、ずっとそこにいたと思う」

「あなた、イライザ、それから出演者のほとんども？」

「ああ、それにスタッフもいくらか。そのあとも何人かでしばらく歩きまわって――自分たちがこの街を手に入れたみたいな気分だった――それから車から降ろしたんだ、イライザと、ええと……シェリーだ、そう、シェリー、彼女は代役でね。二人は同じ建物に住んでいた。わたしと、わたしのルームメイト――エリオットだよ、彼はいまわたしが出ている芝居を演出しているんだ――は別れて家に帰った。リーアのことは翌日まで耳にしなかった。

　本当のこととは思えなかったよ」ゲリーはつぶやいた。「言ったんだ、最後の言葉を。〝もうたくさんだ。別れるよ〟って。彼女は答えた、〝バイ〟。最後にかわした言葉だ」

19

プロクターの聞き取りで、この線にそって進めていくとしたら、じっくり考えるべきことがたくさんと、調べなくてはならない名前が新たに二つできた。

毒親、と彼はデブラを評していた。そして感情的、精神的、肉体的のいずれであれ、人を殺すのなら毒は毒だ。

イヴはそのままアップタウンへ向かい、ウェスト・サイドぞいに進んで、イライザの住むビルまで行った。ドアマンはまるで旧友のように出迎えてくれた。

「ヘイ、警部補、調子はどうです？　車のことはご心配なく。わたしが目を光らせておきますので」

「助かるわ。ミズ・レーンは家にいるかどうかわかる？」

「外出はなさっていませんよ。あの夜からお姿を見ていないんです。われわれからカードをお送りしました――スタッフ全員のサインを入れて。どこへ送ればいいかわかれば、お花も送るつもりです」

「ミズ・レーンはきっと喜ぶわ。いまは誰かがついているかわかる？」

「ええと、ミスター・ジャコビが二時間前においでになりました、それからドービーとミズ・リカードが今朝あがっていかれたと聞いています。出ていらしたのは見ていませんね」

「ありがとう」イヴは中へ入ってフロントデスクへ行った。

「警部補、どういったご用でしょうか？」

「ミズ・レーンにわたしがお話をしにきたと伝えてもらえる？」

「もちろんです、少々お待ちください」受付はイヤフォンをタップした。「ミズ・リカード、こちらはデスクのロバートです。ダラス警部補がミズ・レーンに会いにきていらっしゃいます。はい、ありがとうございます。そのまま上へどうぞ」

「今日彼女にお客はあった？」

「スタッフの方々、それからミスター・ジャコビが。たぶん皆さん、いまはミズ・レーンとご一緒でしょう。何人か……大胆なジャーナリストが入ろうとしましたが。ひとりなど、彼女の専用エレベーターへ乗せてくれるなら五千ドル出そうと、わたしに持ちかけてきましたよ」

「それはずいぶんと大胆ね」

ロバートは笑った。「まったくです。わたしの誠意はそんなものよりずっと値打ちがありますので」

「ほかにあのエレベーターに人を乗せられるのは誰？」

「デスク、警備長、それからミズ・レーン、もしくはペントハウスにいる彼女のスタッフ。保証しますが、その権限を持つ方は誰もミズ・レーンのプライヴァシーを侵害したり、警備を破ったりしませんよ」

「それがわかってよかったわ」

殺人のあった日の昼間、あるいは夕刻には誰もあのエレベーターを使っていない――警察はすでにチェックしてあった。それでもわかってよかった。

イヴはシルクのようになめらかに昇っていき、ホワイエに出ると、ドービー・ケスラーが待っていた。

ついさっきまで泣いていたらしい、とイヴは思ったが、ドービーは笑顔を向けてきた。

「来てくれてありがとう。みんなでイライザをテラスに連れ出したんだ――ビタミンDと新鮮な空気だよ」彼はそちらのほうへ目をやった。「ブラントの葬儀の手配を進めていたんだ。イライザには休憩が必要だった。たぶん僕たちもみんな」

「あの方が亡くなったことをまた前に引っぱり出さなくてはならなくて申し訳ありません」

「いや、いや、あなたが彼女に――僕たちに――話してくれることはなんでもありがたいよ。ええと、セラは自分のオフィスで葬儀の手配をしているんだけど。彼女もいたほうがいい？」

「短いあいだでも、一度に全員と話をさせていただければ助かります」

「彼女を連れてくるよ。そのまま外にどうぞ」

「ミスター・ケスラー――」

「ドービーで。〝ミスター〟ってやつはどうもしっくりこなくて」

「ドービー、パーティーの当日、クリーニングスタッフたちが来たとき、あなたはここにいましたね」

「だと思う。セラ、リン、それから僕があの朝はみんな上の階にいたよ、いろいろなことに対応してて、ええと、十一時くらいまでかな？　たしかじゃないけど」

「あなたが自分のオフィススペースを離れたとき、彼女たちはここにいたんですよね」

「それはたしかだよ。二階でアイリーンが作業しているのを見たから。彼女はリーダーみたいなものなんだ」

「ひとりでした？」

「誰かとやっていたよ――ちょっとすぐには名前を思い出せないな。パーティーなんで増員がいたんだ。イライザはすべてがちゃんとしていることにやかましくて。ウェインがみんなにランチを出したのは知っている、僕もちょっとつまんだから。イライザ、セラ、僕がダイニングルームで食べた。セラはサロンの予約があったんで、ランチのあとすぐに出かけた。リンとブラントは外でランチをとって、ちょっとジムに行ったな。僕はたしか五時くらいだったかな、たぶん、パーティーのための着替えにさっと出ていったけど、七時前には戻った」

　イヴは防犯カメラの映像をすでにチェックしていたので、彼が時刻をだいたい正確にとらえているのがわかった。

「もう一度ご自分のオフィスに上がっていきましたか、三階の？」

「ランチのあとは行ってない。やることが山のようにあったし、僕たちはタブレットで作業していた。それにクリーニングスタッフが三階をやらなければならなかったし」

「わかりました。ミズ・リカードを呼んでいただけるとありがたいんですが」

　日傘の陰にあるテーブルには、イライザがリン・ジャコビと座っていた。髪をねじってスタイリッシュでありながらむぞうさに結ってまとめ、入念なメイクアップをしていた。

　それでも、眠れない夜と緊張の徴候が見てとれた。

　リンも、イヴが出ていくと、彼は彼で緊張を顔に出しながら立ち上がった。

「警部補。僕たち、あなたから話をききたくてたまらなかったんですよ。すみません」彼はすぐに言った。「どうぞ座ってください。ウェインのすばらしいラズベリーレモネード、フルーツ、チーズがあるんです」

彼がグラスについでくれ、イヴは腰をおろした。イライザが両手を膝に置き、ぎゅっと握り合わせた。

「何か知らせはあります？　どんなことでもいいわ」

「お連れ合いの死亡の捜査にはこれまでも、これからも、われわれは全力で取り組みます。関連のある嫌疑でひとり逮捕者が出ました」

「逮捕？」イライザの両手がぱっと顔へ動いた。目がうるむ。「誰？　誰がこんなことをしたの？」

「関連のある嫌疑とは？」リンが言った。「どういう意味なんです？」

「その人物が法に反した行為をし、それがミスター・フィッツヒューの死亡に関連していたということです。いまは証拠を積み上げているところで、証拠がつかめたら、彼女をミスター・フィッツヒュー殺害で告発します」

「彼女？」イライザはリンの手をつかんだ。「彼女って誰なの？　ブラントを殺した女は誰？」

「現時点で、彼女はミスター・フィッツヒューの殺害で告発されてはいません。ですが、彼女がこの家に入り、『アップステージ』の最初の制作であなたがとった賞のトロフィーを盗んだことは証明できます」

「わたしのトニー賞を？」イライザの顔がぽかんとなった。「どういうことなの」

「賞のたぐいはオフィススペースに飾っていましたね。パーティーの夜以降、そこに入りましたか？」

「いいえ。わたしは……今朝までシルヴィーのところにいたから。彼女は台本の読み合わせがあって、わたしももう家に帰って、葬儀の手配を始めなければならなかったし。上の階には全然行っていないわ。向き合えないの。リン」

「見てきます」

「その必要はありません。その品物は証拠品としてこちらが預かっていますし、その人物は窃盗を認めました。できるだけ早くあなたに戻されるでしょう」

「わたしがいまそんなことを気にすると思ってるの！　大事なのはブラントよ。その人はなぜわたしのトニー賞トロフィーを盗んで、ブラントを殺したの？　その女は誰なの？」

「彼女はあなたの夫の殺害で告発されてはいません」イヴはもう一度言った。「デブラ・バーンスタインです」

「デブラ……リーア・ローズの母親だというの？　でもそんなことありえないわ。あの人はここに来ていなかった。招待されていないもの。わたしも見ればあの人だとわかるはずよ、もちろん」

　ドービーとセラが外に出てきたので、イヴはそちらへ目をやった。

「ドービーは彼女を見たと思いますよ。ドービー、あなたがパーティーの当日、アイリーンと一緒に掃除をしているのを見た女性がどんなふうだったか言ってもらえますか?」

「ええと……あんまり注意していなかったんだよ、ただアイリーンにハイと言って、そうしたら彼女がハイと返してきて、それは……わからないな。髪はブロンドだった、たしか。ブロンドの白人女性じゃなかったかな」

「デブラ・バーンスタインはクリーニング会社の新しい被雇用者として、あなたのアパートメントに入ったんです」

「あそこの審査は厳しいのよ」イライザが割って入った。

「ですからバーンスタインはかなりの金を払って、その審査を通るための証明書を作らせ、本物だと確認できるようにさせたんです。彼女はほかのクリーニングスタッフが帰ったとき、口実をつくって家にとどまり、三階に隠れました」

「わたしたち、あそこにはもう行かなかったんです」セラがつぶやいた。「ランチ休憩のあとは、もうあそこには行かなかった。必要がなかったから。でもわたしも彼女を見ました、ランチ休憩のときに、ほかの人たちと一緒にキッチンにいるのを。ブロンド——長いブロンドを編んでいて。パーティーにはいませんでした。いたらわかりましたもの。わかったはずです」

「彼女は髪型、服、外見を変えたんです。あなたは彼女を見ています。ホワイエのクローゼットに大きなバッグを入れておいてくれと頼んだそうですから」

目を大きく開き、セラは手で口をおおった。「まさか。そんな、イライザ！　わたしは――」

「あなたが悪いんじゃないわ。何が起きたにせよ、あなたのせいじゃない」

「あの人はワインのグラスを持っていて、わたしの後ろから来たんです。ブロンドで、でもふわっとしてウェービーな感じで。黒いドレスを着ていて」セラは目を閉じた。「そう、そうです、黒いドレス。大きなサマーバッグ――というよりトートバッグ。あれを取り出して彼女に返したおぼえはないです、返していたらおぼえているはずですよ！　そのことは頭から消えていました。本当にすみません」

「あなたのせいじゃないわ」イライザはもう一度言った。彼女の顔はいまやこわばり、目は険しくなっていた。「彼女はわたしのトニー賞トロフィーをそのバッグに入れていたのね？」

「そうです」

「それからブラントを殺した毒の入った入れ物も」

「それはまだ立証できていません」

「あなたが言っているのは、あの人がわたしの家に入って、わたしの私物を盗み、うちの料理を食べ、うちのワインを飲んで、わたしのパーティーでぶらぶらしていったけれど、わたしの夫に毒を盛ったのは立証できないということ？　二と二を足しても、あなたの世界では四にならないの？」

「イライザ」ドービーが低い声で言い、彼女の背中をさすった。

「わたしは……」イライザの顔に浮かんだ石のように冷たい怒りが引き、彼女は後ろへ手を伸ばしてドービーの手に重ねた。「ごめんなさい。謝るわ。許してちょうだい、わたし――」

「いいんです」イヴは言った。

「よくないわ。あなたは本当に懸命に捜査してくれているのに、わたしったら……ごめんなさい」イライザは繰り返した。「ドービー、お酒を持ってきてくれない？　神経がすりへってしまったわ。シャンパンカクテルはやめてね。あれは二度と飲まない。ベッリーニを」

「わかった」ドービーはかがみ、彼女の頭のてっぺんにキスをした。「いまはがんばって。僕たちはみんなここにいるから」

「ドービー、僕にも頼んでもいいかい？　ジントニックをひとつ」

ドービーはリンにうなずいた。「警部補さんは？」

「公務中ですので」

「なるほど。セラは？」

彼女はただ頭を振った。「いまあなたのそばにいるくらい、ホワイエで彼女のそばにいたのに。彼女だと気づくべきだった。気づくべきだった。〝接触禁止〟のリストに載っているのに」

「彼女はあなたに接触しようとしたことがあるんですか、ミズ・レーン？」

「イライザと呼んで。この数年はなかったわ。でも彼女みたいなタイプが相手の場合には用心を怠らないの。彼女はマスコミの注目を集めることができたときには、いつだってわたしを攻撃した。それは無視できるわ。彼女がわたしからお金をせびろうとしたときに無視したように」

「いつです？」

「ええと、ブラントと一緒になってすぐあとよ。彼女はわたしに連絡してきて――どうやってわたしの番号を知ったのか、まったくわからないけど――ブラントや、マスコミに言うと脅したの。わたしがゲリーと――ゲリー・プロクターよ、チャーリーを演じていた人――一緒にたくらんで彼と浮気をし、リーアを、というかローズを――あの人はそう呼ぶように言って譲らなかった――追いつめ、薬物を過剰摂取させ、マーシーの役を奪った、って」

　イライザは頭を後ろへ傾け、目を閉じた。「とっとと消えなさいと言ったわ。文字どおりそう言った。ゲリーとはそんな間柄になったことなんてないし。わたしたちは友達だった、同じ芝居に出ればそうなるように。彼はリーアを気にかけていた。わたしもそう。みんなもそう。誰かが彼女を死に追いやったとすれば、それはあの母親よ」

「彼女は脅しを実行しましたか？」

「わたしの知るかぎりではしていないし、していたらわかったはずよ。彼女は以前にもその話や似たような話をしてまわっていたわ。もう飽きられたんじゃないの」

イライザはまた背すじを伸ばした。「でも自分ではそれを信じていたに違いないわ。実際に信じていなければ、どうしてそんなことができる？　きっとひどい病気なのよ。わたしはむしろ、リーアを助けようとしたのに。ゲリーもそうだったことは神様もご存じよ。でも彼女は……この年月のあいだずっと」

イライザは少し震える手で喉をさすった。

「わたしは子どもを持ったことがないけれど、母親役を演じてきた。いい俳優はその役になり、知り、感じ、信じなければならない、だからある程度は理解できるの。でもこれだけ年月がたったのに、わたしを非難するためにここまでやるなんて。トニー賞のトロフィー？　彼女はあれをリーアのものだと思っているんでしょう――あるいは、こちらのほうがありそうだけれど、自分のものだと。ブラントを殺したのは……わたしが殺されるはずだったのね。彼女がわたしを殺そうとしたから、彼は死んだのね」

ドービーが飲み物を持ってくると、イライザはそれをとり、じっと見つめた。「少なくとも彼女は逮捕されて、あなたがほかのことを証明するあいだは閉じこめられているのよね」

「彼女は保釈金をつくりました」

　イライザはグラスを置いた。ステムを持つ彼女の指があまりに白くなったので、イヴはぽきんと折れるだろうと身構えた。

「どうしてそんなことになるの？　彼女はわたしの夫を殺したのよ！　わかっているでしょう。あの女がやったことはわかっているでしょう」

「彼女が偽の身分証と照会先を使って、あなたの家に入ったのはわかっています。彼女があなたの私物を盗み、あなたの家に何時間も隠れていたのもわかっています。彼女自身が認めましたから、あなたに対して心底恨みを抱いていることもわかっていますし、彼女にペテンや信用詐欺の前歴があることもわかっています。ほかのことは、いま調べているところです」

「だけどこのまま彼女を釈放してしまうの？」

「追跡装置をつけるよう要請されるでしょう。それにあしたの午前中、聴取の続きをするためにコップ・セントラルへ弁護士と一緒に来るようにも。彼女は今日の聴取を、弁護士を呼ぶ権利を主張して終わらせました。そして引退していたカールトン・Ｊ・グリーンを、自分の代理をさせるべく引っぱり出しました」

「誰だか知らないわ」

「高給とりの刑事弁護人です。非常に高給の」

「でも彼女にそんな人を雇う余裕があるの？」

「ある人がいたんでしょう。彼女の保釈金を払える人間がいたようにです、その保釈金は百万ドルに設定されていました。即金で十万ドルです、それにバーンスタインにそんな金はありません」

「それじゃ彼女は泣いたりうまいことを言ったりしてそれを全部出させて、今夜は房ではなく、豪華なところで眠れるわけね」

「彼女のホテルが豪華でないことは断言しますよ、でもそうですね、彼女は留置房を出て夜を過ごします。『アップステージ』の最初の制作にさかのぼっていただきたいんですが」

「なぜ？」

「ことの発端がそこだからです。終わりはここ。あなたは公式なオープニングの前の夜、バーンスタインと少なくとも一度、言い争いをしましたね」

「あら、一度じゃないわ、でもあれはものすごかったの、だからとてもよくおぼえている。友人や家族むけ上演の夜――衣装をつけた予行公演（フルドレスリハーサル）で、観衆は友人関係、批評家や批評誌の記者もいるわ、もちろん。リーアはデブラを出入り禁止にしていた――していないときもあったけれど。あの母子は、少なくともわたしからみれば、奇妙な、共依存の関係だった。デブラが開演前にリーアの楽屋へ入ったのは知っているわ。ゲリーが教えてくれたの、それにリーアが動揺しているのは見てわかった。そのときは彼女とその話をする時間がなかったけれど、見ればわかった。わたしは舞台の袖にいて、第二幕の自分の出番を待っていた、そうしたら彼女が――デブラが――わたしに食ってかかってきた。リーアがわたしを首にするつもりだと言ったわ、ひどい嘘だったんだけれど、それでわたしは動揺してしまった。デブラはわたしがリーアにとってかわろうとしているとか、ゲリーがわたしと浮気をして、一緒にリーアを破滅させようとたくらんでる、とまくしたてたわ。

わたしは言い返した。いつもはただ彼女を避けるか無視するかしようとしていたんだけれど、あと数分で舞台に出るというときに彼女が攻撃してきたものだから。すると彼女はわたしを平手で叩(たた)いた。実際に叩いたのよ、もうたくさんだった。わたしは彼女をほうりださせた。頭のおかしな母親が言ったことについては、リーアには何も言わなかったわ、でも――ああ、彼女に厳しくあたったの。自分の母親をコントロールして、遠ざけておかなければだめだと言ったのよ、わたしからだけではなく、劇場からも。そしてもしそれができないなら、わたしは告訴すると。ほかの人たちもデブラがわたしを叩くのは見ていたし」

イライザは酒をごくんと飲んだ。「心のどこかで、リーアが薬とウォッカに手を出していたことを責めているのかもしれない。わたしはそういうことを全部言って、出ていった、だからデブラだけが全面的に悪いんじゃないかもしれない」

「彼女が悪いんですよ」リンが彼女に手を伸ばした。「それにあなたは悪くなかった。いまも悪くない。自分のために立ち上がったんですから。そうしなければならなかったんだ」

「わたしは猛烈に腹を立てていた。震えていたわ。第二幕の幕が上がったとき、自分がどんなに震えていたか、いまでもおぼえている。それにわたし、本当にリーアを責めてしまったの。その話を人にしたことはないわ、全部は。リーアにやつあたりしてしまったからだけじゃなくて、そのことを付け加えても意味がないと思ったから。警察にデブラと言い合いをしたことは話した、そこは嘘がつけなかった、それに言い合いをしたと話したことも。わたし……やわらげて話したのよ、たぶん。少し」

イライザはまた酒をとった。「舞台化粧を落とし、衣装を脱ぎにいった。まっすぐ家に帰ろうと思っていた――デブラのせいでその夜はだいなしにされたばかりだったし。でもゲリーに出くわして、彼は動揺していた。リーアがウォッカを飲んでいる、もうたくさんだと言った。同病相哀れむ、って感じだったのよね、それで一緒にクラブへ行ったの。

おかげで気が晴れたわ」イライザはつぶやいた。「つまりね、わたしたちは知らなかった、リーアが……知らなかったのよ、それにいろいろあったけれど、あれは本当に上出来な公演だったの。ただみんなと一緒にいて、思い返しただけで、本当に気持ちが上向いた」

「ゲリーとはずっと連絡をとりあっているんですか？」

「ええ、折々にね。彼の結婚式にも行ったのよ。彼があのパーティーに招待されていたのも知っているわ。どうして来なかったのかしらね、セラ？」

「お嬢さんの十三歳の誕生日パーティーですよ」

「ああ、そうそう」イライザはぼんやりと川のほうを見た。「あの夜に何もかも変わった。でもわたしたちは前へ進んだ。そうするしかなかった。でもデブラは違った。彼女は進まなかった、そうでしょう？　彼女はわたしが死ねばいいと思っていた、だからその代わりに、ブラントが死んだのよ、誰ひとり傷つけたこともない、リーアのことなんてまったく知らなかった人が。そしていまデブラは刑務所に入ろうとしている。もう二度と前へ進むことはできなくなる」

「ミスター・ジャコビ、その女性、黒いドレスを着たブロンドに気がつきましたか？　彼女はパーティーのあいだのどこかで、ミスター・フィッツヒューと話をしたんですが」

「たくさんの人がいましたからね、でもブラントはたぶん、その大半と、少なくともいくらかは言葉をかわしたんじゃないでしょうか。僕も正直に言うと、はっきりとはわかりませんが」

「イライザ、彼女はあなたがこちらを見たと、それで自分だと気づかれたかもしれないと思った、と言っています。それで早く帰ったんです」

「もしわたしが気づいていたなら、彼女はほうりだされていたわよ」イライザは鼻を鳴らして否定した。「認めるのはいやだけれど、あの夜のことはだいたい、はっきり思い出すのがむずかしいの。それに黒いドレスのブロンドを見かけたかもしれないけれど――彼女だけじゃなかったでしょうね――彼女だとは気づかなかった。いずれにしても、意識のうえでは。

これからどうなるの？」イライザは問いかけてきた。目に涙が湧いてきたが、こぼれ落ちはしなかった。「お願いだから、誰かがデブラに買ってやったその弁護士は、彼女が罪を逃れる手伝いをしたりしないと言って。そんなふうに終わるなんてだめよ。ありえない。みんなでほとんど一日じゅうかけて、わたしが心のすべてで愛した男性の葬儀の予定を立てていたのよ」

「われわれは引きつづきこの事件の捜査をします。あしたの午前中には弁護士の立会（たちあい）のもと、もう一度、バーンスタインを聴取します。彼女はここに入ったことを否定できません――防犯カメラの映像に映っていましたし、偽造ＩＤも押収し、本人が聴取中にそれを自白していますから。彼女が娘の死はあなたのせいだと言っていることも知っています、本人がそうだとはっきり、記録のうえで言っていましたので」

「なぜいまなんでしょう？」セラがつぶやき、すぐに頭を振った。「すみません、でもなぜなのかわからなくて、二十五年もたったあとで、その人がこんなに手間隙（てまひま）をかけてイライザを殺そうとするなんて」

「再演よ」イライザはイヴが言う前に答えた。「わたしは二足す二がちゃんとできるの。今度の再演とそれをめぐる世間の注目が彼女を爆発させたのよ。彼女は当時、母親役に自分自身を投影していた。リーアが言っていたの、そして彼女はそのことを笑っていた。だからデブラはあんなにメーヴと親しくなったのよ。メーヴはデブラにワインや食事をふるまって、あの役柄のタイプについての知識をものにしたわけ」

イライザの目が細くなり、唇が結ばれた。「メーヴ・スピンダルね、もちろんそうよ。彼女はデブラを本当に気に入ってしまって、わたしにはずいぶん当たりが強かった。今度はメーヴがデブラを助けようとしているのよ、間違いない。大物弁護士も保釈金も、彼女がお金を出したんでしょう。この一件が面白い見ものだと思っているにきまっている」

「わたしはそういった情報は得ていませんが」

「二足す二よ」イライザは鋭く、腹立たしげに肩をすくめて繰り返した。「それにデブラがトニー賞トロフィーを持っていったのは、わたしを殺すだけではじゅうぶんじゃないからでしょう。彼女はあれを、手でさわれるものを持たなければならなかった、でもそれだけでは足りないのよ」

イライザはしばらく手で目をおおっていた。「あのトニー賞なんか彼女にくれてやったのに。わたしのとった賞を全部あげたのに、ブラントさえ残してくれれば」

イライザは手をおろし、街へ目を向けた。

「いまわたしは生きていて、彼女は手でさわれるあれを手にすることはなく、長いあいだ刑務所に入る。彼女にとってはすべてが崩壊したのよ。そしてブラントは死んだ。彼は逝ってしまった」

イライザは酒を置き、立ち上がった。「ちょっと失礼するわ」

「彼女は持ちこたえようと必死なんです」リンは彼女を見送って言った。「彼女はタフですよ、でも今度のことは度を超しています。彼女はあした稽古に行くと決めたんです。僕は思いました、間違いだと。まずはあと数日休んだほうがいいと。でもいまは、それが助けになるのかもしれないと思います」

「つらいことだとはわかっています」イヴは立ち上がった。「何か進展がありましたらご連絡しますと、彼女に伝えてください」

「お送りしましょう」セラがイヴをエレベーターまで連れていった。

「あの人はここに立っていたんです、そしてわたしはあのバッグをクローゼットに入れました」

「時間をおぼえていますか？」

「お客様がまだ到着していました。八時半か、それよりずっと遅くはなかったと思います。わたしはあのドアのところを離れませんでしたし、上のフロアの最初の見まわりもまだやっていませんでした」

「イライザのオフィスはその見まわりに入っているんですか？」

「ええ。あのトロフィーがなくなっているのには気がつきませんでした。イライザは本当にたくさんの賞をとっているんです。もしわたしが……彼はとてもやさしい人でした、警部補。本当にやさしい人だったんです。あの女はこの代償を払うべきです。払わなければいけません」

イヴはエレベーターでなめらかに降りていき、いま耳にしたことをすべて、聴取で聞いたことと一緒にきちんと並べて考えた。

それでも。

カーマイケル巡査に連絡を入れてみた。デブラはタクシーでホテルに着いたところだった。追跡装置が彼女の居場所をあきらかにしていた。

イヴは家へ車を走らせながらふと思いついて、メーヴ・スピンダルに連絡をした。

「あら、ダラス警部補」

イヴは彼女が贅沢（ぜいたく）な車もしくはリムジン（リモ）に乗っていて、手にはシャンパンのグラスを持っているのを見てとった。

「どうやってグリーンを口説いて引退生活から引っぱり出したんですか？」

メーヴは笑って酒を飲んだ。「古い友達なのよ。いい友達。いっときは、ずっと昔だけれど、友達以上だった」

「デブラ・バーンスタインのような人物のために、彼の料金を払うんですか？」

「いけない？　彼女は落ちぶれ果てていて、かたやアイコーヴの警官とイライザ・レーンはチームを組み、彼女に殺人の罪を着せようとしているじゃないの」

「わたしはＮＹＰＳＤの警官です、それにイライザ・レーンはわたしのチームではありません。あなたは彼女の保釈金も出してあげたんでしょう。たいした投資ですよ。彼女は嘘をついて被害者の家に入り、そこで隠れて待ち、私物を――『アップステージ』でレーンがとったトロフィーを――盗んで、パーティーに忍びこんだことを、あなたに話したんですか？」

　メーヴは肩をすくめた。「そんな小さな罪が積もり積もったって殺人にはならないでしょ。さあ、わたくしはすばらしい公演を終えたところなの。シャンパンを味わいたいのよ」

「どうぞやってください。間違った馬に賭けたことがわかったら、あなたもそれほどすましてはいられないかもしれませんよ」

「賭けに負けたことなんて何度もあるわ。おやすみ、警部補」

　メーヴが通信を切ったとき、イヴはゲートを抜けるところだった。

「スカしたビッチ。本当に、あんたを今度の殺人に結びつける方法を見つけたくてたまらないわよ」

しかしイヴは頭を振った、そんな方法はなさそうだったから。

車を停めて、しばし座っていた。頭の中にいろいろなことがありすぎる、と認めた。円、線、つながり、とぎれ。

嘘と真実。そしてときに、真実は嘘を隠すことができる、と思った。

家に入ると、サマーセットとギャラハッドが待っていた。

イヴは彼に目をつりあげた。「スカし屋はスカし屋が好きよね」と断じる。「だったらあなたはメーヴ・スピンダルがすごくすてきだと思ってるでしょ」

「女優のですか?」サマーセットは――イヴにはスカしてるとみえるやり方で――片眉を上げた。「妻と一度会ったことがあります――妻がわたしの妻になる前、ずっと昔、過去の世界で。若かった、本当に若かったですね、あの頃はわたしたち全員が。彼女はとても上手でした。何年もあと、都市戦争のさなか、わたしが妻をなくしたあとに、わたしと仲間たちは傷ついたり亡くなったりした人々のための慈善公演のようなものを催そうとしました。たくさんの演者たちが時間と才能を投じてくれました。彼女はやろうとしませんでしたよ。とても手の届かない出演料を指定して、代理人を通じて、自分はプロであり、プロはお金をもらうものだという言葉をよこしました。

それから彼女のことはよく思っておりません。心のない芸術はがらんどうです、結局は」

「そのときもスカしたビッチで、いまもスカしたビッチね」

イヴは階段をのぼり、すぐ後ろに猫を連れながらそのことを考えた。

人によっては――たいていの人がそうだが――まったく変わらない。変わる人もいる、もちろん。自分がそうしたいからという人もいるし、人生における何かが変わったからという人もいる。でも当時もいまもスカしたビッチ？　珍しくもない。全然。

イヴが自分の仕事部屋に入っていくと、ロークが彼の仕事部屋にいる物音が聞こえたので、のぞいてみた。

仕事モードだ、と思ったのは、彼が腰をおろして、イヴにはまったく意味をなさない記号や数字や図のある空中のホロ映像をスワイプしたり、スクロールしたりしていたからだ。髪は後ろで結び、ジャケットとネクタイはとって、袖をまくりあげている。

そしてそれ以外にも、彼の顔には集中だけでなく、いらだちが浮かんでいた。

イヴは引っこもうとしたが、ロークが彼女に気づいた。

「忙しそうね」

「そうなんだ、ちくしょう。こいつをどうにかしないと」

イヴは――反射的に――手助けを申し出ようとした。しかしそこで記号や数字のことを考え、自分はどこから手をつければいいのかもわからないと認めた。

「邪魔はしないでおくわ」

「あと三十分、考えているところなんだ。もうじき片づくよ。もうちょっとで。くそっ、そらきた。終わったら、盛大に飲みたいな」

イヴは引き下がり、腕時計（リスト・ユニット）に実際にタイマーをセットした。テラスのドアを開き、夏の風を入れながら、ロークがさっきの奇妙な記号にアイルランド訛（なま）りで毒づいているのを聞いていた。

コーヒーをプログラムしてから、事件ボードと記録ブックを更新し、それから腰をおろし、足をデスクにのせ、新しい円について考えた。

20

ロークが出てきたときには、イヴはボードの前に立ち、両手をポケットに突っこんでいた。

「どれくらいひどかった？」彼女はきいた。

「もっとずっとひどい事態もありえたよ」

仕事の最後の一時間のあとに必要だったので、ロークはイヴのところへ歩いてきて、彼女にキスをした。

「あれは何だったの？」

「ん？　ああ、混乱したプログラミング、誤って読み取られたコードが、あるネットワーク全体でシステムをおかしくしていたんだ。もう直ったよ、だからさっき言った酒が飲みたい」

「テーブルにワインがあるわよ」

ロークがそちらへ目をやると、蓋をかぶせた皿が二つ、ワインのボトル、グラス、パンの入ったバスケットがあった。

「それじゃ、拝見しよう」

彼の楽しげな、あきらかに驚いた様子に、イヴは目をぐるりとまわしたが、ロークは彼女の手をとって、開いたバルコニーのドアのそばのテーブルへ引っぱっていった。

蓋をあけると、フィッシュアンドチップスがあった。

「しかもピザじゃないね」

「ええ、まあ、ピザは自動選択になっていたけど、抵抗したの。フィッシュアンドチップスならあなたの気が休まる料理みたいだし、だからわたしはそこでポイントを稼ぐわけ」

「たしかに稼いだよ」ロークはグラスにたっぷりワインをそそいだ。「これはありがたい」

「あなただってわたしに同じようにしてくれてるでしょ。あなたのほうがいつもずっとしてくれるじゃない」

「おたがいにたいへんな一日だったね？　それにきみがまだ仕事を抱えているのは疑う余地がないが、これで終わりにしよう」彼はイヴとグラスを合わせた。「それと、きみの仕事についてきく前に、きみが興味を持ちそうな知らせがいくつかあるんだ」

「知ってる！　ピーボディが自分のクラフトルームのペンキの色を決めたんでしょ。気をもませないで。〝パッション・ピンク〟なの、それとも〝至福のブルー（ブリスフル）〟？　でなければ、もしかしたら、もしかしたらだけど、彼女、思いきって〝オランウータン・オレンジ〟にしたのかしら。早く聞きたくてたまらない！」

大笑いして、ロークは彼女を椅子に座らせ、自分も座った。「たぶん彼女はそのあたりにするだろうね、でもこれは別の不動産に関することなんだ、ロウアー・ウェストだよ」

「ロウアー・ウェストはもうあなたが持ってるんじゃなかった？　待って。それってメアリー・ケイト・コヴィーノの元クソ彼氏、あのくそったれのティーガン・ストーン？　あいつのアパートメントが上にあるバー？（イヴ＆ローク55『幼き者の殺人』参照）」

「そうだよ、イエスだ。あのビルのオーナーとの交渉がちょっと前に終結してね」ロークはもう一度イヴにグラスを上げてみせ、ワインを飲み、それからフィッシュを味見し、かたやイヴは自分の皿にあるものすべてにモンスーンのような塩の雨を降らせた。

「それじゃあいつをあそこから追い出せるわけね。あいつがどんなに喜ぶか見ものだわ」

「それはきみしだいだな。きみがあそこを買ったんだから」

イヴの顎がぱかっと落ちた。「買ってないわよ」

「書類が作成されてきみがサインしたら、きみが持ち主だ。あれはいい投資だよ」イヴが目を丸くして彼を見ているあいだも、ロークは話を続けた。「あそこは骨組みがしっかりしているし場所が最高だ。僕なら、そうだな、あと二百五十か、三百投資することを勧めるよ。たっぷり磨き上げて、価値を上げるんだ」

「あなたの言ってる単位は百ドルじゃないでしょ。千ドルでしょ、だから三十万ドルってことじゃない」

「中途半端にやってもしょうがないからね」ロークはバターを塗ったブラウンブレッドの半きれをイヴにさしだした。「ほかにもテナントはいるよ、もちろん、でもその人たちの不便さは最小限にできる――それに彼らもその不便さにみあう見返りもある――きみが作業をおもに商業エリア、それとすぐ上の部屋に絞るなら」

「ストーンの店と、彼の〝女たちをヤッて捨てる〟アパートメントね」

ロークはチップスを味見した。「彼の部屋はそういう雰囲気があるね？　まあ、実を言うと、商業エリアはインフラに少々手入れが必要なんだ、それで交渉に少し時間がかかってしまった」

楽しくなり、ロークはワインを飲んで話を続けた。

「もちろん、その種の投資と、磨き上げと価値を上げるのに必要な時間がいるから、現在のバーのオーナーは別に商売をやる場所を見つけなければならないだろうな。きみしだいだよ」彼はもう一度言った。

「それってちょっとずるいんじゃない、でもわたしが考えるべきなのは、コヴィーノがあの地下に何日も閉じこめられていたことだけよね。あれはドーバーのせいだった、でもストーンは彼女のことを気にもかけなかったせいで事態を悪化させたんだから。とはいえ、あのビルをどうしたらいいのか、どうやって磨き上げて価値を上げればいいのかなんて、わたしにはわからない。ビルを所有するなんて無理よ」

「それを知っているだけでなく、楽しむ人間がいて、きみは幸運じゃないか？　なんといってても、いつもそばにいて、しかもすこぶるその方面で腕のいい人間が。さて、きみのほうはどんな一日だった？」

イヴはチップスを突き刺し、ビルの所有のことは考えないようにした。「山あり谷あり。もう少しでバーンスタインを押さえられた――もう少しで。そうしたら彼女が弁護士を引っぱりこんだの――しかもあのスカした気取り屋のスピンダルが、単に意趣返しのためにバーンスタインに大物弁護士を雇ってやったのよ。サマーセットですら、あのスカした気取り屋を嫌ってるのに」

ロークはそれを聞いて笑った。「そうなのかい？」

「どうでもいいことだけどね。彼女は、バーンスタインは保釈金をつくった――そしてそれもスピンダルのおかげなのよ。バーンスタインは追跡装置のブレスレットをつけている、そしてわたしはあの建物に部下たちを配置した、でも」

ここにはいらだち以上のものがある、とロークは思った。その下に何かもっと。

「彼女が追跡装置を使えなくして、もう一度イライザ・レーンを狙うことを心配しているのかい？」

「いいえ」イヴはもうひとつチップスを突き刺した。「彼女は追跡装置をどうにかしようとするかもしれないけれど、やってのけたら、一目散に逃げるでしょうね。あるいは逃げようとするか」

「損切りをして」

「ええ、だからあの建物に警官を置いたの。それにもし彼女がそうしたら、あのスカした気取り屋が出した保釈金はパーだし、バーンスタインの〝オーケイ、たしかにあたしはその全部をやったよ、でも誰も殺しちゃいない〟って主張に大きく影響するわ、あした彼女をもう一度聴取室に入れたときに」

「大物弁護士がいようといまいと、きみは彼女を崩すよ」

「ピーボディが彼女を操ったの、あれみたいに……」イヴは弦の上に弓をすべらせるまねをしてみせた。

「ヴァイオリン？」

「そう、でも違う。弾いている人」

「ヴァイオリニストだろう、イヴ」

「違う。もっと大物」イヴは両腕を広げて示した。「その弁護士みたいに大物の」

「名演奏家（ヴィルトゥオーソ）？」

「それよ！　彼女、それみたいにバーンスタインを操ったの。ヴィルトゥオーゾね──いい言葉。でも」

イヴはフィッシュにしかめ面をし、少し食べた。

「バーンスタインから自白を引き出すことは心配していないんだね」ロークはそう気がついた。「きみが心配しているのは、彼女が殺人をおこなっていないのではないかということなんだ」

「彼女はあそこにいた、そして本来ならいるはずじゃなかった。それに彼女はあそこに入るために他人の金をたくさん使った。彼女が行ったサロンに確認したら、トリートメントとサーヴィスに四千以上使っていたんだから、四千もよ」

そのことだけでも渋い顔になり、イヴはワインに手を伸ばした。

「それからパーティー用のドレスと靴——それにもまた四千近く。彼女がそのとき持っていた一万五千の半分以上になる。クリーニングの仕事を得るための照会先と証明書の料金。たぶん彼女は友達や同業者割引をしてもらったでしょうけど、それでもまた三千。だから問題は、食事と宿代、彼女がホテルに置いてきたもの、わたしたちが逮捕したときにショッピングバッグに入れていたものを考えると、計算が合うってこと」

イヴはワインを飲み、ロークは彼女を見つめていた。

「彼女はもっと持っていたのかもしれない」とイヴは続けた。「現金でもっと持っていたか、あるいはニューヨークに来て一万五千ドル搾り取る前に毒物を買っていたのかも」

「でも」ロークが言った。

「ええ、でも、でも、くそったれな〝でも〟。ピーボディは彼女をヴィルトゥオーゾみたいに操って、バーンスタインはそのとおりに歌っていた。それはあくまで、〝あの女はあたしにこんなことをした、そしてあたしの望みはこれこれだけだった〟なのよ。わたしたちは彼女をつかまえた、そこはいい。でもわたしたちは彼女を殺人で叩いた、そして……」

「〝でも〟のかわりに〝そして〟だね」ロークは言い、イヴはボードをにらんでいた。

「彼女の顔を見たの。彼女はそんなに腕がいいかしら？　本人は自分のことを役者だとおおげさに言いたがるけど。そんなに腕がいい？　たぶんあなたの言ったとおり、腕のいい詐欺師は自分の嘘を信じなければならないのかも。たぶんそういうこと。それにそういう表面の下では、それだけ愚かなのかも。彼女はすべて認めているのよ――自分にあまり選択肢がないことは別だけれどね、わたしたちが彼女を押さえたから。でも認めるどころじゃないのよ、自分がどんなにレーンを憎んでいるか、娘が死んだのはいかにレーンのせいかを、しゃべりまくってるの。動機を皿にのせてさしだしているようなものよ」

「賢いのは、自分がほしかったのは記念品、あの受賞トロフィーだけだと強調している点だろうね。終わりなき喪に服している母親。きみならそれをばらばらに崩せるだろう、もちろん」

「ええ、もしそれがすべてなら、なぜ彼女はあれを盗んで、ほかのスタッフと一緒に帰らなかったの？　そして消えればよかったのに。でも彼女はそうしなかった、もっとほしいものがあったから。あしたむこうはさっきの線で来るでしょう、弁護士のアドバイスに従ってね、そして弁護士は精神科医や何かを連れてくる」

そのことを考えながら、イヴは皿にのっていたやわらかく煮た豆を食べた。「だからそれは崩してやる、そうすればむこうは、彼女が死んだ娘の代わりにあのパーティーに、重要な再演の祝いに出たかったのだ、とか何とかいうほうへ主張を変えるでしょう。害はなく、本当に、ただドレスアップして名士たちにいたずらをする機会というだけだったんだと」

そのことを考えて、考えて、さらに考えながら、イヴはまたフィッシュを食べた。「ビヨーキだし、ゆがんでるし、愚かしいし、とりつかれてる。でももしそれが真実だったら？」

ロークは自分のグラスにワインをつぎたしながら考えた。「きみはよく、偶然なんてたわごとだと言うね」

「だってそうだもの。でもそれを証明するにはナントカが必要だ、とかって言い方がなかったっけ」

「ああ。例外が規則のあることを証明する、か」

「これがそうなのかも。偶然、たしかにね、でも別の角度から見れば、単に円の上にある別の点にすぎない。ローズ・バーンスタインの死から始まった円の」

　イヴはワインを手に椅子に寄りかかり、宵の風があけたドアから流れてきた。

「きみのグラスをいっぱいにして、それから一緒に池まで歩き、そのあいだきみのその警官の頭の中で何が走りまわっているのかを話してくれないか？」

　イヴは断ろうとしたが、すぐにそれを全部並べてみること、それもボードやブック、メモから遠く離れてそうすることで、何か扉が開くかもしれないと考えた。あるいは閉じるかも。どちらにしても、一種の進展にはなる。

「そうしましょう」

「猫がテーブルにのってなめないように、皿は僕が片づけるよ」

　イヴはボードのところへぶらぶらと戻り、関係者（プレイヤー）たちをじっくり見た。彼らの大半がそれではないか？　とイヴは思った。何らかの演技者（プレイヤー）たち。長期間、別の誰かになることは、腕のいいペテン師のように、その人生を生きているあいだはそのふりを信じなければならないだろう。

　イヴたちは外へ出た。残されたギャラハッドは彼女の寝椅子で手足を広げ、腹はロークがフィッシュアンドチップスのかわりにやった猫用おやつで満ち足りていた。

「それで、ローズの――というかリーアのか、誰と話をしているかによるわね――当時の彼氏と話をしたの。結婚していて、三児の父親で、いまも舞台の仕事をしっかりやっている」

「どんなふうにみえた？」

「あの事件のことはもう忘れたようにみえたわ、ほとんどの人々と同じように。おぼえてはいるのよ、それにいくつか細かいことも思い出した」

イヴが詳しく話すあいだに、二人は夏の夕暮れの中を、風にのってにおってくる花々の周囲を、青い色をたそがれに向かってゆっくりと深めていく空の下を歩いていった。

「要約すると」ロークが言った。「デブラは娘の人生に押し入り、干渉し、それを支配するべく全力をつくしたわけだ。ローズは抵抗した、しかし負けることもあった。デブラは癇癪(かんしゃく)を起こして、プロクターとイライザをそれぞれ別のときに攻撃し、二人がローズに隠れて関係を持ち、共謀してローズにプレッシャーをかけて薬とアルコールに走らせたと責めた」

「あらましはそうね」

「イライザとプロクターが関係していた、あるいは／なおかつ、ローズをさらに依存症に追いこむために共謀していたと思うかい？」

「だったら都合がいいんだけど、ノーよ。それにそんなことをしてプロクターには何の得があった？　彼がレーンに気があって、むこうもそうだったら、何が二人を止めたの？　それにそういうことを示すものは何もない。ピーボディが当時のゴシップを掘ってくれたし、わたしも再チェックした。あの芝居の一員だったこと以外、二人を結びつけるものはなかった。それに彼はレーンが当時誰かと付き合っていたと言ったし、実際にそうだったの。それは彼女がブレイクしたあとにわかった。せいぜい数か月しか続かなかったけれど、彼女がプロクターと関係を持ったことを示すものはないわ」

「それじゃ彼を信じたんだね」

「彼を信じた」イヴは肯定した。「彼がローズを救いたかった、彼女を気にかけていたと言ったとき、わたしは信じたし、彼が最後にはもううんざりしたと言ったときも信じた。それに、彼があの夜、自分がどんなふうにあそこを出ていったかを考えるとき、いまでも少し胸が痛むことを信じている。彼はその痛みを感じているし、もし当時に戻ったら、とも感じている。あんなふうに終わりにしたことがローズを薬物過剰摂取へ追いやったんじゃないかと考えているのよ」

「十八歳か」ロークは桃の木立を抜けながらイヴの髪を撫でた。「とても問題を抱えて、大きなプレッシャーがあったんだな」

「いろいろね、でも彼女は自分が何をほしいのかわかっていたし、それを手に入れるために努力していた。市外での公演、ＶＩＰ公演、あの夜の公演に関する当時の批評はすべて、彼女への賞賛でいっぱいだった。彼女へだけじゃないけれど、彼女へは常にあった、わかる？　なのに彼女は何回ものカーテンコールのすぐあとで、酒と薬でみずからを死に至らしめたの?」

「きみの考えはこういうことかな」二人は木立を出て、睡蓮(すいれん)の浮かぶ池のほうへ、やわらかい若木のほうへ歩いた。「それが事故による過剰摂取だったということに疑いを持っているんだね。でも自殺でもないと」

「ローズは依存症だった」イヴは言った。「あきらかにその依存症へ後押しした母親がいた。それに彼女は以前にも過剰摂取をしたことがあった、だけど……本当に大きな成功をおさめたばかりの夜だったのよ。次の夜は、オープニングナイトで、彼女はその夢のためにそれまでの一生をがんばってきた。だからそう、興奮を鎮めるために酒と薬に戻ったのかもしれない。でもただ楽屋に閉じこもって、ひとりで、酒を飲んで、薬を飲んでいたのよ、かたや一座の出演者とスタッフたちはお祝いをしていたのに?」

「なぜ?」

「ぼうっとしていたんじゃないかしら、その酒で、薬で」

「ああ、彼女の経歴、状況からすればそうみえるね。でもそうみえるところを実際にこそぎ落としていけば、ほかのものがみえるんじゃないか」

「たとえば?」

微風がそよそよと甘く吹き、夏のにおいを運んでいくあいだに、光がじょじょに弱まっていった。

そしてイヴは振り返った。別のとき、別の場所を。

「たとえばあの夜、あの時点、あの状況、あの結果から始めるとしようか。毒物による死があった。それが事実だ。二十五年たち、同じプレイヤーの中の二人、同じ芝居を巻きこみ、毒物による死が起きた」

静かな夕刻のなか、二人は池のそばのベンチに座った。

「きみはどちらも殺人だと考えているんだろう」ロークは結論を言った。「そして犯人がデブラ・バーンスタインとは思っていない」

イヴは肩をすくめ、ワインを飲んだ。「常に配偶者に目を向けよ」

「彼女がブラントを殺す動機はどんなものがありうる？」

イヴは彼のほうへ体をずらした。これこそ、と彼女は思った。自分が必要としていることだ。たぐり出し、並べること。

「それはあとで話すわ、でも最初の殺人について話をさせて。リーア・ローズが死んで得をしたのは誰だったか？　イライザ・レーンよ。ローズの依存症について、母親と彼氏以外に知っていたのは誰か？　レーンよ。ほかの人も知っていたかもしれない、でもレーンが知っていたことはわかっている、彼女がそう言ったんだから」

「役のためにかい、イヴ？　彼女が代役として少なくとも五回は確実に演じるはずだった役のためなのか？」

「ふつうならそうは考えないでしょう、だけど彼女は二番手に甘んじなければならなかったの。聴取室で、デブラはレーンがローズを説得して、週に一度マチネを、月に一度夜公演をさせてもらうことにしたと言っていた。少しプレッシャーを減らして、ローズの声を休ませるとか何とかで。だけどあの夜、公演の前に、デブラは娘の楽屋に押し入って、まさにそのことで爆発した。プロクターもレーンも、ローズは動揺したけれど、演技には影響させなかったと言っている。そして幕間に、デブラはレーンを追いまわし、二人が合意したやり方であんたがローズの代役をすることなんて忘れろと言った。自分がそれを元に戻したし、ローズがすべての公演をするようにさせると」

「そんなことはまずできやしないだろう」

「ええ、でもあなたはまだ十八歳で、自分がいかにすぐれているかを示すチャンスを得たのに、いまやそれが閉ざされてしまったのよ。そのチャンスがほしい、そのチャンスを得る資格が自分にはある。このばあさんはそれを奪い去っただけじゃなく、自分の出番の直前にそれをぶつけてきた。あなたは彼女を追い出した、でもあなたはただの――何ていうんだっけ？――座員。だからあなたは舞台に出て、仕事をする」

イヴはその光景が頭の中で再生されるにまかせた、彼女にはそれがみえたから。「あなたは楽屋でローズと対決する機会があった。ローズはとりあわなかったか、あるいは引っこんでなさいと言ったのかもしれない、なんでもいいけど、あなたが聞きたかった言葉ではなかった。もしくは、あなたは怒っていて、もう彼女が何を言おうとどうでもよかったのかもしれない、あなたはもういろいろなことを準備してあったから。どこに酒のボトルがあるか、どこに薬があるか知っていた。酒のボトルに薬をいくつか入れるのはむずかしいことじゃないでしょう。あなたは彼女が具合が悪くなるだけだと思っているのかもしれない——彼女がまた薬を飲んでもあなたのせいじゃない——オープニングナイトに彼女をはずせるくらい具合が悪くなるだけだろうと」

考えに沈み、イヴはまたワインを飲んだ。「当時の捜査は何も見逃していなかった。すべて辻褄（つじつま）が合っていた。そう、デブラは非難した、でも彼女は頭がおかしくて、死んだ娘の妹に葬儀の場で食ってかかるような人物だった。一座の大半も不満を持っていた人物で。それにレーンもプロクターもクラブにいて、何十人も目撃者がいた。というわけで事故による過剰摂取になった。でもそれが全然事故によるものじゃなかったとしたら？」

「仮定が多いね、警部補さん。でも僕は絶対にきみの直感に反する賭けはしないよ。それでも、いまのことをどうやってブラント・フィッツヒュー殺しに結びつけるんだい？」

イヴは空中に円をえがいた。「世間ではあれをアンコールって言うんでしょ、そうよね？　誰かが出てきて別の歌を歌ったりとか何かするのを。一種の繰り返し。盛大なパーティー、大きな計画、同じ芝居、同じ劇場。二十五年がたっている、だから今度は母親役——実際には、それが主役なのよ。あなたの時間と才能だけじゃなく、お金も今回はつぎこまれる。大きなイベントよ、そしてもう一度言うけれど、一種のアンコール。

これからの六か月、あなたの夫は地球の反対側にいて、自分自身のキャリアに専念することになっている。あなたはそれが不満。聴取では誰も、本当に衝突していたとか、実際に喧嘩(けんか)していたとは言わなかった、ただ不満なだけ。そんなに長く離れ離れになっていたことはない。誰がわたしの足をさすってくれるの?」

「足をさすってもらえないからといって、殺人までいくとは思えないな」

「注目ってことよ」イヴは言った。「そばにいてくれること。これは彼女の一大事なの、それなのに彼は自分の一大事をやることにして、彼女のためにここにいてくれない。彼女は涙をふいているときですら、そう言っている。原因はそこにあるのよ、大事なことなの」

「なるほど」

彼を納得させられていないのがわかったので、イヴはさらに押した。「彼女はグラスを返した。ひと口も飲まなかった。ひと口もよ——本人がそう言っていた。それに彼はいつもきまってレーンにあのカクテルを持ってきていた、彼女のおきまりの飲み物だったから。ナディーンだって、オスカーの何かであの二人に会ったとき、フィッツヒューがそうしていたと言っていたもの」

イヴは自分のグラスを持ち上げた。「彼女はただ待てばよかった。何か思慮のない、傷つけるようなことを友人に言った、だからそれは彼女の頭の中で台本になっていたのよ。シルヴィー・ボウエンが一曲歌ったらと提案しなかったら、きっと自分で言いだしていたでしょう。そして手つかずのグラスを夫に返す。シアン化物を入れたあとで」

「彼らは結婚してほぼ十年になるんだよ。僕は二人が一緒にいるのを見たことがある。熱烈に愛し合っていた」

「そのとおり。それじゃ、彼がニュージーランドにいて、彼女がニューヨークにいたら、どうやってフィッツヒューは熱烈に愛せるわけ？　あの夜、わたしは彼女を信じた。彼女はショックを受けて、打ちのめされて、必死にあらがっている。そう信じたのは実際に彼女がそうだったから、その全部だったから。レーンが夫を愛し、夫も彼女を愛していたことは信じている。でもぴったり結びついた結婚生活で何が起きているのかは、その中の人間以外、誰にもわからないものよ」

「まあ、それはいえるだろうな」

「二人はそのことで議論をしたのよ、ローク。レーンは完璧さと、忠実さと、何ていうか……ステージ中央の位置を要求するの。彼はそれを与えてくれない、彼女はそう考えた。彼は取り決めをやぶった、ローズがやぶったように。二人はそのことについてたくさん議論をした、でも彼は今度の映画を、今度の役を、彼女のためにあきらめはしなかった」

「あのペントハウスでシアン化物の痕跡は見つからなかったんだろう」

「彼女が何を持っていたにせよ、トイレに流したのよ。医者に追加でざっくりきいてみたの。彼らがレーンを上の階へ連れていくと、彼女はトイレに入ったそうよ。しばらくひとりきりの時間が必要だと主張して。トイレに流し、ことは終了。痕跡なし。あの夜は彼女を信じたわ」イヴはもう一度言った、「でも今日は違う。

彼女は今日、わたしと話しているときに嘘をついたの。ローズ・バーンスタインのことを持ち出したとき、わたしはその嘘がわかった。彼女は取り決めがやぶられたことをリーアに話さなかった、って。話したにきまってるじゃない、それにその点で嘘をつくことが隠れみのになっているのよ。彼女が示す、若くて世間知らずな娘、愛情に満ちた友達、頼りになる同僚で、ついさっき平手打ちされたことに無理からぬ反応をした、というイメージのための隠れみの。その嘘がわかったのは、彼女の言い方では、平手打ちよりその取り決めのほうがずっとずっと大事なことだったから」

イヴは頭を振った。「それはファイルになかったの」

「平手打ちが?」

「いいえ、平手打ちのことでリーアと言い合い、劇場から母親を締め出すよう話したという、今日レーンがわたしに言ったでっちあげよ。レーンは当時の捜査担当者にはそれを話していなかった、ほかの誰にも」

ワインを飲みながら、イヴは池と、浮かんでいる清らかな睡蓮を見つめた。あの下にはからみあった根っこがある、とイヴは確信していた。水面の下を見なければだめだ。

「もしレーンが本当にその会話をしていたとしても、彼女は人目を惹かないようにしていた、したがってそれは完全に一対一だったと結論せざるをえない。彼女は自分の言ったこと、やったことについて嘘をついていた、なぜならもし彼女が取り決めを守ることについてローズと言い合ったのなら、あのときの話そのものが変わるから。彼女はあの一件全体の中で、一種の被害者にみられなければならないの。彼女がいま、強いけれど、夫をなくして悲しみに暮れる女を演じているように」

イヴは頭を振った。「記憶違いや、二十五年たったせいで細部が抜け落ちているんじゃない——それならわたしも信じたでしょう。彼女は嘘をついていたの。何かを隠しているのでないかぎり、嘘をつく理由はない。彼女はあした稽古に復帰するのよ」

「それは早いと思うね。少なくとも数日は休むんだと思っていた」

「休めないのよ。彼女は休めない。そこが問題なの。この芝居——最初のときと今度のあいだに彼女が何をしていようと。これは彼女の円をつくるの。もう一度彼女の勝利となるのよ。最初の勝利は、死んだ友達の役をもらったにすぎなかった。それなら今度のは？」

「彼女は歩きつづける」ロークが終わりまで言った。「そしてショーは続けなければならない、夫をなくしてもくじけない女として」

「そうよ。彼女はあのカクテルをひと口も飲まなかった。それがひっかかっていたの、ずっと気になっていた。でもほかのすべてがそこから押しやってしまった。あなたが最初から始めて、点をつなぎはじめてくれるまでは」

「彼女は身代わりとしてデブラ・バーンスタインを誘い出したのかい？」

「それも考えてみたけど、違うと思う。レーンはバーンスタインが自分の家に入ったと知ったとき、本気で怒っていた、トニー賞トロフィーのことではもっと。それに彼女はまた嘘をついたのよ、涙を流して言ったの――その賞も、ほかの全部の賞も、ブラントがいれば彼女にくれてやったのに、って。絶対に、そんなことをするわけない。レーンは彼を愛していた、でも何ひとつ手放したりしない」

「それじゃ、僕ももう納得したよ、納得させられるとは思っていなかったのに。いまの話の一部でも、どうやって証明するつもりだい？」

「いま考えてる。バーンスタインとの次のラウンドで策が増えるかも。それにレーンはどこかで毒物を手に入れた。彼女の知り合いに、フィルムを使う写真家で、暗室で作業する人物がいるのか？　仕事でシアン化物を使うテキスタイルアーティストから何か注文したのか？　その他もろもろ。路地裏で手に入れたのかもしれない、でもそれはありそうにないわ」

目が惹きつけられる、とロークは思った。彼女が頭の中にある点と円を使って、こういうふうに推理を大きく進展させるさまは。論理的ではないはずなのに、と彼は思った。それでもちゃんと論理のすじが通っている。

「どこから始めるんだい？」

「アシスタントたち、スタッフ、友人、それに入手できるかもしれない先とつながりがあるなら誰でも。わたしはあの夜彼女を信じた——配偶者は常に疑わなければならないのに、彼女を信じてしまった。それからデブラがあらわれた。そういうわけで、わたしはこの件で後れをとってしまった、それが頭にくる」

「一緒に戻って追いついたほうがいいね」

「ええ」二人は立ち上がった。「あなた、前ほど出張しなくなったわね」

「そうだね、それに以前より家にいる理由が増えたんだ」

「単に安心させておきたいんだけど、もしあなたがたくさん出張しても、毒を盛ったりしないわよ」

ロークはイヴの手をとり、キスをした。「男にとってそれ以上望めることはないんじゃないか？」

イヴは二つの面から攻めた。もっともすじが通っていてはっきりしているのは、犯人がデブラ・バーンスタインであるということ。そして、より複雑な解答はイライザ・レーンをさしていること。

どちらにしても、次の段階の聴取のために準備し、弁護士に対処する方法を見つけなければならない。同時に、イライザに関する自分の推理を可能なかぎり簡潔に説明し、修正し、やりなおし、確率精査にかけた。

ローズ・バーンスタインの死に関しては八十パーセントを下回ったが、フィッツヒューについてはもっと九十パーセントに近づいた。

コンピューターも賛成している、とイヴは考えた。常に配偶者を疑え。

もう一度やったあと、それをマイラに送って意見をくれるよう頼んだ。

コーヒーのことを考え——またしても——そこでロークが入ってきた。

「きみも知りたいんじゃないかな、徹底的に調べてみたら、キャラ・ローワン、つまりイライザ・レーンのハウスキーパーに、金属アーティストの甥がいるとわかったんだ。いまの時点ではあまり有名じゃないが、小さい展覧会を二度やっていて、ブルックリンに自分のスタジオがあり、作業で電気めっきを使っている」

そら出た、とイヴは思った。

「そういうのにはシアン化物を使うわよね。それは偶然じゃない、つながりよ。レーンが何か彼に依頼して、スタジオを訪れる、とか何とかしてなかったら、サマーセットの口にキスしてあげる。舌もつけて」

「それは楽しい見ものだろうが——それに対する彼の反応もね——きみが間違っていると

は思えないな。あまりにもうってつけすぎる」

「その人の名前、連絡先を教えて、そうすれば突き止められる」

「教えるよ、もちろん、でもイヴ、もう真夜中をすぎているんだ」

「そんなはずないわ。くそっ！」イヴは頭の両横を手のひらの付け根で叩いた。「どうしてこうなるの？」

「やっぱり、地球が迷惑な自転をしているからさ。さあもう終わりにするんだ、警部補、あしたにはこの件を終結できそうだとわかっていれば、よく眠れるだろう」

「上等よ、いいわ、ええ。ピーボディにメールさせて。あとで彼女を迎えにいくって連絡するの。彼女とブルックリンに行って戻ってきて、その甥を調べてから、デブラを聴取室に入れる。でなければ、そっちは昼まで延期して、そのかわりにレーンを入れてやる」

イヴはメールを送り、ロークと寝室へ歩きながら次のステップに移った。

「レーンからその人に支払いはなかった？」

「彼女の口座からはない」

「現金ね、たぶん。そのほうが賢いし、彼女は馬鹿じゃない。もし彼女が何かを注文したり、作品を依頼したりして――〝あら、これはどういう仕組みなの？〟――そして彼に現金で支払いをしたら、わたしたちがそれを突き止め、考え合わせる確率はどれくらいかしら？」

「例外的、と僕なら言うね、きみがいまやったから」

「そうかも。まだデブラを犯人と考えながらの推理もしているのよ。問題は……」

寝室へ入ると、イヴは武器をはずし、ポケットの中身を出した。

「デブラも馬鹿じゃない、でもレーンほど賢くはない、ってこと。それに俳優としてはおよびもつかない。デブラをフィッツヒュー殺しで叩いたとき、彼女の見せたショックが偽物だったとは思えない。彼女はそんなことは考えもしなかったのよ――それがイライザほど利口じゃないってこと。考えもしなかった、なぜなら彼女はやらなかったから。彼女の目的はあのトロフィー、仕返し、あのパーティーでセレブにまじっていい気分になること。フィッツヒューと話したことだって認めているのよ。まったく、それを吹聴したんだから」

イヴはスリープシャツを着た。

「きみははじめからわかっていたんじゃないか」

「はじめはわかっていた」イヴは訂正し、彼とベッドに入った。「そのあとでわからなくなって、いまはまたわかった」

ロークは彼女を抱き寄せ、すると猫がイヴの背中に丸くなった。

「殺人犯があばかれて正義がおこなわれれば、終わりよければすべてよしになるよ」

「被害者は死んだままだけどね、でもそう、それができることの精一杯。ただし今回はもうひとついいことがある」イヴは目を閉じながら笑った。「いまロンドンにいるあのスカした気取り屋が、ほとんど何もしない大物の高給とり弁護士に、たっぷりお金を払うはめになるのよ」


　二時間もしないうちに、コミュニケーターの鳴る音で目がさめた。

「んもう。照明をつけて、十パーセントで。映像ブロック。ダラスです」

「警部補、マニング巡査です。われわれが見張っているホテルから、われわれの見張っている人物について九一一の通報が入りました。われわれが受けました。いま現場にいます。遺体がひとつあります、サー」

「バーンスタイン?」

「そうです、サー。現場は保全しました」

「そのままにしておいて。二十分で行く。くそったれ」イヴは言い、ベッドから飛び出した。

「僕も一緒に行こう」

「だめ、だめ。ピーボディをベッドから引っぱり出すから。なんでこんなことになるのよ?」

「僕も知りたいね」

クローゼットに入り、イヴは服を着た。「あとで知らせるわ。もしレーンがやったなら……彼女がどうやってバーンスタインにたどりつける？　どこに行けばバーンスタインをつかまえられるか、どうやってわかったの？」

クローゼットから出てきたイヴは黒いジーンズとブーツ、黒いシャツ姿だった。何も言わず、ロークは使い捨てカップに入れたコーヒーを渡した。

「ありがとう」イヴは少し飲み、それから武器を装着した。リンクやほかのものを集めていると、ロークが彼女のクローゼットから黒いベストを持ってきた。

「徹底しておいたほうがいい。あの裏地がついているよ」

「ベスト用の裏地もあったの？」

「あるんだ」

「へえ。少し眠っててね」イヴは言い、彼にキスをした。

「僕のお巡りさんの面倒を頼むよ」

イヴが飛び出していき、早くもピーボディと話しているとき、ロークは猫を振り返った。

「さて大詰めだよ、相棒」

21

イヴはタイムズ・スクエアの終わりのないパーティーを迂回し、ほとんど人けのない通りを飛ばしていった。

　腹が立っていた。

　ロンドンにいる愚かでスカした気取り屋のビッチが、面当てのために泥棒の詐欺師に金をくれてやったことにも、その泥棒の詐欺師――前科もある！――の釈放を認めた判事にも。その泥棒の詐欺師をたったひと晩、何らかの方法で、どうにかして留置房で生かしておく方法を見つけられなかった自分自身にも腹が立っていた。

　たったひと晩すら。

　今夜はもう店じまいにする前に、あとひと稼ぎしようとしている路上レベルのＬＣたちを通りすぎた。罪を重ねるために影を出たり入ったりするジャンキーたちや売人たちは無視する。

　三人のティーンエイジャーらしい者たちがおかしくなったように大笑いしながら、地下鉄の階段からぴょこんと出てきて、路上生活者がひとり、みやげ物店の戸口で猫のように丸くなっている。

イヴはあのホテルの前に車を停めた。ロビーとは名ばかりの場所の照明がぎらぎら光っていた。中に入ると、薄汚れた白いTシャツ、コットンのショートパンツ、ビーチサンダルの男がカウンターのむこうからあらわれた。

彼はイヴのほうへやってきて、空中に両手を突き出した。

「部屋はあいてないよ！」

イヴはバッジを見せた。「おかしいわね、ひとつあるって聞いたんだけど」

「ああ。なんだ」男はオレンジのメッシュが入った黒い髪を両手でかきあげ、それからノーズリングと顎にそってみすぼらしいひげのある顔を撫でおろした。

「俺はただの夜勤なんだよ、な？　ただの夜勤。奥で寝てるんだ、何かあったら誰かがここにいるように。ったく、その何かがあったんだよ。二〇一号室の天井から水がどばどば落ちてきてさ、な、それでそいつがベルを鳴らして、俺を起こしたわけよ。俺のせいみたいにだぜ、な？　俺は上に行って、三〇一号室をどんどん叩いたんだ。音楽が聞こえてさ、な、だからあの女がそこにいるんだと思った、でも出てこないんだ」

「死んでたんでしょう」

「ああ、まあ、俺が知るわけないだろ、な？　それで中へ入りますよって声をかけたんだよ、だって二〇一号室がすぐ後ろにぴったりくっついてくるし、ホールのむかいの女が俺にぎゃあぎゃあ言うし。だからパスキーや何かを使ったんだ、そしたら彼女が倒れて死んでた。ただ死んでた。そこに倒れて」

男はまた顔をこすった。「今度はその女が俺の耳元で悲鳴をあげるし、男のほうは吐きそうだとか何とか騒ぐし。吐かなかったけどね、それはたいしたもんだよ。それで俺はドアを閉めて警察を呼んだ、だってさ、ううぅ、彼女はあそこに倒れて死んでるんだから」

男は息を吸いこんだ。「いいこと教えてやろうか？　あいつら爆発したみたいに飛びこんできたよ。バーンってさ！　おまけにあいつら、ひと目見るなり、俺に水を止めろって言うんだ。俺はボスに連絡しなきゃならなかった、な、だってこのクソだめでどうやって水を止めるかなんて知らないからな。ボスは俺にやり方を教える、ボスは怒る、お巡りたちはお巡り以外誰も中に入れるなって言う、おまけに俺は二〇一号室の客を別の部屋に移さなきゃならなかった、天井から水が垂れてるからな」

「ひどい夜だったわね」とイヴは言った。

「最悪だよ、レディ！」

「警部補」イヴはバッジを叩いてみせた。「今夜二〇一号室を訪ねてきた人はいた？」

「知らない。もう。かんべんしてくれよ。俺は奥で寝てるんだから」

「あなたが勤務についたのは何時だった？」

「俺は十時に来た。奥へ行って、ちょっとスクリーンや何かを見て、寝た。マネージャーが八時に来るんだ、そしたら俺は朝メシを食べにいく」

「巡査たちにあなたの名前と連絡先を言った?」

「ああ、もちろん、でも俺は奥で寝てたんだよ、な?」

「そうね。わたしのパートナーがいまここに向かっているの。上に来させて」

「俺は、えっと、ずっとここにいなきゃならないのか?」

「そのようね」

「今夜はだいなしだよ」

「きっと三〇一号室も同じ意見よ」

イヴは階段を使った。

三階に出ると、戸口に巡査がひとりいた。そのパートナーはホールの先にいて、ほとんど裸のカップルと話をしている。

「サー。フェントン巡査です。カーマイケル巡査とシェルビー巡査から引き継ぎました」

彼女は部屋のドアをあけた。

イヴは戸口に立った。そしてそう、知らされたとおり、デブラ・バーンスタインが床に倒れて死んでいた。あおむけで、ピーコックカラーのローブを着ており、右手の指から少し離れたところに背の低いグラスがあった。

デブラは太い青のヘアゴムを使って髪をまとめていた。イヴが彼女の旅行用トランクを調べたときにあったものだ。赤い斑点で顔がだいなしになっている。爪は陽気なピンクに塗っていたが、その下が暗い青色になっているのが見えた。

イヴは捜査キットからコート剤の缶を出した。「状況を説明して、巡査」

「われわれは十時に到着しました、警部補。前の巡査たちから報告があったとおり、この部屋には明かりがついていました。プライヴァシースクリーンが稼動していましたが、古いのでところどころ穴があいているんです。彼女が窓に近寄れば、動きまわるのが見えました。あるいはそこに立っているのも。九一一の通報があったのは〇一四八時でした。夜勤の男、ジョー・E・クラークが――ジョーです、ミドルネームのイニシャルがE――人が死んでいると通報してきたので、すぐに対応しました。

われわれは上へ行って、確認しました。水が下の部屋にもれていて、クラークが調べに上がったんです。明かりはついたままで、スクリーンで音楽が流れていました。閉じたバスルームのドアの下から水がもれているのが見えたので、クラークに水を止めるよう言い、現場を保全しました。わたしのパートナーが警部補に連絡し、いま供述をとっています」

「あなたたちが勤務についているあいだ、この建物に誰か入った？」

「はい、サー。二二〇〇時のすぐあとにクラーク、二三〇〇時ごろに男と女が一緒に。真夜中をすぎてしばらくして女がひとり。同じ女が三十分ほどたって出ていきました」

よし、とイヴは思った。

「その女の外見を説明して」

「白人、もしくはもしかしたら混合人種の女性。およそ百六十五センチ、五十七キロくらい、黒髪で、肩までの長さ、厚い前髪。黒っぽいズボンとTシャツ」フェントンはしばらく目を細くした。「スニーカーです、黒っぽいスニーカー。黒かダークグレーのハンドバッグを持っていて」

フェントンは部屋の中を振り返り、遺体を見た。そして言った、「くそっ」

「ええ、そうよね。その女の顔を見た？」

「いいえ、サー。その女は……出てきたときにはバッグの中をかきまわしていて、顔を伏せていたんです。北へ歩いていって。対象者よりかるく七センチは背が低く、少なくとも七キロ、もしかしたら十キロくらいやせていました、だからわれわれは彼女が入っていき、また出ていくのを見ていただけだったんです」

「あなたのせいじゃないわ、巡査」わたしのせいだ、とイヴは思った。わたしが一歩遅れていたせい。「その外見特徴を使って、誰かその女を見たかどうか調べて」

コート剤をつけ、部屋の中へ入り、デブラ・バーンスタインの遺体を見おろした。

ウォッカのボトルががたつくテーブルにのっていた。イヴはそのボトルを前に見ていた
――もっとたっぷり入っていた――ピーボディと捜索したときに。この部屋には二つのシ

ヨートグラスがあった、と思い出した。いまはひとつしかない。

ボトルのそばにリンクがあった。パスコードはなし、と手にとってみてわかった。安物で、プリペイド式、たぶん弁護士から連絡用に渡されたものだろう。スワイプして開いてみると、メモアプリが出た。


耐えられない。刑務所なんて行くものか。

失敗した。負けた。あのビッチがまた勝ってしまった。

あたしのローズのところへ行く。


「自殺に見せかけようって？　なんで洪水なのよ？　何の意味があるの？」

部屋を歩いていくと、安物のカーペットは水を含んでずぶずぶだった。バスルームの中では湯と、消えかかった泡の薄い層がバスタブをいっぱいにしていた。缶に入ったキャンドルが二つ、狭い縁に置いてある。あと二つが床に落ちていて、バスタブがあふれたせいで流されたようだった。顔に塗るベタベタのチューブがひとつ――トリーナが使うような高価なもの――が流しの縁に置かれていた。

この部屋にそのキャンドルがあるのも、デブラの荷物の中に顔のベタベタがあるのも前に見ていた。

でも二つめのグラスが見当たらない。

「オーケイ、どういうことだったかわかった」

イヴは遺体のところへ戻り、膝をつき、もう一度キットをあけた。

「被害者はデブラ・バーンスタイン、年齢六十六と確認された」

計測器を出し、重要な部分を読んで記録した。「死亡時刻(TOD)、〇一〇〇時。そうよ、ぴったり合う。アーモンドのにおいが残っている、被害者の顔に赤い斑点、爪の下に青い色。死因(COD)、シアン化物の摂取、あとで検死官に確認のこと」

かがみこみ、グラスのにおいをかいだ。「ウォッカにシアン化物が混ぜられている。テーブルにポーピーズ・ウォッカのボトル一本、中身は四分の一くらい。きのう被害者の所持品を捜索したとき、パートナーとわたしは同じブランドのボトルで、半分近く残っているのを冷蔵庫の中で見つけた。

しかしそのときシアン化物はなく、いまは二つめのグラスがない。そのままにしておくべきだったわね、イライザ。ほうっておくべきだった。暴力の痕跡や防御創はない。プリペイド式のリンクにある手紙は、ウォッカのあるテーブルに残されていた」

イヴはその手紙も読み上げて記録した。

遺体の検分を終えたとき、ピーボディがドアをあけた。

「ああ、なんてこと」

「コート剤をつけて、それから制服のひとりに言って、止めている水を夜勤の男に戻させて。たぶん何分かかかるわ」

イヴは立ち上がり、部屋を見まわした。広くはないが、このスペースでベッドはバスルームの反対側にあり、シッティングエリアは——狭いが——そのむこうにあった。スクリーンに近く、そこでは音楽が流れていて——やかましくはなく、BGM程度だった。そして街の喧騒が聞こえてくる窓。エアコンがブーン、カタカタと鳴っていた。

ピーボディが入ってきた。

「ウォッカのそばにあったそのリンクに、あきらかな遺書があるわ」

それを読んで、ピーボディは顔をしかめた。「彼女はどこからシアン化物を手に入れたっていうんです？　この部屋には絶対にありませんでしたし、彼女が身につけていたはずもありません」

「それが疑問その一」

「彼女は自殺するタイプじゃありませんよ、ダラス。そこは絶対です。それにお湯がいっぱいのバスタブはどういうことなんですか？」

「それを突き止めるのよ。夜勤の男がこの部屋のドアをあけたとき、バスルームのドアは閉じていた」

「ええと、どういう……」ピーボディはあたりを見まわした。「二つめのグラスはどこですか？　前はグラスが二つありました」

「いまこそあなたを誇りに思うわ」

「彼女はローブを着ていて、バスタブに水を出している。お風呂に入るつもりだったのかも。そうですよ、これを見てください、保湿用のフェイシャルマスクです――彼女はキットにこれを入れていました。肌を保湿して、キャンドルをつけてしばらく湯につかるつもり。ストレスをやわらげる。もしドアが閉まっていたら……あの音楽が流れていて、街の喧騒が聞こえてきていたら、水の出ているのが聞こえますかね？」

「本当に誇らしいわ。あなたの豪邸プロジェクトについておしゃべりする時間が五分得られたんじゃない、別の日にだけど」

「それに彼女はあの遺書を書いていませんよ」

「理由は？」

「そうですね、彼女の持ち物にシアン化物はない、二つめのグラスがない、なのに遺書だけはある？　彼女にはもっとたくさん言いたいことがあったはずですよ。母親としてこうだったとか、自分の犠牲にした年月がどうだったとか。最後の言葉でレーンに勝利を与えるなんて思えません」

「わたしの心臓がこれ以上誇らしさを受け止めきれるかわからないわ。破裂する前に胸から取り出さなきゃならないかも」

「おしゃべりは十分間になりました？」

「いいえ、それからバスタブの栓を抜いて。夜勤が水道を戻したとき、また洪水を起こしても意味ないでしょう。それも記録につけておいて」

「彼女は犯人を中へ入れたんですね」ピーボディは排水口をあけて言った。

「わたしはそうみている。彼女はたぶん事前にウォッカを一、二杯飲んでいた。そのリンクには通信がひとつもない――たぶん彼女が弁護士に釈放してもらったあとに与えられたんでしょう。誰も連絡する相手はいない。彼女はここに閉じこめられ、うろうろ歩きまわっては、メディアをチェックするとか何とかしていたんじゃないかしら」

「水を出したまま。めいっぱいではなく――この部屋でめいっぱい出るとしての話ですが」

「水を出しっぱなしにして、ドアを閉めてみて」

イヴには水の音が聞こえた、かろうじて、それもその音に集中していれば。でもそうでなかったらだめだ。周囲の騒音と同じで、ここのエアコンの耳ざわりなブーンという音よりはるかに静かだった。

イヴはドアをあけた。「交代して」

ピーボディが出てくると、今度はイヴがバスタブを見るほうにまわった。

「もし水を出しているって知らなかったら」イヴがもう一度ドアをあけると、ピーボディが言った。「出ているなんてわからなかったでしょうね。音楽とか、オートシェフとか、街の音もありますし」

「水があふれなければ、彼女が死んでいることは朝までわからなかったはず。おかげで一歩先んじることができる。遺留物採取班を呼んで、それからこの部屋を調べましょう」

「何を探すんですか？」

「誇りポイントが消えるわよ。わたしたちはデブラがシアン化物を持っていなかったと断言できる。彼女がそれの入った容器も持っていなかったことを証明して、その点を強化するの」

「ちくしょう。考えつくべきでした」

「モリスを起こすわ。早急に彼女を担当してほしいの。タクシーと配車サーヴィスよ、ピーボディ。この住所から三ブロック内で、いえ四ブロックにするわ、女性客を拾って、レーンの住所からやはり四ブロック内で降ろしたかどうか調べて。真夜中から二時のあいだで」

「本当に彼女が今回のことを全部やったと思っているんですか。警部補が送ってくれたメモでそう考えているのはわかりましたけど――」

「彼女がやったことははっきりわかっている。彼女は夫を殺し、バーンスタインを殺し、二十五年前にローズ・バーンスタインを殺した――もしくは彼女の死に手を貸した。だからあの嘘つきで、人殺しで、トニー賞とりの女をつかまえてやるのよ」

二十分後、ピーボディは踊らんばかりにして、イヴが遺留物採取班の班長にやってもらいたいことを話しているホールへやってきた。

「どれくらいの確率でしょうかね？　ねえ、どれくらいですか？　そのタクシーにあたったんですよ。張りこみしていた警官の言った外見特徴に一致する女が、二ブロック北でタクシーを停めたんです。運転手は彼女をレーンのビルから一ブロックのところで降ろしたんですよ。彼女はキャッシュで払ったそうです」

「賢いというより傲慢ね」

「でもわたしは賢いですよ、だからさっきの誇りポイントを戻してください。別のタクシーの記録では、その外見特徴に一致する女が二三五三時にレーンのビルの二ブロック南でそのタクシーを拾い、そしてこのホテルの一ブロック北で降りています。現金払い」

「よくやったわ」

「誇りポイントは」

「半ポイントね。ブルックリンに行きましょう」

「例のアーティストですか？」ピーボディは小走りになって追いついてきた。「まだ朝の五時前ですよ」

「だから渋滞にあわなくてすむじゃない。イライザはきのう、あのテラスでわたしが話しているときに、この計画を立てはじめたのよ。バーンスタインが保釈金で釈放されたと思うと腹が立って、怒りが湧いて、腹の底から怒った――バーンスタインが自分のトニー賞トロフィーに手をかけたから――だからその罰を彼女に与えるだけでなく、身代わりにしたてることにした」

ロビーに行くと、ジョー・E・クラークがカウンターに頭をのせ、かすかにいびきをかいていた。イヴはそのままにしておいた。

「そして今度は夫をなくして悲しみに暮れる女を演じる――それほどむずかしいことじゃない――それから恐怖におののき、罪悪感を背負った、被害者になるはずだった人物を。プラス、大物しぐさってやつ。〝一座のみんなをがっかりさせるわけにはいきません、わたしが悲しくても。愛する観衆をがっかりさせるわけにはいきません、夫を失っても〟ってね」

イヴは運転席に座った。「彼女はハットトリックがやれる。ブルックリンの住所を入力して」

「それからコーヒーも？」

「もう、いいわよ」

「彼女はすでにシアン化物を手に入れていたはずですよね。今回のことにじゅうぶんな量も、って意味です。いったいどこに隠したんでしょう？　バクスター、トゥルーハート、それにマクナブ――おまけにわたしたち――が見逃したはずはありません」

「別の場所があるのよ」

「銀行の貸金庫じゃないですよね。銀行はあなたがきのう彼女と話した時間にはもう閉まっていました。ロッカーかもしれません、でも――」

「あのビルの中よ。彼女が簡単に出入りできるところ」

「あそこにはフィットネスセンター、プールもありますよ。だからロッカーも」

「リスクがありすぎるし、人の目が多すぎるわ。それに、彼女はロッカーを持っていない。フィッツヒューとジャコビは持っていた。トゥルーハートがペントハウスを捜索したときに調べさせたの。わたしはボウエンの家だと思う」

ピーボディの目が飛び出しそうに開いた。「シルヴィー・ボウエンがこの事件で共犯だと思っているんですか?」

「いいえ。レーンは誰のこともそれほど信じていないでしょう。でも二人は仲のいい友達で、よく一緒にいる。もしレーンがこの台本を書いているなら、殺人のあと自分がボウエンの家に滞在するのはわかっていた。いつでも好きなときに――殺人の前は――寄れるとわかっていた。どこかにボトルを隠すだけ、わたしたちがレーンの家を捜索したあとに取り戻せるどこかに。あるいはただそこに置いていき、またほしくなったときに持っていく」

「ボウエンの家を捜索する令状をとって、チームを編成しましょうか？」

「まだだめ」だめだ、とイヴは思った。まだ全然だめ。「レーンには疑われていないと思わせておきましょう。劇場に、稽古に行かせる。わたしたちはこうするのよ、何が見つかるかやってみて、モルグに寄って、モリスが教えてくれることを聞いて、それからボウエンに話すの。彼女が協力しなかったら、令状をとる」

「オーケイ。このコーヒーに合わせてベーコンエッグポケットはどうですか？」

「ベーコンは常に正解」

ピーボディは二人ぶんをプログラムした。「わたし、メディアのブリーフィングでちゃんとやれたんでしょうか？」

「つまらないことを言わないで、ピーボディ」後ろめたさの痛みがいらだちと一緒にやってきた。「見る時間がとれなかったの」

「いいんです、それはわかってますから。キョンがうまくやったと言ってくれたし、あとでナディーンが親指を上げた絵文字をメールしてきてくれました」

「ナディーンか」イヴはつぶやいた。

「まだ午前五時前ですよ」イヴがダッシュボードのリンクのスイッチを入れると、ピーボディはそう言った。

「ジェイクが彼女と一緒だったら、彼の裸のお尻がチラ見できるかもよ」

「ナディーンを起こしましょう！」

イヴがそうすると、ナディーンは映像をブロックすることもせず、照明に五パーセントと言った。「まだ二時間もあるじゃない」彼女は目をつぶり、ぼやいた。「あなたがこんなことをしてるのは、世紀のスクープをくれて、ピュリッツァー賞の栄誉の殿堂にわたしを入れてくれるつもりだからって言って」

「四半世紀さかのぼって、リーア・ローズ――本名ローズ・バーンスタインについて徹底的に調べはじめれば、何歩か近づけるわよ。輝かしい、人気急上昇中のスターが、事故による薬物過剰摂取という悲劇によって命を奪われた。あるいは、本当に事故だったのか？」

ナディーンのシャープな緑の目がぱっと開いた。「自殺か殺人？」

「あなたが判断して」

「まさかわたしをこんな時間に――んもう、数字のことは考えたくないわ――自殺のことで起こしたわけじゃないでしょう。デブラ・バーンスタインを、ブラント・フィッツヒューに加えて、自分の娘殺しでも逮捕するつもり？」

「面白い情報があるの、夜のシフトについていた鷹のようなレポーターなら、いまごろはかじりついてるかもしれないやつよ。バーンスタインの遺体を一時間ほど前にモルグに送ったわ」

ナディーンがベッドの上でがばっと起き上がった。スクリーンにナディーンだけが映ったのを見て、ピーボディがため息をつくのがイヴに聞こえてきた。

「死因は？」

「検死官が判断するわ」

「ダラスってば」

「シアン化物は最近人気があるのよねえ。いま教えてあげられるのはそれだけよ。さあ行って」

「アヴェニューAはシカゴにいるんですね」ピーボディがイヴに言った。「いま調べました」

イヴはブルックリンに入り、うねりながら進んでタイラー・ヴァンスの住む建物へ行った。都市戦争後式（ポスト・アーバン）の箱型ビルで、奥行きの短い砂利の庭がついており、その地上階にスタジオが、上に彼のアパートメントがあった。

スタジオの上のプレートには〝メタルワークス・スタジオ・アンド・ショールーム〟とあった。

イヴがマスターを使ってアパートメントのエントランスを入ると、いまは墓場のように静まりかえっていた。

二階に上がり、タイラーの玄関のブザーを鳴らした。

二度めのブザーで、ようやくインターコムから眠そうな声が聞こえてきた。

「はい、何?」

「ミスター・ヴァンス、NYPSDです。玄関をあけてください」

「何だって?」

イヴはセキュリティスキャナーへバッジを持ち上げた——いいスキャナーだ。ロックがかちりという音がして、ドアがそっとあいた。タイラーのたっぷりしたブラウンの髪は、肩や、すべすべしたきれいな顔のまわりにくしゃくしゃと乱れ、その顔には眠たげな青い目とひと晩ぶん伸びたひげがあった。

黒いボクサーショーツ姿で、イヴたちを見て目をぱちくりさせた。

「俺、寝てたんですけど。いったい——」眠たげな目が大きく開いて目覚めた。「まさか、泥棒?　俺——」

「泥棒は入ってません。あなたと話がしたいんですが。ある捜査に関連することをいくつか答えてもらえますか」

「捜査って何の?」彼はあくびをしかけたが、すぐにまた目を見開いた。「うわっ、俺、服を着てなかった。すいません!」彼は実際に股間を手でおおった。「本当にすみません。ちょっと——ちょっと中へ入ってください。何かズボンをはかなきゃ」

「彼、すごく可愛(かわい)いですねえ」タイラーがアパートメントの中を走っていくと、ピーボディが言った。アパートメントにはリビングスペースがあり、ダイニングとキッチンにつながっていた。「あっ！　あのランプを見てください。まるであそこに生えているみたい。すごく有機的」

ピーボディは金属の葉やつるや、鳥たちでできたポール型のランプのところへ行った。

「うちに置いたらすごくすてきですよね。買う余裕はないでしょうけど、きっとすてきだろうなあ」

「別のランプにもそう言ってたじゃない」

「ランプはひとつじゃなくてもいいですから」

タイラーはすりきれたペインターパンツと色あせたブルーのTシャツを着て出てきた。

「あんな格好で玄関に出ちゃって本当にすみませんでした。寝ぼけていたもので」

「かまいませんよ。こちらこそこんなに早く起こしてしまって申し訳ありません」

「今日は早く始めることにしますよ。僕はコーヒーは飲まないんですが、冷えたカフェイン飲料ならあるんです。このまま言葉をまともな文章にしつづけるつもりなら、一発やらないと。あなた方も飲みますか？」

「あなただけどうぞ」

「そのランプはあなたが作ったんですか？」

タイラーは冷蔵庫をあけながらピーボディを振り返った。「ええ」

「すばらしいですね」

彼はぱっと明るくなり――まるでランプだった。「ありがとう」

「それに壁彫刻、それからここにあるほかのものも。あなたの作品、本当に好きです」

「朝の五時すぎからほめてもらうなんてめったにないことですよ。気分がいいです。座りませんか？」

彼はドクター・ペッパーの缶をあけ、やわらかいクッション張りの椅子二脚をさした。

「作品の制作では電気めっきをするんですよね」イヴは話を始めた。

「そうです」タイラーは壁彫刻をさした。「あんな感じに」

「それでその過程でシアン化物を使う」

「ええ。そのための登録もしてますし、記録も全部とってあります」

「それの保管はどこに？」

「下のスタジオです。ほかの薬品と一緒に、キャビネットに保管して。何か問題でも？」

イヴはリンクを出した。「この女性を知っている？」

タイラーは首をかしげた。「もちろん。イライザ・レーンですよね、女優の。うちのおば夫婦が彼女のところで働いています。あの人は――まさか。あの人の夫――シアン化物じゃないかって言われてましたよね」彼の魅力的な顔が真っ白になった。「僕は容疑者なんですか？　容疑者なんですか？　僕は絶対に――」

「違いますよ。ミズ・レーンがあなたのスタジオに来たことは?」

「彼女は――彼女は――」タイラーは言葉を切り、ドクター・ペッパーをごくごく飲み、目を閉じて、深く呼吸をした。「作品をひとつ依頼してくれたんです――庭に置く彫像を――お友達のシルヴィーの九月の誕生日にって。そのことを相談しにきて、そのデザインをほめてくれました、二週間前に。だいたい二週間。僕はやってませ――」

「電気めっきの工程を説明しました?」

「彼女が興味を持ったんです――その作品は金属を混合したものになるんですよ」

「シアン化物の使用について説明したんでしょう。彼女に見せてあげたとか」

真っ白が気味の悪い灰色がかってきた。「彼女は――彼女は……興味を持ってくれたんです。それにおばたちは彼女のところで働いているし。二人とも彼女が大好きなんです。僕にとっては大きな依頼なんですよ」

「それで彼女にスタジオを案内してあげたんですね」ピーボディがうなずいた。「いろいろなことを説明してあげて」

「ええ、ええ、でも――」

「彼女がスタジオでひとりになったことは?」イヴはきいた。

「いいえ、でも……」タイラーはごくんと唾をのんだ。「いいえ」

「でも?」

「スタジオには小さなキッチンがあるんです。仕事上、仕切られているんですが。彼女に水を持っていこうと、そこに一、二分いました」

「彼女が水をくれと頼んだ？」

「だと思います、ええ。ほんの二分だけでしたよ。ちょっと吐き気がしてきました」

「呼吸して、タイラー」ピーボディがアドバイスした。「ゆっくり呼吸して。そのあと、仕事でシアン化物を使いましたか？」

「いいえ、実を言うと。彼女は電気めっきはやめることにしたんです、それに僕もめっきが必要な作業はなかったので。ずっと彼女の作品にかかっているんです――デザイン、それからいまは作業に」

「そのときあなたが所持していた量はわかる？」

タイラーはイヴにぶんぶんうなずいてみせた。「ミリリットルの単位まで、誓います」

彼は実際に心臓の上で十字を切った。

「スタジオへ案内してもらえる？」イヴは立ち上がった。「タイラー、言っておかなければならないけど、このことについては誰にも連絡しないで。おばさんにも、友達にも、誰にも。約束して。もし必要なら、あなたを重要証人として保護することもできる」

「おばさんは絶対にやってな――」

「ええ、おばさんは絶対にやっていない。彼女を安全にしておきましょう」

今度は彼の目が大きく開かれ、顔にどっと血色が戻ってきた。「神に誓いますよ、誰にも言いません」

なくなっていたのは一ミリリットルどころではなかった。


「かわいそうな人ですね」ピーボディはまた帰りの道を走りだすときに言った。「彼女はタイラーを利用した。あの庭用の彫像が買えたらなあ、だってレーンはもう買わないでしょう。メイヴィスがきっと大喜びしますよ。あのフェアリーとか花とか。タイラーはおばさんに連絡したいけど、しないでしょうね。そこは警部補がしっかり脅しましたし」

「レーンを押さえたら、おばさんに話していいって知らせてあげて。まだしばらく先だけど」イヴは言った。「もう渋滞が始まってるだろうから」

それでも二人がモルグに着いた時間は、たいていの人々が仕事を始める前だった。その人々が警官もしくは医者――相手の生き死にを問わないタイプであれば別だが。

モリスはジーンズとあざやかな赤のシャツの上に防護ケープを着て、髪はねじって後ろでまとめ、デブラ・バーンスタインを見おろしていた。彼女の胸部はまだ開かれたままだった。

なのでピーボディは解剖台のずっと上の一点を見た。

「いそいでほしいと言っていただろう、だから今日はカジュアルデーなんだ。音楽のボリユームを半分に落として」モリスはそう指示した。「冷たいものはどうかな、ピーボディ？」

「そりゃあ彼女は冷たいでしょう」

「飲み物のことだよ」

「ああ、そうですね。わたしがとってきます」

モリスは切開した胸部をピーボディがすぐ近くで見なくてもいい口実をあげ、イヴにほほえんだ。「健康な女性だ、頑強な。あちこちにまずまずの処置がしてある、顔にも体にも。死因はシアン化物だ、きみが現場で見たてたとおりだね。それに二三〇〇時前に百八十ミリリットルのウォッカと、さらに死亡時刻の数分前に百二十ミリリットルを十五ミリリットルのシアン化物と一緒に摂取している」

「彼女は自室でウォッカを飲んだの。きのう最初に見つけたときからおよそ百八十ミリリットルがなくなっていた」

「まだ報告書が届いていないな。ブランドは？」

「ポーピーズ」

「ああ。二周めは羽振りがよくなったんだね。シアン化物と一緒に飲んだウォッカはポーピーズではなかったよ」

「どうしてわかるの？」

「ポーピーズは、それにその価格帯のほかのウォッカには、添加物が入っているんだ。ライウィスキーだな、この場合は。彼女があとで、最後に飲んだタイプはどうか？　添加物なし、蒸留水で作られ、何度も濾過（ろか）した純度の高いものだ。わたしなら最上級のブランドを探すな。でも科研（ラボ）ならそれについて範囲をせばめられるだろう。わたしとしては、コミスター、氷入りが好みだね、もしウォッカを飲むなら」

「どんどん失敗が出てきてるわね」イヴはむこうへ歩いていき、また戻ってきた。「あの女は自分でボトルを持ってきた、上質のやつを。和平の贈り物？　ともあれ入口ではある。彼女はバーンスタインがウォッカを持っているかどうか知りようがなかった、でも彼女が持っていったウォッカを気に入ることはわかっていた。この母にして（ライク・マザー）、あの娘あり（ライク・ドーター）。ずいぶん詩的だわね。

　好みのウォッカを持っていく。一杯やりましょうよ。グラスに毒物を入れる一瞬、相手の気をそらすくらい簡単なことよ。デブラが倒れたあとは、ボトルと、自分の使ったグラスを持ち去る」

「外へ出ていく」ピーボディはソフトドリンクを配りながら言った。「二ブロック歩き、タクシーを拾い、家へ帰る。彼女の住むビルにはものすごくいいセキュリティがありますよね」

「専用のエレベーターがある。そこにカメラはついていない。そのエレベーターを使い、駐車場へ降りる。そうよ、カメラは駐車場のどこかで姿をとらえるでしょう、でも警察が調べるわけがない――彼女はそう踏んだのよ。バーンスタインは自殺した。彼女がフィッツヒューを殺し、わたしたちは彼女をつかまえた、だから彼女はすべて終わらせることにした。事件は終結」

「なるほど」モリスはそっとバーンスタインの肩を叩いた。「彼女はそれについて言いたいことがあるだろうね」

「そのとおり。早くやってくれてありがとう。ボウエンを調べにいくわ、そのあとで、ピーボディ、劇場に行きましょう」

22

イヴがシルヴィーのアパートメントのブザーを鳴らすと、本人が玄関ドアをあけた。比較的早い時間だというのに、きちんと服を着ている――カジュアルな黒のレギンスに、ふわっとした白いオーバーシャツ。

「警部補、捜査官、中へどうぞ。知らせてくださることがあるのね」

「こんなに早くお邪魔してすみません」

「あと一時間で衣装を着て写真撮影があるときには早くないわ。ちょうどコーヒーのおかわりを飲もうとしていたところなの。みんなでコーヒーを飲みながら、ここにいらした理由を話していただけない？」

イヴは彼女がリビングエリアを歩きながら、こっそり腕時計(リスト・ユニット)に目をやったことに気づいた。

「ハウスキーパーが休暇中で。バックアップのドロイドはいるんだけれど……ああいうのってちょっと、ほら、気味が悪いのよね。それにどのみち二、三週間なら、自分でやるのもいいものだし」

シルヴィーは先に立って、広い窓に長椅子をつけて置いてあるキッチンへ行った。

「きのうはイライザにあまりついていられなくて、でもゆうべ連絡したときには、あなた方とお話ししたと言っていたわ。デブラ・バーンスタインのことも話してくれた。さっぱりわからないわ。人がそれほどの憎しみをこんなに長く持っていられるだなんて」

彼女は頭を振った。「コーヒーのお好みは？」

「わたしはブラックで。ピーボディにはクリーム入りを」

「わたしもコーヒーにはクリーム派なの」シルヴィーはそう言って笑った。「どうぞ座って。今度のことは本当に恐ろしいけれど」彼女は話を続けながらオートシェフのところへ行った。「何が、それになぜ起きたのか、わかるとほっとするわ」

「何が起きたかとお思いですか、それに、なぜ？」

シルヴィーはあきらかに困惑して、こちらを振り返った。「イライザが言ったことからすると、あなた方がデブラ・バーンスタインを逮捕したのは、ええと、要するに、彼女がイライザの家に侵入して、『アップステージ』のトニー賞トロフィーを盗んで、ブラントを殺したとわかったからなんでしょう。間違って彼を殺してしまったのよね、そのせいで今度の事件がいっそう恐ろしくなるわ」

彼女はイヴとピーボディにコーヒーを運んできて、また自分のぶんをとりに戻った。

「そしてそのすべてが、彼女自身の娘の悲劇に端を発していた。すべてをイライザのせいにして、彼女を憎んでいる、彼女が代役のするべきことをきちんとやったからという理由で。さあどうぞ」

「当時からイライザとお知り合いだったんですか？」

「あら、いいえ」シルヴィーは笑い、ものうげにコーヒーをかきまわした。「長い付き合いだけれど、それほど昔からじゃないわ。わたしたち、『ボディ・オヴ・ザ・クライム』で姉妹を演じたの」

「あの映画は大好きです」

シルヴィーはピーボディににっこりほほえんだ。「ありがとう。あれはわたしにとって特別な思い出なの、あれでイライザと出会って、絆（きずな）ができたから。十五、十六年前ね」

「デブラ・バーンスタインを知っていましたか？」イヴはきいた。

「直接は。会ったことはないけど、その人のことは知っているわ、たしかに。イライザから聞いているの、それに彼女は——デブラは——ときどきゴシップブログに出て、イライザを攻撃していた。腹が立ったけれど、取り合わないに越したことはないし。というか、わたしはそう思っていた。いまは、振り返ってみると……こんなことになるなんて想像もしなかったわ。あの人はあきらかに病んでいる、でもやさしくしてあげる気にはなれない。ブラントは死んでしまったんですもの」

ったの？」

「なんですって？」驚いて体を引き、シルヴィーは胸を手で押さえた。「そんな。何があ

「シアン化物の毒を摂取したんです。今日の午前一時ごろに」

「どういうことかしら」

「ゆうべ真夜中から二時のあいだ、どこにいらしたか教えていただけますか？」

「何てこと」シルヴィーは手で口を押さえ、それから手をおろした。「ベッドに、ひとりでいたわ。十一時前にベッドに入ったの、今日も一日じゅう仕事だから。家に帰ったのはだいたい……八時だったわ、たしか。そのあとはアパートメントを出ていない」

「イライザのところへは行きましたか？」

「いいえ。家に帰ったあとで彼女に連絡して、おしゃべりはしたわ。上に行きましょうかと言ったんだけれど、彼女はほかの人たち――リン、ドービー、セラ――と一緒に早めの夕食をとったと言って。静かに過ごしたかったから、みんなはもう帰ってもらったんですって。きのうはほとんど一日じゅう、ブラントの葬儀の手配をしていたそうよ。疲れきっていたわ」

「イライザがここを出ていったのは何時でしたか？　ずっとあなたのところにいたんですよね」イヴは言った。「彼女はきのう何時に自分のアパートメントに戻ったんでしょう

か？」

「わからないわ。わたしは九時頃出かけたの。台本の読み合わせがあったから。そのあとインタビューや、ほかのプロモーション仕事も。夕食は娘と、義理の息子と、孫娘と一緒にとったわ。早めにね、クララはまだ三歳だから」

「あなたが朝出かけたとき、イライザはまだここにいたんですね？」

「ええ。わたしに仕事を遅らせてもらいたがってはいなかったし、正直に言ってわたしもそうだったから。それにドービーやほかの人たちもみんな、一日の大半は彼女についているつもりだったし。二回連絡を入れて彼女の様子もきいたわ。

イライザとわたしが共謀して毒物を手に入れ、あの女性に使ったなんて考えるのは無理よ。わたしはあの人がどこにいたかも知らないんですもの、本当なら鉄格子のむこうにいるべきだったけれど。イライザは彼女が保釈金で釈放されたと言っていたわ、そんなのは茶番劇で、腹が立つって。でも――」

「いいえ、あなた方が共謀したとは思っていません。イライザがここにいたときに泊まっていた部屋を見せていただけますか？」

彼女の顔が険しくなった。イヴにはシルヴィーの肩がこわばる音が聞こえるようだった。

「なぜ？」

「令状をとることもできます、でもこれはおおげさにせずやってしまいたいんです。いろいろなことをはっきりさせたいだけです」

「わたしにはまったくはっきりしているようにみえるけど！　デブラ・バーンスタインがイライザを殺そうとして失敗し、その企てで共謀していた相手が彼女を殺したんでしょう」

「かもしれません。部屋を見せていただけますか」

「いいかげんに――わかったわ」シルヴィーは立ち上がった。「協力するわ、それはイライザをもうこれ以上こんなことに付き合わせたくないからよ。彼女は悲しんでいるの。うちには寝室が三つある」彼女は話を続けながら早足でキッチンを出た。「わたしのと、わたしがオフィスや書斎として使っている部屋と、客室と。孫娘は毎月、うちにお泊まりするのよ」

　みるからに腹を立て、シルヴィーはアパートメントの中を進んで薔薇色とクリーム色でしつらえた美しい寝室へ入った。「ここには小さな続き部屋があるの」彼女は手で示した。「それにクローゼットにも、ここに置いておくおもちゃ用にはじゅうぶん以上のスペースがあるわ」

「とてもすてきですね」ピーボディが言った。

「クララはここをあの子の〝大人の女の人の部屋〟って呼んでいるわ。イライザはここの小さな続き部屋を使っていた」

「あなた方お二人はよく行き来するんでしょうね。あなたは彼女の家へ上がっていき、彼女はここへ降りてくる。ただおしゃべりしに」

「もちろん」

「パーティーの前の何日かで、彼女はここに来ましたか？」

「ええ、たぶん。そうよ。ミハイルのものを片づけるのを手伝ってくれたの。うちのハウスキーパーにはやらせたくなかったから。彼女に休暇をあげたのはそれが理由。イライザは手伝ってくれて、二人でたくさんワインを飲んだわ」

「この部屋を調べたいんですが」

「警部補、あなたはすばらしいと評判だし、そのことには敬意を払うわ。でもこんなの侮辱よ」

「令状はとりたくないんです、ミズ・ボウエン、そしてあなたの意志で、このまま捜査を続けることを許してもらいたいんです。二人の人間が死んでいるんですよ。ひとりはあなたの良い友人でした。わたしたちの仕事は誰が彼の命を奪ったのか突き止めることなんです」

「それであなたはクララの〝大人の女の人の部屋〟でそれがわかると思っているの？」怒りがシルヴィーの顔に燃え上がった。「やってちょうだい、すぐにやって。そうしたら帰って。このことはイライザには言わないわ、彼女はもう耐えられないでしょうから。でもあなた方の上司には話をさせてもらいますからね」

「わかりました。ピーボディ」

ピーボディはポケットからコート剤の小さい缶を出し、それを使い、イヴにも渡した。

「レコーダーを稼動させます、でもわたしたちが捜索するところをご覧になりたければどうぞ」

「見ますとも」シルヴィーは腕を組み、戸口に寄りかかった。

「バスルームをやって、ピーボディ。わたしはクローゼットから始める」

かなり大きなクローゼットだ、とイヴは思った。棚がずらりと並んでおり、ほとんどは死んだ目で見つめてくる人形や、変てこで不自然な色をしてずる賢そうな笑いを浮かべたぬいぐるみで占められている。

もちろん、ここの子どもは大きな牝牛のぬいぐるみも持っていた。もちろん。

引き出しにはクレヨン、マーカー、七色の厚紙、奇妙なずんぐりしたビーズの箱が入っていた。

「アクセサリーを作るのよ」シルヴィーがイヴの後ろから言った。「そのビーズをいろいろなやり方でつないで――ネックレスや、ティアラや、ブレスレットを作って、そのあとはとっておいたり、またばらばらにしたりできるの。わたしたち、アクセサリーを作って、それをつけて、あの子の人形たちと一緒にティーパーティーをするの」

イヴはティーセットに目を留めた——メイヴィスの家で似たようなものを見たことがある。あざやかな色のポット、カップ、皿、クリーム用や砂糖用のほかのつぼがトレーにまとめられて、高いほうの棚にのっている。

「バスルームは何もなしです、ダラス」

「もちろん何もないわ」シルヴィーは言った。「さあ、もう帰ってもらえる？　仕事があるの」

イヴはティーポットに手を伸ばし、蓋をとった。

そしてピーボディを見て、それからシルヴィーに目を向け、中にあるボトルが彼女に見えるように傾けた。

「それは何？」

「シアン化物でしょう、ミズ・ボウエン。いずれラボが確認しますが、それに間違いありません」イヴはボトルを取り出した。「もうあまり残ってない。もう一度やるにはじゅうぶんだろうけど」

「どういうことなの。わたしはそんなものをそこに入れていないわ。うちの孫娘がここで寝るんだって言わなかった？　あの子はそのティーセットで遊ぶのよ。わたしは絶対に……」

イヴには彼女が理解した瞬間がわかった。まるで体の中の何かが死んだように、シルヴイーは灰のような顔色になった。彼女は首を振り、あとずさった。

「違う、違うわ。イライザはここがクララの部屋だと知っているのよ。そんなはず……。うちの孫はここで遊ぶの。あの子が……うちの孫が！」

「座りましょう、ミズ・ボウエン」ピーボディが彼女の腰に腕をまわした。「お水を持ってきますね」

　イヴはポケットから証拠品袋を出し、ボトルを入れた。

「何かの間違いよ」シルヴィーはピーボディに言い張った。「そんなことありえない」

「ありえないどころではありません。ミズ・ボウエンにお水を持ってきて、ピーボディ。ブラントが殺害された夜以降、ほかにこの部屋に入ったのは誰です？」

「誰もいないわ、でも――」

「それでは彼の死ぬ前の一週間は？」

　シルヴィーは手で目を押さえた。「誰も。クララが二週間前に泊まったの――もう三週間近く前ね。そのあとすぐにハウスキーパーを休暇に出したのよ。彼女は今週末に戻ってくる予定」

「それでイライザが来て、あなたの元夫のものを荷造りするのを手伝ったんでしたね？」

「ええ」シルヴィーは額をさすった。「二週間前に」

「彼女があなたに気づかれずにあの部屋へ入ることはできましたか？」

「もちろんよ、もちろんできたわ、でも……」彼女はピーボディが持ってきた水を受け取った。「なぜ彼女が？　あなたたちは彼女がブラントを殺した、あるいはデブラと共謀して彼を殺させて、それからデブラを殺したと言おうとしている。そんなのどうかしているわ」

「あの夫婦のことを話してください」

「二人はおたがいを深く愛していたわ。彼らは愛し合っていたの、警部補。あらゆる意味で、二人はひとつのチームだった」

「文句ひとつなく？」

シルヴィーは宙に手を振った。「誰だってときどき文句くらい言うわ、意見が合わないことや、いらだちもある。だからって愛情が減るわけじゃないでしょう。十年間、あの二人は一度に五日以上離れたことはほとんどなかったの、おたがいに一緒にいたかったからよ」

「彼は半年も離れようとしていましたよ」イヴは指摘した。

「ええ、それにそのことはつらいものだった、どちらにとっても。二つのチャンスが――とても大きなチャンスが――同時に来てしまったの。ブラントが帰ってくるつもりだったのは知っているわ、たとえ一日か二日だけでも、できるときに。イライザもできるものなら同じようにするつもりだったのよ」

「彼女はブラントがその仕事を受けたのが不満だったんでしょう」

「仕事がじゃないわ、離れ離れになることがよ。それに彼女は再演の稽古に入るから、なおさら」

「イライザはそのことについてあなたに不満をもらしましたね」

「親友に不満を言えないなら、誰に言うの？」

「彼女はブラントに仕事を断るよう頼んだのですか？」

シルヴィーは口を開き、閉じ、それから視線をそらして答えた。「ええ。ブラントは以前にもそうしたの――彼女もそう――信頼できるプロジェクトを断ったのよ、本当にいい役をね、スケジュール的にぶつかってしまったから」

「なのに今回は？」

「ブラントの会社の仕事だからよ、それにすばらしい役なの。今回の劇がイライザのショーで、彼女が必ず当たりにする役であるのと同じように。母と子の両世代を演じることで、トニー賞だってとれるかもしれない。彼女が手を伸ばせばつかめる勝利なのよ」

「でも彼はイライザのために今回の仕事をあきらめず、ここで彼女のそばにいることにはしなかった。イライザは怒ったでしょう」

「怒ったとは言わないわ。わたしに不満は言っていた、ええ、それに彼女がブラントに、一度ならず、ニューヨークにいてくれと頼んだのも知っている。彼が行かなければならないと譲らず、彼女より映画の役を優先したと話してくれたときには、イライザも感情的になっていた。わたしが、逆に考えれば、あなただってブラントについてニュージーランドへ行かないじゃない、彼よりあの芝居の役を優先するんだから、って指摘したときも。わたしはどっちの味方もしない、って」

「彼女はそれをどう受け取りました？」

「ふくれて、泣いて、辛辣な言葉を言って――そのあとで機嫌を直したわ」

「そして大きなパーティーを開くことにした」

「ええ」シルヴィーは水を飲んだ。「ええ、パーティーは彼女のアイディアだった。びっくりしたのよ、イライザがブラントの出発する前の晩に開くことにしたから。ブラントを独り占めしたいんじゃないかと思っていたし。でもそのことはあまり考えなかった、わたしはわたしで、自分の愚かさやミハイルや弁護士たちと渡り合っていたから」

シルヴィーは水を置き、イヴの目を見た。「わたしは娘を、息子を、このうえなく愛しているわ。義理の息子もわたしにとっては本当に宝物。でもあの子は、わたしのクララは？　あの子はすべてなの」

シルヴィーは震えながら息を吸った。「わたしのすべてよ。イライザはそれを知っている。クララがあの部屋で、あのティーセットで遊ぶことを知っている。三歳の子どもよ、警部補。子どもがあのティーポットに何か入っているのを見つけたら？　きっと飲んでしまうでしょう、違う？　どうしてイライザはそんなことができたの、あの可愛い子を危険にさらすなんて？」

「わたしたちがききますよ」イヴは立ち上がった。「もし彼女に連絡なさるなら――」

「ああ、その点は信じてもらってかまわないわ。もしあなたが間違っていて、これがひどい勘違いだったら、イライザに手をついて謝る。でももし彼女がこんなことをしたのなら？　もし彼女が殺したのなら――たぶん、たぶんそれだってわたしは許せたでしょう。十五年の友情よ、姉妹のような。姉妹以上の。でももし彼女があのボトルを、うちの孫が手の届くところに入れたなら？　わざとやったのなら？　絶対に許さないわ」

シルヴィーの顔を涙が流れた。「そしてあなたは間違っていない、そうよね？」

「ええ。わたしは間違っていません」

シルヴィーの家を出ると、イヴはレオに連絡した。「レーンの家をもう一度捜索する令状を出して。わたしたちが見つけようとしているものが、どんな法律の抜け穴からももれないようにして。それから彼女の逮捕状もとって。二件よ、第一級殺人」

「たしかなのね？」

「絶対にたしか。わたしの情報源によると、彼女はいま劇場で稽古中、だから家にいなければ、捜索をして、それから彼女を逮捕しにいく。ピーボディが要点を説明するわ。レーンはシアン化物のボトルを隠していたの――金属アーティストの持っていたシアン化物を失敬するのに使ったボトルよ――シルヴィー・ボウエンの孫のおもちゃのティーポットに入れて」

「わたしをからかっているのね」

「からかってない。わたしはこれから見つけるつもりのものを見つけたい、それからそのボトルを確認のためにラボへ送る。令状をとってちょうだい」

「用意するわ」

「その子がひょっこり来ていたかもしれませんよね」ピーボディはイヴとエレベーターで上へ向かいながら言った。「〝ヘイ、おばあちゃんに会いにいきましょう〟子どもは中へ入って遊び、ティーパーティーをしようとする。あのセットに手を届かせるには、低いほうの棚に立てばいいだけです。シルヴィー・ボウエンはそう考えたんでしょう」

「だから彼女は警告信号を送らない。ラボのぐず（ディックヘッド）に連絡して。わたしたちが持っていくものと、理由を伝えておいて。ただちに優先させて」

「賄賂は何にしますか？」

イヴは首を振った。「わたしたちがあれをどこで見つけたか話して――子どものことを。子どものことなら、彼に賄賂はいらない」

ピーボディがラボのチーフに話をしているあいだに、イヴはペントハウスの前の通路を歩き、これからの段取りを考えた。

「優先しただけじゃなくて、彼はあれを受け取りに人をよこすそうですよ」

「いいわ。時間と移動の節約になる」

レオが連絡してきた。「家宅捜索令状はいま来るわ。逮捕のほうは取り組み中」

「早くして」イヴは玄関のブザーを鳴らした。

キャラ・ローワンが出てきた。「ダラス警部補。申し訳ありません、ミズ・レーンは稽古に出かけているんです」

「令状があります。単に形式上としてのものですが。もう一度、二つほど調べなければならないものがありまして」

「もちろんどうぞ。もしミスター・ジャコビにご用がありましたら、上にある彼のオフィスにいます」

「用ができるかもしれません、ありがとう」

「ミズ・レーンは緊急用件でないかぎり、稽古の邪魔をされるのを望みませんが、でも――」

「彼女をわずらわせる必要はありません。長くはかかりませんので」

イヴはまっすぐ配膳室へ行き、リカー・キャビネットをあけた。最高級のウォッカはない、と見てとった。でも最高級のテキーラと最高級のウィスキーのあいだの空白が、それのあった場所だろう。

在庫パネルをチェックすると、モリスが挙げていたブランドの五番めのものが在庫として記録されているのを見つけた。

「まだ戻していないのね。小さなミスよ、イライザ。いつだってそれが命取りになるの」

そこから主寝室へ行き、イライザの着替えエリアへ入った。

「黒いスニーカーです」ピーボディが声をあげた。「底に繊維が残っています」

「証拠品袋に入れて。黒いズボンとTシャツがたくさんある、でも洗濯かごにそれぞれ一着だけ入っている」

「ここにウィッグもありました。外見特徴の説明に一致します」

ピーボディが証拠品袋にラベルをつけているあいだ、イヴはぶつぶつ言いながらバッグを調べていった。

「黒いバッグ、黒いバッグ。どうしてこんなにたくさん黒いバッグが必要なのよ?」やがてその中のひとつから何かを引っぱり出した。「でもこれがあるのはひとつだけ」

ピーボディがやってきて目を凝らした。「ハンドバッグに入れる用アトマイザーの詰め替えみたいにみえますね」

イヴはキャップをはずした。「スプレーじゃない」中をかいだ。「もちろん香水みたいなにおいはしない。それにほかのものもある」

イヴは五番めのウォッカを出した。封印が切られて、中身が半分になっている。「この中にあるものが、バーンスタインの胃の内容物と一致することに賭けるわ」

「やった、彼女を押さえましたね」ピーボディはにっこりした。「これで彼女も幕ですね」

「ディックヘッドに受取人をあの劇場に行かせて、そうすればわたしたちがほかに見つけたものも持っていける」イヴは部屋を出ようとした。「ねえ、幕はものごとが始まるときに上がるでしょ、終わったときに下がるだけじゃなくて。どうしてみんな、何かが始まるときには〝幕だ〟って言わないの？」

「混乱するからでしょう。だからたぶん、誰かが、どこかで、いつか、そういうことにしようって決めたんですよ」

しっかりした答えとは思えなかったが、イヴはそれ以上のものを思いつけなかった。

専用エレベーターを指さした。「ＥＤＤに見てもらって、バーンスタインの件でレーンが昇り降りするのに使われたことを証明してもらいましょう」

「われわれの最高の日はゆうべ始まったかもしれないが、もう楽々と進んでいるね、ベイビー」

イヴはメインエレベーターでロビーへ降りながら、横目でピーボディを見た。「強壮ドリンクが必要そう？」

「いまのいまは、これがわたしの強壮ドリンクです。でもわたしが倒れるときには、どっと倒れますよ。わたしは彼女が本当に好きだったんです、ダラス、だからちょっと腹が立っています。彼女の仕事、そう、演技を見るのも好きでした。でも彼女が好きだったんです」

「もしちょっと腹が立っているなら、シルヴィー・ボウエンの気持ちを考えなさい。あなたがあの人殺しのビッチを好きだったのはほんの数日間。彼女のほうは十五年も姉妹のように愛していたんだから」

「そうですね」ピーボディはロビーを通り、歩道を車へ行くまで待ってから言った。「それにブラント・フィッツヒュー。レーンは彼を殺した、そして彼はレーンを愛していた。彼女を好きでもあったに違いありません。誰かを十年間愛することはあるかもしれない、でも相手を好きでなければ、一緒に幸せに暮らすことはできませんよ」

イヴは車の流れへ入っていった。「レーンはすべてが彼女の思うとおりにいっているかぎりはおとなしい。でも彼女にひどいことをしたり、彼女と対立したり、彼女が本当に望んでいることにノーと言ったりしたら――何かの方法で、代償を払わせるのよ」

「今度は自分が、二人の人間を殺した代償を払う側になるんですね」

「三人よ。わたしはローズ・バーンスタインのことでも彼女を押さえたい。第一級殺人はとれないでしょうね。あれはもっと衝動的で、かっとなってやったものだった。彼女がウォッカに薬を入れたときは――それに彼女がやったのはよくわかっているの――ほんの二、三夜、リーア・ローズを舞台から遠ざけるだけのつもりだったかもしれない。少しばかり悪い評判もたてて。でもそのことでレーンのキャリアは傷つかなかったでしょ、リーア・ローズが死んでも？　レーンは自分のほしいものを手に入れた、その後にももっと。二度と代役に甘んじるつもりはない」

「逮捕状が来ますよ」

「レオにわたしたちがレーンをつかまえて、署に連行すると伝えて。それから彼女の寝室で見つけたもののことも」

イヴは自分のリスト・ユニットをタップした。マイラの業務管理役が応答すると、ただこう告げた。「これもあなたの〝許してもいい人〟がらみよ」

「少しお待ちください」

イヴは青い保留画面を二分近くも耐え忍んだ。

「イヴ」

「イライザ・レーンの逮捕状と、彼女に関する証拠を山ほどつかみました」

マイラの目は平静なままだった。「両方の殺人についてね。デブラ・バーンスタインの事件でのあなたの現場報告書を読んだわ」

「両方です、それにローズ・バーンスタインの件についても彼女を押さえるつもりです。でも全然驚いていないようですね」

「彼女が現在の二つの殺人をやったのなら——それにあなたはその証拠をつかんでいると

信じるけれど——彼女がローズ・バーンスタインの死に何の役割も演じていなかったら、そのほうが驚きでしょうね。二つばかり予定を調整して、観察しにいくわ。彼女はすぐには弁護士を呼ばないでしょう。あなたもいまの意見に驚いていないようね」

「彼女はわたしたちが実証できるとは思わないでしょう。その点は彼女が間違っていますよ。ピーボディがあなたと部長に、今朝わたしたちが集めたものを送ります。また連絡しますから」

イヴは劇場の裏へ行き、荷積みエリアへ入り、制服警官が二人待機しているのを見てうれしくなった。

彼らに証拠品袋と、具体的な指示を与えた。

それからその指示を復唱させた。

「よし」彼女は言った。「とりかかって」

「自分がどうしてこんなにこれを楽しみにしているのかわかりません」制服たちが車で去っていくと、ピーボディが言った。

イヴは楽屋のドアへ近づきながら目を向けた。「あなたが彼女に感心して、そのあと彼女があなたに好かれるよう、自分を気の毒に思うようにさせたからでしょう」

「警部補は？　彼女を気の毒に思いませんでした？」

「思ったわ」

イヴはスチールのドアを叩いた。ぼさぼさな銀髪の男が出てきて、二人を見て顔をしかめた。「劇場は閉まってるよ」

イヴはバッジを見せた。「チケットは持ってるわ」

男はバッジを長々と、じっくり見た。「ブラントのことかい？」

「そうよ」

「上へ案内しよう。ブラント・フィッツヒューは本物だった。ときどき袖に座って、スタッフたちとカードをしていたよ。俺が誕生日だったのを聞くと、スコッチのボトルを持ってきてくれた。本物だった。ブラントもスコッチも」

一行はあちこち曲がりながら進み、楽屋や、保管室や、機器を通りすぎ、舞台の下を走っている通路のそばを通った。

頑丈な鉄の階段をあがると、何人かの歌声が大きくなるのが聞こえた。

「そのまま進んで――何にもさわっちゃだめだぞ――そうすりゃ舞台右手に出るから」

「ありがとう」

その道は暗く、少々曲がりくねっていたが、イライザ・レーンの楽屋は――真っ白なドア、彼女の名前が金色で書かれている――じゅうぶんはっきり見えた。そこも徹底的に調べよう、じきに。でもいまは……

舞台には十人あまりが立っていて、その大半はダンスウェアで汗をかいていた。娘役のサマンサが片脚でしゃがむストレッチをしている。イライザは舞台の反対側で振付け師と演出家と一緒にいた。

演出家が舞台へ出ていった。「オーケイ、最初からやろう。それと、少々エネルギーをみせてくれ。曲は『才能のあるのはわたし（アイム・ザ・タレント）』なんだ、だからそれを証明して。位置について」

イヴは進み出た。「お邪魔してすみません」

すべての目が彼女へ向いた。イヴは劇場ですべての目が——何百もの目が——自分たちに向いたときに、彼らはどう感じるのだろうと思った。

そもそもそのためにステージにあがるのだろうが。

「十分休憩だ、みんな」演出家が言った。「警部補、イライザにご用ですか？」

「そうです」

「何かわかったと言ってちょうだい」イライザが舞台を歩いてきた。「何か本当のこと、はっきりしたこと、稽古を中断するだけの価値のあることを」

「そうです」イヴはもう一度言った。「イライザ・レーン、ブラント・フィッツヒューを、ひとりの人間を殺害したかどで逮捕します」

息を呑（の）む音と、衝撃の叫び声が周囲で噴き上がったが、イライザはイヴを見つめただけだった。

「頭がおかしくなったんじゃないの」

「いいえ、それに警告しておきますが、そういう防御はあなたのためになりませんよ。あなたには黙秘する権利があります」イヴはそう言い、イライザの両手を後ろにまわして拘束具をつけながら、改定ミランダ準則を読み上げた。

ドービーは観客席で座っていた場所から飛び出してきて、舞台に飛び乗った。

「彼女にこんなことをしちゃだめだ！　あの狂った女がブラントを殺したんだ」

必死にイライザのところへ行こうとして、ドービーはピーボディを押した。

「ミスター・ケスラー、いますぐ下がってください」ピーボディは彼の進路をふさいだ。

「あなたを警察官への妨害で逮捕しなければならなくなっても、何の役にも立ちませんよ」

「でもこんなことしていいはずがない！　心配いらないよ、イライザ。いますぐきみの弁護士を呼ぶから」

「やめて、そんなことするまでもないから。こんなのどうかしているもの。わたしが間違いを正すわ」

「僕も一緒に行くよ！」

「だめです」イヴは言った。「あなたはだめです。ご自身でコップ・セントラルへ来て、待っているのはかまいませんが」

「だったら僕も逮捕すればいい、だって――」

「ペントハウスに戻っていて、ドービー」イライザは恐ろしいほど落ち着いて、そう命じた。「まっすぐあそこへ行って、レポーターの誰とも話さないで」

「でも、イライザ！」

「わたしのためにそうして、ドービー。それがわたしのやってもらいたいことなの。じきにわたしも行くから」

「それはどうかしらね」イヴは言った。

イライザは頭を高く上げたままだった。「お願いよ、みんな、この恐ろしい、絶望的な幕はわたしたちファミリーの中にとどめておいて。わたしのためじゃない、ええ、わたしのためじゃなく、ブラントのために」

それはどうかしらね、とイヴはもう一度思った。

イヴたちは入ってきた道を通ってイライザを連れていった。イライザは外に出てから言った。

「この代償はいずれ払ってもらうわ」彼女は静かに、冷たく、苦々しく言った。「こんなことをしてどれだけの代償を払うはめになるか、あなたには想像もつかないでしょうよ」

「わたしはこういうことをするために給料を払われてるの」ピーボディが後部ドアをあけると、イヴはイライザの頭に手を置き、彼女をかがませて車の中へ押しこんだ。「でも今回はただでもやったでしょうね」

23

車に乗る前、イヴはピーボディのほうを向いた。「あなたはこのまま彼女を聴取室に入れて」

「勾留はしないんですか？」

「いまはまだね。彼女を聴取室に入れて、拘束具をはずして、何か飲み物を持ってきましょうかときいてみて」

ピーボディはいつもの子犬の目をしてみせた。「彼女相手に善玉を演じるんですね」

「デブラを操ったときのやり方はわかってるでしょ？　あの二人は同じよ、ピーボディ。洗練と金、名声の下では、二人は同じ。ここにいるイライザはどうか？　彼女のほうがたぶん頭がいい、それに冷酷な殺人者よ、でも二人は同じ燃料で動いている。だからあなたは彼女を同じやり方で操れる」

「はい。わかりました。やってみます」

うなずくと、イヴはリンクを出してレオに連絡した。「これからレーンを署に連行するわ。あなたもその場にいたいんじゃないの」

　運転席に乗った。「マイラにメールして、ピーボディ。到着予定時刻(ETA)を知らせておいて」

「こんなことをするなんて、あなたたちの息の根を止めてやるわ」

　イヴはバックミラーに目をやった。あの顔がある、と思った。仮面の下に本当の顔が。冷酷な顔が。

「あなたはわたしを辱めたのよ、舞台の上で、出演者やスタッフの前で。そうしたかったんでしょう」

「逮捕のときにたまたまあなたが出演者やスタッフと一緒に舞台にいただけよ。でもそうね、あれは役得だった」

「自分が重要人物だと思っているのね。どこかのろくに才能もない俳優があなたをスクリーンで演じたからって、自分が大物だと思っているんでしょう？　あなたなんて何の価値もない人間よ」

「わたしは自分が警官で、あなたのことはわたしの車の後ろで手錠をはめられた殺人者だと思っている。わたしは何の価値もない人間かもしれないけれど、あなたよりは一段上よ、イライザ」

「わたしが何者か、全然わかっていないのね」

　もう一度、イヴはバックミラーに目をやった。「そこがあなたの勘違いしているところよ。あなたが何者か、わたしには正確にわかってる」

「わたしはあのイライザ・レーンよ」深く暗い怒りで彼女の頬に血がのぼり、氷のような目はもっと冷たくなった。

「わたしがいまこの車を降りたら、何十人もの人々がわたしを取り囲んで、写真や、サインをねだり、たった三秒でも時間をもらいたがるのよ」

「もしあなたがいまこの車を降りたら、スタナーで撃つわ。さぞすごい写真が撮れるでしょうね、ピーボディ？　あのイライザ・レーンが、夫の殺害で逮捕されたあと、歩道にのびているなんて」

「そんな、ダラス」ピーボディが体を縮めた。

「言ってみただけよ」イヴはこれで三度めになるが、バックミラーに目をやった。にっと笑って。「試してみたい？」

「あなたはお金持ちで重要人物の男性と結婚した、そのおかげで自分が大物になったと思っているんでしょう」

「ふんふん。ああそうだ、ピーボディ、あのビルをおぼえてる、ろくでなしのティーガン・ストーンが自分のバーを持っていて、その上に住んでたやつよ？」

「もちろん」

「わたし、あれを買ったみたい」

偽りでなく驚いて、ピーボディはシートに座ったまま体をひねった。「何をしたんですって！」

「まあ、うちのお金持ちで重要人物の夫が買ってくれたの。だから考えなきゃならないわ──というか、彼がね、だってわたしにわかるわけないでしょ？──あのビルを改修する方法なんて。もちろん、こうなるとストーンは自分の店と自分自身を置く、別の場所を見つけなきゃならないわけだけど」

「オーケイ、ワォ。それは本当にサイコー以上です。ああ、ああ、あのこずるいやつを追い出して、とことん楽しめますね。きっとアヴェニューAがあそこで演奏しますよ、メイヴィスも歌ってくれます」

「それもひとつの考えね。わたしにはそういうお金持ちで、重要人物の友達が何人もいるの」イヴは気さくにイライザに言った。「そういうものの仕組みって面白いわよね」

セントラルの駐車場に車を入れた。

「メイヴィス・フリーストーンなんて単なる火打石の火花よ、いかがわしいスタイルで波に乗っているだけで、中身もない」

イヴは車を降り、ぐるりとまわっていってイライザを後部座席から降ろした。「いまのは世間じゃ、比喩の組み合わせがおかしいって言うんじゃないの。今日のニュースを教えてあげるわ、イライザ。メイヴィスの火はこれからも燃えつづける、かたやあなたは地球外のコンクリートの檻の中で、どうして誰も自分のサインに鼻もひっかけないんだろうと思うことになるのよ」

エレベーターに乗ると、イヴとピーボディは彼女の両側に立った。

イヴは殺人課までずっと乗っていった、何度エレベーターが停まって、警官たちが乗ってきても。警官たちはちらっとイライザを振り返ったり、〝いったい何事だ〟の目をイヴに向けたりした。

「道をあけて」殺人課の階へ着くと、イヴはそう指示した。

イライザをエレベーターの外に出したあと、イヴは後ろへ下がった。「彼女を聴取室へ連れていって」

方向を変え、まっすぐ自分のオフィスへ行き、ラボのディックヘッドことベレンスキーに連絡した。

「かんべんしろよ、ダラス、まだたった五分じゃないか」

イヴは彼の卵形の頭についている小さな目を見つめた。「そのボトルを見つけて、ソーダみたいに飲んでしまったかもしれない子どもだけど？　名前はクララっていうの」

「くそっ。感情を揺さぶられるのは嫌いなんだ。そうだよ、シアン化物だ。フィッツヒューとバーンスタインから検出されたものと同じだ」

「どうして単純にそう言わなかったの？」

「あんたは俺の感情を揺さぶって、すべてを横に置いてこれにかからせる、俺はあんたを悩ませる。ボトルに入っていたウォッカは、バーンスタインがシアン化物と一緒に飲んだウォッカだ」

「いまの瞬間はあんたが大好きよ、ベレンスキー。ありがたいことにその気持ちはいずれ消えるでしょうけど、いまの瞬間は好き」

「ふん、いいかげんにしやがれ（キス・マイ・アス）（キス・マイ・アスの本来の意味は〝俺の尻にキスしろ〟）」

「そこまでは好きじゃない」イヴが言うと、ベレンスキーはくっくっと笑った。

「それじゃハーヴォが突き止めたことを教えてやったら、もっと好きになるんじゃないか」

　イヴはハーヴォ、すなわち毛髪と繊維の女王を信頼していた。「あの靴ね」

「まだほかのものは終えてないが、あの靴にばっちりついていたよ。安物のカーペットだ、靴の接地面のかなりの部分から安物の繊維が出て、遺留物採取班が現場から持ってきたものに一致した」

「ハーヴォのお尻にキスしてあげようかしら。制服警官たちはそばにいる？」

「ああ、ああ」

「全部こっちへ戻してちょうだい――聴取室Aに――手続きの許すかぎり早く。レーンはその子どもがあの部屋で遊んだり寝たりすることを知っていた。知っていたのに、そのことは考えもしなかったのよ」

「あとであんたのところへ持っていかせるよ」

イヴは通信を切って振り返った。短い通路をレオがやってくる音が聞こえたのだ。

レオは髪を撫でつけ、うなじで巻いてアップにしていた。これまでにないスタイルで、短い揺れるイヤリングが映えていた。スーツのかわりに、完全にブルーでもなくグレーでもない色の、体にぴったりしたワンピースを着ていた。

そして針のようなヒールの靴は完全にブルーで、そのせいでくっきり目立っていた。

「それは何なの？」イヴは尋ね、指を上下に動かした。

「気がついたのね」

「わたしは警官よ。すべてのことに気づくわ」

「相手はイライザ・レーンだもの。思ったのよ、いとしいハニー、複数殺人者であり、トニー賞とグラミー賞の複数受賞者であり、オスカー受賞者でもある人物を尋問するなんて、毎日あることじゃない。この機会にファッショナブルな新しいスタイルにしてみたらどう？　ってね。あなただって、〝そのお尻を徹底的にボコボコにしまくってから返してあげる〟の黒を着たときに、そのことを考えなかったなんて言わせないわよ」

「夜中の二時だったのよ。手近にあるものをつかんだだけ。でもいまあなたに言われてみればそうね。これまでの経過説明と、これからわたしがどうやるつもりか教えてあげる」

レオはオートシェフを指さした。イヴは指を二本立てた。

そしてコーヒーを飲みながら、二人は仕事にかかった。

その終わりにさしかかった頃、ピーボディが証拠品の箱を持ってきた。「ラボからです。制服たちが、ディックヘッドが報告書を送ったと言っていましたよ」

「たしかに」イヴはデスクの上のファイルをとんとんと叩(たた)いた。

「レーンを聴取室に入れて、炭酸水を渡しておきました――炭酸の天然水を。わたしは善玉を演じているんです」ピーボディはレオに言った。

「あなたは本当にうまいものねえ。ダラスのやれない方法で、あなたが彼らをなだめるんでしょう」

「彼女に不便をかけて申し訳ありませんと言いました、それから『ビヨンド・ザ・グレイヴ』――彼女がオスカーをとった映画ですよ――に出ていた彼女がいかに好きだったかを言いました、本当に好きだったんです。二度と見ることはできないでしょうね。すごく上品な感じにみえますよ、レオ」

「ありがとう。それじゃ、みなさん(レディース)、参りましょうか？」

「もちろんよ」

イヴたちはオフィスを出て、レオは第一幕を見に観察室へ行った。

聴取室へ入ると、イライザは座ってゆっくり水を飲んでおり、イヴは記録を始めて、データを読み上げた。

「自分の権利を読まれたことを確認しますか？」

「仲間たちの前でわたしに恥をかかせるというはっきりした目的のために読んだんでしょう、ええ」

「実際には、そのはっきりした目的とはあなたに権利と義務を知らせるためよ。あなたの権利と義務を理解しましたか？」

「すべてを理解しているわ」

「すばらしい」イヴは座り、ファイルをテーブルの上、証拠品の箱の横に置いた。「それじゃ、最初の質問。いったいなぜ夫を殺したの？」

「そんなこと、口にするのも恐ろしい、悪意ある、おぞましいことだわ」涙が湧き、たったひとつぶがゆっくりと流れて、左の頬を優美につたい落ちた。

「実行するのも恐ろしい、悪意ある、おぞましいことよ。さっき自分で言っていたように、あなたは本当に重要人物の女性よね。だったらその大事な時間を無駄遣いしないようにしましょう。なぜやったの？」

「あのモンスター、デブラ・バーンスタインがわたしのブラントを殺したことは、あなたもよくわかっているでしょう。彼女がわたしからあの人を奪ったのよ。わたしの家に入って、わたしのトロフィーを盗んで、夫を殺したんだわ」

「いま気がついたけど、夫のことはいま言った罪の最後に来るのね。いずれにしろ――」

「ブラントへのわたしの愛情を貶(おとし)めないで！　やめてちょうだい」

　これを予想していたピーボディが、テーブルにあったティッシュの束を二人のほうへ押した。

　イライザは一枚とり、涙をぬぐった。「あなたは言ったじゃない、夫を殺したのはあの女だと」

「わたしが？」

「わたしの家に来て、言ったでしょう。もちろん、あなたも最初はあの頭のおかしな男、あのストーカーがやったと思っていた。そしていまはわたしを追いまわしている」

「世間ではこう言うじゃない――世間って誰だか知らないけど――三度めはベルが鳴る、って」

「幸運ですよ」ピーボディが訂正した。

「幸運が鳴るの？」

「違います。三度めは幸運（〝三度めの正直〟の意のことわざ）。もういいです。ミズ・レーン、いくつか、その、はっきりさせなければならない齟齬(そご)がありまして――」

「それでわたしを攻撃するの？」イライザはまたティッシュをとった。「わたしはあんな恐ろしいやり方で生涯最愛の人を失ったのよ。彼が亡くなったのは、あの凶暴な女がわたしを殺そうとしたからでしょう！　わたしは強くなろう、ブラントならわたしにどうしてほしいだろう、って考えようとしているのに」

「彼はきっと言うわよ、あなたに殺されたくないって」

「あなたの正体がわかったわ」イライザは言い返した。「よくて二流どころの、ただの評判倒れの人よ。そこここで運に恵まれたから、おまけに玉の輿にのったからって。自分のベルトに新しい手柄の刻み目を入れたいんでしょう、わたしはあなたにとってそれってわけ。自分の名前と顔をもう一度そこらじゅうにばらまけばいいわ、大物面をしてふんぞり返って歩けばいい」

「ふんぞり返って歩いたりしないわ。わたしはふんぞり返って歩いてる？」

ピーボディはまたしても体を縮めた。「警部補はそう言われています、ときどき」

「あなたは力がほしいだけよ」イライザは続けた。「支配力が。ただいちばん上に行きたいの、そのために何が必要であろうと。よく聞きなさい、わたしがことを終わらせたときには、あなたをどん底で破滅させてあげる」

「あなたが別の人のまねがそれほど下手じゃないから？　合図が出ると歌やダンスを始められるからなの、まるでパペットみたいに？」

怒りが燃えさかり、イライザは立ち上がった。「わたしがイライザ・レーンだからよ。わたしが指を鳴らせば、何十万、何百万もの人たちがあなたに襲いかかるわ。二十五年間もスポットライトをあびつづけられたのは、わたし以上にうまい人なんていなかったから。わたしは褒めたたえられているの。愛されているの。わたしのファン、仲間たちが、スズメバチみたいにあなたに群がるでしょうよ。そしてそれが終わったとき、あなたを訴えて、ロークが持っている最後の一ペニーまでとりあげてやるわ」

「かなりの量のペニーよ。そのケツをおろして」

「わたしには敬意を持って話しなさい」

イヴは立ち上がった。「この部屋では、わたしが力であり支配力なの。そのケツをおろしなさい、さもないと勾留房でおろすことになるわよ、そこなら無免許のLCや、ジャンキーや、そういう方面の住人たちと知り合いになれるわ。あなたのファンもいるかもね」

「お願いです、ミズ・レーン。座ってください。わたしが警部補に頼んで、あなたが勾留房に行かないですむようにまっすぐこちらへ連れてきたんです」

「けっこう」イライザは座った。「でもわたしが立っていようと座っていようと、何も変わらないわよ。わたしは無実だし、あなたもそれはわかっている。自分の出世のため、自分の宣伝のためにこんなことをしているのよ。わたしの夫は死んだ、わたしの代わりにこの世から連れ去られてしまった。デブラ・バーンスタインがわたしの家に変装して入ってきて、隠れて、配膳室に忍びこんだ。彼女がわたしのカクテルに毒を入れたのよ、だからブラントは……」

イライザは目をそむけ、涙を押さえた。「彼はわたしの代わりに死んだの」

「あなたがあのカクテルをひと口も飲まなかったのは妙だわねえ」

「ブラントの代わりにわたしがモルグに横たわっていたら、あなたはもっとうれしかったんでしょう。彼はたぶんここに座って、あなたに非難され、侮辱されていたでしょうね。なぜだかわたしにはわかっている。あなたはこの事件をあのストーカーのしわざにしようとして恥をかいた。あのときは世間が注目するような逮捕劇ができなかったものね。デブラには準備万端ととのえてそうするつもりだった、でも彼女が死んでしまったからもうそれもできない」

イヴは椅子の背にもたれ、笑みを浮かべ、それから言った。「やっちゃった」

ピーボディが顔をしかめた。「ええ、大きな〝やっちゃった〟です」

イヴは前へ乗り出した。「どうしてバーンスタインが死んだことを知ってるの？」

イライザは虚を突かれた顔をしたが、一瞬だけだった。「スタッフの誰かが話していたのよ」

「誰が？」

「知らないわ！　誰かよ。聞こえてきたの。彼女が自殺した、毒を飲んだって。はっきりしているじゃない、彼女がブラントを殺したのよ、なのにあなたは世間の注目をあびたいからわたしをいたぶっているんだわ」

「第一に、スタッフの誰もあなたに聞こえるようにそんな話はしていない。なぜならあなたが逮捕されたときには、彼女が死んだことは公表されていなかったんだから」

「馬鹿を言わないで。そういうことはいつだってもれるものよ」

「もれたのはあれよ、バーンスタインの下の部屋の天井。なぜならあなたが訪ねていったとき、彼女はバスタブに湯を入れていたの。それに気づかなかったんでしょ、イライザ？　それで状況は変わってくる。あなたが予定していたより何時間も前に、わたしたちは彼女を発見した」

「何も変わりやしないわ。スタッフが噂話をしていた、それだけのことよ。彼女がどこにいるかも知らないのに、わたしが彼女を殺せたはずないでしょう」

「見つけだしたのよ。彼女が保釈されたことはあなたを怒らせただけじゃなく――もちろん怒らせたけど――チャンスをつくってもくれた」イヴがピーボディにうなずくと、ピーボディは証拠品の箱からリンクを出した。

「わたしたちが劇場を出たすぐあと、ＥＤＤが入ったんです」ピーボディが説明した。

「これはリン・ジャコビのリンクです。あなたはこれを使ってロンドンのメーヴ・スピンダルに連絡しましたね、カールトン・Ｊ・グリーンの業務管理アシスタント、Ｌ・Ｗ・ジャコビのふりをして」

「そんなことはしていないわ」

「ミズ・スピンダルはきのうわたしがあなたのところから帰って約十分後に、グリーンのオフィスから連絡があったことを嬉々として確認してくれたわ。もちろん」とイヴは付け加えた。「グリーンも確認してくれたわよ、彼の事務所にはそんな名前の従業員はいないし、スピンダルに記録のため依頼人の住所を教えてくれと連絡した人物もいないと」

「リンがそんなことをしたのなら――」

「連絡したのは女性よ」

「わたしはそんな連絡はしていないわ、あの女がどこに泊まっていたかなんて知らなかった」

「〈ウェスト・エンド・ホテル〉に行ったことはないのね」イヴはきいた、「三〇一号室には？」

「絶対にないわ」

「次」イヴはピーボディに言った。

「これはあなたの靴です」ピーボディは靴を取り出した。「今朝あなたのクローゼットから持ってきました」

「あなたにそんな権利は――」

「わたしたちは令状を持っていました、ミズ・レーン。この靴の底から採取された繊維は、ミズ・バーンスタインのホテルの部屋にあったカーペットのものでした。三〇一号室の」

「だったら彼女がそれをつけたのよ」イライザは非難の指をイヴに向けた。

「全部記録されているのよ、イライザ。わたしたちはそういうことには慎重なの。それからこれも」今度はイヴは立ち上がって、箱からウォッカのボトルを出した。「あなたはこれを彼女の部屋へ持っていった、彼女が飲むとわかっていたから。彼女はウォッカが好きだったのよね。それにこれは上等なもの――彼女があの部屋に置いていた台所の排水みたいなものとは違う。これはあなたがこのボトルを入れて運んだバッグから見つけたの。それからこれ」小さな容器を取り出した。「中にシアン化物の痕跡があったわ」

「そんなのどれもわたしのものじゃないわ。ウォッカは飲まないの」

「バーンスタインは飲んでいた、そしてあなたはそのことをよく知っていた。彼女の娘にその習慣があったものね。問題は、あなたはすべてがちゃんとしてるのが好きってこと。そしてまさにこのボトルはあなたのホームバーから消えている。あなたは元に戻さなかっただけ。戻しておくはずだったんでしょうね、でもあなたは疲れていた、今日は稽古があった。それに面白い話があるの！　これにはあなたの指紋がついてるのよ。

それだけじゃない」イヴはイライザが立ち直る前に言った。「バーンスタインの死亡時刻の三十分前、あなたは〈ウェスト・エンド・ホテル〉に入るところを見られていたの」

「誰が見ていたですって？」

「わたしがホテルを見張らせていた警官二人よ。黒いTシャツ」と言いながら取り出した、

「黒いズボン、黒いスニーカー、前髪のある黒髪のウィッグ」

　イヴはそのすべてをテーブルに並べた。

「わたしはひと晩じゅう家にいたわ。アパートメントを出たりしていない」

「あなたはすごく上手な嘘つきよ。それは認めてあげる、でももう台本はないし、稽古する時間もない。目の前にカンペはない、だから嘘も同じ効果はない」

　イヴはファイルからＥＤＤの報告書を出した。

「あなたの家の専用エレベーターがゆうべ使われているわね、あなたのペントハウスの二階から地上階、駐車場まで降りている。防犯カメラはない、でもうちには優秀なＥＤＤがあるから、使用された時間は特定できるし、特定したわ」

「だったらその人たちは間違えているか、あなたとぐるになっているのよ、でなければうちの家事雇い人たちが使ったんでしょう」

「違うわね、彼らはスワイプキーが必要だもの。エレベーターを使うのに声だけですむのはあなたひとり。それに駐車場にはカメラがある。ＥＤＤは駐車場の映像を入手したの、それにはこのＴシャツ、このウィッグ、このズボン、この靴を身につけた女が、このバッグを持って駐車場を出口へ向かうところが映っていた。その同じ女が同じように入ってくるところも映ってるのよ。あそこへ行って、彼女を殺して、また帰ってくるのに一時間もかからなかったのね。

あなたの家の二階へ行くあの専用エレベーターは、スワイプが使用されなかったことと、使用された時間も記録している。わたしたちはその時間のあいだにあなたが使った二台のタクシーも、あなたが行き帰りに拾った場所も、降りた場所もつかんでる。

そのどれかについて説明したい？」

イライザは泣きだした。「彼女がブラントを殺したのよ、わたしの夫を殺したの。わたしはわれを失っていた。彼女があっさり釈放されたとあなたが言ったんじゃない。わたしはただ彼女と話をしたかった、彼女に立ち向かいたかったの。ウォッカは持っていったわ、たしかに。でも彼女はわたしなんか死んでしまえ、リーアの代償をようやく払わせてやると言ったあと、あの容器から何かをグラスに入れて、それを飲んだの。わたしの目の前で自殺したのよ」

「恐ろしかったでしょうね」ピーボディが話に入ってきた。

「恐ろしかった！　恐ろしかったわ。本当にショックだった。どうすればいいのかわからなかった。警察を呼ぶべきだったんでしょうね、でもパニックを起こしてしまった、だから逃げたの」

「ウォッカと、自分の使ったグラスと、あの容器を持って」イヴはそう指摘した。「パニックとは思えないわね」

「グラスのことは説明がつくかもしれません、ウォッカのことも、でもあの容器はどうしてなんですか、イライザ？」

「わからないわ」イライザはすがりつくような目をピーボディに向けた。「あんなことがあったあと、まともに考えられるわけがないでしょう？」

「タクシーを呼びとめる前に二ブロック歩くくらいにはまともだったじゃない」イヴはそう言った。「歩いたのよね、走ったんじゃなくて。それからバスタブの水、バスバブルのこともある。毒を飲むつもりなら、どうしてすてきな泡風呂に入るの？」

「わたしが知るわけないでしょう？　バスタブにつかって自殺したかったのかもしれないわ。あそこへ行くべきじゃなかった、でも彼女の顔を正面から見なければならなかったの。そうする必要があったのよ」

「あなたは夫を殺すと決めたときにシアン化物が必要になった。そしてそれを手に入れた。タイラー・ヴァンス、金属アーティストで、あなたのハウスキーパーの甥。才能ある人物で、とてもきちんと記録をつけてるの。綿密にと言ってもいい。彼はあなたがやってきて以降、金属めっきをしていないのよ、だからキャビネットに保管していた正確な量の記録を持っている。こっちはそれをミリリットル単位でつかんでいるのよ、イライザ」

イヴはその報告書を出してみせた。

「わたしたちがどうやって彼を見つけたんだろうと思っているのね、あなたが彼を訪ねたこと、仲良しのシルヴィーのために彫像を依頼したことを。あのパーティー、あなたの夫が死ぬ二週間前の訪問を」

「もちろんその彫像は依頼したわ。でも毒物なんてとっていない。そういうことは何も知らないのよ。それが彼の作品に使われるなんて、どうしてわたしが知っていると？」

「ＥＤＤにインターネットカフェをチェックしてもらったの——知りたいことを見つけるにはいちばん簡単な方法よ。彼らは見つけた。わたしたち、ここの仕事ではとても腕がいいの。それからこれも出た」

イヴは例のボトルを出した。「あまり残っていないけど、三歳の子どもが見つけたら死なせてしまうにはじゅうぶんな量よ、その子のおもちゃのティーポットに入っていたんだから」

「それは——それがシアン化物なの？　あなた——見つけたのね、クララの——シルヴィーが持っていたのね！　シルヴィーがわたしを殺そうとしたの？」

イヴは攻撃を防ぐかのように、宙に手を突き出した。

「わたしは——いいえ、わたしはそんなこと信じられない」

たいした友情もあったもんだわ、とイヴは思った。

「ええ、わたしもよ。安心して、誰も信じないから。あなたは上手よ、イライザ、でもそこまでは上手じゃない。あなたがブラントを殺したのは、彼があなたの要求と意志に、今回ばかりはどうしても折れてくれなかったから。彼は彼自身のキャリアを求め、あなたとあなたのキャリアよりそれを優先した。どうして彼はそんなしうちができるの？」

イヴはテーブルをこぶしで叩いた。「どうしてあなたを六か月も置いて、あなたがここに、一緒にいてもらいたがっているときに、そんなに遠くへ行ってしまうなんてことができるの？」

「自分勝手ですよね」ピーボディがつぶやいた。「あなたはきっと愛されていないんだと感じたでしょう。あんなに彼につくしてきたのに。あなたが彼といられるよう、ロケ地で彼と一緒に滞在できるよう、いくつも役を断ったことはメディアで読みました。彼についていてあげるために。なのに彼はあなたについていてくれようとしなかった」

「わたしはいつも彼についていたわ」

「もちろんそうでした、もちろん」ピーボディは手を伸ばし、イライザの手に自分の手を重ねた。「あなたは彼を見た最初の瞬間、彼こそその人だとわかったんですよね。あなたのソウルメイトだと。なのにいま、再演――あなたのキャリアのハイライト――稽古や、プレッシャー、さまざまな要求があり、あなたの仕事で最高のものにする必要があるのに、彼はあなたを見捨てようとしていたんです」

「わたしは二番にはならない。二番手に甘んじたりするものですか」

ピーボディは同情するようにうなずいた。「するわけありませんよね？　あなたはイライザ・レーンなんですから。あなたこそ一番なんです。彼はあなたの心を、あなたの信頼を裏切った」

「あの人はそれを打ち砕いたのよ！　わたしは何度も彼に話した、何度も頼んだ。でもあの人は自分を優先したの。いったんそういうことが起きれば、もうおしまいよ！　そういうことが起きれば、あっさりもう一度やるの、別の女を見て思うのよ、いいじゃないか？　彼女のほうが若いし、むこうも俺を求めている、って。わたしはもう二度と男に、誰かに貶められるつもりはないわ。わたしの要求を横に払いのけられるつもりはない」

　もう崩壊しかけている、とイヴは思った。これ以上仮面をつけていられないんだ。

「貶められる危険より、彼が死んでくれたほうがいいものね」イヴは言った。

「これはわたしのキャリアの、わたしの人生の頂点なの、なのにあの人はわたしを置いていくことを選んだ」

「それであなたは彼に永遠に消えてもらうことにしたのね。だったらそこからちょっとばかり得をしてもいいじゃない？　あなたに押し寄せる同情。瀕死(ひんし)の夫、死んだ夫を胸に抱き寄せ、しのび泣く。迫真の演技じゃない」

「違うわ！　わたしは彼を愛していた。愛していたの、気がついたのよ、彼がわたしを愛していた以上に愛していたと。わたしは自分のためにやらなければならないことをやったの」

「彼はあなたにあのカクテルを持ってきた。いつもそうしてくれていたから、そうするだろうとあなたにわかっていたとおりだったわね。そしてあなたはポケットからあの容器を出し、カクテルに入れた。たぶんハグか、キスをしているあいだに。それからカクテルを彼に返した」

「彼が飲むなんて、わたしにわかるはずなかったでしょう」

「でもわかっていたのよ。それに、それなら誰かがあなたを殺そうとしたようにみえる。やっぱりあなたにとって得になる。あなたはただ、シルヴィーと医者が上の階へ連れていってくれたとき、バスルームに入ればよかった。中身を流してしまえば。残りはもうあのおもちゃのティーポットに入れておいたものね、親しい友人のあなたがシルヴィーを手伝って、彼女の元夫の荷物をまとめていたときに」

「わたしはシルヴィーの親しい友人だもの。ずっと親しい友人だった。ミハイルのことも彼女には警告したわ、そしてわたしの言ったとおりだった。ブラントに、わたしに対して同じことをさせるつもりはなかった」

「親しい友人が、相手の孫娘の命を危険にさらすとはね」

「馬鹿を言わないで」イライザはイヴの言葉を手で払いのけた。「クララは一週間近く来ない予定なのよ。そのときまでには対処するはずだったの」

「その子たちがある日ひょっこりやってこないかぎりは」ピーボディは指摘した。「そしてその女の子がティーパーティーをしたがらないかぎりは」

「そうなってもわたしのせいじゃないわ」

「ええ、それがあなたの見かたなのよね。自分がその女の子の部屋に置いていった毒を、その子が飲んでも、わたしのせいじゃない。ブラントが本当にわがままなのはわたしのせいじゃない。デブラが申し分ない身代わりになってくれたのもわたしのせいじゃない」

イヴはひと息置いた。「あなたがリーア・ローズのウォッカに薬を入れてから、彼女がまた薬を入れたとしても、あなたのせいじゃない」

ショックがひとつ、とイヴは思った、そしてもうひとつ。こう言っているショック――いったい何の話をしているの？　それからこう言っているショック――いったいどうしてそのことを知っているの？

イライザの顔には二つめが浮かんでいた。

「そんなのどうかしているわ。リーアの死は二十五年前に、事故による過剰摂取と判断されたのよ」

「たしかにそう、それに当時の捜査担当者たちがあなたを見抜けなかったからといって、責めるわけにはいかないわ。被害者は前歴付きの依存症だったし。酒のボトルは彼女のものので、薬も彼女のものだった。彼女が死んだとき、あなたは何ブロックも離れたところで、目撃者たちにかこまれていた。彼女は本当に大きなプレッシャーを受けていた。母親のせいで頭がおかしくなりそうだった。わたしが思うに、あなたもあなたなりにそうだったたんでしょう」

「わたしは彼女の友達だったのよ。助けようとしたわ」

「いま言うのは簡単でしょうね。あなたは彼女に嫉妬していた。代役？　二番手？　冗談じゃない、イライザ・レーンはそんなものじゃない。でもあなたは彼女を説得して、いくつかの公演を自分にやらせてもらうことにした。週に一度のマチネ、月に一度の夜公演」

「あれは彼女の提案よ」

「もう一度言うけど、言うのは簡単よね。本当かもしれないし。そしてそれこそあなたが必要としていたものだった。彼女よりすぐれているところを見せ、いわゆる大きくブレイクするチャンス。きっと彼女に誰にも言わないでと頼んだんでしょう、少なくとも自分にはできると演出家に証明してみせるまでは。でもリーアは母親に話してしまった」

イヴは立ち上がり、テーブルをまわって、かがみこんだ。「彼女は自分の生活から完全には母親を追い出そうとしなかった。あなたはそうするよう彼女をあおったけれど、リーアにはできなかった。そこまでは」

「リーアの母親は自分を頼らせるために、娘を依存症にしていたのよ」

「その点はたぶんあなたが正しい。デブラは最低の母親だった。でもいずれにせよ、リーアは彼女に話した。そうしたら、あなたとそっくりよね？　デブラはそんなことを呑むつもりはなかった、娘が見劣りするリスクを冒すつもりはなかった。だから彼女はしつこく押しまくり、要求し、熱弁をふるい、リーアにその取り決めを反故にさせた。そしてあなたがそのことを知るようにしむけた、出番の直前に。娘のローズがすべての公演に出る、あなたが輝くチャンスなど決してやらないと思い知らせた。おまけにあなたを平手打ちした」

「それはひどいです」ピーボディが言った。「あなたが舞台に出ていく直前だなんて」

「あなたはかっとなり、動転した。自分の役を演じ、うまくやりおえた、でもかっとして、動転していた。そしてもっとかっとなった、リーアがそれは本当だと認めたときに。取り決めはやめにすると」

「〝母を追い払うのに、まず一か月待って〟、と彼女は言ったのよ。それに彼女はウォッカのにおいがした」イライザは嫌悪もあらわに付け加えた。「彼女は弱かった。取り決めをしたけれど、弱すぎてそれを守れなかったの。母親がわたしに暴力をふるったあとでさえ。リーアが母親のところに戻りつづけることはわかっていた。彼女は薬や、ウォッカや、母親から遠ざかるには弱すぎたのよ。依存だらけ、弱さだらけ」

「そしてあなたはそれを知っていた、だから彼女の楽屋へ入って、酒のボトルに薬をいくつか入れた」

「もしそうしたとしたら、あなたには絶対に証明できないでしょうけど、彼女は気分が悪くなったでしょうね」イライザは肩をすくめた。「もしそうしたとしても気持ちが悪くなって、オープニングナイトに出られなくなる程度だったでしょうよ。もしかしたらそのあとも、もう二回くらい」

「そしてあなたは彼女にとってかわる、ただの代役じゃなく。主役のひとりとしてよ、なぜならあなたが彼女より自分のほうがすぐれていると、すべての人にわからせるから」

「実際にすぐれていたのよ。いまもすぐれている。リーアが薬を飲みつづけ、酒を飲みつづけたのはわたしのせいじゃないわ。わたしはそこにいもしなかったんだから」イライザはイヴに念を押した。

「あなたがボトルに入れたものが何であれ、実際に入れたのはあなたの罪よ。それに、わたしたちは必ずそれを証明する。あの劇場のバックステージは見たわ。リーアが楽屋にいなかったとき、あなたが入っていくのを誰も見なかったなんて、本気で信じているの？　当時は誰も何とも思わなかったんでしょう。あなたたちは友達だった、舞台の上でも外でも、あなたは彼女の代役だったんだものね。でもいまは？　わたしたちがつかんだことすべてを考えたら？」

「あれは事故よ」

「わかったわ」イヴがレオが入ってきたので、言葉を切った。「レオ、地方検事補シェール、聴取室へ入室」

「ミズ・レーン」レオは腰をおろした。「警部補が記録のため述べたとおり、わたしは地方検事補のシェール・レオです。あなたは、記録のうえで、ブラント・フィッツヒューの計画的殺害、デブラ・バーンスタインの計画的殺害を自白しました、よってその二つめの殺人で告発されます。あなたはまた、児童を危険にさらしたことも自白しました、よって同様に告発されます。また、ローズ・バーンスタインの死亡の件でも告発されます。そちらは第二級故殺になるでしょう」

「刑務所なんか一日だって入るものですか。証言台に立つわ、そうすれば証言しおえたときには、こんな話を信じる人はひとりもいないでしょうよ」

「いいですか？」

レオはイヴのファイルを開き、死者、法医学報告書、毒のボトルが入っていた子ども用のティーポットの写真を出した。

「百聞は一見にしかずですよ」レオは言った。「ニューヨーク州は、地球外で連続二回の終身刑を求刑し、勝ち取るでしょう。それにきっと、三歳の子どもをおぞましい危険にさらした罪でさらに三年。第二級は却下されるかもしれません――かもしれませんと強調しているのは、わたしたちが存在する証拠をこれからひとつ残らず調べ上げるからです。でもあなたは残りの一生を刑務所で過ごすことになるでしょう」

今度はイライザが身を乗り出した。「弁護士を呼ぶわ、いまいる最高のを、それから手だれの精神科医もその弁護士と一緒に来させる。わたしは一日だって刑務所には入らない」

「おやりなさい。あなたはひとつの偶像を、ひとりの男性を——あなたの言葉を使うなら——誰からも愛されていた人を殺しました。彼があなたのほしいものを、あなたがほしいときにくれないから殺したんです。そしてあなたはそんな理由で殺したことを認めるほどの、単なるナルシシストだった。取引はなしよ」レオはイヴに言った。「彼女は終身刑になる」

「まさにそれを聞きたかったの」イヴは立ち上がった。「彼女はあなたにまかせるわ、レオ」

「弁護士を」イライザは言った。「いますぐ」

「ピーボディ、ミズ・レーンを連れていって、すべての告発で勾留して、それから弁護士に連絡させてやって。あなたの芝居は終わったのよ、イライザ。聴取終了」

エピローグ

彼女は自分で報告書を書き上げた——満足のために。くだらない記者会見もやった、そちらはまた別の種類の地獄だったが。

イライザはメディアの注目をたっぷり集めるだろうが、本人がその論調を気に入るかどうかは疑わしい、とイヴは思った。

ピーボディを家へ帰したあと、レオとマイラがブルペンの外で話しているのを見つけた。

「会見は上出来だったわね」マイラが言った。「というか、わたしが見た部分はだけど」

「彼女は狼どもが戸口でよだれを垂らしているのがわかっているんですかね？」イヴは疑問を呈した。「〝イライザ・レーン、二件の殺人で告発〟〝イライザ・レーン、ブラント・フィッツヒューに毒を盛る〟〝イライザ・レーンはリーア・ローズの死に関係ありとの申し立て〟まったく、タブロイド紙が叫びまくりますよ。〝イライザ・レーンのキャリアの始まりは殺人だった〟」

「これをひとつ飲みなさい」マイラが鎮痛剤をさしだした。「頭痛は顔にあらわれるわ、そうしたら家に帰ったときにロークに飲まされるでしょ。いま飲んでおきなさい」

「わかりました」イヴは飲んだ。「弁護士は？」

「彼女、なんとグリーンを雇おうとしたのよ」そう言ったとき、レオの声はほぼ笑っていた。「大きな利益相反があるのにね、だって彼女はグリーンの依頼人を殺したんだから。でもいい弁護士を連れてきたわよ、レーンの聴取をいくらか読んだあとで、彼女が罠にはめられたとか、あなたが出世のために彼女を逮捕したんだとかうったえていることに耳を貸さず、取引を申し出るくらいには頭のいいのを。殺人それぞれについて二十年、地球上で同時に服役。ほかの告発は取り下げ」

「くそくらえよ」

レオはなめらかにととのえた髪を撫でつけた。「わたしもそう言ったわ、ただしもっと法律的で淑女らしい言葉でね。そうしたら彼女の弁護士はわたしをすっとばして、うちのボスのところに行ったの」レオはにっこりした。「おかげでボスはかんかんよ。むこうは彼女に専門家の精神科医による鑑定を受けさせて、限定責任能力とか、心神喪失とか、いろいろやろうとするでしょう」

「彼女は法的には正気よ」マイラが話に入ってきた。「境界性人格を持った悪意あるナルシシストで、自分のやったことはすべて自分ではなく、被害者が悪いせいだと思いこめるの。でも善悪の区別はついていたし、自分のやっていることはあらゆる段階でわかっていたわ」

「彼女はメディアでずたずたに引き裂かれるでしょうね。目にみえるようよ。ナディーンにあらましを伝えたわ、彼女は利益のためにやるんじゃないし、ちゃんとやってくれるから。リーア・ローズの件に熱中するでしょう」

「たぶん——きっとそうね」レオは認めた。「いずれにしても法的にね、世論という法廷でではなく」

「それでじゅうぶんよ。わたしはもう帰る」

「よくやってくれたわ、ダラス」レオが言った。「あなたとピーボディ、よくやってくれた」

「みんながよくやったのよ」

家へ向かうイヴの頭の中で仕事と事件が再生されていたが、頭痛は引き上げはじめた。そしてゲートを抜けたとき、体じゅうのあらゆる筋肉が緊張をといた。自分は任務を果たした、そして仕事は終わった。車を降りると、イヴはぎりぎり二時間しか寝ていなかったのが体に出はじめたことに気づいたが、眠りたくはなかった。

ただ家に入りたかった。

もちろんサマーセットが待っていた、猫と一緒に。

「大きな傷も出血もなく、事件を終結されたようですね」

「今日はまだ終わってないわ」イヴは言い、そのまま進みつづけた。

猫がイヴより先に彼女の仕事部屋へ行き、まっすぐ寝椅子へ向かった。ロークが彼の仕事部屋にいるのが聞こえたが、声はかけないでおいた。

ボードを片づけ、記録ブックを閉じてしまいたかった。

しかししばらくただ立って、それをじっと見ていると、ロークが出てきた。

「お帰り」彼女のところへ来て、後ろから両腕をまわしてきた。「記者会見はあらかた見たよ」

「連中は彼女を生きたまま食べるわよ――おもな理由は彼女がイライザ・レーンだから。同情はしないけど」

「する理由がないだろう？」

「ローズ・バーンスタインをはっきり殺してないとしても、彼女は罪を犯した。彼女はそれを受け入れただけじゃなく、その上に成功を築いたの。デブラはどうか？　彼女は身代わりとしてみずからをさしだしたのよ。自分勝手で、愚かで、たちの悪い女がイライザの持っていたものをほしがった、でもその腕はなかった。だからって死んで当然なわけじゃない、それに、んもう、彼女は状況をほぼ正しくつかんでいたのよ。自分の子どもが死んだのは、イライザがあの役をほしがったからで、単純にそういうことだったと」

ロークはイヴの頭のてっぺんにキスをした。

「ブラント・フィッツヒュー。イライザは彼を愛していた、自分以外の人間を愛せる範囲で精一杯。イライザは彼と暮らし、彼と寝て、彼と食べて、彼とおしゃべりしていたのよ、あのアーティストから毒物を盗んでから、ブラントが飲むとわかっていたシャンパンに入れたときまでのあいだにも。イライザの頭の中では、彼はただこう言うだけでよかったの――〝僕は行かないよ。きみを置いていけるものか。きみがいちばん大事なんだ〟そうすれば彼はまだ生きていたでしょう。彼女はことのしだいをそう思っている。彼が悪いんだと」

「愛は、それが本物なら、何の条件もつかないよ」

「あなたはわたしのためにいろいろなものを手放したね――でもきみと出会う前にもうそういう道へ進んでいたんだ――僕たちのために」ロークはイヴの体をまわして自分のほうを向かせた。「僕たちは歩み寄った、そしていまも歩み寄る、それが僕たちにとって常に簡単とはかぎらないけれど。愛に条件はつかない、でも結婚は歩み寄りが大事だ」

「あなたがわたし抜きで長い出張に行かなきゃならなくても、毒を盛ったりしないわよ」

「それを再確認してくれてほっとしたよ」

「愛してるわ」イヴは両手で彼の顔をはさんだ。「ひとつの条件もなしに。このボードを片づけてしまいたいの、そうしたら外で、風にあたりながら食事をしたいわ。そして心からそれがピザであってほしい」

ロークはイヴの顎のくぼみへ指をすべらせた。「ボードを片づけるのを手伝おう、それに僕も外で食事をしたいな。ひと切れいただくよ」

「よかった、それですべてよしね。もう少しだけここにいましょうよ」

イヴは彼の肩に頭をあずけ、彼のにおいを吸いこみ、体にまわされた彼の腕を感じた。

長くつらい、困難な一日の終わりに、おたがいに頼り合うことって？　と彼女は思った。

それは愛だった。じゅうぶんすぎるほどの。

訳者あとがき

イヴ&ローク・シリーズの第五十七作をお届けしました。今回も楽しんでいただけたでしょうか?

前作『232番目の少女』でおぞましい事件を解決してからまだ間もない夏のある日、アッパー・ウェスト・サイドの豪華なペントハウスでひらかれた盛大なパーティーのまっさいちゅうに毒殺事件が起きました。被害者はパーティーを主催した映画界の大スター男優で、その誠実でやさしい人柄ゆえに誰からも愛された人物。もちろん、女優でもある妻も彼を深く愛しており、誰もがうらやむ夫婦仲のよさで有名でした。捜査主任になったイヴはすぐさま現場に急行しましたが、なにせパーティーの客は二百人を超え、給仕スタッフやケータリング関係者も加えれば膨大な人数。しかも死因となったカクテルが実は被害者の妻が飲むはずだったものとわかり、本当は誰が狙われたのか、事件はますます混迷の様相を呈していきます。おまけに目撃者となったパーティー客の役者たちは、演技はお手ののものうえ、ひと癖もふた癖もあり、プライドも高く、聴取もひとすじなわではいきません。そんななか、イヴは数十年前に若くして死んだある女優のことを知り……。

今回は事件の舞台が映画界とブロードウェイに設定されているため、登場人物たちの華やかさは本シリーズでも群を抜いたものになっています。世界じゅうから愛された人格者の男優、演技派の女優、奔放なロマンスの絶えないセクシー女優、彼女の愛人で美貌の青年俳優、プライドが高く、気に入らない後輩を目の仇(かたき)にする大女優……本作を訳すにあたって、参考にハリウッド黄金期のスター名鑑的な本を見ていたのですが、いくつかのキャラクターに「あれ？　この人がモデルなのでは……？」と思うような実在の人物がいたのは面白い発見でした。もちろん、作者ロブが実際に彼らをモデルにしたわけではないでしょうが、読者の皆さんも、往年のハリウッド映画を見ることがありましたら、本作のキャラクターと重なる人物がいないか、探してみるのも楽しいかもしれません。

本シリーズのお楽しみとして、毎回ではないけれど、たびたび登場するエピソードやキャラクターがあります。たとえば、登場するたびに、イヴが念入りにオフィスに隠したキャンディバーを盗んでいく謎の泥棒。今回もまさかというようなところに隠したのに、あざやかに盗んでいってしまい、勝負はまたもやイヴの負け。いつか勝てる日が来るのでしょうか？　いや、それより、泥棒の正体は？　皆さんも真相が明らかになる日にそなえて、推理をめぐらせてみてください。訳者はあの人ではないかと思っているのですが……。

また、今回はイヴの野球好きのオタク度が明らかになります。以前からたびたび試合を見ていたり、結果を追ったりはしている様子でしたが、本作では彼女が生まれる以前に活躍した実在の併殺トリオの名前をすらすらと挙げるシーンがあり、ただ現在の試合を見ているだけのファンではなく、野球の歴史にも通じていることが表現されていました。これまで歴史といえば過去の事件の記録くらいしか記憶にないかのようなイヴでしたが、意外な一面を見せてくれましたね。いつか作品の中で、ゲームを観戦する彼女の姿がえがかれるのかもしれません。

最後に、作者J・D・ロブの近況をお伝えしておきましょう。本作のあとには〝*Payback in Death*〟が昨年九月に、今年一月に〝*Random in Death*〟が刊行されており、九月に〝*Passions in Death*〟が刊行予定になっています。〝*Payback*～〟は前作『232番目の少女』のあとがきで小林浩子さんが知らせてくださったとおり、NYPSD内務監察部の元警部が自殺にみえる状況で亡くなりますが、イヴは他殺だと直感し、捜査を進めます。そして〝*Random*～〟は、なんとナディーンの彼氏ジェイクが事件に巻きこまれます。彼のバンド、アヴェニューAのライヴ後に、十六歳の少女が不審な死を遂げ、イヴが捜査をしますが、はたして被害者を狙った犯行だったのか、それとも無差別殺人だったのかがわかりません。もし無差別であったのなら、次の犯行は……というストーリーです。

ロブ自身の近況ですが、これを書いている時点での本人のブログによれば、クリスマスの騒ぎが終わったあとは夫と静かな時間を過ごしていたようです。そして今年の抱負として、ブログを書く頻度を増やすことが挙げられており、いままでどおりの家族や旅行やガーデニングのことに加え、今後は読者からの苦情（！）についても書くつもり、とユーモラスに述べられています。彼女のもとには日々、もっと早く書いて、出版の間隔をせばめて、ああして、こうして、あれはイヤ、これもイヤ、……とさまざまな声が届くそうで、そんな声にロブがどう答えていくのか、興味津々です。何か面白いものがあれば、いずれここで紹介したいと思っています。

それでは、次回のイヴ＆ロークの活躍をお楽しみに。

二〇二四年春

青木悦子

訳者紹介　青木悦子

東京都生まれ。英米文学翻訳家。おもな訳書にJ・D・ロブ〈イヴ&ローク〉シリーズをはじめ、クイーム・マクドネル『平凡すぎて殺される』『有名すぎて尾行ができない』、ポール・アダム『ヴァイオリン職人の探求と推理』『ヴァイオリン職人と天才演奏家の秘密』『ヴァイオリン職人と消えた北欧楽器』（以上東京創元社）ほか多数。

死者のカーテンコール　イヴ&ローク57

2024年4月15日発行　第1刷

著　者　J・D・ロブ
訳　者　青木悦子
発行人　鈴木幸辰
発行所　株式会社ハーパーコリンズ・ジャパン
東京都千代田区大手町1-5-1
04-2951-2000（注文）
0570-008091（読者サービス係）
印刷・製本　中央精版印刷株式会社

ISBN978-4-596-77604-4